Begegnung mit Ricardo

Renate Krohn *1948 in Hüls/Ndrh. begann zu schreiben, nachdem ihr Chef sie mit einer dreisten Bemerkung so verärgerte, dass sie sich ihre Wut von der Seele schrieb. Bei der Gelegenheit stellte sie fest, dass es ihr Spaß bereitete, Gedanken und Gegebenheiten in Worte zu fassen.

Die Veränderung der Gesellschaft, seit dieser Zeit, war ihr immer ein Anliegen, wobei sie stets darauf bedacht war und ist, realistisch, jedoch nicht negativ zu sein. Der Wandel, auch in der Sprache, ist unübersehbar und manchmal für den Einen oder Anderen nicht unbedingt nachvollziehbar.

Vorliegender Roman aus der Zeit der wirtschaftlichen Hochblüte *Begegnung mit Ricardo* beruht auf wahren Begebenheiten, die in die, nunmehr ehemalige, DDR hineinreichen. Bis zum Mauerfall 1989.

Die Örtlichkeiten und die Namen der Protagonisten sind verändert; eventuelle Namensgleichheit mit lebenden Personen rein zufällig und von der Autorin keinesfalls beabsichtigt.

Renate Krohn
Begegnung mit Ricardo

Roman mit Humor und Tiefgang aus der Zeit des
Wirtschaftswunders nach wahren Begebenheiten

Erstausgabe unter dem Titel „…und zum Frühstück Spaghetti"
im Eigenverlag September 1999

Zweite Auflage Weltbild-Verlag 2001

Überarbeitete Neuauflage unter dem Titel
Begegnung mit Ricardo BoD Norderstedt 2020

Impressum

Coverdesign, Herstellung und Verlag:
BoD, Books on Demand, Norderstedt
ISBN 978-3-7526-7910-6

Lektorat   Renate Krohn, Leverkusen
Coverbild   BoD Norderstedt
Satz   Renate Krohn, Leverkusen

Vorwort

Begegnung mit Ricardo

Es begab sich also zu einer Zeit ... als in der damaligen BRD das Wirtschaftswunder blühte und die Zahl der offenen Stellen die der Arbeitslosen um ein Vielfaches überstiegen. Man zahlte mit DM und es gab einen zweiten Deutschen Staat.

Der Wirtschaftsboom war der Auslöser für viele Südeuropäer, nach Deutschland zu kommen und hier ihr Glück zu versuchen. Sie wollten es ihren Familien in der Heimat einfacher machen. Man nannte sie Gastarbeiter und das durfte man sogar sagen, ohne gleich in den Geruch zu geraten, fremdenfeindlich, rassistisch oder rechts (!) zu sein. Sie nannten sich selber so – die Gastarbeiter.

Und sie brachten etwas mit ... eine gewisse Leichtigkeit, Herzlichkeit, Aufgeschlossenheit und, z.B., eine andere Ernährung. Die mediterrane Ernährungsweise der Italiener hielt bei uns nur zögerlich Einzug. Doch dann war der Siegeszug von Pizza, Pasta, Piadini und Co. nicht mehr aufzuhalten. Eine Verbrüderung ganz besonderer Art, die heute selbstverständlich ist.

Ricardo Boticelli aus Margherita am Golf von Manfredónia und Hans Gutmooser aus dem Rheinland treffen sich in der Eisenbahn und wagen in den 1960er Jahren eine vorsichtige Annäherung im D-Zug von München nach Köln, die für Ricardos weiteres Leben ausschlaggebend wird.

Mehr als zwanzig Jahre später.

Die beiden Freundinnen Sonja und Melanie, für die der Italiener um die Ecke, der Grieche im Zentrum und Achmed mit seiner Teestube zum normalen Alltag gehören, wollen sich bei *ihrem* Luigi einen gemütlichen Abend machen. Doch Sonja wird dort überraschend mit einer Episode aus ihrer Vergangenheit konfrontiert und die Beiden geraten in ein Abenteuer, dessen Ausgang absolut nicht vorhersehbar ist.

1962 – der erste Schlager, der sich mit dem Thema der damaligen *Gast-arbeiter* (da durfte man das noch sagen) befasste, den Nerv der Zeit traf und ein absoluter Hit wurde.

Zwei kleine Italiener

Eine Reise in den Süden ist für andre schick und fein
Doch zwei kleine Italiener möchten gern zuhause sein

Zwei kleine Italiener, die träumen von Napoli
Von Tina und Marina, die warten schon lang auf sie
Zwei kleine Italiener, die sind so allein
Eine Reise in den Süden ist für andre schick und fein
Doch zwei kleine Italiener möchten gern zuhause sein

O Tina, o Marina, wenn wir uns einmal wieder sehen
O Tina, o Marina, dann wird es wieder schön

Zwei kleine Italiener vergessen die Heimat nie
Die Palmen und die Mädchen am Strande von Napoli
Zwei kleine Italiener, die sehen es ein
Eine Reise in den Süden ist für andre schick und fein
Doch die beiden Italiener möchten gern zuhause sein

Zwei kleine Italiener am Bahnhof da kennt man sie
Sie kommen jeden Abend zum D-Zug nach Napoli
Zwei kleine Italiener, die schauen hinterdrein
Eine Reise in den Süden ist für andre schick und fein
Doch die beiden Italiener möchten gern zuhause sein

O Tina, o Marina, wenn wir uns einmal wieder sehen
O Tina, o Marina, dann wird es wieder schön

Komponist Christian Bruhn
Texter   Georg Buschor
Interpretin Conny (Cornelia Froboess)

Wie viel Sterne hat die Nacht
wer macht, dass die Sonne lacht ...

Leise summte Sonja den Text mit, als ein schriller Pfiff vor ih-rem Fenster der nachmittäglichen Stille abrupt ein Ende setzte.

Sonja schoss aus ihrem Sessel hoch und riß das Fenster auf: "Sag mal, hast du 'ne Meise? Ich habe auch eine Klingel an der Tür!"

„Keine Panik, Schätzchen, ich bin schon auf dem Weg nach oben."

Melanie, Sonjas Freundin, hechtete, mehrere Stufen auf einmal neh-mend, die Treppe rauf. Sturm klingeln brauchte sie nicht mehr; die Dielentür stand bereits offen.

Sonja stemmte die Arme wie eine Marktfrau in die Hüften und meinte: "Du denkst wohl nicht daran, dass das hier sowas wie ein äußerst seriöses Haus ist. Oder kannst du dir vorstellen, dass meine Nachbarn von diesem Aufstand begeistert sind?"

"Kaumstens", meinte Melanie ungerührt, "aber wir haben nach fünfzehn Uhr, so dass das Thema Mittagsruhe entfällt und zum Weiteren habe ich deine heißgeliebte Vermieterin gerade von dan-nen düsen sehen. Außerdem, das kommt noch hinzu, laß dich von denen nicht kirre machen. Zieh dir lieber was Schickes an. Ich will dich zum Bummeln entführen und anschließend werden wir zum Italiener gehen. Okay? Ich habe nämlich im Lotto gewonnen", fügte sie verschmitzt hinzu.

"Ach nee!" Sonja kannte ihre Freundin und deren Späße und resü-mierte: "Also, ich schätze mal drei Richtige werden es wohl gewe-sen sein."

"Irrtum – drei mit Zusatzzahl! Du siehst also, liebe Sonja, zum Essen reicht es allemal. Und außerdem", meckerte Melanie nun etwas empört, „könntest du mir hoch anrechnen, dass ich mit *dir* zum Essen gehen will. Ich könnte ja auch warten, bis mein Holder von seiner Geschäftsreise zurück ist und ihn mitschleppen, oder?"

"Mitschleppen", lachte Sonja, "das wird's sein!"

Sie drehte aber doch ab ins Schlafzimmer, um den Kleiderschrank zu inspizieren.

Währenddessen sah sie aus dem Fenster und stieß einen recht undamenhaften Fluch aus. Das Schlafzimmerfenster ging zur Hauptstraße hinaus, wogegen der Blick aus dem Wohnzimmerfenster in einen Wendehammer mündete. Vor dem Fenster tummelte sich eine Horde Jugendlicher, die nicht unbedingt vertrauenerweckend aussahen.

"Melli – ich fürchte, wir müssen unseren Bummel verschieben. Sieh mal, was sich hier wieder zusammengerottet hat. So wie die aussehen, kriegen wir es locker mit einer unangenehmen Anmache zu tun, wenn wir denen zufällig über den Weg laufen."

"Das fürchte ich auch."

Melanie knurrte sauer: "Wir leben im Moment in einer ganz schön beschissenen Welt!"

Sonja, die normalerweise die Pessimistischere von beiden war, grinste: "Was denn nun? Schön oder beschissen?"

Melanie musste zwar lachen, sah die Freundin aber trotzdem ernst an. "Findest du denn gut, was hier so um uns rum alles passiert?"

"Das nun nicht gerade, aber wenn du schon global denkst, mußt du fairerweise dazu sagen, dass wir nicht nur in dieser Welt leben, sondern auch, dass wir ein Teil dieser Welt sind."

"Sonja, bist du verrückt? Du willst uns doch wohl nicht mit irgendwelchen Verbrechern in einen Topf schmeißen!"

"Natürlich nicht, trotzdem bin ich der Meinung, dass wir an diesen Auswüchsen einer übersättigten Wohlstandsgesellschaft mit Schuld tragen. Du meckerst ja auch, wenn du auf der Autobahn im Stau stehst. Du stehst aber nicht nur im Stau – du bist ein Stück Stau."

"Okay, aber dann verrate mir mal, wie ich zum Beispiel ohne Auto zu meinen Eltern kommen soll. Die wohnen fünfundzwanzig Kilometer vom nächsten Bahnhof weg. Das heißt: eigentlich ist das nicht ganz richtig. Der nächstgelegene Bahnhof ist eine ganze Latte näher dran, aber nicht mehr funktionsfähig."

Melanie seufzte: "Auch falsch, er wäre funktionsfähig, bloß es fahren in diesem Nahverkehrsbereich keine Züge mehr. Und die Fernzüge, die nach Emden oder sonstwo an die Küste fahren, halten in diesem Nest nicht. Also bin ich gezwungen, mich in die Karre zu hieven und da rauf zu brettern!"

"Mensch, Mädchen, darum geht es doch gar nicht. Das war doch bloß ein Beispiel. Ich wollte damit sagen, dass jeder immer und irgendwie für irgendetwas einen Preis zahlen muss. Unsere Eltern haben diese hirnverbrannten Kriege mitmachen müssen. Der letzte war ja wohl der schlimmste von allen. Wir haben noch keinen Krieg erlebt, bekommen stattdessen noch immer die Auswirkungen zu spüren. Und die übersättigte Wohlstandsgesellschaft haben wir obendrein. Damit meine ich auch die immer weiter aufklaffende Schere zwischen denen die noch Arbeit haben und den Anderen."

"Verstehe ich nicht!"

"Sieh mal – von wegen Arbeit. Wir beide haben seit Jahrzehnten unsere Stellen und die sind auch verhältnismäßig sicher. Ganz sicher ist niemals etwas, außer dass wir irgendwann einmal den Deckel auf die Nase kriegen. Aber, ohne Scherz, unsere Arbeitsstellen sind zumindest leidlich sicher. Wir hören täglich von der Arbeitslosigkeit, bedauern die Betroffenen auch zum Teil, aber was wirklich damit zusammenhängt, wie tief man vielleicht dadurch sinken kann, das wissen wir nicht. Andererseits tragen wir alle auch an dieser Entwicklung mit Schuld. Nicht du oder ich persönlich, aber, in den sechziger und siebziger Jahren haben wir gejubelt, wenn wir elf oder noch mehr Prozent Gehaltserhöhung bekamen. Der langersehnte Wohlstand hielt Einzug in Old Germany. Unsere Eltern haben das weiß Gott begrüßt; sie konnten nun endlich kaufen, was sie wollten. Das heißt, immer vorausgesetzt, dass der Familienvorstand soviel verdiente, dass das möglich wurde. Und da genau das eben damals schon nicht der Fall war, begannen die Frauen, arbeiten zu gehen. Der Wohlstand hatte bereits seinen Preis; es hat bloß keiner gemerkt. Der Jubel war größer als die Weitsicht. Da wir aber in diesen Wohlstand nicht hineingeboren wurden, sondern langsam damit wuchsen, sind wir heute in der Lage, das ganze Ausmaß dieses Fiaskos zu erkennen. Bloß – wir sind die Falschen! Unsere sogenannten Experten, oder besser die, die man uns dafür verkauft, hätten das schon lange erkennen müssen. Und ich behaupte sogar, dass die das damals durchaus bereits erkannt haben. So blöd konnte ganz einfach niemand sein. Aber es war doch viel bequemer, sich selbst erst einmal die Taschen zu füllen. Den Aufruf zum Maßhalten konnte man auf später vertagen. Und jetzt haben wir den Mist. Jetzt wirft man den Frauen vor, sie würden zwecks Selbstverwirklichung und Steigerung des Lebensstandards arbeiten gehen und … wie ist die Wirklichkeit? Die, die aus den vorgenannten Gründen arbeiten gehen, sind doch bloß eine Handvoll. Der Rest muss gehen, weil man sonst die Miete nicht mehr bezahlen kann. Unser, ach so soziales Deutschland!"

Sonja hatte sich in Eifer geredet und Melanie sah ihre Freundin nachdenklich an. "Bedauerlicherweise", meinte sie etwas sarkastisch, "muss ich dir Recht geben. Bloß was oder wie, bitteschön, willst du daran etwas ändern? Ich kann dir jedenfalls sagen, was ich jetzt ändere. Sollen die da draußen von mir aus brüllen zum Steinerweichen. Wenn du umgezogen bist, hauen wir durch die Waschküche ab und gehen ins *Carrettino*; inzwischen habe ich nämlich keine Lust mehr zum Bummeln, sondern nur noch ausgewachsenen Hunger!"

Ricardo 1965 – 1970

Stazione di Bolzano - Stazione di Bolzano.
Bozen Hauptbahnhof!
Peng! Die deutsche Version riss Ricardo aus dem tiefsten Schlaf und er schoss erschrocken von seiner Liege hoch. Ziemlich verdattert sah er sich um und musste sich erst einmal sortieren. Richtig, er war im Zug und auf dem Weg nach Deutschland. Gähnend reckte er sich und rieb seinen Kopf. Er hatte sich beim Hochschießen gründlich an der oberen Liege gestoßen. Da kam auch schon ein Kommentar: "Kann'ste denn nich'n bisschen vorsichtiger wach werden, du Heini!"
Ricardo verstand kein Wort und schmunzelte freundlich: "Si, si, Signor."
"Si si, Signor ...", brummte es von oben. Lern erstmal deutsch, dann reden wir weiter."
Schwergewichtig kletterte der Mitreisende aus dem oberen Bett und machte sich auf den Weg zum Waschraum. Waschräume in Zügen sind so eine Sache für sich. Die Türen sind so schmal, dass Schwergewichtler eh ihre Mühe haben; das Wasser läuft meist auch ausgesprochen spärlich und die Seife – naja, es ist schon besser, wenn man seine eigene bei sich hat. Ricardo wartete noch eine Weile und betrachtete sich in dem kleinen Spiegel über den Sitzen im Abteil. Er fand sich reichlich verknautscht und außerdem hatte er Hunger. Das machte es nicht besser und war ein Problem. Er verstand so gut wie kein Wort deutsch und Geld war Mangelware. Seufzend griff er unter seinen Sitz und holte die Reisetasche her-vor. Eine Flasche Wasser hatte er noch – das musste für den Anfang reichen.
Inzwischen war der Reisekollege wieder eingetroffen und Ricardo suchte seinerseits den Waschraum auf. Er hatte in seinen Sachen geschlafen und fühlte sich denkbar unwohl. Die Anderen sahen ihn

sowieso schon immer so komisch an und dabei hatte er sich für diese Reise besonders chic gemacht. Seine beste Hose, die Sonntagsschuhe und das gute Hemd hatten zum Entsetzen von Georgina, seiner Mutter, dran glauben müssen. "Bist du verrückt", hatte sie ihn angeschrien, "wie willst du denn was Neues kaufen. Wir haben sowieso kein Geld und du verdienst schließlich auch nichts!"

Ricardo hatte vergeblich versucht, seiner Mutter zu erklären, dass genau das der Grund dafür war, dass er nach Deutschland ginge. Ob sie es begriffen hatte? Er hatte so seine Zweifel.

Trotzdem zog er seine hellbraunen, geflochtenen Schuhe, die cognacfarbene Sonntagshose, das Hemd in hellem Lila und sein flaschengrünes Jackett an. Keiner im Dorf sah so super aus wie er und er war stolz darauf.

Ricardo stammte aus Margherita, was am Golf von Manfredónia lag, am Sporn des italienischen Stiefels. Aber wer kennt schon Margherita.

Jetzt standen sie alle am Bahnhof und bewunderten ihn. "Mensch, hast du dich fein gemacht. Hoffentlich bleibst du einer von uns", äußerte Maurizio zweifelnd.

"Und", so meinten Andere, "schreib uns, wie es da ist. Vielleicht können noch ein paar von uns nachkommen. Du weißt, wir brauchen alle Arbeit. Vom schönen Wetter und Strand werden wir nicht satt!"

Ricardo hatte gelacht und gewunken. "Ich denke an Euch, ganz bestimmt!"

Wie das allerdings mit dem Schreiben funktionieren sollte, darüber war er sich nicht ganz im Klaren. Er konnte nämlich kaum lesen und auch entsprechend schlecht schreiben. Georgio, sein Freund, der bereits ein halbes Jahr in Deutschland war, hatte ihm erzählt, dass man da ohne Probleme eine Schule besuchen könne. Und das hatte Ricardo sich ganz fest vorgenommen. Er wollte unbedingt so schnell und viel wie möglich lernen.

"... muß ja ein wahres Wunderland sein", dachte er.

Der Gedanke an Georgio beruhigte ihn ein wenig. Er würde ihn in Köln am Bahnhof erwarten. Gott sei Dank – so ganz allein hätte er dann doch nicht gewußt, wohin. Georgio konnte auch schon etwas deutsch und wollte ihn außerdem in die Firma mitnehmen. Dort, meinte, gäbe es viel Arbeit und ihn, Ricardo, würde man mit Kusshand nehmen.

*

Der Zug setzte sich in Bewegung und Ricardo ließ sich langsam auf seinen Sitz zurücksinken.

Ganz tief im Innern rumorte es und er schluckte doch ein paar Tränen hinunter. Das schlimmste war, dass er Daniela zurücklassen musste. Aber er konnte sie nicht mitnehmen. Abgesehen davon, dass sie seit ein paar Tagen *weg* war. In seinem Dorf wurden noch gravierende Unterschiede zwischen denen, die etwas *Besseres* waren und den einfachen Leuten gemacht. Und Danielas Familie gehörte zu denen, die nun mal etwas Besseres darstellten. Es war auch, so munkelte man im Dorf, beschlossene Sache, dass Daniela den neuen Doktor, der vor ein paar Monaten gekommen war, heiraten sollte. Auch deshalb musste Ricardo von Margherita weg; nach Deutschland, viel Geld verdienen, sparen und reich werden. Er musste irgendwann auch etwas *Besseres* sein – für Daniela. Sie hatte versprochen, auf ihn zu warten. Aber beide wußten, dass das sehr schwer werden würde. Es war nun einmal noch so, dass die Mädchen ihrem zukünftigen Ehemann versprochen wurden. Daniela hatte versucht, sich dagegen zu wehren, dabei eine Menge blauer Flecken eingefangen und war zwei Tage später ganz einfach verschwunden. Vorsichtig fragte Ricardo nach ihr, aber niemand wollte wissen, wo sie war. Weg. Ganz einfach weg.

Das war so in Margherita. Die Mädchen hatten keinerlei Rechte, aber die jungen Männer sollten sich *die Hörner abstoßen*. Natürlich bei Mädchen. Aber das, so hatte ihm sein Vater erklärt, seien keine Mädchen zum Heiraten – das seien Huren.

Ricardo war zweiundzwanzig Jahre alt und begriff nicht, wieso man in seinen Augen, ein Mädchen zunächst einmal benutzte um ihm anschließend genau das vorzuwerfen, was man gewollt hatte. Er hatte versucht, seinem Vater klarzumachen, dass das doch wohl eine äußerst doppelte Moral sei, biß jedoch auf Granit. Sein Vater war absolut vom alten Schlag und hielt eisern an dem Standpunkt fest, dass Männer alles dürfen, Mädchen aber zu gehorchen haben. Außerdem, so bot er Ricardo an, wenn er das nächste Mal in die Stadt fahren würde, könne er gern mitkommen. Mit zweiundzwanzig Jahren sei er alt genug. Und, das sei vielleicht noch viel wichtiger, würde er von allein den Unterschied zwischen Mädchen, die man heiraten könnte und einer Nutte feststellen.

Ricardo hatte seinen Vater völlig entgeistert angesehen. "Das bedeutet also", sagte er gefährlich leise, "wenn du in die Stadt fährst und wir alle glaubten, du müßtest etwas erledigen, betrügst du deine Frau?"

So ganz konnte er das, was er da hörte, nicht glauben.

"Das verstehst du nicht! Deine Mutter ist, ehhmmm, sagen wir mal, ein Leben lang anständig, sehr anständig gewesen. Aber, na ja, ab und zu braucht man eben auch mal etwas anderes."

"Sie hatte ja wohl auch keine Chance, etwas anderes als *anständig* zu sein", hatte Ricardo angewidert zurückgegeben und verließ fluchtartig die Küche. Die Tür fiel hinter ihm ins Schloss und der Ton sagte – das wars!

Dieses seltsame Gespräch gab den Ausschlag, nach Deutschland zu gehen. Ricardo dachte noch darüber nach als er Pläne für seine Zukunft schmiedete.

Inzwischen ließ sich sein Magen nicht mehr beruhigen, aber es half nichts. Die letzten knappen zwölf Stunden, würde er auch noch durchhalten. Außerdem, bemerkte er für sich selbst leicht sarkastisch, einen gewissen Hunger war er schließlich gewöhnt.

Er erinnerte sich an die verteufelten Winter auf dem Stiefelsporn. Es wurde zwar nie so kalt, wie man es ihm über Deutschland erzählte, aber die gesamte Vegetation lief auf Sparflamme und sie mussten sich im Winter oft genug von den gedörrten Vorräten aus dem Sommer ernähren. Frisches Fleisch gab es sowieso selten, dafür umso mehr Fisch, den er nicht ausstehen konnte. Auch das, so dachte Ricardo, würde sich ändern. Er würde Geld nach Hause schicken, damit sie alle wenigstens ein bißchen besser essen könnten. Vorausgesetzt, der Vater würde es nicht wieder behalten und für sich durchbringen. Aber das Risiko musste er eingehen. Vor der Abreise hatte er noch Lorenzo, seinen jüngeren Bruder, eingeweiht und ihm ans Herz gelegt, auf die Mutter und die beiden jüngeren Schwestern aufzupassen. Er konnte also nur hoffen.

Ricardo schob die wehmütigen Gedanken beiseite und blickte erneut auf die Uhr. Voraussichtlich noch ungefähr zehn Stunden.
Deutschland!
Hatte er es wirklich richtig gemacht?

***

Arrivederci Hans
das war der letzte Tanz
das Licht geht aus im Lokal
komm küss mich nochmal
la lalala la

Leise pfiff Sonja vor sich hin. "Den kleinen Schreihals habe ich immer gern gehört", meinte sie zu Melanie.
"Den kleinen Schreihals???"
"Na, Rita Pavone, genannt *Karottenkopf* aus Italien, die hat den Schlager so in den Sechzigern gesungen."
"Kenn' ich nicht".
"Himmel noch mal, so viel jünger bist du doch nun auch nicht. Die war damals ganz populär und im Rahmen der neuen Nostalgiewelle müßtest du das eigentlich schon mal gehört haben."
Melanie war sechs Jahre jünger als Sonja, hatte aber ein völlig anderes Leben gelebt. Behütet und als Kind einigermaßen gut situierter Eltern waren ihr viele Dinge, die Sonja für selbstverständlich hielt, fremd. Trotzdem verstanden die beiden sich großartig.

Zwischenzeitlich hatten sie das Carrettino, ihren Italiener, erreicht und sahen sich an.
"Zum Essen ist es eigentlich noch ein wenig zu früh", meinte Sonja. "Aber die verflixte Bande vor dem Haus hat uns völlig aus dem Konzept gebracht. Wenn ich ehrlich sein soll, ist mir die Lust am Bummeln vergangen."
"Also", sagte Melanie, "gehen wir erst einmal rein und dann sehen wir weiter. Außerdem wiederholen wir uns. Dass wir keine Lust mehr zum Bummeln haben, hatten wir bereits festgestellt".
Die beiden steuerten auf einen freien Ecktisch zu. Luigi kam und fragte: "Wollen Sie essen?"

16

"Na klar, Luigi, aber vorher kriegen wir erst einmal einen halben Liter Montepulciano."

"Jeder einen halben?", grinste Luigi.

"Um Himmels Willen. Dann fangen wir mit Sicherheit an zu singen. Und das wollen wir dir ersparen."

Luigi lachte und machte sich in Richtung Theke davon.

"Mensch, Melli, die haben sich aber gewaltig in Unkosten gestürzt. In den vergangenen vier geschlossenen Wochen, haben die den Laden toll umgemodelt. Ich muß sagen, sie haben es gut gemacht!"

"Mir gefällt es auch."

Das Restaurant war nicht besonders groß und nach dem Umbau hatte man sogar nochmals auf zwei kleine Tische verzichtet. Es war mit einem etwas größeren Tisch für acht Personen, zweien für sechs, zwei Tischen für vier und zwei Minitischen für zwei Personen einfach urgemütlich geworden.

Die Wände zeigten farbenfrohe italienische Bilder, Fischernetze, Chiantiflaschen und Ähnliches; was die Hintergrundmusik anging, hatte man sich auf italienisch/deutsche Nostalgie verlegt. Bestimmt nicht das Verkehrteste.

Die beiden hatten in aller Gemütsruhe ihr erstes Viertel geleert und kamen überein, jetzt zu essen. Sonja entschied sich für Spaghetti, was Melanie zu der Bemerkung veranlaßte: "Du denkst ja daran, dass du eine weiße Bluse anhast?!"

Sonja lachte: "Ich weiß, am besten wickle ich mir ein Schlabberlätzchen rundum."

Melanie zog Tortellini vor und grinste: "Ich kenn' mich schließlich!"

Als das Essen serviert wurde, erstarb die Unterhaltung für einen Moment. Beide waren angelegentlich beschäftigt und Sonja wollte sich gerade die aufgewickelten Spaghetti in den Mund schieben, als sich die Eingangstür öffnete.

Sonja blieb die Gabel auf halbem Weg in der Luft hängen und sie verfärbte sich. Melanie, die mit dem Rücken zur Eingangstür saß und somit nicht sehen konnte, was sich dort abspielte, sah ihre Freundin an: "Um Himmels Willen, was hast du? Du siehst aus wie ein Gespenst!"

"Dreh dich bitte nicht um", sagte Sonja. "Der Kerl kommt gleich an dir vorbei. Dann siehst du ihn."

"Wer ist das denn?"

"Diese Visage werde ich in meinem ganzen Leben nicht vergessen", zischte Sonja leise. "Der hat mir eingebrockt, dass ich vier Jahre nur noch auf dem Klo allein war!"

???

Die ganze Melanie war ein einziges Fragezeichen.

"Ich habe das Gefühl, dass ich dich zwar schon eine ganze Reihe von Jahren kenne, aber sehr wenig von dir weiß", antwortete sie.

"Warte ein bißchen, bis wir draußen oder daheim sind, ich erzähle dir alles."

Sonja sah geistesabwesend vor sich hin. In ihr lief das Geschehen von damals ab wie ein alter Film …

***

1968

"Scheibenkleister!" Sonja fluchte leise vor sich hin. Die Kontrollen an der innerdeutschen Grenze Helmstedt-Marienborn waren gerade über die Bühne, dafür war die Verspätung auf acht Stunden angewachsen. Davon hatten sie indessen die letzten zweieinhalb Stunden an der Grenze gestanden. Dadurch, dass der Zug gleich zu Anfang aus dem Fahrplan geraten war, musste er zwischendurch immer auf Nebengleise, um die Züge, die im Plan lagen, durchzulassen. Die anfängliche Verspätung hatte sich nicht verringert, wie alle hofften, im Gegenteil.

Außerdem war es saukalt im Abteil und es zog wie Hechtsuppe. Kurz nachdem man in Köln losgefahren war, hatten die Mitreisenden bemerkt, dass die Heizung nicht funktionierte und zu allem Überfluß die Fenster undicht waren. Mangels anderer Möglichkeiten opferte einer der Mitreisenden einen Teil seiner Zeitschrift *Der Spiegel*. Sie wurde zerrupft und damit die Fenster abgedichtet. Die Fahrgäste, die in Fahrtrichtung saßen, wären innerhalb kürzester Zeit nicht nur erfroren, sondern auch noch eingeschneit. Seit Stunden schneite es wie Hund. Als man sich der DDR-Grenze näherte, dachte natürlich kein Mensch mehr an die blödsinnige Zeitschrift. Und ausgerechnet *Der Spiegel*. Na, das war ja bei den Grenzern besonders gut angekommen.

Trotzdem waren sie noch verhältnismäßig freundlich. Sie bestanden zwar auf der Entfernung dieser Fetzen, opferten aber wenigstens Papierhandtücher und Klopapier von der Zugtoilette.

Ausnahmsweise war ja mal was da.

Sonja musste innerlich grinsen.

Das verging ihr allerdings gründlich als sie nach einem Blick auf die Uhr feststellen musste, dass sie in Magdeburg den Anschluß wohl endgültig in den Wind schreiben konnte. Sie fragte sich, wie zum Teufel, sie nach Riesa und von dort aus nach Elsterwerda kommen sollte. Mitten in der Nacht würde auf dieser Strecke vermutlich noch weniger fahren als man das vom Westen gewöhnt war. Außerdem würde der Schwiegervater wohl kaum die Nacht auf dem Bahnsteig verbringen. Nach ungefähr einer weiteren Stunde Fahrt hatten sie dann endlich Magdeburg erreicht. Sonja angelte sich ihren Koffer und stieg aus. Eisige Kälte schlug ihr entgegen und der erste Gedanke war, man fühlt schon die Nähe zu Russland und danach bin ich weiß Gott nicht angezogen. Obwohl der Gedanke an die Nähe zu Russland rein theoretisch war; geographisch stimmte das in keiner Weise. Aber für Sonja war das ein Wintereinbruch, den sie aus dem milden Rheinland nicht kannte und Temperaturen von mehr als zwanzig Grad minus hatte sie bis dato auch noch nicht erlebt.

Außerdem – das faszinierte sie schon – war alles dick verschneit und Sonja wagte nicht zu ermessen, wie hoch der Schnee lag. Sie dachte, dass sie mit ihrer Schätzung ziemlich daneben liegen könnte. Sie sah sich um und stellte fest, dass der Bahnhof genauso trostlos aussah, wie ihre Stimmung. Am Ende des Bahnsteiges stand eine einsame, vermummte Gestalt, die sich bei ihrem Anblick langsam in Bewegung setzte.

Der Schwiegervater. Er hatte also doch gewartet.

"Du lieber Gott", entfuhr es Sonja, "Du mußt doch völlig durchfroren sein. Und was sage ich jetzt? Guten Abend ist nicht mehr ganz passend, wie? Das kann man wirklich nicht mehr sagen."

Friedrich Hanser lachte. "Nein, wohl kaum. Da hast du recht. Aber zunächst einmal: herzlich willkommen. Ich freue mich sehr, dich kennenzulernen. Immerhin war die plötzliche Hochzeit von Johannes eine ziemliche Überraschung für mich."

"Kann ich mir denken", lachte Sonja. "Aber ich glaube, wir sollten hier nicht festwachsen, sondern zusehen, dass wir irgendwie ins Warme kommen. Falls es sowas wie beheizte Warteräume gibt", fügte sie leise hinzu.

Friedrich Hanser nahm mit der einen Hand den Koffer und hakte Sonja an der anderen Seite unter. "Komm, wir brauchen wirklich nicht festzuwachsen. Abgesehen davon, dass der Warteraum beheizt ist, habe ich ein Taxi organisiert, was uns auf dem schnellsten Wege nach Elsterwerda bringt. Der nächste Zug fährt nämlich erst um fünf in der Früh und bis dahin sind wir tatsächlich erfroren."

Sie machten sich auf den Weg zum Bahnhofsgebäude, in dem ein Taxifahrer reichlich mißmutig wartete.

"Na endlich", brummte er, "dann können wir ja wohl?"

Vor dem Bahnhofsgebäude, wo von einer Straße nichts mehr zu sehen war, weil alles im Schnee versank, stand das Taxi und Sonja sah zum ersten Mal einen *Wolga*. Taxi auf russisch. In der DDR sah man zu dieser Zeit fast nur Wolga's als Taxi, weil nämlich eine entsprechende Abnahmeverpflichtung bestand. Seitens der Russen kann man das durchaus verstehen, mussten die doch ihre Fahrzeuge loswerden. Allerdings haben die deutschen Taxifahrer nicht schlecht geflucht. So ein Wolga war versoffen und brauchte ungefähr sechsundzwanzig Liter Benzin auf hundert Kilometer. Aber dafür hatte er eine ausgezeichnete Heizung.

Wen wundert's!

Der Fahrer nahm Sonjas Koffer und wollte den Kofferraum öffnen. Ja, denkste! Sachkundig und etwas lakonisch stellte er fest: "Zugefroren. Mist elender! Was jetzt?"

Letzteres war an Sonja gerichtet.

Diese war inzwischen saumüde, knatschig und kaum mehr ansprechbar. Trotzdem fiel ihr ein, dass sie noch ein Fläschchen Türschloßenteiser in der Handtasche haben könnte. Mit blaugefrorenen Fingern wühlte sie darin herum.

"Hurra, da ist es ja!"

Sie ging an dem Fahrer vorbei und steckte die spitze Tülle in das Türschloß an der Fahrerseite. Nachdem sie ein wenig von der Flüssigkeit in das Schloß gedrückt hatte, ging sie um das Auto herum und machte es mit den anderen Türschlössern und dem Schloß des Kofferraumdeckels genauso. Nach kurzer Zeit ließen sich alle Türen , auch der Kofferraum, problemlos öffnen.

Der Fahrer staunte nicht schlecht und Sonja dachte, dass dem armen Kerl vermutlich am nächsten Tag das gleiche passieren würde.

"Hier, bitte. Sie brauchen es wohl dringender als ich."

Dass sie sich, wenn sie wieder in Köln war, ein neues Fläschchen kaufen könnte, sagte sie taktvollerweise nicht dazu. Endlich war der

Koffer verstaut und der Wagen setzte sich in Bewegung. Gegen zwei Uhr in der Früh erreichte man Elsterwerda. Die Fahrt war das, was Sonja heute als einen Horrortrip bezeichnen würde. Alles dick verschneit und besonders *angenehm*: die Straße darunter war total vereist. Von räumen oder streuen hatte man anscheinend noch nie was gehört, jedenfalls war eine Rutschpartie par excellence angesagt, was die ganze Geschichte nicht besser machte.

Endlich war man da.

Friedrich Hanser schloß die Tür auf und Sonja wollte sich gerade die Schuhe ausziehen, um niemanden zu wecken als die Wohnzimmertür aufging und eine Dame mittleren Alters im Rahmen stand.

"Ich bin Isa Kannemeier und die Lebensgefährtin Ihres Schwiegervaters", stellte sie sich vor. "Kommt erst einmal rein. Ich habe einen Kaffee warmgehalten, damit Ihr wenigstens ein bisschen zu Verstand kommt."

Gähnend sank Sonja in den nächsten Sessel und hüpfte gleich wieder hoch. "Entschuldigung", meinte sie, "ich habe mich einfach hingesetzt."

"Das wäre ja auch noch schöner, wenn du das nicht dürftest", lächelte Isa. "Was meinst du?", wandte sie sich an Friedrich Hanser.

Während dieses kleinen Geplänkels hatte Sonja sich ganz verstohlen ein wenig umgesehen. Das Wohnzimmer war recht gemütlich, wenn auch mit Möbeln ausgestattet, die ihre eigenen Eltern schon vor über zehn Jahren entsorgt hatten. Plüsch, Quaddeln und das alles in altrosa. Naja – aber woher sollten sie es auch nehmen. Sie trank ihren Kaffee und meinte dann aber: "Ihr seid mir bitte nicht böse, aber was ich jetzt nur noch brauche, ist ein Bett!"

Isa Kannemeier stand auf. "Du hast recht, hoffentlich kannst du nach dem Kaffee jetzt noch schlafen?"

"Bestimmt", gähnte Sonja, "ich wußte gar nicht, dass ein einzelner Mensch so müde sein kann."

Sonja schaffte es gerade noch, sich in dem ihr zur Verfügung gestellten Schlafzimmer auszuziehen. Ins Bett, Beine noch unter die Decke ziehen – dann fiel sie in einen totenähnlichen Schlaf. Durch ihr Gehirn rasten die wildesten Träume. Sie erlebte die Bahnfahrt genauso noch einmal wie die stillen Ängste, die sie an der Grenze ausgestanden hatte.

"Nein – nein – ich will nicht mitkommen ..."

"Sonja, wach auf!"
Erschrocken fuhr sie hoch.
Vor dem Bett stand der Schwiegervater. "Du mußt dich anziehen. Draußen stehen zwei Herren, die dir den Dresdner Zwinger zeigen wollen."
Die gesamte Betonung dieses Satzes war so seltsam, dass Sonja sofort hellwach wurde. Friedrich Hanser legte den Finger auf die Lippen. Ganz leise flüsterte er: "Die sind vom Staatssicherheitsdienst – STASI – dagegen kannst du dich nicht wehren. Und!, sei wachsam; ich weiß nicht was die wollen. Etwas Gutes kann's nicht sein."
Laut sagte er: "Nun komm, Mädchen, werd' langsam munter. Ich warte im Wohnzimmer auf dich."
Seufzend schälte Sonja sich aus dem Bett und fluchte innerlich. Die hätten doch wenigstens noch ein paar Stunden warten können. Unausgeschlafen, ohne Frühstück.
Wie spät ist es eigentlich? Ein Blick auf den Wecker: gerade mal halb acht.
"Die haben einen Vogel", meinte sie, "und, was zum Teufel, soll ich in Dresden?"
Mit einer halben Drehung zum Schwiegervater, der noch im Türrahmen stand, meinte sie: "Ich bin zu dir gekommen und wenn wir einen Ausflug machen wollen, können wir das allein."
Friedrich Hanser meinte flüsternd: "Nicht so laut; du hast ja recht, es hilft bloß nichts. Komm und mach dich fertig. Letztlich kriegen

wir beide bloß Probleme."

Sonja schlurfte ins Bad. Sie war gewohnt, täglich zu duschen. Aber hier gab es nur eine Badewanne. Also blieb ihr nichts anderes übrig, als die Handbrause zu nehmen und sich, wie sie es nannte, mit dem Telefonhörer zu duschen. Dass ihre Stimmung dabei einen gewissen Aufschwung erhalten könnte, war nicht gerade festzustellen. Zwanzig Minuten später war sie fertig.

Im Wohnzimmer standen zwei Männer, die vor allem eines waren: denkbar unsympathisch. Bei Sonja schlugen alle Frühwarnsysteme Alarm, aber sie riss sich zusammen. Schon das Äußere der Beiden sprach Sonja auf das Unangenehmste an. Beide trugen dunkle Ledermäntel und Hüte. Bei dem Kleineren der beiden guckten lange, ungepflegte Haare heraus. Außerdem roch der Lange ekelhaft nach Schweiß. Und das war etwas, was Sonja nun gleich gar nicht leiden konnte.
Sie rümpfte die Nase: "Guten Morgen, ich bin Sonja Hanser."
"Guten Morgen. Wir freuen uns, Sie kennenzulernen. Wir haben aus Ihren Einreisepapieren gesehen, dass Sie zum ersten Mal in der DDR sind (was schon nicht stimmte!) und wollen Sie gern für einen Tag betreuen. Da ganz in unserer Nähe die Stadt Dresden liegt, die besonders schön und geschichtsträchtig ist, haben wir beschlossen, Ihnen diese Stadt und den wunderschönen Zwinger zu zeigen."
Sonja fing gerade noch einen warnenden Blick ihres Schwiegervaters auf und antwortete brav: "Dankeschön, das ist sehr aufmerksam. Aber, wenn ich ehrlich sein soll, es wäre mir lieber gewesen, wenn Sie damit noch ein wenig gewartet hätten. Ich bin in der vergangenen Nacht, nach einer Horrorfahrt, erst gegen zwei Uhr in der Früh hier angekommen und im Moment noch saumüde. Gefrühstückt habe ich auch noch nicht."
Die beiden Herren verzogen unisono das Gesicht, was wohl ein Lä-

cheln darstellen sollte.

"Das Frühstück holen wir unterwegs nach, wenn es Ihnen recht ist. Sogar recht exklusiv. Aber was meinten Sie mit *Horrorfahrt*? Haben Sie etwas gegen unsere fortschrittlichen Eisenbahnverbindungen?" Damit war wohl klar, wie hier der Hase laufen würde.

Zähneknirschend ging Sonja in die Diele und zog sich die Schuhe an. Als sie vor die Tür traten, atmete Sonja tief durch, was in einem Hustenanfall endete. Du lieber Himmel, war das kalt. Die Nasenwände klebten zusammen und sie angelte nach ihrem Taschentuch, um es sich vor das Gesicht zu halten.
"Wieviel Grad minus haben wir eigentlich?", nuschelte sie aus ihrer Vermummung.
"Ungefähr fünfundzwanzig."
Das kann ja heiter werden, dachte sie und stieg in die schwarze Limousine mit Chauffeur, die vor dem Haus wartete.
Die nun folgende Fahrt blieb Sonja nur mehr oder minder bruchstückhaft in Erinnerung. Teilweise hatte sie den Eindruck, über den Mond kutschiert zu werden.
Die Landschaft, nicht gerade von Schönheit geprägt, versank inzwischen in leichtem Nebel, der die Rutschpartie nicht angenehmer machte. Sie dachte mit Schaudern daran, dass sie den ganzen Tag in Gesellschaft dieser zweifelhaften Typen verbringen musste und gab sich redlich Mühe, das Frage- und Antwortspiel der beiden mitzumachen. Sie konnte sich die ganze Chose nicht erklären.
"... ja, und wissen Sie, dann kommt auch noch dazu, dass Sie doch ganz bestimmt Ihren Schwiegervater gern bei sich hätten, oder?"
Sonja, die gedankenverloren diesem *Warum* nachhing, schreckte plötzlich hoch und war hellwach. Vor lauter Angespanntheit vergaß sie sogar, welchen Hunger sie hatte. Jetzt kam es wohl darauf an.
"Natürlich wäre das schön, wenn wir nicht soweit auseinander wohnen würden", sagte sie vorsichtig. "Aber das läßt sich nun einmal

nicht ändern."

"Das, junge Frau, liegt in Ihrer Hand", bemerkte der mit dem ledernen Schlapphut.

"Wieso?"

"Nun, Sie werden sich ja wohl denken können, dass wir nicht jeden in unser Land lassen und können es sich zur Ehre anrechnen, dass Sie eine Einreisegenehmigung erhalten haben. Durch diese Papiere wissen wir auch, dass Sie in einem grossen Industrieunternehmen tätig sind. Nun, wenn Sie bereit wären und uns vielleicht ab und zu einen kleinen Gefallen erweisen, könnte Ihr Schwiegervater innerhalb kurzer Zeit ausreisen und bei Ihnen wohnen."

Das war es also!

Sonja vergaß, Luft zu holen. In ihrem Kopf war ein einziges Durcheinander und vor allen Dingen panische Angst. Spionage!

Wie, zum Teufel, sollte sie da wieder rauskommen. Und zwar unbeschadet.

"Es versteht sich von selbst", sagte der lange Stinker gerade, "dass Sie über dieses Gespräch absolutes Stillschweigen bewahren werden, nicht wahr? Andernfalls könnte das sehr unangenehme Konsequenzen für Sie und Ihre Familie haben", meinte er weiter.

Sonjas Herz raste. Sie riß sich zusammen und hoffte, dass ihre Stimme nicht allzusehr zitterte. "Aber da sind Sie bei mir doch nun völlig falsch. Ich bin wirklich nur eine kleine, unbedeutende Sekretärin."

Der Kurze, Ungepflegte, gähnte ungeniert und nuschelte etwas maliziös: "Ganz so klein und unbedeutend nun auch nicht. Immerhin sitzen Sie bei einem Direktor und dürften schon Einblick in Unterlagen haben, die durchaus interessant sein könnten. Aber das können Sie sich natürlich überlegen. Nur ... denken Sie daran, je länger Sie überlegen, desto länger muß Ihr Schwiegervater hierbleiben. So! Jetzt gehen wir endlich frühstücken. Leider sind wir nicht in Berlin – mit dem *Adlon* können wir also nicht dienen", meinte er.

"Wieso Adlon", reagierte Sonja ganz automatisch, "das ist doch im Krieg in die Binsen gegangen, oder?"

Auf's Frühstücken hätte Sonja inzwischen verzichten können; der Appetit war ihr gründlich vergangen und sie kämpfte mit gnadenloser Angst. Wie käme sie da wieder raus ohne sich und ihre Familie in Schwierigkeiten zu bringen. Die unverhohlene Drohung, die der Lange ausgesprochen hatte, setzte ihr zu und sie beschloss, entgegen aller Warnungen, sobald sie zurück waren, ihren Schwiegervater einzuweihen. Irgendwie hatte sie das Gefühl, dass etwas im Hintergrund schwelte, was für sie von Bedeutung war.

"Ich verstehe trotzdem nicht, wie Sie ausgerechnet auf mich kommen," hörte sie sich selber weitersprechen. "Gut, mein Chef ist Direktor, aber auch er hat nur ein begrenztes Gebiet der Zuständigkeit und Dinge, die wirklich gravierend oder besonders wichtig wären, sieht vermutlich noch nicht einmal er. Geschweige denn: ich. Und ich wüßte auch nicht, wie ich Ihnen überhaupt Nachrichten zukommen lassen sollte; ich habe noch nicht einmal ein Telefon."

Uff, so müßte es gehen, dachte Sonja. Das ist meine Rettung. Pustekuchen. Das hatte sie auch wirklich nur gedacht.

Die Antwort ließ nicht lange auf sich warten. "Das dürfte doch bei Ihnen drüben das geringste Problem sein, an einen Telefonanschluss zu kommen."

Die Kerle waren offensichtlich bestens informiert.

"Und wer bezahlt mir das?", fragte Sonja zurück.

"Wir gehen davon aus, dass Ihr Schwiegervater Ihnen das wert ist."

"Und außerdem", resümierte der Andere, "liegt Spionage ja wohl in Ihrer Familie. Immerhin hat Friedrich Hanser aus eben diesem Grund fünfundzwanzig Jahre in Brandenburg im Kittchen zugebracht. Es war sicher nicht dumm, zu spionieren, aber er war dumm genug, es für die Gegenseite zu tun und noch dümmer, sich erwischen zu lassen."

Sonja schnappte nach Luft wie ein Fisch auf dem Trockenen. Ihr wurde schlagartig übel.

***

Ricardo 1965 – 1970

Ricardo kämpfte gegen die bleierne Müdigkeit, die diese elend lange Bahnfahrt bei ihm auslöste. Immer wieder ging sein Blick zur Uhr, nur noch knapp sieben Stunden. Inzwischen hatte man München erreicht und, wenn ihm nicht gerade mal wieder die Augen zufielen, besah er sich die Landschaft. Die Alpen lagen bereits hinter ihnen und Ricardo war fasziniert von der Schönheit dieses Landes. Er hatte sich unter Georgios Schilderungen nicht viel vorstellen können und bewunderte vor allen Dingen, dass alles so herrlich grün war.

Hinter München trübte sich der Himmel dann ein und er bekam einen ersten Vorgeschmack auf das, was man in Deutschland allgemein Sauwetter nennt. Besonders im Rheinland, wo ein Spruch die Wetterregeln sehr vereinfacht ausdrückt: Wenn man aus dem Fenster guckt und das Siebengebirge sehen kann, dann regnet es bald und, wenn man es nicht sieht: regnet es.

Georgio hatte ihm erzählt, dass es viel regnen würde und im Winter bitter kalt sei, aber wirklich vorstellen konnte Ricardo sich das nicht. Bei weiteren Blicken aus dem Zugfenster dämmerte ihm, dass er mit seinen paar Klamotten, die ausschließlich auf mediterranes Klima ausgerichtet waren, wohl kaum auskommen würde. Aber dafür brauchte er Geld und, um genau daran zu kommen, Arbeit. Sorgen machte Ricardo sich darum nicht. Georgio hatte ihm versprochen, dass das kein Problem sei und seinem Freund vertraute er immer schon. Georgio war ohnehin der Aktivere und Mutigere von ihnen beiden.

Sein Reisegefährte kam vom Frühstück aus dem Speisewagen und besah den vor sich hin dösenden Ricardo. Er hatte zwar nicht viel für Menschen übrig, deren Sprache er nicht verstand, aber irgendwie rührte ihn dieses Bengelchen. Trotz erheblicher Sprachprobleme hatte er immerhin heraus bekommen, dass der Junge Ricardo hieß und in Deutschland Arbeit suchte. Naja, dachte Hans Gutmooser, bei uns will eh' keiner mehr die Straße kehren, warum sollte er das nicht tun. Er dachte an seine Frau Hertha und die beiden Kinder, die unbedingt studieren wollten. Wollten sie das wirklich?, war es nicht eher so, dass sie *sollten*! Er, Hans Gutmooser, war sowieso dagegen. Nicht, dass er seinen Kindern eine solche Ausbildung nicht gegönnt hätte oder nicht bereit gewesen wäre, sie zu bezahlen. Nein, er war aufgrund der Zeugnisse der Beiden ganz einfach der Ansicht, dass sie in einem Beruf, zu dem man kein Studium bräuchte, besser aufgehoben seien. Mit seiner Ansicht biss er bei Hertha auf Granit. Sie wollte unbedingt stolz auf ihre Kinder sein, was er auch irgendwie verstand. Aber musste man dafür studiert haben? Und ihre Worte: *Ihr sollt es einmal besser haben als ich*, konnte er nicht mehr hören.

Er seufzte und sah Ricardo an. Mit Händen und Füßen starteten die Beiden einen erneuten Versuch, sich zu unterhalten und brachen zwischendurch in schallendes Gelächter aus. Mißverständnisse waren programmiert; aber man kam sich näher. Hans Gutmooser schämte sich fast ein wenig, dass er am Morgen so unfreundlich zu Ricardo gewesen war. Er hatte auch rausgekriegt, dass der Junge zweiundzwanzig Jahre alt war. Aussehen tat er gerade mal wie sechzehn. Er versuchte, ihm klarzumachen, dass er so empfand, aber das scheiterte dann endgültig an dem, was man

Sprachproblem, beziehungsweise Verständigungsschwierigkeiten nannte. Gutmooser beschloß, in den verbleibenden Stunden Ricardo ein paar Worte Deutsch beizubringen. Er setzte sich in Positur und Ricardo sah ihn neugierig an. Dann lachte er und machte es seinem Reisegefährten nach.

Hans Gutmooser deutete mit dem Zeigefinger auf sich und sagte: "Mein Name ist Hans Gutmooser."
"Aha", hatte Ricardo begriffen und wiederholte brav.
"Nein, nein", lachte Gutmooser, "mein Name....."
Dann deutete er mit dem Finger auf Ricardo.
Es dauerte eine kleine Weile aber dann hatte Ricardo die Technik verstanden und die beiden nahmen immer einzelne neue Worte auf. Ricardo holte sich einen kleinen Block und einen Bleistift aus der Tasche und versuchte, so gut das ging, mitzuschreiben, was sein Reisegefährte ihm beibrachte. Das war mit erheblichen Schwierigkeiten verbunden, da Ricardos Schreibtechnik zu wünschen übrig ließ. Hans Gutmooser half ihm so gut wie möglich und die letzten Stunden bis Köln vergingen wie im Flug. Als der Zielbahnhof erreicht war, bedauerten beide, dass sie nicht schon früher den Versuch gemacht hatten, miteinander zu sprechen. Gutmooser gab Ricardo seine Adresse – er wohnte auch in Köln – und machte ihm verständlich, dass er sich, sobald alles ein bißchen in der Reihe sei, bei ihm melden solle. Er würde sich freuen, ihn wiederzusehen. Ricardo freute sich auch.
Mit einem Ruck hielt der Zug.
Endstation. Alles aussteigen.
Dank Gutmoosers Hilfe verstand, treffender: begriff, Ricardo diese Durchsage sogar und nahm seine Tasche. Er stieg aus, winkte seinem eilig davon strebenden Reisegefährten nach und sah sich um. Da kam Georgio.
Die beiden fielen sich um den Hals und redeten im Eiltempo auf-

einander ein. Auf dem Bahnsteig sahen einige Passanten dieses Schauspiel und eine Frau sagte: "Schon wieder so'n paar Spanier."

"Nix Spanien", sagte Georgio empört, "isch sein Italien!"

"Mir auch wurscht", meinte die Dame, "verstehen kann Euch hier sowieso kein Mensch."

"Das werden besser, junge Frau", meinte Georgio ungerührt, "isch haben schon gelernt eine Menge deutsch Worte. Aber nicht genug. Du vielleicht können helfen, dann schneller!?"

Er grinste und nahm Ricardo am Arm. Die beiden gingen zum Ausgang und Ricardo begann von seiner Reise zu erzählen.

Vor dem Bahnhofsportal stand Georgios Fahrrad. Die Reisetasche wurde auf dem Gepäckträger verstaut und zu Fuß machten sie sich zunächst auf den Weg zu Georgios Quartier. Er wohnte in einem Heim für Ausländer, in unmittelbarer Nähe des Rheins.

Ricardo wurde angesichts dieser Riesenstadt ganz still und fast ein bißchen ängstlich. Auf was hatte er sich da bloß eingelassen!

Georgio nahm ihn mit auf sein Zimmer und erklärte ihm, was am kommenden Tag zu erledigen sei. Heute könne man ohnehin nichts mehr machen, da die Behörden bereits geschlossen hätten. Aber morgen.

Ricardo sah in verzweifelt an: "Und, wie, bitte, soll ich das hinbekommen?"

"Keine Bange", lachte Georgio, "ich habe mir einen Tag Urlaub genommen und werde dich begleiten. Wir schaffen das schon. Ich habe es schließlich auch geschafft. Jetzt komm erst einmal mit, ich werde dich den Anderen vorstellen. Auch die werden dir alle helfen. Wir sind hier ungefähr zwanzig Leute, davon sind sechzehn Spanier."

"Heilige Mutter Gottes", entfuhr es Ricardo, "die versteh' ich doch auch nicht!"

Georgio lachte: "Nein, noch nicht - aber bald!"

"Wieso, muß ich jetzt etwa auch noch spanisch lernen?"

"Natürlich nicht, Ricardo, aber du vergißt, dass wir jetzt alle in Deutschland sind und die Spanier müssen, genau wie wir, deutsch lernen. Das ist für die Zukunft unsere gemeinsame Sprache."

Ricardo musste lachen. "Du hast ja recht, aber eine komische Vorstellung ist das schon. Das mußt du zugeben, oder?"

Inzwischen hatten sie einen Mitbewohner aufgegabelt. Rodrigo, einen Spanier. Der lebte bereits über ein halbes Jahr in Köln und konnte inzwischen schon ganz gut deutsch. Außerdem hatte er sich durch seine italienischen Kumpels auch etwas italienisch (!) angeeignet, so dass die Verständigung prima klappte.

Ricardo verlor ein wenig seine Unsicherheit und als Georgio sagte, man wolle am Abend zusammen ein Bier trinken gehen, war er nur zu gerne bereit, dieses Angebot anzunehmen.

Die nächstgelegene Kneipe war uralt und rappelvoll. Ein altes Brauhaus, was nicht nur von Kölnern, sondern auch rund um die Uhr von jeder Menge Touristen besucht wurde. Da Ricardo von seiner Reise noch reichlich kaputt war, verzichtete man aus Solidarität auf ein ausgiebiges *Gelage* und ging nach drei Bier wieder heim.

Georgio gähnte inzwischen mit Ricardo um die Wette, aber nicht, weil er zuviel getrunken hatte, sondern weil ihm die letzte Nachtschicht noch in den Knochen steckte.

"Komm", meinte er, "wir sehen zu, dass wir ins Bett kommen. Morgen ist um halb sieben die Nacht zu Ende!"

"Wann?", fragte Ricardo entsetzt. "Halb sieben? Das ist ja mitten in der Nacht!"

"Hilft nichts, mein Freund", grinste Georgio schadenfroh. "Du bist nicht mehr in deinem verschlafenen Margherita sondern in Köln. Und, Ricardo, das ist jetzt kein Spaß: die Deutschen sind sowieso ganz anders als man uns das mit den tollsten Schauermärchen weismachen wollte. Wenn ich ein paar von unseren Schwadlappen bei meinem nächsten Besuch in die Finger kriege, werde ich denen was erzählen. Aber eines wissen unsere Schwarzmaler mit ihrem Superfeindbild nicht: die Deutschen sind, Ausnahmen gibt's auch hier, absolut zuverlässig und pünktlich. Du darfst dir so annähernd alles erlauben, die sind hier wirklich sehr tolerant, bloß eines solltest du nie sein: unpünktlich. Dann bist du untendurch. So, und jetzt komm. Heute schläfst du bei mir und morgen gehen wir zum Ausländermeldeamt. Und hier im Haus melden wir dich beim Hausmeister. Möchtest du ein Zimmer für dich allein oder willst du lieber zu zweit wohnen?"

Fragend sah Georgio seinen Freund an. Aber der war nur noch bettreif.

"Ich werde morgen weiterdenken", sagte er zu Georgio.

Morgen!

Morgen würde er anfangen, Deutschland zu erobern.

***

Freitag

Melanie sah ihre Freundin an, die wie in Trance eine Geschichte erzählte.

"He", sagte Melanie, "aufwachen!"

Sonja schreckte wie aus einem Traum hoch und lächelte entschuldigend: "Sorry, jetzt habe ich dich auch noch mit diesem elenden Mist aus der Vergangenheit zugelabert."

"Du bist gut! Laß mich jetzt gefälligst nicht mittendrin hängen. Wie ging das denn weiter?"

Melanie drängte Sonja zum Weitererzählen, aber diese wehrte zunächst ein bißchen ab. "Laß uns zu Ende essen und heimgehen.

Dann erzähle ich dir den Rest. Hier hab' ich keinen Nerv mehr."

Was Melanie dann auch irgendwie verstehen konnte.

Sie nahm einen Schluck Rotwein und deutete mit der Gabel nach vorne.

"Sieh mal, Nicoletta ist auch hier."

"Ist das Luigis Tochter?"

"Nein, das ist schon seine Enkelin."

"Himmel, wie lange ist Luigi denn schon in Deutschland?"

"Hm, wenn mich nicht alles täuscht, müßten das etwas über dreißig Jahre sein."

Luigi, der die leise geführte Unterhaltung dennoch mitbekommen hatte, fügte hinzu: "zweiunddreißig!"

Sonja lachte zum ersten Mal an diesem Abend auf: "Luigi, eines mußt Du zugeben, Du bist deutscher als wir alle zusammen!"

"Stimmt!"

"Außerdem", schaltete sich Melanie ein, "Du hast völlig recht. du arbeitest hier und zahlst deine Steuern, also hast du auch das Recht, deinen Mund aufzumachen."

Luigi hatte auch nicht vor, sich Fesseln aufzuerlegen. Immerhin hatte er es von einem kleinen Fabrikarbeiter zum Restaurantbesitzer gebracht. Und darauf war er, und wie er fand: mit Recht, stolz.

"Um an den Ursprung des Themas anzuknüpfen", begann er. "Ja, Nicoletta ist schon meine Enkelin und in Deutschland geboren. Sie ist jetzt sechs Jahre alt und dieses Jahr in die Schule gekommen. Aber für Arietta, meine Frau, und für mich ist das alles ein bißchen problematisch. Sie ist fast das einzige Kind mit christlichem Glauben. Der ganze Rest, bis auf einige wenige, sind Moslems, Hindi und was weiß ich sonst noch. Ich kenn' mich da nicht so genau aus. Fiorena, meine Tochter und Nico, mein Schwiegersohn, sehen das nicht so eng. Sie sagen immer: je multinationaler und -kultureller, umso besser. Aber ich weiß nicht so recht. Ich fühle mich einfach unwohl bei dem Gedanken, dass Nicoletta eines

Tages nach Hause kommt und vielleicht den Wunsch äußert, einen anderen Glauben annehmen zu wollen."

Luigi wartete keine Antwort ab, seufzte und lächelte dann: "Jetzt trinken wir aber noch einen Grappa; auf Kosten des Hauses. Damit läßt sich auch die Rechnung viel besser verdauen."

Sonja und Melanie teilten sich, wie immer, den Betrag. Sie gingen seit Jahren gemeinsam essen und anfangs hatte jeder für sich bezahlt. Eines Tages stellten sie fest, dass das ganz großer Blödsinn sei, dass jede ihr Glas Wein für sich bestellen würde. Am Ende hatten sie, bis auf ein paar Cent rauf oder runter, sowieso immer den gleichen Betrag. Seit dieser Erkenntnis machten sie grundsätzlich eine gemeinsame Rechnung und Luigi kannte das schon gar nicht mehr anders; und er machte auch immer das gleiche Witzchen.

Irgendwie hatte Luigi das Gefühl, dass Sonja eine besondere Frau war. Sie strahlte etwas aus, was Luigi nicht definieren konnte. Er hatte schon einmal versucht herauszufinden, wie alt Sonja denn war. Seine Bemühungen hatte sie damals kurzerhand im Keim erstickt in dem sie sagte: "Gib dir doch um Himmelswillen nicht soviel umständliche Mühe, Luigi; wenn du was wissen willst, dann frag' mich halt."

Luigi kam daraufhin gewaltig ins Schwitzen. Hatte man ihm doch beigebracht, eine Dame niemals nach ihrem Alter zu fragen.

Sonja sah ihn damals – und das war nun immerhin schon ein paar Jahre her – an und meinte: "So, so, was dir also auf der Seele brennt ist, zu wissen, wie alt ich wohl bin, hm?"

In der Erinnerung musste Luigi lachen. Jetzt war Sonja jedenfalls achtundvierzig und, je nachdem, wie sie angezogen oder gelaunt war, sah sie manchmal auch gut und gerne zehn Jahre jünger aus. Trotzdem fühlte er so etwas wie ein Geheimnis um diese Frau. Er hatte auch schon mit Arietta darüber gesprochen, die dann mit scherzhaft erhobenem Zeigefinger meinte: "Du willst mir doch wohl auf Deine alten Tage nicht noch untreu werden?"

Am meisten hatten Luigi die *alten Tage* getroffen, aber sonst konnte er Arietta schon glaubwürdig versichern, dass seine stille Liebe zu Sonja rein platonisch war.

Wirklich?

Er schüttelte die Gedanken ab und konzentrierte sich darauf, den beiden Damen in ihre Jacken zu helfen.

"Ciao Luigi! Bis zum nächsten Mal. Und grüße deine Frau von uns. Mach's gut, Nicoletta. Und viel Spaß in der Schule!"

Luigi und Nicoletta sahen den beiden nach.

"Nicht wahr, Großvater, Sonja ist bestimmt schon einmal auf der Welt gewesen?"

"Wie kommst du denn darauf", sah Luigi seine Enkeltochter erstaunt an.

"Ich glaube, sie hat ganz doll viel erlebt. Und das paßt gar nicht alles in ein Leben."

"Was du dir zusammenreimst, cara mia. Komm rein, die Oma wartet bestimmt schon mit dem Abendessen."

Vertrauensvoll schmiegte sich Nicolettas kleine Hand in die Pranke von Luigi und sie gingen gemeinsam in die Küche.

*

Melanie und Sonja legten den ersten Teil des Heimweges schweigend zurück. Melli wollte ihre Freundin nicht drängen und ihr Gelegenheit geben, sich zu sammeln. Obwohl sie fast vor Neugier platzte und gleichzeitig selbst versuchte, mit dem Gehörten zurecht zu kommen. Sonja und sie waren schon zwanzig Jahre eng befreundet, aber Melanie gestand sich ein, dass sie ihre Freundin kaum kannte. Sie war sich auch klar darüber, dass das ganz allein ihre Schuld war. Sie hatte all' die Jahre ihre Kümmernisse bei Sonja abgeladen, aber sich niemals selbst die Mühe gemacht, auch Sonja zu verstehen. Im Grunde schämte sie sich ganz furchtbar.

Laut sagte sie: "Am besten gehen wir zu dir. Ich habe das Gefühl, als könntest du heute Abend durchaus noch mal einen Cognac vertragen und dann solltest du anschließend nicht noch durch die Gegend laufen müssen."

Dankbar sah Sonja ihre Freundin an: "Vermutlich hast du recht. Ich bin auch, ehrlich gesagt, nicht sicher, ob ich unbedingt nüchtern ins Bett gehen will!"

"Wenn ich auch noch nicht alles verstanden habe, aber *das* ist mir klar. Jetzt komm' heim. Selbst wenn du mich für unerträglich neugierig hältst, ich muß den Rest hören."

Die beiden Frauen gingen nebeneinander die Straße entlang, als Melanie plötzlich sagte: "He, Sonja, hörst du nichts?"

Sonja blieb kurz stehen, horchte angestrengt und meinte dann: "Vielleicht ein Kind, das irgendwo weint. Vielleicht kann es nicht schlafen. Immerhin ist es schon nach zehn."

"Das kann auch sein", meinte Melanie.

Da es zuvor ein paar Tropfen geregnet hatte, glänzte die Straße und ein paar abgefallene Blätter hatten auf dem Plattenweg eine glitschige Schicht gebildet. Das letzte Stück durch die Gartenanlage mussten sie sehr vorsichtig gehen, da beide hochhackige Schuhe trugen und sie bei einem unbedachten Schritt unweigerlich auf dem Hosenboden landeten. Abgesehen davon, dass das nicht besonders attraktiv aussieht, wird man vor allem dreckig.

Endlich hatten sie den Hauseingang erreicht und Sonja schloß auf. Sie machte Licht in der Diele und der vertraute Anblick der biederen Eleganz beruhigte sie etwas. Im Stillen schalt sie sich eine dumme Gans. Aber ein ungutes Gefühl blieb. Das Gefühl, nicht allein zu sein.

Logisch, dachte sie, Melanie ist schließlich auch hier. Aber in ihrem Innern wußte sie; das war es nicht.

Die beiden hängten ihre Jacken auf und gingen ins Wohnzimmer.

"Was möchtest du denn noch?", rief Sonja ihrer Freundin zu.

"Also, in Anbetracht des italienisch begonnenen Abends, entweder 'nen Grappa oder einen italienischen Roten."

Sonja hielt die Flasche Grappa hoch. "Naja, umwerfend ist das nicht. Aber für uns reicht's noch."

"So", meinte Melanie, "und jetzt erzähl' endlich weiter, wenn du nicht willst, dass ich gleich geplatzt bin. Vor Neugier!"

Sonja kuschelte sich in ihren Lieblingssessel und zog die Beine bis unters Kinn.

"Eigentlich gibt es da gar nicht mehr viel zu erzählen. Das, was die beiden Typen mir damals an den Kopf geschmissen haben, war leider die Wahrheit. Mein Schwiegervater hatte tatsächlich wegen Spionage fünfundzwanzig Jahre gesessen. Er hatte während des zweiten Weltkrieges für die Amerikaner spioniert und er war so blöd, sich erwischen zu lassen. Als er seine fünfundzwanzig Jahre fast abgesessen hatte, wurde er schwer krank. Vorsichtshalber hat man ihn dann vorzeitig entlassen; einen Todesfall im Knast wollte man wohl schon deshalb vermeiden, weil schließlich bekannt war, dass seine Immer-Noch-Ehefrau, also meine Schwiegermutter, im Westen war und brieflich mit ihm in Verbindung stand. Außerdem waren seine beiden Söhne, also mein Mann und mein Schwager, ebenfalls im Westen. Das war eine nicht zu ignorierende Tatsache und ich nehme an, dass die den Ausschlag für seine Entlassung gegeben hat. Er war nierenkrank; das war er auch noch als ich ihn dann kennenlernte.

Jedenfalls hat er mir an dem Abend, nachdem die Typen mich wieder abgeliefert hatten, die ganze Wahrheit erzählt. Die kannte ich ja nun mittlerweile. Ich habe ihm auch diese Spionageaffäre nicht übelgenommen; was ich ihm und vor allen Dingen meinem Mann, sehr übelgenommen habe war, dass sie mir das in trauter Übereinstimmung verschwiegen hatten. Und dieser Riß ließ sich nie mehr kitten.

Nun denn, ich war an jenem Abend so ratlos und verängstigt, dass ich ihm alles sagte, was den ganzen Tag über passiert war; obwohl diese Kerle mir genau das Gegenteil ans Herz gelegt hatten. Ich solle bloß absolutes Stillschweigen darüber bewahren, sonst ginge es mir und meiner Familie schlecht. Friedrich Hanser, also mein Schwiegervater, war auch einigermaßen entsetzt und gab mir den Rat, sofort meine sieben Plütten wieder zu packen und noch in der gleichen Nacht heimzufahren."

"Ja, aber ..., fiel denn das nicht auf?", wollte Melanie wissen.

"Doch, aber wir waren überein gekommen, dass ich aufgrund eines Telegramms, dass meine Mutter schwer erkrankt sei, sofort heimfahren musste. Und wenn man mich, was zu erwarten war, nach diesem Telegramm fragen würde, sollte ich sagen, dass ich das in der ganzen Aufregung liegengelassen hätte. Das wäre immerhin recht logisch."

"Und ...?"

"Es hat funktioniert. Damals gab es noch keine Computer in der DDR und man muß schließlich auch mal Glück haben. Ich kam unbehelligt wieder nach Hause und fuhr am nächsten Tag in das in der Nähe liegende Büro des Verfassungsschutzes. Dort fingen die Schwierigkeiten dann allerdings erst richtig an. Man nahm mich nicht ernst. Die ganze Geschichte kam den Herren unglaubwürdig vor; Spinnerei eines Mädchens, das sich wichtig machen wollte. Es dauerte eine Weile, bis einer der Beamten sich bereit erklärte, wenigstens meine Angaben zu prüfen. Nun, ich muß ihm zugestehen, das war zu der damaligen Zeit auch nicht so ganz einfach. Immerhin waren Computer noch nicht an der Tagesordnung und bei Behörden wusste man vielleicht noch nicht einmal so genau was das ist."

"Gab's denn da überhaupt schon welche?", unterbrach Melanie ihre Freundin."

"Hm - ja, ... doch. Aber so ganz genau weiß ich auch nicht mehr, wann die quasi erfunden wurden. Ich habe auch keine Ahnung mehr, wann ich zum ersten Mal damit in Berührung gekommen bin. Der Verfassungsschutz schien jedenfalls wirklich noch keinen zu haben. Aber weiter! Als die Nachforschungen endlich abgeschlossen waren, gab es reichlich betretene Gesichter und jede Menge Entschuldigungen. Ja, und dann kam's..., ich höre es noch wie gestern: da hilft jetzt alles nichts, junge Frau, wir müssen Sie unter Polizeischutz stellen. Das bedeutet, dass Sie rund um die Uhr observiert werden. Sie dürfen weiterhin alles unternehmen, was Sie wollen, keine Angst, sagte der Beamte ganz schnell als er mein empörtes Gesicht sah, nur, Sie sollten uns über jeden Schritt unterrichten. Zu Ihrer eigenen Sicherheit. Sie haben einen verdammten Haufen Mut bewiesen, aber sich damit auch in eine nicht unerhebliche Gefahr begeben. Wegfahren dürfen Sie auch, wohin auch immer, bloß nicht mehr in die DDR."

Sonja sah fast ein wenig erschöpft aus: "Kannst du dir vorstellen, dass mein Bedarf an DDR gedeckt war? Und, kannst du dir jetzt vorstellen, was ich vorhin meinte, als ich sagte, ich sei nur noch auf dem Klo allein gewesen? Und, kannst du dir vorstellen, was es bedeutet, wenn jeder Brief, bevor du ihn zum Lesen bekommst, vor dir geöffnet und von Fremden gelesen wird?"

"Kaum", fügte Sonja für sich hinzu. "Ich konnte es mir ja auch nicht vorstellen. Heute noch habe ich, wenn ich darüber spreche, das Gefühl neben mir zu stehen und mir selber zuzugucken."

Erwartungsvoll sah Melanie ihre Freundin an. "Und dann?"

"Ja, und dann? Irgendwann, nach ungefähr vier Jahren, war dieser Spuk sang- und klanglos wieder vorbei. Mein Schwiegervater war inzwischen verstorben, meine Ehe in die Binsen gegangen und ich war allein. Seit Jahren erstmals wieder allein. Das war ein Gefühl, ich sage Dir, als wenn's schwarz schneit. Wenn ich doch bloß wüßte, warum und wieso diese Type heute Abend ausgerechnet im "Carrettino" auftauchte?"

Nachdenklich sah Sonja ihre Freundin an.

"Du, Melanie, wärst du mir sehr böse, wenn ich dich bitten würde, heute Abend hierzubleiben? Ich weiß nicht warum, aber ich habe ein scheußlich unsicheres Gefühl und den Eindruck, dass ich nicht allein bin. Verstehst du, wie ich das meine? Das hat nichts damit zu tun, dass du hier bist."

Melanie verstand, was Sonja meinte und sagte: "Klar. Klausdieter kommt sowieso erst am Dienstag zurück. Immer vorausgesetzt, dass diesmal das Flugpersonal in Brasilien zur Abwechslung mal nicht streikt."

Sonja setzte gerade zu einer Antwort an, als sie einen leichten Luftzug im Rücken verspürte.

"Guten Abend, liebe Sonja … die Dame!" Melanie wurde mit einem ironischen Kopfnicken bedacht.

Im Rahmen der Tür zum Badezimmer stand der *lederne Schlapphut* aus dem Carrettino. Sonja wurde zum zweiten Mal an diesem Abend kalkweiß und fiel zum ersten Mal in ihrem Leben in Ohnmacht. Das Bild, das sie in diese Ohnmacht mitnahm, war die kreisrunde Öffnung einer Pistole.

***

Ricardo 1965 – 1970

"Du hast waaas?"...

Hertha Gutmooser sah ihren Mann völlig entgeistert an.

"Du hast allen Ernstes diesen kleinen Spaghettifresser zu uns eingeladen? Bist du denn von allen guten Geistern verlassen?"

"Hertha, bitte. Ricardo ist eine Reisebekanntschaft. Ein liebenswerter Junge, der in Deutschland vollkommen allein ist. Ich habe mich schon im Zug geschämt, dass ich ihn anfangs so rüde behandelt habe. Erst gegen Ende der Reise habe ich begriffen, dass er alles auf eine Karte gesetzt hat. Er will in Deutschland arbeiten, um es seiner Familie in Italien leichter zu machen. Was ist daran verkehrt?"

"Warum arbeitet er nicht in Italien?"

"Vermutlich weil es da, wo er zu Hause ist, keine Arbeit gibt."

"Gibt's nicht!"

Hans Gutmooser sah seine Frau an: "Das, meine Liebe, wissen wir nicht. Wir waren noch nie dort."

"Also gut", sagte Hertha Gutmooser. "Ich kann es ja nicht mehr ändern; laß ihn also in Gottes Namen kommen. Ich frage mich bloß, was die Nachbarn sagen werden. Die werden uns vermutlich nach allen Regeln der Kunst durch den Dreck ziehen."

Hertha konnte bei aller Vornehmheit durchaus in einen Gassenjargon verfallen.

"Liebste Hertha", sagte Gutmooser leicht ironisch, "Du kannst mir glauben, dass mir das genauso piepegal ist!"

Hans hatte den Satz gerade ausgesprochen, als es an der Tür läutete.

"Ich geh' schon", krakelte Monika von hinten und war wie ein geölter Blitz an der Tür.

"Wenn die man in anderen Sachen auch so fix wäre", brummte Gutmooser leise.

Ricardo, der in seinem Innern auf Hans Gutmooser eingestellt war, guckte verdutzt auf das junge Mädchen, was ihm die Tür öffnete. Er hatte gewußt, dass Gutmooser Familie hatte, aber irgendwie waren diese Mitglieder für ihn bislang nicht existent.

"Oh sorry – ehmm, scusi", sagte er, "isch wollten besuchen Signor Hans Gutmooser."

Monika lachte ihn an; "Oh, Sie sind Ricardo, nicht wahr? Ich bin Monika Gutmooser, die Tochter von Hans."

"Aaah, ja … si, si - isch verstehe. Tochter. Figlia?"

Monika, die kein Wort italienisch verstand, geriet zunehmend in Bedrängnis. So hatte sie sich das nicht vorgestellt.

"Paaapaaa! Dein Besuch ist da!"

Mit einer einladenden Handbewegung komplementierte sie Ricardo in den Hausflur und verdrückte sich dann vorsichtshalber.

Gutmooser kam lächelnd aus dem Wohnzimmer.

"Ricardo – herzlich willkommen; ich freue mich, dich zu sehen!"

Er freute sich wirklich.

Mit leicht eingefrorenem Lächeln kam auch Hertha Gutmooser aus dem Zimmer. Sie hatte noch niemals einen der vielzitierten *Gastarbeiter* aus der Nähe gesehen und bei den Nachbarinnen immer sehr betont, dass sie darauf nun auch, weiß Gott, keinen Wert legte. Und jetzt stand einer hier im Rahmen. Das musste sie erst einmal verdauen.

Bei Ricardos Anblick fielen ihr die hintergründigen Bemerkungen der Nachbarinnen wieder ein. Sie hatten immer getuschelt, dass das besonders schmucke Burschen seien und Hertha Gutmooser vergaß vor lauter Staunen über Ricardos Aussehen ihre innere Abwehr.

Donnerwetter!, sah der Bengel gut aus. So hatte Hans in seinen besten Jahren nicht ausgesehen, und der war schon ein recht gut-aussehender Mann. Einen anderen hätte sie auch nicht gewollt. Sie achtete sehr auf das Äußere; das hatte sich bis heute nicht geändert. Umso weniger verstand sie, warum ihre Tochter so blitzartig ver-schwand.

Ja, wo – um alles in der Welt – war die eigentlich abgeblieben?

Ei-niger-maßen ratlos sah Hertha sich um.

"... und jetzt komme erst einmal rein, Ricardo und nimm Platz."

Auf Ricardos fragenden Blick meinte er: "Setz dich!"

Das verstand Ricardo.

Sein deutsch hatte er in den vergangenen Wochen und Monaten zwar schon arg auf Vordermann gebracht, aber Schuldeutsch und das, was man auf der Straße sprach ...; dazwischen lagen Welten. Trotzdem war er mächtig stolz auf das, was er inzwischen geleistet hatte und er erzählte Hans auch, dass er nun zur Schule ging, um richtig schreiben und lesen zu lernen.

Hertha hatte sich, immer noch fasziniert vom Aussehen dieses Jungen, im gegenüberliegenden Sessel niedergelassen und dachte: "Au Backe, nicht mal schreiben und lesen kann der."

Doch dann hörte sie interessiert zu, als Ricardo in seinem noch etwas stockenden, aber inzwischen durchaus verständlich gewordenen deutsch zu erzählen begann:

"... und als ich dann geboren wurde, war das eigentlich eine Katastrophe. Meine Mutter war schon über vierzig und eine anständige Frau bekam in diesem Alter einfach keine Kinder mehr..."

"Das ist hier aber auch nicht anders", wandte Hertha Gutmooser, die bei diesem Gespräch einen roten Kopf bekommen hatte, ein. "Glauben Sie, Herr ??? ..."

"Isch h'eißen Ricardo, Signora Gutmooser, bitte."

"Also gut, Ricardo, aber Sie müssen doch auch einen Nachnamen haben, also einen Familiennamen?", fragte sie.

"Si, Signora, naturalmente, aber mein Familienname ist ein Name, wo in Italien alle darüber lachen."

???

"Isch h'eißen *Boticelli*."

Jetzt hatte Hertha Gutmooser wirklich Schwierigkeiten, ihre Gesichtszüge nicht entgleisen zu lassen. Aber Boticelli bedeutete auch für sie, die sich selbst als Kulturkatastrophe bezeichnete, "Engelchen"; Boticelli-Engel waren ja wohl auf der ganzen Welt bekannt.

Ricardo war ein guter Beobachter. Als er Herthas Gesicht sah und bemerkte, wie krampfhaft sie versuchte, Haltung zu bewahren, stand er auf, nahm ihre Hand und hauchte einen vollendeten Kuß darauf. "Danke!"

Hertha schämte sich in Grund und Boden. Plötzlich verstand sie auch ihren Mann. *Verflixt*, dachte sie, *wir – oder besser ich – haben ihm nicht nur Unrecht getan, wir haben ihm eigentlich keine Chance gegeben.*

Ricardo hatte dieses kleine Intermezzo in Herthas Gesicht verfolgt. Er trat nochmals auf sie zu: "Kein Problem, Signora, ich – wir, wir alle – kennen das. Alle Menschen in Deutschland erst denken *Spaghettifresser* und später sie denken anders. Wir sind schon dankbar, wenn sie überhaupt nachdenken und nicht nur urteilen, oder, was noch schlimmer ist, verurteilen."

... und Hertha schämte sich zum zweiten Mal mehr als nur ein bisschen.

Im gleichen Moment tönte es von oben: "Maaaamiiii, wo sind meine dunkelblauen Socken und meine neuen Jeans?"

Monika versuchte anscheinend, sich in Schale zu schmeißen. Ricardo hatte auch bei ihr einen gewissen Eindruck hinterlassen.

"Ich komme schon", rief sie nach oben und entschuldigte sich für ihr kurzes Verschwinden bei Ricardo.

"Seit wann kann sich unser hoffnungsvoller Sprößling eigentlich nicht mehr allein anziehen?" Verwundert guckte Gutmooser seiner Frau hinterher. Dann wandte er sich wieder an Ricardo.

"Es ist wirklich schön, dass du gekommen bist. Erzähl' doch, wie es dir geht und was du machst. Dass du zur Schule gehst, sagtest du bereits. Das finde ich übrigens ganz große Klasse."

Ricardo begann zu berichten. Anfangs noch ein wenig stockend, dann immer flüssiger. Als würden mit zunehmendem Erzählvolumen die Hemmungen verschwinden.

Donnerlittchen, dachte Gutmooser bei sich, der hat in der kurzen Zeit wirklich was gelernt.

Hertha hatte oben bei Monika im Zimmer im Augenblick verteufelt schlechte Karten. Wie sie es sich bereits dachte, war Ricardos Erscheinen auch bei Monika nicht ohne Wirkung geblieben. War das in ihren Augen doch mal was anderes als die faden, deutschen Jungen, die meistens auch noch so in ihrem Alter waren. Ricardo war, das hatte sie immerhin mitgekriegt, schon zweiundzwanzig, wenn er auch nicht so aussah.

Monika schwärmte ihrer Mutter gerade vor, wie toll der doch aussehen würde, als Hertha ihr ins Wort fiel: "Meine liebe Tochter, du kannst dich über mangelnde Freiheiten im Hause Gutmooser wirklich nicht beklagen; aber tu mir bitte den Gefallen und zieh' demnächst nicht mit 'nem Italiener rum. Bei aller Liebe, ein italienischer Schwiegersohn ist nicht gerade meine Wunschvorstellung. Außerdem, resümierte sie weiter, wir wissen noch nicht einmal, woher er kommt. Das einzige, was ich bislang weiß ist, dass er hier, und das, bitteschön, mußt du dir mal vorstellen, zur Schule geht und lesen und schreiben lernen muß."

Monika sah nun doch etwas verdutzt auf ihre Mutter: "Was denn, dieser Adonis ist ein Analphabet? Das kann ich mir überhaupt nicht vorstellen!"

"Stimmt aber, hat er selber erzählt."

"Na gut, aber dann muss das Gründe haben, die wir nicht nachvollziehen können. Und außerdem: er tut ja was dagegen, nämlich lernen. So, und jetzt komme ich wieder runter. Wenn Papa dabei ist, hapert es vielleicht mit der Quatscherei nicht ganz so arg."

"Wieso", wunderte sich Hertha Gutmooser, "kann Papa denn italienisch? Davon weiß ich ja gar nichts!"

Natürlich sprach Hans Gutmooser kein italienisch, bis auf die paar Brocken, die man im Zug austauschte. Und davon hatte er auch schon wieder die Hälfte vergessen.

Die beiden Damen, falls man Monika bereits als solche bezeichnen wollte, betraten das Wohnzimmer.

"... ja, und dann ist da ja auch noch Daniela. Sie hat zwar versprochen, auf mich zu warten, aber ich weiß ja noch nicht einmal wohin man sie gebracht hat."

???

Hans Gutmooser guckte leicht verwundert auf Ricardo. "Wieso?"

Ricardo berichtete seine Geschichte aus Margherita und Monika verspürte einen leichten Stich. Eifersucht?

Hertha spürte ebenfalls einen solchen Stich, bloß war das wohl Erleichterung. Gott sei Dank, dachte sie, der ist in festen Händen.

Aber Margherita am Golf von Manfredónia ist ungefähr zweitausend Kilometer entfernt – das wusste Hertha Gutmooser nicht.

"Wie sieht's denn aus – einen Kaffee?", fragte sie in die Runde.

"Oh ja, gern", kam es von der Tür her. Wolfgang war also auch da.

"He", guckte Monika ihren Bruder an, "wo kommst du denn her? Ich denke, du paukst bei Essers Physik?"

"Holger hat die Grippe. Da ist nix mit pauken!"

Und sein ganzes Gesicht sagte: "Gott sei Dank!"

Mathe und Physik, das waren die beiden Fächer, die er mit seiner Schwester gemeinsam hasste.

Er kam näher und stellte sich vor. Obwohl er einige Jahre jünger als Ricardo war, wirkte er ihm gegenüber wie ein Bulle. Wolfgang maß fast einen Meter und achtzig Zentimeter und der Sportarzt hatte ihm erst vor wenigen Tagen bescheinigt, dass sein Wachstumsprozeß noch nicht abgeschlossen sei. Außerdem hatte der ständige Sport in der Muskulatur seine Spuren hinterlassen. Aber er hatte ein fein gezeichnetes Gesicht und ausdrucksvolle, dunkelblaue Augen.

Ricardo war aufgestanden und reichte Wolfgang seine Hand, die in dessen Pranke fast verschwand. Der Unterschied zwischen diesen beiden jungen Männern war so auffallend, dass sie, nach der anfänglichen Verlegenheit, beide begannen zu lachen. Wolfgang hatte keinerlei Berührungsängste und fragte Ricardo nach allen Regeln der Kunst aus. Ricardo antwortete bereitwillig – er freute sich, endlich richtigen Kontakt zu einem Deutschen zu haben. Hans Gutmooser war sein erster Kontaktmann gewesen und er war ihm dankbar dafür, aber sein Sohn kam ihm doch, allein schon altersmäßig, sehr viel näher.

Im Wohnheim war es auch ganz prima und er verstand sich gut mit Antonio, seinem spanischen Zimmerkollegen. Trotzdem wünschte er sich nun einmal deutsche Freunde. Ein bißchen, so gestand er sich ganz im Stillen ein, war das auch eine Frage seines Prestiges. Und Wolfgang sprang auch gleich in die Bresche. "Wo arbeitest du denn überhaupt?"

"Bei Getsmann und Gutraut. Warum?"

"Mußt du Schicht fahren?", fragte Wolfgang weiter.

"Schicht fahren?" Ratlos sah Ricardo ihn an.

"Naja, das ist, wenn du eine Woche von morgens bis mittags und die nächste Woche von mittags bis in den späten Abend arbeiten mußt. Zum Beispiel."

"Nein, das habe ich nicht. Ich muß den ganzen Tag von morgens um sieben bis abends um sechs arbeiten. Dann habe ich frei."

Ricardo lachte ein wenig. "Weißt du, Hans, Wolfgang, am Anfang war das das Schlimmste von allem. Ich war es nicht gewöhnt, so früh, um sechs, aufzustehen. Wenn man nicht gerade zum Fischen rausmusste, stand man bei uns niemals vor neun Uhr auf. Warum auch? Arbeit gab es keine ..."

Völlig ungläubig sahen Mutter und Tochter Ricardo an.

"Wir hätten schon gern gearbeitet", berichtigte Ricardo seinen spontanen Ausspruch, "aber es gab und gibt keine Arbeit bei uns. Seit ein paar Jahren gibt es noch nicht einmal mehr eine Schule, weil der Pfarrer, der auch gleichzeitig Dorfschullehrer war, verstarb und sich niemand Anderer fand, der in dieser Einöde leben wollte."

Dieser Satz brach das Eis, alle redeten nun durcheinander und endlich, endlich, wurde echtes Interesse spürbar.

"... und was habt Ihr den ganzen Tag gemacht?", wollte Monika nun wissen.

"Ja, nun, wir sind eben zum Angeln rausgefahren oder legten uns am Strand in die Sonne, davon haben wir ja reichlich", lachte Ricardo. "Aber sonst war da nichts reichlich, aber auch gar nichts. Sonst wäre ich nämlich nicht hier!"

Und Hertha Gutmooser schämte sich an diesem Tag zum dritten Mal; sie dachte an ihren hochtrabenden Ausspruch, dass es nicht angehen könne, dass es irgendwo keine Arbeit gäbe. Sie musste sich eingestehen, wenn auch widerwillig, dass ihre Weltanschauung zum größten Teil aus Vorurteilen bestand. Was hatte sie denn bisher schon von der Welt gesehen? Den Bodensee und das Allgäu. Aber wie es im Ausland aussah, davon hatte sie keine Ahnung. Vielleicht sollte sie sich Hans' Vorschlag, im kommenden Sommer mal nach Mallorca zu fliegen, überlegen. Wenn das doch bloß ohne Flugzeug abginge. Dann hätte sie schon längst einmal ja gesagt.

Nein, dachte sie bei sich, ich hätte auch dann nicht *ja* gesagt. Ich hatte ganz einfach was gegen Ausländer.

Als hätte Hans Gutmooser die Gedanken seiner Frau gelesen, meinte er: "Du mußt ja nicht, wenn du Angst hast. Ich dachte nur immer, dass es gar nicht so schlecht sei, auch mal die Gepflogenheiten anderer Völker kennenzulernen."

Hertha nickte: "Ich werd' die Fliegerei schon überstehen. So ein

Ding kommt ja auch mit zwei oder drei Motoren noch heil herunter."

Hans Gutmooser lachte. "Davor brauchst du, glaube ich, die wenigste Angst zu haben. Aber gut. Wir müssen ja nicht nach Mallorca fliegen; wir können uns doch auch Italien aussuchen. Da mußt du in kein Flugzeug, das geht nämlich auch mit der Eisenbahn. Das wird zwar entsprechend länger dauern, aber wenn wir uns für einen Schlafwagen entscheiden, reisen wir recht bequem. Und, fügte er hinzu, die Fahrt gehört meines Erachtens auch bereits zum Urlaub. Also?"

Ricardo, der diese Unterhaltung logischerweise nicht ganz verstanden hatte, sah fragend in die Runde.

Monika ergriff das Wort und erklärte ihm, dass die Eltern sich gerade überlegten, ob sie nicht im kommenden Jahr in Italien Urlaub machen sollten.

Ricardo strahlte: "Si, si … aber dann Sie, äh' du, sagen mir vorher Bescheid. Isch kennen gute Freund in Cattolica mit kleine Pension. Billig und gut, du nur sagen! Bene?"

Die anderen lachten: "Bene!"

"Und jetzt", meinte Monika halblaut zu ihrer Mutter, "sollten wir vielleicht mal in Richtung Küche verschwinden. Von Plänen werden wir nicht satt und nur auf Kaffee und Plätzchen sollten unsere drei Männlichkeiten auch nicht gerade Bier und Cognac trinken. Was meinst du?"

Hans Gutmooser machte sich gerade in Richtung Barschrank auf.

Bevor Hertha und Monika in die Küche abdampfen wollten, sah Monika zufällig aus dem Fenster. "Ach du liebe Güte", rutschte ihr raus, "die Lehmann'sche von nebenan steuert auf uns zu."

"Ach ja, der hatte ich vorgestern zwei Eier geliehen", meinte Hertha zu Monika.

"Aha, und die muß sie natürlich unbedingt am Sonntagnachmittag zurückbringen?"

Wolfgang stand auf. "Soll ich die abfangen? Die kommt doch bloß, weil sie vor zwei Stunden, ganz zufällig versteht sich, hier jemanden hat reingehen sehen, den sie noch nicht kannte und der noch nicht wieder rausgekommen ist."

Hertha stand schon im Flur. "Nein, mein Lieber, vielen Dank", sagte sie. "Ricardo ist unser Gast und wenn sie meint, darüber quatschen zu müssen, dann soll sie das tun. Aber wir sind niemandem Rechenschaft schuldig und zu unserem ausländischen Freund stehen wir ab heute ja wohl alle, oder? Ich für meinen Teil habe jedenfalls in den vergangenen Stunden eine Menge gelernt!"

Hans Gutmooser starrte seine Frau mit halboffenem Mund an; von Monika und Wolfgang kam unisono von hinten: "hört – hört!"

Und Ricardo strahlte. "Danke, Signora, vielen Dank!"

Dann ging die Haustürklingel.

***

Freitagabend

Melanie war zwar erschrocken, aber mehr darüber, dass Sonja vor ihrer Nase einfach umfiel. Normalerweise war ihre Freundin die weitaus Stabilere von beiden und wenn sie alles erwartet hatte, aber bestimmt nicht, dass Sonja plötzlich aus den Latschen kippte. Die Pistole des ledernen Schlapphutes ignorierend, kniete sie neben Sonja. Die schien im Moment wirklich ohne Bewußtsein und atmete ganz flach.

"Sagen Sie mal, Sie sind ja wohl des Wahnsinns fette Beute!", giftete Melanie los. "Wie kommen Sie hier rein und was wollen Sie eigentlich hier?"

Der Typ hatte mit allem gerechnet, nur ganz sicher nicht damit, dass ihm eine völlig furchtlose Frau gegenübertreten würde, die seine

Pistole einfach nicht wahrnahm.

Melanie richtete sich wieder auf und schnappte sich den Rest Grappa, der noch in der Flasche war. "Schade um das gute Zeug", murmelte sie sarkastisch und schüttete ihn Sonja kurzerhand ins Gesicht. Diese musste, weil ihr ein wenig zwischen die leicht geöffneten Lippen gelaufen war, husten und kam wieder zu sich. Melanie stützte sie beim Aufrichten und redete gleichzeitig auf sie ein: "Fang bloß nicht an zu schreien, der Kerl ist immer noch da. Sei ruhig und überlaß den Fatzke mir!"

Mit einem widerlich ironischen Lächeln verbeugte sich der Kerl vor der noch immer auf dem Boden hockenden Sonja. Durch die Ignoranz von Melanie und die Unterhaltung, die man einfach über ihn hinweg führte, wurde seine Wut gesteigert, aber seine Aufmerksamkeit hatte erheblich nachgelassen. Bei der Verbeugung vor Sonja hatte er die Hand mit der Pistole sinken lassen, was Melanie aus den Augenwinkeln sehr wohl mitbekam. Im gleichen Moment, in dem sie bemerkte, dass auch Sonja geistig wieder voll auf der Höhe war, sprang sie auf und trat mit voller Wucht vor die Hand, die die Pistole hielt. Sonja landete genauso präzise – mehr aus einer instinktmäßigen Reaktion heraus – einen Kinnhaken und stürzte fast gleichzeitig mit einer Körperdrehung in die Diele.

Telefon!

Notruf – Polizei!

Sie bemühte sich, ruhig und verständlich zu sprechen und der Beamte am anderen Ende sagte ihr zu, dass umgehend ein Streifenwagen käme.

"Aber unbedingt mit Handschellen!", rief sie ins Telefon. "Wir wissen nicht, wie lange wir den Kerl noch so halten können!"

So ganz hatte Karlheinz Hellwig nicht verstanden, was Sonja ihm am Telefon alles versucht hatte, zu erklären, aber er hatte begriffen, dass zwei Frauen in ihrer Wohnung einen Einbrecher gestellt und ihm offensichtlich gehörig zugesetzt hatten. Er alarmierte seine Kollegen von der Streife und lehnte sich wieder zurück. Bis auf Kleinigkeiten war es am heutigen Abend ausnehmend ruhig. Die zwei hysterischen Weiber, so dachte er, hätten sich sicher schnell erledigt.

Das war eine Fehlspekulation.

Der inzwischen alarmierte Streifenwagen hielt vor der Gazellenallee neunzig und fand die Tür offen. Melanie hatte in einem unbeobachteten Moment einfach nur den Türöffner betätigt und gehofft, dass die Tür wirklich unten aus dem Schloß sprang. Es funktionierte. Die Dielentür hatte sie auch einen winzigen Spalt geöffnet, das Licht in der Diele aber gelöscht. Die weit offen stehende Wohnzimmertür ermöglichte so einen vollen Einblick in das Geschehen. Die Polizeistreife, die auf eine simple Kleinigkeit eingerichtet war, sah sich plötzlich einer äußerst prekären Situation gegenüber.

Auf dem Boden krümmte sich ein Mann, der nach kurzer Schätzung der Polizei etwa sechzig Jahre alt sein konnte. Auf einem seiner Füße hockte noch eine recht junge Frau, wogegen die andere der Beiden am Schrank stand und ihren rechten Fuß gegen den Sockel preßte. Gleichzeitig hielt sie sich mit der linken die rechte Hand fest und war verdammt blaß um die Nase. Die junge Frau, die auf dem Fuß des Einbrechers saß, verhinderte damit, dass dieser aufstehen konnte. Aber so, wie der im Moment aussah, war da eh' nicht viel mit aufstehen.

"Einen schönen guten Abend kann man hier ja wohl kaum sagen", begrüßte Wachtmeister Schnell die Damen.

"Was ist denn hier los?"

"Fragen Sie uns mal was Leichteres! Als wir heimkamen und unseren italienischen Abend ausklingen lassen wollten, hatte meine Freundin das Gefühl, dass wir nicht allein seien. Aber wissen sie was?, erlösen Sie mich von dieser Figur hier und sorgen Sie dafür, dass Sonja in ärztliche Behandlung kommt. Ich vermute, dass sie sich bei dem Kinnhaken, den sie dem Kerl verpaßt hat, die Hand brach. Danach werden wir Ihnen alles in Ruhe erzählen. Okay?"

"Sehr okay", nickte Wachtmeister Schnell und rief ins Treppenhaus: "Ruf mal 'nen Arzt dazu, bring die Handschellen mit rauf... und vergiß das Fahndungsbuch nicht!"

Melanie hatte sich von dem Fuß des ledernen Schlapphutes erhoben und reckte sich ausgiebig. Sonja, die von Schmerzen gepeinigt am Schrank gelehnt stand, hielt sich immer noch die Hand fest.

Nur kurze Zeit später ertönte das Martinshorn und eine zweite Streifenwagenbesatzung sowie ein Arzt betraten die Wohnung. Mit dem zweiten Streifenwagen war eine junge Polizistin mitgekommen, die auch gleich im Fahndungsbuch nachsah. Die von Wachtmeister Schnell gesichteten Papiere wiesen den ledernen Schlapphut als Wolfgang Peterson aus. Geboren neunzehnhundertsechsunddreißig in Halle an der Saale.

Hannelore Dootel, die junge Polizistin, konnte keinen Wolfgang Peterson im Fahndungsbuch feststellen. Der lederne Schlapphut hatte sich inzwischen soweit erholt, dass er schon wieder unverschämt grinsen konnte. Zu Hannelore gewandt griente er: "Sie sind für so'n Scheißjob viel zu hübsch. Haben Sie auch überall rote Haare? Dann könnten Sie in einem anderen Beruf verdammt viel mehr Geld verdienen."

Hannelore hielt sich schon für reichlich abgebrüht, aber bei solchen Gelegenheiten musste sie einmal mehr feststellen, dass sie genau das eben nicht war.

Unwirsch erwiderte sie: "Lassen Sie gefälligst diese Anzüglichkeiten, sonst bekommen Sie eine zusätzliche Anzeige an den Hals.

Das sollte mir nicht schwerfallen!"

Zwischenzeitlich war auch der Arzt oben angelangt und kümmerte sich um Sonja. Sie hatte sich bei der Kinnhaken-Attacke tatsächlich die Hand gebrochen und stand außerdem unter Schock. "Hilft nix", meinte der Doc, "wir müssen Sie mitnehmen. Die Hand muß geröntgt werden und ein Schockzustand dieses Ausmaßes ist auch nicht mehr normal."
Zu Melanie gewandt sagte er noch: "Wir bringen die Dame ins Klinikum. Am besten kommen Sie nach, wenn das hier ausgestanden ist."
Der Arzt hatte sich zu Wachtmeister Schnell umgedreht und sah nachdenklich auf den Schlapphut. "Irgendwo hab' ich den schon mal gesehen – bloß wo? Wenn's mir einfällt, melde ich mich bei Ihnen. Okay, Wachtmeister?"
"Das wäre schlicht und einfach *hurra*. Wir wissen, dass der Kerl nicht astrein ist, aber im Fahndungsbuch ist er nicht zu finden."
"Vermutlich falsche Papiere."
"Wahrscheinlich sogar."
Der zweite Sanitäter, der auch den Notarztwagen fuhr, kam hoch um festzustellen, ob ein liegender Transport notwendig sei. Als er Sonja stehen sah, meinte er: "Das sah am Anfang wohl schlimmer aus, als es ist. Aber, drehte er sich um, was zum Teufel macht denn der Schuckert hier? Ich denke, der sitzt noch im Knast?"
"Wieso ... ? Wer ist das?"
Wachtmeister Schnell schnappte sich nochmals das Fahndungsbuch. Zwar ging heute alles über Computer, aber er hing an seinem alten Fahndungsbuch und das hatte ihm, auch im Computerzeitalter, immer wieder gute Dienste geleistet.
"Schuckert?", fragte er noch einmal nach.
"Ja, soweit ich weiß, hatte man den in irgendeinem Zusammenhang mit illegalen Geschäften, die er mit der Treuhand zu machen

versuchte, und noch wegen ein paar anderer Klamotten, verknackt. Der muß in der DDR ein großes Stasi-Tier gewesen sein."

Bevor Schnell den Namen gefunden hatte, kam es aus Sonja's Ecke: "Das stimmt. Ob *großes Tier* weiß ich nicht. Aber Stasi stimmt. Das weiß ich mit Sicherheit!"

Schuckert war weiß geworden. "Du verdammte Mistbiene! Ich hätte dich vor dreißig Jahren schon kaltmachen sollen!"

Die Polizei folgte dem heftigen Monolog einigermaßen verdutzt. Und zu Sonja gewandt meinte Schnell: "Finden Sie nicht, dass Sie uns langsam eine Erklärung schulden?"

Bevor Sonja sich verteidigen konnte, fiel Melanie ein: "Erinnern Sie sich, Wachtmeister, wir baten anfangs um ärztliche Versorgung und wollten Ihnen anschließend Rede und Antwort stehen. Vielleicht sollte man sie jetzt in die Klinik bringen und wir treffen uns dann dort. Sonja kann Ihnen die ganze Geschichte erzählen. Ich habe sie heute Abend auch zum ersten Mal gehört. Das liegt alles schon dreißig Jahre zurück. Und, Herr Wachtmeister, Sie können mir glauben, ich war mehr als erschüttert. Da kennt man einen Menschen zwanzig Jahre und muß dann feststellen, dass man ihn doch nicht kennt."

Schnell lächelte: "Das ist oft so. Aber dann kann Ihre Freundin sich gratulieren, dass Sie da sind."

Nachdenklich erwiderte Melanie: "Ich weiß nicht, ich glaube, dass sie all' die Jahre mehr für mich da war als umgedreht.."

Hinter ihnen klickte es. Die Handschellen hatten sich um Schuckerts Gelenke geschlossen. Er wurde abgeführt; der Sani nahm Sonja am Arm und führte sie die Treppe herunter. Melanie wartete, bis die Polizei die Wohnung verlassen hatte. Dann löschte sie das Licht, schloß die Tür sorgfältig zweimal ab und ging ebenfalls nach unten. Sie stieg mit in das andere Auto und rief dem Wachtmeister zu: "Wir sehen uns ja gleich noch!"

Dann setzten sich die Fahrzeuge, unter Einschaltung des Blaulichtes, aber ohne Martinshorn, in Bewegung.

***

Ricardo 1970 bis 1975

Ricardo hatte sich in Deutschland völlig integriert. Er sprach inzwischen fast akzentfrei deutsch und sein Freundeskreis war bunt gemischt. Einige Kollegen waren zu Freunden avanciert und durfte er in den ersten Wochen und Monaten an den Maschinen nur den Dreck wegputzen, so hatte er es nun zum Gruppenleiter seiner Abteilung gebracht, und, das war das wichtigste für ihn, er wurde von allen akzeptiert.

Gutmoosers waren nach wie vor seine ältesten Freunde. Er hatte niemals diese elend lange Bahnfahrt und die damit verbundene Bekanntschaft mit Hans Gutmooser vergessen. Später waren Hertha, Gutmoosers Frau, Wolfgang und Monika dazu gekommen. Im vergangenen Sommer waren sie alle zusammen nach Margherita gefahren. Mit dem Auto – und zwar mit Ricardos Auto. Fast zweitausend Kilometer. Gutmoosers hatten ein grösseres und schöneres Auto. Aber Ricardo wollte unbedingt mit *seinem* Auto nach Hause fahren. Das konnten auch alle verstehen und Ricardo hatte diese Fahrt nach fünf Jahren genossen. Da alle, bis auf Monika, die noch keinen Führerschein besaß, auch Auto fahren konnten, entpuppte sich diese Fahrt nicht als Horrortrip, sondern man machte entsprechende Pausen und danach fuhr jeweils ein anderer weiter. Trotzdem hatten sie wenigstens eine Übernachtung in Cattolica eingeplant.

Renato freute sich, Ricardo einmal wiederzusehen und es dauerte nur ein paar Minuten, bis Ricardo wieder ein absoluter Italiener war. Diese Verwandlung anzusehen, war für die ganze Familie Gutmooser faszinierend. Anfangs fühlten sie sich alle ein bißchen unwohl, aber Renato verstand sich auf Gäste. Er bat alle zusammen an einen Tisch in seinem Strassencafé und spendierte auf Kosten des Hauses einen Drink.

Monika guckte sich um und meinte zu Wolfgang: "Ob man hier wohl was zu essen kriegt? Noch ein Schluck Wein und ich falle vom Stuhl."

"Bestimmt", meinte Wolfgang, "bloß ... um diese Zeit?"

"Naturalmente, Signor", sagte Renato, der das Gespräch verfolgte. "Ich hole nur die Speisekarte."

Wolfgang und Monika waren platt. "Mensch, Mann, versuch' du mal in Deutschland vor halb sechs oder sechs Uhr 'n warmes Essen zu kriegen. Das kann man sich doch total abschminken."

Monika konnte sich kaum beruhigen und Renato, der mit den Speisekarten wieder zurück war, lachte: "Signorina, isch war auch ein paar Jahre in Germania. Isch wissen dieser Problem und finden es nix gut. Deutschland haben viele guten Sachen, aber Service in Italia ist viiiel besser! Und die Wetter auch!"

Mit einer einladenden Gebärde deutete er auf den Himmel und den nahegelegenen Strand. Dann wurde zunächst einmal das Essen besprochen.

Monika, von Natur aus experimentierfreudig, riß sich von der allgemein bekannten Pizza los und wollte Tortellini probieren. Hans Gutmooser, äußerst skeptisch, schloß sich seiner Tochter an. Er machte damals, bei dem ersten Urlaub in Italien, die Erfahrung: wenn Monika etwas bestellte, konnte man das auch essen. Dass sie auch diesmal erst herumprobierte, wußte er zum Glück nicht.

Wolfgang und seine Mutter griffen zur bewährten Pizza. Wolfgang meinte, eine Pizza Peperoni sei doch auch nicht schlecht; Hertha Gutmooser protestierte: "Bloß die nicht – ich bekomme auf jeden Fall eine andere! Bei dem Wort Peperoni schlagen mir schon die Flammen aus dem Hals."

Wolfgang lachte. Er konnte sich an die einschlägigen Erfahrungen, die seine Mutter mit Peperoni gemacht hatte, sehr gut erinnern. Beiden liefen die Tränen über's Gesicht – bloß bei Wolfgang waren es Lachtränen. Und das hatte sie ihm lange nicht verziehen. Während die Vier auf das Essen warteten, kam Ricardo zurück. Er hatte sich, aus alter Verbundenheit, mal wieder den Ort angesehen. Cattolica war nicht sehr groß und grenzte mit einer kleinen Brücke im südlichen Teil schon fast an Gabicce Mare, aber er liebte dieses Städtchen. Es hatte ein ganz eigenes Flair. Der Duft von Pizza und Oregano mischte sich mit dem von Leder und Meer.

"Wenn alle mit dem Essen fertig sind", meinte er, "marschieren wir nochmal ein bißchen los. Okay?"

Zu Monika gewandt: "Und guck du dich mal in den Schuhboutiquen ein bißchen um. Hier kriegst du noch ein paar Schuhe für tausend Lire."

"Papa", rief Monika rüber, "wieviel DM sind tausend Lire?"

"Sechsmarkvierzig", sagte Ricardo ungefragt und lachte.

Mit einem *rutsch mal 'n Stück* setzte er sich neben Monika und langte bei den Tortellini gleich mit zu.

Nach dem Essen, als sich allgemeine Trägheit breitmachen wollte, kam man überein, die Via Carducci rauf und runter zu spazieren. Da Renatos Straßencafé genau an einer Ecke der Via Carducci lag, bot dieser allen an, auf Auto und Gepäck aufzupassen. Ihr könnt Euch dann freier bewegen und ausserdem, so meinte er, sollten sie sich doch einmal überlegen, ob sie nicht vielleicht doch zwei oder drei Tage in Cattolica bleiben wollten. Mit diesem Gedanken gingen sämtliche Gutmoosers schwanger, trauten sich aber nicht, etwas zu sagen. Sie hatten Ricardo versprochen, mit ihm nach Margherita zu fahren und Ricardo hatte seinerseits im Dorf versprochen, seine deutschen Freunde mitzubringen. Das konnten sie ihrem gemeinsamen Freund nicht antun. Aber, wie schon oft in den vergangenen fünf Jahren, konnte Ricardo offenbar Gedanken lesen. Er lächelte alle an: "Wir bleiben ein paar Tage hier – okay?"

Monika, die ohnehin nicht gerade unter Berührungsängsten litt, sprang auf und fiel Ricardo einfach um den Hals. Anschließend musste Renato dran glauben. Die einzige, die sich vor lauter "Ich-weiß-nicht-was-ich-jetzt-noch-tun-soll" innerlich Qualen aus stand, war Hertha. Gott, war das peinlich! Da war man nun in einem Land, von dem jeder wußte, dass man ganz besonders in der Öffentlichkeit auf gesittetes Auftreten der Mädchen achtete, und ihre Tochter musste sich mal wieder völlig daneben benehmen. Renato und seine Frau lachten zwar, aber Hertha war sich gar nicht sicher. Nein, ganz und gar nicht.

Wütend drehte sich sie zu ihrem Mann um, um von dort Schützenhilfe anzufordern, aber der versuchte gerade mit eingezogenem Bauch und *Brust raus* mit der hübschen Verkäuferin vom Lederladen gegenüber zu flirten. Was ihm anscheinend auch recht gut gelang. Herthas Aufmerksamkeit konzentrierte sich schlagartig auf Hans. Sie hatte keineswegs die Absicht, ihren langjährigen Angetrauten im Land, wo die Zitronen blühen (oder: so überlegte sie, ist das vielleicht doch Spanien? Hertha wusste es nicht mehr so genau und das war ihr im Moment auch ziemlich egal!) an irgend so ein junges Dingelchen abzutreten; mochte sie auch noch so apart sein. Sie, Hertha, wusste, dass sie mindestens zwanzig Jahre älter als dieses Mädchen war und sie gestand sich ein, dass ihr Selbstbewusstsein angesichts dieser glatten, leicht gebräunten Haut und der beneidenswerten Fülle dunkelbrauner Haare nicht gerade nach oben ausschlug. Ein bisschen machte sich Eifersucht breit, aber auch Trotz.

Immerhin, so dachte Hertha, dieser kleine Balg hat nicht beim Spazierengehen nach Essbarem Ausschau halten müssen und zwei Kinder hat die bestimmt auch noch nicht.

Renato, der aus einiger Entfernung das Mienenspiel beobachtet und seine Schlüsse daraus zog hatte, kam näher.

"Ciao Sabrina! Machst du heute Dienst?", rief er quer über die Straße.

"Si, Renato, Mama holt Papa vom Flughafen ab. Er hat in Milano das neue Hotel besichtigt. Paolo ist auch mit!"

"Wo hast du denn Totonno gelassen?", fragte Renato zurück.

"Oooh", lachte Sabrina, "was glaubst du wohl, wie Oma und Opa sich darum reißen. Sie werfen mir immer vor, ich würde ihnen ihren Enkel vorenthalten. Aber Paolo und ich haben von Anfang an gesagt, dass wir unser Kind allein erziehen wollen..."

Hertha war diesem kurzen Wortwechsel, der mit Rücksicht auf Renatos Gäste in deutscher Sprache geführt wurde, mit offenem Mund gefolgt. Abgesehen davon, dass sie sich eine dumme Gans schalt, musste sie über Hans grinsen. Der Bauch war plötzlich wieder da und der Ton, mit dem er Wolfgang zum Bezahlen aufforderte, sprach Bände. Halblaut wunderte Hertha sich nur darüber, wie viele Italiener deutsch konnten.

Ungeachtet dieses Intermezzos hatte Ricardo, gemeinsam mit Monika ein Hotel ausfindig gemacht, was mit Sicherheit allen gefiele. Sie entschieden sich für's *Garden* – mit kleinem, hauseigenen Strand. Schwimmbad im Hause, was angesichts des unvergleichlich größeren Schwimmbades vor der Tür recht uninteressant wirkte.

Renato half noch mit, die Koffer über die Straße zu tragen und Ricardo machte sich auf den Weg zur Post, um daheim Nachricht zu geben, dass sie alle ein paar Tage später kämen. Im Grunde war ihm das sogar ganz recht. Nach so vielen Jahren hatte er fast ein wenig Angst vor der Begegnung mit seiner Familie. Er hatte, und das wußte er auch, schon vor langer Zeit mit den, in seinem Dorf gültigen Traditionen gebrochen. Hatte der Aufenthalt in Deutschland ihn in seiner Auffassung, besonders was die doppelte Moral der Männer in seinem Dorf anging, nur noch bestärkt. Auch in *Old*

Germany war nicht alles Gold, was glänzte; das hatte er schnell herausgefunden, aber so unehrlich, wie die Moral im Süden seines Heimatlandes, fand er Deutschland nicht. Die Geschlechter gingen viel freier miteinander um. Hertha erzählte ihm, das sei vor etwas mehr als fünf Jahren auch in Deutschland noch völlig anders gewesen. Dann kam irgend so ein Psychologe und Sexualtherapeut, oder was auch immer, Hertha wußte es nicht so genau, und predigte, dass das Verhalten von Männlein und Weiblein, wie man es bislang kannte, total falsch gewesen sei. Besonders von Weiblein. Und die Weibleins in Deutschland begannen, sich über Nacht zu entwickeln. Ricardo musste bei diesem Gedanken lachen, deutsche Männer standen dieser Entwicklung ebenso hilflos gegenüber, wie das auch in Italien der Fall gewesen wäre. Aber eben … wäre!!!
Trotzdem, er, Ricardo, war auf dem Weg nach Hause und sollte sich doch eigentlich freuen ...

*

Monika riß ihn aus seinen Betrachtungen. "He, Träumer", rief sie ihm zu. "Kommst du mit? Ich möchte mir noch ein paar Schuhe kaufen."
"Klar! Aber was hältst du davon, anstatt zu Hause bei dir eine Schuhboutique im Kleiderschrank zu eröffnen, zur Abwechslung ein vernünftiges Strandkleid oder einen Bikini zu kaufen. Das ist im Moment hier der letzte Schrei."
"Bikini?", echote Monika. "Au backe, ob ich da bei Mama auf Gegenliebe stoße?" Zweifelnd sah Monika den hinterhältig grinsenden Ricardo an, der gleichzeitig einen unsanften Rippenstoß von Hans Gutmooser einfing. "Du gehst ausnehmend großzügig mit meinem Geld um, Freundchen!"
Aber Ricardo hatte das gutmütige Grinsen in den Augen seines älteren Freundes bereits gesehen und der zückte dann auch schon die

Brieftasche. Mit einem tiefen Stoßseufzer drückte er Monika ein paar Scheine in die Hand: "Hier, du Sandkrabbe, hast du nochmal zehntausend; und jetzt ist aber Schluß."

Monika fiel ihrem Vater um den Hals und nahm mit einer weiteren Bewegung Ricardo an die Hand: "Nun komm' aber auch!"

Die beiden zogen los; Hans Gutmooser sah ihnen nachdenklich hinterher.

"Hm, Papa, ich denke auch … da spinnt sich was an", sagte Wolfgang hinter ihm. "Da kann man machen nix...!"

"Bloß die Mama sollte das vielleicht nicht gleich mitkriegen. Die macht sonst sofort aus einer Mücke 'nen Elefanten."

"Stimmt auffallend", stellte Wolfgang fest, "bei ihr hat Oswald Kolle anscheinend noch keine brauchbaren Spuren hinterlassen."

"Jedenfalls hat sie sich standhaft geweigert, sich *Mein Mann, das unbekannte Wesen anzusehen*." Hans Gutmooser schmunzelte: "Sie behauptet nach wie vor, mich in- und auswendig zu kennen!"

"Pssst!", meinte Wolfgang, "wenn man vom Teufel spricht, naja, und so weiter!"

Hertha Gutmooser kam, bepackt wie ein Lastesel, aus der Lederboutique von Sabrina. Seit sie wußte, dass Sabrina verheiratet und Mutter eines Sohnes war, fand sie sie plötzlich ganz reizend und kaufte gern bei ihr ein. Und sie ging auch gar nicht zimperlich mit dem Geld ihres Mannes um – meinte dieser jedenfalls.

In der Hotelhalle angekommen, holte sie sich den Schlüssel zum Zimmer und brachte zunächst einmal ihre Einkäufe nach oben.

Hans Gutmooser und Wolfgang warteten derweil in der Halle.

"Wann wollen wir weiterfahren?", fragte sie. "Morgen?"

"Soweit es an Ricardo hängt, morgen", sagte Wolfgang.

"Warum?"

"Dann geh' ich am besten noch mal zum Friseur. Hinten, am Platz mit dem Brunnen, ist einer."

"Hier sind überall welche und die haben bis mindestens dreiundzwanzig Uhr geöffnet."

"Das müßte es bei uns mal geben!"

"Bei uns ist es nachts dunkel und außerdem regnet es meistens",
grinste Hans Gutmooser. "Hast du denn genug Lire?"

Hertha guckte noch mal schnell in ihre Geldbörse. "Ja – es langt
noch. Treffen wir uns am Strand?"

"Okay dann- bis später."

Hertha bummelte links die Via Carducci hoch bis zum Brunnen,
ging rechts daran vorbei, überquerte die Straße und ging nochmals
ein paar Schritte nach rechts. Das Geschäft war bereits geöffnet
und das kurz vor vier Uhr am Nachmittag. Wenn man sich überlegte, dass die bis Mitternacht geöffnet haben!

Hertha trat ein.

"Buon giorno Signora."

Hertha grüßte ein bißchen unsicher zurück; die Damen wechselten
sofort ins Deutsche. Ein wenig gebrochen, aber verständlich. Hertha dachte bei sich, wenn ich doch schon soviel italienisch könnte,
wie die deutsch; dann würde ich mich wesentlich sicherer fühlen.

Der Chef des Salons und zwei seiner Damen beschäftigten sich
angelegentlich mit Herthas Haaren. Sie befühlten die Haarstruktur
und stellten fest, dass das Haar zwar nicht gefärbt, aber durch
ständige Dauerwellen sehr geschädigt sei. Signor Rufomori riet, das
Haar stark zu kürzen und mit einer leichten Welle nur zu stützen,
um den notwendigen Halt zu gewährleisten. Außerdem empfahl er
ihr einen, dem Haarton entsprechenden, Farbfestiger.

Hertha, die sich immer ein bisschen bieder vorkam, wurde zunehmend unsicherer. Dazu verstand sie nur bruchstückhaft, um was es
ging, wollte sich aber keine Blöße geben und als Signore Rufomori

sie fragend ansah, nickte sie nur noch.

Die *Maschinerie* des Salons setzte sich in Bewegung und nach vielleicht einer Viertelstunde begann Hertha, diese Prozedur zu genießen. Im Stillen verglich sie die Aufmerksamkeit, die ihr hier zuteil wurde, mit den *Hau-ruck-Aktionen* ihrer Friseuse, die immer und nirgends Zeit hatte. Als würde die innere Spannung von ihr abfallen, schloß sie zwischendurch sogar die Augen. Nach etwas mehr als zwei Stunden sagte Signor Rufomori: "Voilá Signora, geschafft!"

Hertha sah sich im Spiegel und war schlichtweg platt. Die Kurzhaarfrisur hatte sie um mindestens zehn Jahre jünger gemacht und durch den dezenten Farbfestiger lag ein sanfter Schimmer auf ihrem Haar.

"Grazie, mille – mille grazie!, Signor, Signorinas!"

Hertha ließ ihrer Begeisterung freien Lauf und das äußerte sich auch in der Höhe des Trinkgeldes.

Wieder auf der Straße schlug sie den Weg zum Hotel ein, nicht, ohne vorher an der kleinen Boutique für Strandbekleidung halt zu machen. Sie überschlug ihre Barschaft und stellte fest, dass das hellblaue Strandkleid mit dem passenden Bikini dazu noch zu verkraften waren. Bei dem Bikini hatte sie allerdings ein wenig Bedenken. Hans neckte sie immer mit den Worten: "Na, was ha'm wir denn da? Michelin X oder Dunlop SP?"

Sie war zwar jedesmal sauer, hatte es aber trotz guter Vorsätze bislang noch nicht geschafft, mittels einer vernünftigen Umstellung der Ernährung diese Rettungsringe in Hüft- und Bauchregion zu beseitigen. Jetzt nahm sie sich das ganz fest vor.

Ein Blick auf die Uhr … nun aber zurück ins Hotel. Der Rest der Familie würde sicher schon auf sie warten. Dachte sie!

In der Halle angekommen, stellte sie fest, dass der Schlüssel am Brett hing. Nicht nur dieser, auch der Zimmerschlüssel von Wolfgang, der sich mit Ricardo ein Zimmer teilte, nein auch Monikas Schlüssel hingen noch dort. Das bedeutete, dass von der Familie im Augenblick keiner im Haus war. Und Hertha fiel es gar nicht auf, dass sie in den Gedanken an ihre Familie Ricardo mit einbezogen hatte.

Nichts wie rauf auf's Zimmer.

Wieder ein Blick in den Spiegel und raus aus den Klamotten. Im Bikini hatte Hertha immer noch die gleichen Hemmungen wie im Geschäft, aber man konnte ja erst einmal das neue Strandkleid drüberziehen.

So, das war schon besser. Und jetzt runter an den Strand.

Schon aus einiger Entfernung sah Hertha ihren Mann und Wolfgang. Einer von ihnen sah gerade auf die Uhr.

"Huhu", rief Hertha.

"Na endlich", sagte Hans Gutmooser, "wenigstens Monika kommt langsam an Land. Aber, oh Wunder, ohne Ricardo im Schlepp!"

"Logisch", stellte Wolfgang fest, "das ist ja auch nicht Monika – das ist Mutti!"

"Waaas?"

Hans Gutmooser fiel vor Staunen die Zigarre aus dem Mundwinkel. "Ich werd' verrückt, die sieht ja aus wie ein junges Mädchen!"

"Fast Vater! Fast wie ein junges Mädchen."

"Stimmt." Die Stimme von hinten gehörte Ricardo und Monika, die schräg hinter ihm stand, meinte: "Hm, sie sieht wirklich gut aus. Aber musste sie unbedingt das gleiche Strandkleid kaufen?"

Ricardo drehte sich um. "Freu' dich doch. Ich finde es schön, wenn man so eine jugendliche Mutter hat. Bei uns zu Hause sind die Frauen mit vierzig, fünfundvierzig Jahren alt. Sie haben meistens fünf oder mehr Kinder bekommen und sind völlig fertig. Dazu kommt, dass die Männer ihnen überhaupt nicht helfen. Egal wo; und im Haushalt schon gar nicht. In Deutschland ist das anders. Da tun die Männer auch schon mal was – vielleicht nicht immer ganz freiwillig ... aber immerhin." Mit einem Seufzer berendete er den Satz: „Ihr werdet es bald selber sehen."

Ricardo ging auf Hertha zu. "Du siehst hübsch aus; wie eine Schwester von Monika. In ein paar Jahren wird man den Unterschied zwischen Euch nur noch an den Haaren sehen."

"Immer vorausgesetzt, dass Mami sich nicht die Haare färbt", meinte Monika.

"Nein Moni, das gewiß nicht. Sie sind jetzt nur ein bisschen getönt. Meine grauen Haare werden zu mir gehören wie die Falten, die sich sicherlich einschleichen werden. Das alles wird das Spiegelbild meines Lebens sein und das war, wie auch du weißt, nicht immer beneidenswert."

Die kleine Clique hatte inzwischen die Aufmerksamkeit sämtlicher Strandnachbarn auf sich gezogen und Hans Gutmooser meinte: "Was haltet Ihr davon, wenn wir jetzt alle noch eine ausgiebige Runde schwimmen und uns dann so langsam ans packen machen. Morgen, das haben wir Ricardo versprochen, geht's weiter gen Süden."

"Stimmt Papa, das haben wir versprochen und das halten wir."

Monika schlüpfe aus ihrem Strandkleid und drehte sich um, weil hinter ihr Ricardo, Wolfgang und Vater laut lachten.

Hertha war ebenfalls auch ihrem Strandkleid geschlüpft. Mutter und Tochter trugen auch den gleichen Bikini.

Wolfgang beugte sich zu seinem Vater: "Ob Oswald Kolle nicht doch was genützt hat?"

Und Monika seufzte mit einem schrägen Seitenblick auf ihre Mutter: "Du bist unschlagbar. Ich gehe zu Renato an die Bar, Eis essen. Vielleicht bringt mich das auf andere Gedanken."

Ricardo verspürte einen Stich: "Du willst wohl eher Dario besuchen, hm? Denk' dran, der könnte Dein Vater sein!"

Dario war einer von Renatos Kellnern und Monika hatte vom ersten Moment an einen besonderen Draht zu ihm. Sie mochten sich einfach und respektierten sich.

"Eben Ricardo! Du hast doch nun wirklich keinen Grund, eifersüchtig zu sein. Du bist auf dem Weg nach Hause und zu Daniela. Ciao!"

***

Freitagabend

Sonja hatte im Krankenwagen nichts anderes zu tun, als ihre Hand festzuhalten. Der hinten mit ihr fahrende Sani tröstete sie: "Noch'n paar Minuten, dann können wir vernünftig was für Sie tun. Sie müssen doch höllische Schmerzen haben."

"Stimmt", quetschte Sonja heraus, "und ich darf gar nicht daran denken, warum ich mir diesen Mist eingefangen habe."

"Ja", meinte der Sani daraufhin, "ich war vielleicht gebügelt, als ich den Schuckert in Ihrer Wohnung sah. Ich dachte, der wäre noch im Gefängnis, wo er meines Erachtens auch hingehört. Und zwar für den Rest seines Lebens."

Sonja vergaß für einen Moment ihre Schmerzen. "Woher kennen Sie den Kerl eigentlich, wenn ich das überhaupt fragen darf?"

"Sie dürfen", erwiderte der Sani, "obwohl ich, und das können Sie mir glauben, dank dieser unliebsamen Vergangenheit genug Probleme hier im Westen hatte."

Sonja unterbrach ihn unwirsch: "Warum, Himmel nochmal, können sich die Völkerscharen eigentlich nicht mal dieses Ost und West abgewöhnen. Es ist zum K…! Auf diese Weise läßt sich die Kluft doch niemals überbrücken! Aber sorry – ich habe Sie unterbrochen."

"Naja, irgendwie haben Sie Recht, ich war Major bei der NVA:"

"Ja – und? Hier gibt's Männer, die sind beim Bund und sind genau eben dort etwas geworden. Wo liegt denn der Unterschied? Schließlich haben Sie damals die DDR nicht gegründet, oder?"

Bevor der Sanitäter antworten konnte, tat es einen kurzen Ruck und der Wagen stand vor dem Krankenhausportal. Der Fahrer stieg aus und öffnete die hintere Doppeltür.

"So, meine Dame, auf geht's", meinte er burschikos zu Sonja. Die war erst einmal bloß noch froh, aus dem Krankenwagen zu kommen und hoffte nun auf schnelle Hilfe.

Melanie und die Polizei waren auch schon da. Nur der zusätzliche Streifenwagen, der Schuckert mitgenommen hatte, war nicht mehr dabei.

"So", sagte der Sani, "kommen Sie. Jetzt müssen wir erst noch die Bürokratie zufriedenstellen und dann geht es zum Röntgen."

"Geht das denn nicht anders herum?", fragte Sonja. "Ich hab' gemeine Schmerzen ... und wenn ich nun nicht bei Bewußtsein wäre, was dann?"

"Dann müßte es anders herum gehen; aber Sie sind nun einmal völlig klar im Kopf. Kommen Sie also.... "

Der Sani hielt die Tür auf und Sonja, jetzt auch gefolgt von Melanie und der Streifenwagenbesatzung, betraten die Halle.

Melanie erledigte die Anmeldung für Sonja, die zunehmend blasser um die Nase wurde.

Der diensthabende Arzt kam den Gang entlang und trat auf Sonja zu. Sie wollte ihm gerade erklären, was los war, als ihr regelrecht die Beine wegknickten.

"Hoppla, junge Frau, jetzt wird's aber Zeit", meinte Dr. Schmied. "Am besten setzen Sie sich hier rein und wir fahren Sie zum Röntgenraum." Der Röntgenologe schnappte sich einen an der Wand stehenden Rollstuhl, betrachtete im gleichen Atemzug die ramponierte Hand und meinte: "Das sieht aus, als hätten Sie das besonders toll hingekriegt. Schauen wir also mal!"

Knappe eineinhalb Stunden später stand es nicht nur fest, man sah es auch, dass Sonja ihre Hand die nächsten Monate keinesfalls würde brauchen können.
"Trümmerbruch im Handrücken", stellte Dr. Schmied etwas lakonisch fest. "Wie haben Sie das denn fertig bekommen?"
Jetzt, wo sie nicht mehr so große Schmerzen hatte, kam Sonja's, manchmal etwas skurriler, Humor wieder.
"Na, wissen Sie, ich habe einem alten Freund einen K.O.-Haken verpaßt, dabei sogar getroffen und die Polizei brauchte ihn nur noch einzusammeln."
Dr. Schmied lächelte ein wenig gequält und fühlte sich vergackeiert. Das sagte er zwar nicht laut, aber an seinem Verhalten bemerkte Sonja deutlich, dass er ihr kein Wort glaubte.
"Kommen Sie, wir müssen dort rüber. Da werden Ihre Knochen gerichtet, die Hand geschraubt und stillgelegt "
Der Arzt öffnete die Tür, um mit Sonja in den Behandlungsraum zu gehen, als er sich unvermittelt der Polizei gegenüber sah.
Wachtmeister Schnell sprach Sonja auch gleich an: "Können wir mit dem Protokoll beginnen?"
"Tut mir leid, aber ich muß erst noch genagelt, geschraubt oder sowas werden. Ich weiß nicht, wie lange das dauert ..." und verschwand mit Dr. Schmied im Zimmer.
Es dauerte fast eine Stunde und als Sonja wieder auftauchte, konnte Melanie sich nicht verkneifen zu sagen: "Frankensteins Gesellenstück! Du siehst einfach toll aus!"
Sonja sah wirklich verwegen aus. Aus der rechten Hand guckten oben sechs lange Schraubenenden aus dem Handrücken und das Ganze sah aus, als sei es verkehrt herum geschient. Sonja meinte

dann auch: "Weißt du, das erinnert mich an meine Freundin An-
ke. Die war allerdings geringfügig gescheiter als ich."

"???"

"Na ja", grinste Sonja, "die ist beim Spazierengehen über ihren
Hund, genannt Teppichfloh, gestolpert und hat sich genau den
gleichen Bruch, aber in der linken Hand, zugezogen."

"Und was ist daran gescheiter?"

"Sie ist, genau wie ich, Rechtshänderin."

Es dauerte eine Weile, bis Melanie kapiert hatte, aber dann grinste
auch sie. "Komm, du Unglücksrabe, die Polizei wartet draußen."

Im Vorraum saßen Wachtmeister Schnell, sein Mitarbeiter und der
Sanitäter. Letzterer hatte inzwischen alles zu Protokoll gegeben,
was er noch aus der Vergangenheit über Schuckert wußte. Das bezog sich alles auf die NVA-Zeit und Wachtmeister Schnell war am
Anfang auch dem Sani gegenüber ein bißchen skeptisch. Bei der
Schilderung, die dieser dann von sich gab, verlor sich sein Miss-
trauen.

"Sagen Sie, wie heißen Sie eigentlich – das weiß ich immer noch
nicht?"

"Helmut Schüttler. Warum?"

Schnell ließ diese Gegenfrage unbeantwortet; er setzte voraus, dass
jeder weiß, dass man bei Behörden Namen, Anschrift und sons-
tige Daten angeben muß.

Stattdessen fragte er weiter; er nahm sich vor, die Vergangenheit
dieses Mannes gelegentlich ein bißchen genauer unter die Lupe zu
nehmen.

"Nun", meinte Schnell, "erzählen Sie ruhig weiter."

In diesem Augenblick öffnete sich die Tür und die beiden Frauen
erschienen. Der Sani lachte auf: "Richtig hübsch hat man Sie gemacht … und sooo zweckmäßig! Vielleicht wäre es gar nicht so
dumm gewesen, wenn man Sie vorher aus Ihrem Blusenärmel ge-

pellt hätte. Jetzt wird's schwierig."

"Oh! verflixt. Stimmt. Dann werde ich, das heißt, wohl eher du", meinte Sonja zu Melanie gewandt, "wohl daheim den Blusenärmel auftrennen müssen."

"Das ist noch nicht alles. Von dem T-Shirt, was du drüber hast, dürfte der Ärmel abschneidereif sein. Ich wüßte nicht, wie ich dich sonst ausgezogen bekommen sollte." Melanie seufzte: "Ich glaube, das beste ist, ich quartiere mich um. Was meinst du? Karlheinz kommt sowieso erst am Dienstag wieder und heute wollte ich bei dir bleiben. Das heißt, jetzt bleibe ich wenigstens den Rest der Nacht da. Das bisschen, was davon noch übrig ist."

"...bleiben wird", meinte Schnell dazwischen, "jetzt müssen wir endlich mit dem Protokoll anfangen. Denn, meine Damen, Sie werden es vielleicht nicht glauben, selbst ein Diener des Staates möchte irgendwann mal ins Bett. Mein Dienst ist seit zweiundzwanzig Uhr gestern abend eigentlich schon abgelaufen. Ich will nur keinen Kollegen holen lassen, um dem dann einen laufenden Fall in die Hand zu drücken. Also – fangen wir an."

Sonja, inzwischen völlig schmerzlos, dafür aber saumüde, setzte sich einigermaßen in Positur und begann mit ihrer Erzählung. Sie betete dem Wachtmeister alles das noch einmal herunter, was sie Stunden zuvor Melanie erzählt hatte. Diese saß dabei und wunderte sich, dass Sonja die ganze Geschichte fast wörtlich wiederholte und dachte: Mein Gott, was muß sie unter dieser Chose gelitten haben, dass sich das so fest ins Gehirn gegraben hat. Und, dachte sie noch weiter, irgendwie habe ich das Gefühl, das da noch mehr ist. Etwas, was die nicht erzählt. Niemandem erzählt. Aber, warten wir ab, vielleicht kommen wir ja dahinter. Das wäre dann möglicherweise auch eine Erklärung für Sonjas eigenartige Ablehnung Männern gegenüber. Solange sie sich als unverbindliche Bekannte präsentieren ist alles okay – aber wehe, es zeigt mal einer ein bißchen Interesse an ihr, dann ist es sofort vorbei. Das ist nicht normal. Sie stellt sämtliche Stacheln auf und dabei war sie schließlich verheiratet.

Melanie wurde aus ihren Betrachtungen gerissen als der Beamte sagte: "So, ich glaube, jetzt haben wir alle ein Bett verdient. Geh'n wir heim."

Der Sanitäter erbot sich, die beiden Damen mitzunehmen. "Ich wohne auch in der Richtung, Herr Wachtmeister, dann brauchen Sie nicht noch einmal einen Umweg zu fahren. Denn, wie ich die beiden Damen beobachtet habe, hat keine der beiden in diesem Durcheinander daran gedacht, Geld für ein Taxi einzustecken, oder? Also los, meine Damen!", wandte er sich an Melanie und Sonja, die gerade dabei war, mit ihrer verschraubten Hand durch den Ärmel ihrer Jacke schlüpfen zu wollen. Ein hoffnungloses Unterfangen.

"Laß es", meinte Melanie dann auch, "häng' sie dir einfach nur um. Es ist ja bloß bis zum Auto."

Helmut Schüttler drehte sich zu den beiden um und sagte: "Ich glaube, ich stelle mich wenigstens mal vor. Sie sollten wissen, wer Sie jetzt nach Hause fährt, nicht wahr?"

"Nicht schlecht", griente Melanie, "wer weiß, was Sie unterwegs für Ideen bekommen." Aber ihr Grinsen strafte den Hintergrund dieser Worte Lügen.

Melanie half Sonja ins Auto und stieg selbst hinten ein. Auf der Fahrt waren alle sehr schweigsam und hingen ihren Gedanken nach.

Vor dem Haus angekommen, half Schüttler Sonja noch beim Aussteigen. Die erinnerte ihn noch einmal daran, dass sie immer noch nicht wußten, wie er hieß.

"Helmut Schüttler", stellte er sich nun endlich vor und Melanie sah ihn nachdenklich und intensiv an.

"Ich werde den Gedanken nicht los, dass wir uns schon einmal begegnet sind", meinte sie.

"Hm", nickte Schüttler. "Ich hatte zwischendurch auch das Gefühl, aber mir fällt beim besten Willen nicht ein, bei welcher Gelegenheit das gewesen sein soll. Vielleicht erinnern wir uns irgendwann. Jetzt sollten wir erst einmal zusehen, dass Ihre Freundin ins Bett kommt. Sie sieht aus, als sei sie völlig fertig."

"Ich sehe nicht nur so aus", gähnte Sonja, "ich *bin* völlig fertig."

"Dann komm!" Melanie riß die Tür auf.

"Aber ich darf mich melden, ja?", fragte Schüttler, der die Beiden bis an die Haustür begleitete. "Morgen?"

"Ja, sicher." Sonja lächelte ihm unter Aufbietung der letzten Kräfte zu, dankte ihm für seine Fürsorglichkeit und auch dafür, dass er sie beide nach Hause gefahren hatte.

"Keine Ursache", meinte er großzügig. "Leider ist es doch heute so, dass sich weder Männlein noch Weiblein nach Einbruch der Dunkelheit allein auf die Straße trauen können. Ich kann's verstehen, aber ein Trauerspiel ist es trotzdem. Oder finden Sie nicht?"

"Oh – doch",meinte Melanie, "wir hatten uns zu Beginn dieses Abends grad' noch über dieses Thema unterhalten. Bloß: wie kann man es ändern?"

"Bitte", schaltete Sonja sich ein, "philosophiert morgen weiter; ich muß unbedingt ins Bett!"

"Stimmt – das mußt du wirklich."

Melanie und Sonja verabschiedeten sich noch einmal von Schüttler und schlossen die Tür.

Die Uhr zeigte inzwischen kurz vor zwei und die beiden Frauen beschlossen, auf eine abendliche, eher nächtliche, Dusche zu verzichten. Vorsichtig machte Melanie sich daran, den Ärmel von Sonjas Bluse aufzutrennen. Den Ärmel des T-Shirts hatte sie zuvor sowieso aufschneiden müssen. Der war nicht mehr zu retten.

Inzwischen schmerzte die Hand wieder und Sonja knirschte mit den Zähnen.

"Ich könnte den Mistkerl umbringen!", stöhnte sie.

74

"Mach dich nicht unglücklich", warnte Melanie ihre Freundin. "Sei lieber froh, dass nicht mehr passiert ist. Immerhin hättest du tot sein können."

"Da hast du leider verteufelt recht; ... unser schöner, italienischer Abend! Und so ein Ausklang!"

"Immerhin hab' ich für meine drei Richtigen mit Zusatzzahl allerhand geboten bekommen. Und dann habe ich dir auch noch den guten Grappa ins Gesicht gekippt ... !"

Melanie musste in der Erinnerung hellauf lachen; die Nerven spielten auf einmal total verrückt.

"Schluß jetzt", sagte Sonja, "*komm, ab in sämtliche Betten!*"

Trotz der Tatsache, dass die beiden erst in der Früh ins Bett kamen, waren sie um acht schon wieder munter. Das war wohl eher auf eine erheblich gestörte Psyche zurückzuführen als darauf, dass die zwei wirklich ausgeschlafen wären.

Melanie ging in die Küche, um das Frühstück vorzubereiten.

"Tee oder Kaffee?", rief sie.

Keine Antwort.

"Sonja! Tee oder Kaffee?"

Sonja kam auf nackten Füßen angeschlurft. Die Zahnbürste noch in der Hand und die Zahnpasta malerisch bis zur Nasenspitze verteilt: "Hm? Was ist?"

"Ob du Tee oder Kaffee trinkst, will ich wissen."

"Tee bitte", nuschelte Sonja und schlurfte zurück ins Bad.

Der erste Morgen mit den Schrauben in der Hand war alles andere als angenehm. Außerdem, so hatte sie beim Blick in den Spiegel festgestellt, musste sie sich in der Nacht selber malträtiert haben. Ein kräftiger, blauer Fleck zierte sie mitten im Gesicht.

"Das kann ja heiter werden", sagte sie halblaut zu sich, "wenn Melanie nicht mehr da ist, sitze ich ganz hübsch in der Tinte."

Letztere schien über eine telephatische Veranlagung zu verfügen, denn sie stand im Rahmen der Badezimmertür. "Brauchst du mich? Oder klappt es so einigermaßen?"

"Naja", seufzte Sonja, "was hilft's; ich muß mich ja wohl mit meiner Eisenklaue arrangieren,wie?"

"Richtig, aber nun komm. Ich helfe dir beim Anziehen und dann können wir frühstücken. Ein Glück, dass heute erst Samstag ist", fügte sie noch hinzu. "Am Montag müssen wir uns dann was einfallen lassen; ich muß ja wieder ins Büro."

"Stimmt! Daran darf ich gar nicht denken. Gott sei Dank sind es noch zwei Tage bis dahin. Ich muß eben ein bißchen schneller lernen, mit den veränderten Umständen fertig zu werden", meinte Sonja. "Trotzdem hast du recht, gehen wir erst einmal frühstücken."

***

Ricardo 1970 – 1975

Hans Gutmooser sah sich um: "Hat jeder sein Gepäck? Dann – auf gehts!"

Alle fünf kletterten ins Auto. Hans Gutmooser fuhr. Er wollte es so einrichten, dass Ricardo die letzten Kilometer, kurz vor daheim, hinter dem Steuer saß, so dass er wirklich unübersehbar mit *seinem* Auto und *seinen* deutschen Freunden in Margherita ankam.

Auf der Weiterfahrt waren alle ausnehmend schweigsam.

Hertha kämpfte mit sich und dem Gedanken, wenn sie heimkamen, doch endlich regelmäßig eine Gymnastikstunde zu absolvieren. Sie hatte mehr als neidisch auf Monikas Bikinifigur geschielt und dass sie sechsundzwanzig Jahre älter als ihre Tochter war, wirkte auch nicht gerade tröstlich.

An Monika, die im Fond des Wagens, in der Mitte zwischen Ricardo und ihrer Mutter saß, nagte die uneingestandene Eifersucht. Sie blickte immer wieder verstohlen auf Ricardos Gesicht, das sich, je mehr sie sich Margherita näherten, mehr und mehr verschloss. Monika wähnte ihn in seinen Gedanken bei Daniela. Ricardo hingegen hatte ganz andere Probleme.

Er war fünf Jahre nicht zu Hause gewesen und hatte ganz einfach Angst. Ihm war während der langen Fahrt klargeworden, dass er sich von der Welt der Fischer und der kleinen Handwerker meilenweit entfernt hatte.
Was würde er vorfinden?
Wie würde man ihm begegnen?
Daniela war im Verhältnis dazu ein kleines Problem. Er hatte bei seinen Freunden immer einmal nachgefragt und, soweit sie des Schreibens mächtig waren, bekam er nur ausweichende Bemerkungen als Antwort. Ihm war nach so langer Zeit sowieso klar, dass dieses Kapitel vorbei war. Was das im einzelnen bedeutete, würde sich zeigen. Erstaunt musste er sich selbst gegenüber zugeben, dass es noch nicht einmal mehr wehtat. Dafür musste er seit neuestem immer auf die Zähne beißen, wenn er sah, wie ungeniert Monika am Strand herumflirtete. Sie kannten sich fünf Jahre, aber erst jetzt maß er dieser Bekanntschaft Bedeutung bei. Eine andere Bedeutung. Früher hatte er *Daniela* gedacht; heute dachte er immer öfter: *Monika*. Und das in den letzten Tagen verteufelt wütend.
Bei allem, was er anfing, war dieser Gedanke im Hintergrund. Er versuchte auch jetzt, sich auf das Nächstliegende zu konzentrieren; es gelang ihm nur mäßig.

Hans Gutmooser spürte die Spannung und sagte zu Wolfgang, der neben ihm saß: "Wir sollten nach der Hälfte der Strecke wohl noch eine ausgedehnte Pause machen. Was meinst du?"

"Darf ich denn dann auch mal vorne sitzen?" Monika protestierte damit auf ihre Art, dass sie seit etlichen Kilometern auf dem unbequemsten Platz saß und von der Landschaft gar nichts sah.

Hertha Gutmooser wollte gerade einen entsprechenden Kommentar abgeben als sie einen Blick ihres Sohnes auffing. Sie klappte, oh Wunder, den Mund kommentarlos wieder zu. Wolfgang atmete tief durch. Pause.

Hans Gutmooser reckte sich und drehte eine kleine Runde im Dauerlauf um den Parkplatz. Dieser lag an einem sanften Hang und gab den Blick links zum Meer frei. Tiefblau schimmerte das Wasser und in der Ferne, wo Himmel und Erde zusammenstoßen, gingen die Farbtöne in ein diffuses grau über.

Nachdenklich drehte er sich um die eigene Achse. Dieses Land hatte ihn, den bodenständigen Deutschen, in den letzten Tagen völlig in seinen Bann gezogen. Die Leichtigkeit der Italiener, die Nonchalance, mit der sie sich, zum Beispiel, verspäteten und keiner meckerte rum. Man konnte abends um zehn noch einkaufen und die Verkäuferinnen waren immer noch freundlich.

Ricardo hatte die ganze Familie Gutmooser überall mit hingenommen und vorgestellt; und jeder, aber wirklich jeder, kam ihnen freundschaftlich entgegen. Hans Gutmooser begann Vergleiche zu ziehen und war ehrlich genug zuzugeben, dass seine Landsleute dabei nicht besonders gut abschnitten.

Woran mochte das liegen?

Er überlegte ernsthaft, fand aber keine brauchbare Antwort. Es war alles so anders, fand er und es war gut. Dabei gestand er sich ein, dass allerdings auch die Strukturen seines Heimatlandes durchaus ihre Vorteile hatten. Urlaub, und ständig irgendwo zu leben, soviel sah Gutmooser ein, sind zwei Paar Schuhe.

Mit einem Stoßseufzer drehte er sich um und sah Hertha genauso gedankenverloren auf's Meer starren.

"Na", sagte er leise, "irgendwie haben wir jetzt mit etwas zu kämpfen, von dem wir im Moment noch nicht einmal wissen, was es ist."

"Stimmt", entgegnete sie ebenso leise, "ich habe das Gefühl, als würde sich hier für uns etwas entscheiden. Irgend etwas, und ich kann es nicht beeinflussen; weder positiv noch negativ. Aber ich spüre, dass etwas auf uns zukommt. Auf uns alle."

Hans nahm seine Frau in den Arm. So nahe waren sie sich schon lange nicht mehr.

"Komm, wir gehen zum Auto zurück."

Gutmooser hatte Hertha noch immer untergehakt und als Bild von Friede, Freude, Eierkuchen, erreichten sie den Wagen.

Ricardo sah sie kommen und tat, als müsse er nochmal im Gebüsch verschwinden. In ihm rumorte es; er sah in den letzten Tagen die wachsende, wiederkehrende Harmonie zwischen den Eheleuten und wünschte sich, seine Eltern einmal so zu sehen. Aber sein Vater war nur der Herr im Haus; seine Mutter hatte ein Kind nach dem anderen bekommen; Jugend und Schönheit eingebüßt und wurde zum Dank von ihrem Mann, seinem Vater, auch noch betrogen. Nie würde er das Gespräch vergessen, in dem sein Vater ihm Daniela verboten hatte und ihm gleichzeitig einen Besuch des Bordells in der nächsten Stadt anbot.

Wenn er dagegen Gutmoosers ansah.

Hans war zwar manches Mal ein Brummbär, aber zu guter letzt gab er nicht nur nach, sondern unterstützte seine ganze Familie. Nicht nur den Sohn, wie es in seiner Familie in Italien üblich war, sondern auch Frau und Tochter hatten ihre Rechte und durften sie wahrnehmen. Das war etwas, was sie alle, egal ob sie aus Italien, Spanien oder Griechenland kamen, lernen mussten. In Deutschland wurden die Frauen anders akzeptiert. Und das war eine einschneidende Umstellung.

Keiner von ihnen kannte Widerspruch und plötzlich sagt da so ein junges Mädchen: "Was willst du eigentlich? Laß mich in Ruhe", oder sonst irgend etwas, womit keiner rechnete. Sie ließen sich

nicht befehlen; entschieden einfach selbst, was sie wollten. Und plötzlich musste Ricardo grinsen, nach einer Weile begann allen, dieser Zustand zu gefallen. Es war anregend und amüsant. Diese Mädchen waren Partner, keine Puppen, die man irgendwo hinsetzte... und sie konnten mitreden. Ricardo ertappte sich dabei, dass er sich Daniela in dieser Rolle weiß Gott nicht vorstellen konnte; und Monika nicht in dem Part einer unterwürfigen Frau.
Was war ihm lieber? Was wollte er eigentlich?

Langsam ging er zum Auto zurück. Monika saß schon auf dem Beifahrersitz und im Fond knubbelten sich die restlichen Gutmoosers. Ricardo klemmte sich hinters Steuer und in einer Aufwallung von Zärtlichkeit drückte er kurz Monikas Hand. Dann drehte er den Zündschlüssel um, legte den Gang ein und gab Gas.
Margherita entgegen.
Er dachte schon gar nicht mehr *nach Hause* und jeder im Auto spürte das. Sogar Hertha, der sonst selten etwas heilig war, unterbrach diese sonderbare Stille nicht.
Monika starrte angestrengt nach vorne und überlegte krampfhaft, was diese Geste von Ricardo zu bedeuten hatte. Sie konnte damit nichts anfangen und zum Gedankenlesen war sie noch zu jung. Vor allen Dingen zu ungeübt.
Also zog sie sich ein wenig zurück und kämpfte, je mehr man sich Margherita näherte, mit ihrer Eifersucht.
Wer mochte diese Daniela sein?
Wie würde sie aussehen?
Und weiß der Teufel, welche blödsinnigen Gedanken ihr durch das Gehirn schossen.
Ihre Kenntnisse über Land und Leute hatte sie ausschließlich von Ricardo. Dieser hatte sich redlich bemüht, Monika auch die Schattenseiten des sonnigen Südens klarzumachen, merkte jedoch nach einiger Zeit, dass das bei ihr einfach nicht ankam. Sie war in der

relativen Freiheit Deutschlands aufgewachsen und konnte sich in ihren kühnsten Phantasien nicht vorstellen, dass ein Mädchen, nur weil es in langen Hosen auf die Straße gegangen war, eine Tracht Prügel bezog. Wenn sie die nicht vom Vater bekam, dann eben vom Bruder, notfalls sogar vom jüngeren. Auch die Mütter schützten ihre Töchter nicht; sie waren ja selbst nichts anderes als blinden Gehorsam gewohnt.

Als Ricardo ihr das erzählte, lachte sie ihn aus und meinte, das sei doch wohl stark übertrieben.

Inzwischen war man kurz vor der Dorfeinfahrt und Ricardo nahm das Gas weg. Sein Herz klopfte wie rasend und er fuhr an den Straßenrand, um sich noch eine Zigarette anzuzünden.

Entschuldigend sah er die Anderen an. Aber Hans Gutmooser stieg einfach aus und legte den Arm um seinen jungen Freund. Zu Monika gewandt meinte er: "Und du setzt dich für die Einfahrt ins Dorf besser wieder nach hinten. Tochter zwischen Mutter und Bruder macht sich immer gut."

Ricardo nickte. "Stimmt. Meine Eltern würden sehr befremdet reagieren, wenn sie dich vorne neben mir sähen. Zumindest war das vor fünf Jahren so. Er sah sich um: so, wie das hier aussieht, hat es sich ganz sicher nicht geändert. Ich habe das Gefühl, als hätte man mich in die tiefste Vergangenheit zurück katapultiert."

Das musste man Ricardo lassen; sein deutsch war nach fünf Jahren perfekt.

Er stieg wieder ein und Monika tauschte mit ihrem Vater den Platz. Zwar konnte sie nicht einsehen warum, doch fügte sie sich der Übermacht. Außerdem, und das gab sie sich selbst gegenüber zu, fühlte sie sich in Ricardos Nähe plötzlich äußerst unsicher.

Nach der nächsten Kurve stand das Ortsschild von Margherita. Zwei Jungen, die gerade versuchten, schneller zu sein als eine wilde

Katze, guckten mit offenem Mund dem Auto hinterher. Dieses Nummernschild hatten sie noch nie gesehen. Woher kam das Auto? Der Fahrer sah jedenfalls aus als wäre er von hier, aber die Anderen, die noch da drin saßen?

Filippe kratzte sich nachdenklich am Kinn. "Es ist zwar schon lange her; ich war vielleicht sooo groß – und deutete mit der Hand ungefähr einen Meter über dem Boden an – aber ich glaube, das war Ricardo Boticelli."

"Wer is'n das?" Totonno sah seinen Freund fragend an. "Den kenn' ich nicht."

"Kannst du auch nicht. Als Ihr hierher gezogen seid, war der schon weg. Er ist vor ungefähr fünf Jahren nach Deutschland gegangen. Wie Georgio, den kennst du doch?"

"Ja, der kommt ja auch jedes Jahr nach Hause."

"Ich glaube, Georgio ist in Deutschland reich geworden. Man erzählt sich, er habe dort ein Geschäft."

"Stimmt das?"

"Weiß nicht."

Filippe sah seinen Freund an. "Aber er hat noch immer nicht geheiratet. Seine Eltern sind ganz unglücklich. Sie wollen Enkelsöhne. Aber bei seinem letzten Besuch hat er ihnen ins Gesicht gesagt, dass er nicht im Traum daran dächte, nach so vielen Jahren ein Mädchen aus unserem Dorf zu heiraten. Er hat nicht direkt gesagt, dass sie ihm zum dumm wären, aber, na ja, sowas in der Richtung."

"Woher weißt du das?", fragte Totonno völlig verblüfft.

"Nun, wir wohnen ja gleich nebenan und das ist nicht gerade ruhig und freundschaftlich abgegangen. Das wirst du dir denken können. Wir brauchten noch nicht einmal vorsichtig zu lauschen, wie meine Mutter das sonst immer tut; die haben so gebrüllt, dass wir bloß noch hinhören mussten."

Totonno lachte: "Deine Mutter ist wohl auch nicht mehr neugierig, wenn sie alles weiß, wie?"

Filippe sah seinen jüngeren Freund etwas nachdenklich an: "Hm. Hast du dir denn schon einmal überlegt, was unsere Frauen und Mädchen hier im Dorf haben? Mit Mühe und Not, dass sie mal ein Kaffeekränzchen bei der Nachbarin besuchen dürfen. Und auch da wird schon aufgepasst, dass sie bloß nicht die sogenannte Etikette verletzen."

"Und?", meinte Totonno, "was ist damit? Es sind nur Frauen."

"Du kapierst nichts, Totonno", seufzte Filippe. "Komm, wir gucken mal, ob es wirklich Ricardo war."

Die beiden setzten sich in Bewegung und pfiffen dabei den neuesten Schlager, der ihnen aus Deutschland importiert wurde.... *Arrivederci Hans* ....

Die Sängerin war ein rothaariges Temperamentsbündel aus Italien und wurde liebevoll Karottenkopf genannt. Das wußten die beiden jedoch nicht.

Ricardo bog in die Via Bologna ein und bremste vor dem Haus. Hausnummern gab es hier immer noch nicht. Der Briefträger wußte auch so, dass im Haus Nummer neun die Boticellis wohnten. Wer, außer den Boticellis, bekam in den vergangenen Jahren schon Post.

Ein paar spielende Kinder, die Ricardo nicht kannte, unterbrachen ihr Spiel und kamen neugierig näher.

Erschreckend wurde ihm klar, wie lang fünf Jahre waren.

Er stieg aus und mit ihm schälten sich sämtliche Gutmoosers aus dem Auto.

Inzwischen hatte sich die Haustür geöffnet und Ricardos jüngste Schwester, Angelica, die gerade vierzehn geworden war, kam heraus gestürmt. Der Vater folgte gemessenen Schrittes und dahinter kam Georgina, seine Mutter. Sie blieb am Treppenabsatz stehen und sah ihren Sohn nur an. Still lösten sich ein paar Tränen und rannen über ihr Gesicht.

"Ricardo!"

Dieser hatte seine kleine Schwester noch im Arm als er, an seinem Vater vorbei, die wenigen Stufen hochging.

Ohne ein Wort nahm er seine Mutter in den Arm; für seinen Vater, der gut gekleidet und selbstgefällig in der Tür stand, hatte er gerade einen kurzen Gruß. Er hörte in seinem Kopf wieder das Zuschlagen der Tür und musste sich zusammenreißen, um nicht ausfallend zu werden. Aber Ricardos Kinderstube siegte und er besann sich seiner Gastgeberpflichten.

Mit Mutter und Schwester rechts und links im Arm ging er die Stufen wieder nach unten.

"Und das, meine Lieben, sind meine deutschen Freunde. Die Menschen, die mich in der Zeit, wo ich in Deutschland fremd war, unterstützt und ernstgenommen haben. Sie halfen mir mit ihrer Kameradschaft und ich fand in ihnen allen treue Menschen die bewiesen haben, dass die Nationalität eines Anderen völlig gleichgültig ist. Der Mensch hat bei ihnen gezählt. Sie haben mir geholfen, als ich begann, deutsch zu lernen. Sie halfen, als ich begann, vernünftig lesen und schreiben zu lernen. Ohne sie hätte ich es niemals geschafft, der zu werden, der ich heute bin."

"Und wer bist du heute?" Diese Frage kam mit einem bösartigen Unterton von Enrico Boticelli, Ricardos Vater.

"Das müßtest du doch am besten beurteilen können", fauchte Ricardo zurück. "Immerhin lebst du, und offensichtlich ausschließlich du, sehr gut von meinem Geld!"

Da dieser Dialog in lautem, schnellen und heftigen Italienisch geführt wurde, konnten Gutmoosers nicht ganz folgen, spürten aber, dass hier schwer dicke Luft herrschte.

"Sollen wir erstmal 'ne Runde drehen?", zupfte Monika Ricardo am Ärmel.

"Nix da, Ihr bleibt hier. Es ist ja mal wieder mein Vater, der sich nicht benehmen kann. Ihr kennt ihn ja aus dem Erzählen. Also tut mir die Liebe und macht Euch nichts daraus. Da muß ich jetzt durch. Ob ein oder zwei Stunden später, das spielt keine Rolle mehr. Der Krach kommt so oder so. Bitte, bleibt also hier. Ihr gebt mir dadurch auch ein bißchen Halt und Stärke, die ich nun besonders gebrauchen kann."

Bittend sah Ricardo seine Freunde an. Seine Augen sprachen Bände. Laßt mich jetzt nicht im Stich!

Hans Gutmooser faßte sich als erster und blamierte Ricardos Vater nach allen Regeln der Kunst, indem er in seinem holprigen Italienisch sagte: "Oh, Ihr Sohn hat offensichtlich die Gastfreundschaft seines Heimatortes, und ganz speziell die seines Vater wohl sehr überschätzt. Selbstverständlich wollen wir nicht stören und werden deshalb sehen, dass wir eine Pension finden. Sie hätten vielleicht lieber italienische Freunde gesehen."

Enrico Boticelli wurde feuerrot und fuhr seine Frau an: "Nun, steh' hier nicht so dämlich rum und halte maulaffenfeil; kümmere dich um den Besuch!"

"Oh nein", fuhr Ricardo dazwischen, "so nicht!"

"Komm, Mutter und Angelica, Ihr zieht Euch jetzt um und schwingt Euch auf den Roller. Wir fahren zum "Don Camillo".

"Das geht nicht", sagte Angelica leise. "Er hat den Motorroller verkauft."

"Ich höre wohl nicht recht!"

Drohend ging Ricardo auf seinen Vater zu. "Du hast den Motorroller von Angelica verkauft? Den Roller, den sie von meinem Geld bekommen hat? Sag' mal, du tickst wohl nicht mehr ganz sauber?"

Ricardo war immer lauter geworden und die Nachbarn brauchten auch diesmal einfach nur hinzuhören. Keiner, der nicht seine diebische Freude daran gehabt hätte, dass Enricos Sohn dem verhaßten Vater endlich Paroli bot.

"Du kaufst morgen früh einen neuen Motorroller! Und wo sind die Röcke und Blusen für Mama? Und wo die Sachen für die Mädchen? Und wo sind die Schuhe? Was, zum Teufel, hast du mit dem

Geld angefangen, was ich für Euch alle geschickt habe?"

Ricardo war inzwischen so in Wut geraten, dass er seinen Vater am Revers gepackt hatte und ihn hin und her schüttelte.

"Du verdammter Hund! Was hast du mit dem Geld gemacht? Hast du dir noch ein paar neue Huren zugelegt? Ist es das, wofür du mein Geld rausschmeißt? Und deine Familie darf in Sack und Asche gehen!"

Niemals hatte jemand Ricardo derartig wütend gesehen. Sein sonst so schönes, ebenmäßiges Gesicht war unter der olivfarbenen Haut grauweiß, die Augen riesig und das Gesicht zu einer Fratze verzerrt. Angelica warf sich dazwischen.

"Tu ihm nichts an, Ricardo! Tu's nicht. Er ist es nicht wert. Außerdem muß nicht die ganze Familie in Sack und Asche gehen. Die Jungs haben ja alles neu. Auch die Schuhe. Bloß die Mama und die Mädchen nicht."

Diese Bemerkung war gutgemeint von Angelica, aber sie trug nicht gerade zur Beruhigung bei. Ricardos heiliger Zorn war nicht mehr zu zügeln. Im Gegenteil.

Aber er besann sich und drehte sich zu Gutmoosers um. Bevor jedoch so eine Art Entschuldigung aus ihm herausbrach, kam aus einer Ecke, aus der man es am wenigsten erwartet hätte, nämlich von Hertha, Unterstützung. Hertha hatte, wie sämtliche anderen Gutmoosers italienisch gelernt, wenn es auch arg holprig war, und keiner hatte dem Anderen etwas gesagt. Das sollte im Urlaub die große Überraschung werden.

Dass man sie auf diese Weise brauchen würde .... ?

"Mensch, Ricardo, wenn du uns das so – wie wir das jetzt hier erlebt haben – zu Hause erzählt hättest, hätte dir niemand geglaubt. Das ist wirklich wie im Mittelalter. Und dein alter Herr scheint ein Pascha allererster Ordnung und Güte zu sein."

"Das wär' was für mich", schaltete Monika sich ein. Diese hatte dem restlichen Dialog mit halboffenen Mund zugehört und spontan Mitleid mit Georgina und Angelica. Ihr Italienisch war zwar auch noch nicht sattelfest, aber wesentlich besser als Ricardo annahm. Auch sie hatte bereits seit geraumer Zeit Kurse belegt und sehr schnelle Fortschritte gemacht. Sie konnte daher den größten Teil des Streites verstehen und stellte sich offen hinter die beiden Frauen. Falls man die vierzehnjährige Angelica schon in diesen Begriff mit einbeziehen wollte.

Leise, aber dafür umso wirkungsvoller, sagte Monika: "Pfui Teufel! Und sowas nennt sich Vater. Das würde es bei uns niemals geben. Gut, Mädchen und Frauen sind den Männern gegenüber auch nur auf dem Papier gleichberechtigt, aber kein Mann würde seine Frau und kein Vater seine Tochter auf diese Weise betrügen. Zumindest nicht, wenn die Familie Niveau zeigt und auch noch der älteste Sohn für die Familie sorgt. Leute dieser Art gehören in Deutschland zu der Kategorie der Asozialen. Wir haben uns in Deutschland vieles von dem was Ihr Sohn zu erzählen wußte, nicht vorstellen können; doch nun haben wir es mit unseren eigenen Augen gesehen und unseren eigenen Ohren gehört. Jetzt kann ich auch verstehen, warum er eigentlich gar nicht nach Hause wollte. Er hat den Unterschied zwischen diesen beiden Welten nicht nur kennen-, sondern auch schätzen gelernt. Das hier ist jedenfalls für jede Ehe und Familie tödlich!"

Diese leisen, in vorsichtigem Italienisch gesprochenen Sätze blieben wie Blei in der Luft hängen. Angelica hielt die Luft an, weil sie darauf wartete, dass der Vater dieser fremden, jungen Frau einfach eine schmieren würde. Georgina dachte nur: "Ach du lieber Gott! Damit macht sie alles bloß noch schlimmer."

Gleichzeitig überlegte sie, wer dieses Mädchen wohl sei. Immerhin gefiel sie ihr ausnehmend gut. Wenn man mal davon absah, dass sie sich in Gegenwart von Männern sehr ungezwungen benahm. Aber vielleicht war das ja in diesem Deutschland wirklich so. Georgio hatte auch schon einmal so etwas angedeutet. Bloß vorstellen konnte sie sich das nicht.

Ricardo hingegen war denkunfähig. Abgesehen von der Wut, die er immer noch hatte, folgte er völlig sprachlos Monikas wohlgesetzten Ausführungen, die nicht nur auf ihn Eindruck machten, sondern auch seinem Vater die Sprache verschlagen hatten.

"Wer ist denn das und was will die von dir?", krächzte er.

„Die", antwortete Monika an Ricardos Stelle, "die ist die Tochter der Familie, hat gesunden Menschenverstand, einen ausgeprägten Sinn für Gerechtigkeit und will von Ihrem Sohn gar nichts. Außer, dass wir alle, wohlgemerkt alle, seit fünf Jahren gute Freunde sind. Und, fügte sie boshaft hinzu, in Deutschland ist es üblich, dass auch Mädchen Freunde haben. Das bedeutet nämlich bei uns durchaus nicht, dass man mit denen auf der Matratze landet. Auch das, sehr geehrter Signor Boticelli, können sich in Deutschland die Mädchen aussuchen. Hier, zumindest hat es den Anschein, werden sie ja wohl einfach benutzt, oder?"

Monika spuckte diese Worte regelrecht aus und musste dann aufhören zu sprechen. Nicht, weil sie vielleicht nichts mehr gewußt hätte, aber ihr war die Luft ausgegangen.

Ricardo sah sie fassungslos an.

"Monika", schluckte er, "sag mal – woher kannst du denn so gut italienisch?"

"Ich habe schon vor etlichen Monaten Kurse auf der Volkshochschule belegt; eigentlich schon kurz nachdem feststand, dass wir zusammen nach Italien fahren würden. Und das sollte dann eine Überraschung für dich werden. Dass ich sie auf diese Art und Weise brauchen würde, wäre mir dabei gewiß nicht in den Sinn gekommen."

"Überraschung", echote Ricardo. "Überraschung! Mädchen, egal wie, das ist dir trotzdem gelungen."

Er reckte sich, als hätte er plötzlich sein ich entdeckt und schien wieder der Alte zu werden.

"Jetzt lassen wir diese Chose erst einmal sausen. Das ist alles noch nicht ausgekocht, aber Ihr braucht ja nun wirklich nicht sämtliche Phasen mitzuerleben. Für mich war es eine riesige Hilfe, dass Ihr bei mir geblieben seid. Ihr glaubt nicht, wie sehr mich das aufgebaut hat. ... und dann, dass Ihr alle italienisch könnt??? Ich kann es immer noch nicht fassen."

Ricardo kämpfte mit Tränen und schluckte: "Wir gehen jetzt zu Felicitas Minor und besichtigen Eure Zimmer. Ich denke, duschen wäre bestimmt auch nicht schlecht, wie?"

Er drehte sich um. "Kommt Ihr? Es ist nur um die Ecke und ich weiß, dass Felicitas bereits mitbekommen hat, dass Ihr da seid. Abgesehen von dem Geschrei. Die Buschtrommel funktioniert hier ausgezeichnet."

Das stimmte. Felicitas war im Garten und wollte ein paar frische Blumen schneiden, um sie ihren Gästen in die Zimmer zu stellen, als sie Felippe und Totonno die Straße entlang rennen sah.

Aha, dachte sie folgerichtig, der Besuch rollt an. Na, ich bin ja mal gespannt, was aus dem Jüngelchen geworden ist. Sie ging mit den Blumen ins Haus zurück, verteilte sie auf drei verschiedene Vasen und stand dann im Schlafzimmer vor dem Kleiderschrank. Umziehen sollte ich mich schon, dachte sie. Wer weiß, was das für Leute sind. Ricardo war ja immer schon ein bisschen anders, wie sie das im Stillen nannte, und er käme bestimmt nicht mit irgend so einem hergelaufenen Volk an. Und eine Tochter sollte ja auch noch dabei sein. Warum die aber ein eigenes Zimmer haben musste, verstand noch nicht einmal Felicitas. Normalerweise schliefen Töchter in den Ferien bei den Eltern, so kannte sie es jedenfalls. Aber Georgio hatte schon erzählt, dass in Deutschland alles anders sei. Und der musste es schließlich wissen. Immerhin war er inzwischen sieben Jahre fort. Aber er besuchte seine Eltern regelmäßig jedes Jahr; wogegen Ricardo nach nun fünf Jahren zum ersten Mal wieder nach

Hause kam. Sie erinnerte sich noch daran, dass er seinerzeit im Streit weggegangen war. Dass das aber ein Riesenkrach mit endgültigen Folgen bezüglich seines Vaters gewesen war, das wußte Felicitas nicht. Trotz Buschtrommel.

Sie schüttelte im Nachhinein den Kopf, wenn sie daran dachte, dass ausgerechnet der kleine Ricardo es auf Daniela abgesehen hatte. Nur gut, dass man die beiden rechtzeitig getrennt hatte. Wer weiß, was daraus sonst geworden wäre.

Inzwischen, so dachte sie, hatte Ricardo Daniela sicher vergessen und das wäre auch gut so. Sie wurde vor drei oder vier Jahren, genau wußte Felicitas auch nicht mehr, so, wie es die Eltern wollten, verheiratet und war nun die Frau Doktor. Nach äußerem Anschein war auch alles im Lot. Oft sah man sie nicht in dem kleinen Dorf, aber warum auch. Der Doktorhaushalt hatte Personal. Daniela musste sich weder mit putzen, noch mit kochen abgeben; sie konnte sich pflegen und hatte es wunderbar. Fast war Felicitas ein bißchen neidisch. Bloß Kinder hatte sie immer noch keine. Das war schon etwas komisch. Aber, naja, sie war ja noch sehr jung. Die kamen bestimmt noch. Danielas Familie wartete sehnsüchtig auf Enkelsöhne.

"Blöde Gans", murmelte Felicitas zu sich selbst. "Was geht dich eigentlich der Doktorhaushalt an."

Resolut öffnete sie die Tür ihres altweiß lackierten Kleiderschrankes und nahm das gute Sonntagskleid aus blauem Perlon heraus. Das war zwar schon einige Jahre alt, aber das Beste und Einzige, das sie besaß.

Sie war gerade dabei, hinten die obersten Knöpfe, an die sie allein immer so schlecht rankam, zuzufummeln, als sie durch das geöffnete Fenster das wutentbrannte Geschrei von Ricardo vernahm.

Au backe, da ist aber auch nichts besser geworden", dachte sie.

"Gottlob habe ich damit nichts zu tun."

...und entgegen ihrer ursprünglichen Absicht, ging sie ihren Gästen nun doch nicht entgegen.

Statt dessen inspizierte sie ihre Vorräte auf etwas Trinkbares. Nach diesem Theater, mutmaßte sie, können wahrscheinlich alle einen Schluck gebrauchen. Alle, auch der Besuch. Grappa, stellte sie fest, war reichlich da. Das würde dann schon noch reichen und Wein, nun, den hatte sie sowieso immer im Haus. Sie grinste in sich hinein – zum Schrecken ihrer weiblichen Nachbarschaft!

Ein kurzer Blick in den Spiegel; mit dem Kamm die dunklen Ponyfransen durchgekämmt – dann sah sie Ricardo mit seinen Freunden auf das Haus zusteuern.

Inzwischen hatten sich am Horizont dunkle Wolken gebildet. Das Meer verfärbte sich bleigrau und die Wellen schlugen heftiger ans Ufer. Auf dem Weg zu Felicitas legte Ricardo den Arm um Monikas Schulter und spürte, wie sie zitterte. Dieser unvorhergesehene Familienkrach hatte sie mehr mitgenommen als sie sich eingestehen wollte. Sie konnte weder die stille Demut der Frauen, noch das ungebärdige Machoverhalten der Männer in dieser Familie begreifen.

War Ricardo auch so?

Fest stand, dass er hier anders war, aber er hatte seiner Familie Paroli geboten und, vor allen Dingen, Mutter und Schwester zu schützen versucht.

Fragend und zweifelnd sah sie ihn von der Seite an. Ricardo spürte den Blick und die unausgesprochene Frage: "Ich glaube, Monika, irgendwie habe ich mich doch sehr verändert in den Jahren, in denen ich in Deutschland lebe. Ich bin nach wie vor Italiener. Italien ist meine Heimat , aber ich kann Sinn und Zweck dieses Verhaltens nicht mehr gutheißen. Ich habe Anderes kennengelernt und feststellen müssen, dass es auf jeden Fall besser ist, mit gegenseitiger

Akzeptanz und Achtung vor dem Anderen zu leben. Dass dieser Andere zufällig eine Frau sein könnte, spielt dabei keine Rolle. Auch das habe ich erfahren. Ich habe diesbezüglich eine Menge gelernt; das mußt du zugeben, oder?"

Letzteres kam ein wenig bissig und Monika schauderte. Wind kam auf und sie legten einen Schritt zu, um trockenen Fußes zu Felicitas zu gelangen. An der Haustür klopften sie kurz und Felicitas öffnete. "Kommt schnell rein, es geht gleich los."

Monika stand noch ganz versonnen im Rahmen und bewunderte die außergewöhnliche Tür. Sie war offensichtlich handgeschnitzt und uralt. "Ist die schön", entfuhr es ihr.

"Wer oder was?"

"Die Tür."

Felicitas sah Monika erstaunt an. Bislang war noch nie jemandem aufgefallen, dass diese Tür etwas besonderes war. Sie lächelte: "Ja, diese Tür ist wirklich sehr schön und außergewöhnlich. Sie hatte vor einigen hundert Jahren eine ganz besondere Bedeutung. Davon erzähle ich später. Kommt erst einmal rein."

"Aber nicht vergessen", sagte Monika.

"Sicher nicht", lächelte Felicitas, "es freut mich viel zu sehr, dass Ihnen diese Tür aufgefallen ist. Da werde ich mir doch nicht entgehen lassen, Ihnen die Geschichte zu erzählen."

Inzwischen waren sämtliche Gutmoosers versammelt; Ricardo, Hans Gutmooser und Wolfgang holten noch schnell das Gepäck und dann brach das Gewitter auch schon mit Urgewalt los.

"Paßt zu meinem Empfang", meinte Ricardo sarkastisch.

Felicitas schmunzelte. "Bei Euch hat sich nichts geändert, wie? Dein Vater ist noch immer der alte Haudegen und Deine Mutter hält immer noch still. Am meisten tun mir eigentlich deine Schwestern leid. Sie leiden unendlich. Seit du weg bist, haben sie wohl kaum noch eine frohe Minute gehabt. Der Alte – Entschuldigung, aber dein Vater wird von allen nur so genannt – tyrannisiert sie von früh bis spät. Und er fährt laufend in die Stadt ..."

"Immer noch?", platzte Ricardo raus.

???

"Ja. Immer noch. Inzwischen weiß es jeder hier und man beginnt, ihn zu schneiden. Das macht ihn noch giftiger, weil er weiß, dass er sich damit ins Unrecht setzt."

Hertha Gutmooser konnte dem schnellen Dialog nicht folgen, aber Monika hatte spontan begriffen, um was es hier ging. Sie schluckte und gab Ricardo einen vorsichtigen Knupser, der soviel bedeuten sollte, wie: still ! Du mußt trotzdem nicht alles erzählen.

Inzwischen waren sie im Wohnzimmer angekommen und ließen sich aufatmend auf den Stühlen nieder. Die Einrichtung war einfach und zweckmäßig; Sessel und Sofas kannte man offensichtlich nur in Hotels, die auf ausländische Gäste eingerichtet waren. Und wer leistete sich in den sechziger Jahren schon Urlaub im Ausland? Da waren Gutmoosers eine rühmliche Ausnahme. Die sie allerdings auch bewußt genossen.

Nach anfänglichem Zögern tauten alle auf und kurze Zeit später war eine muntere Unterhaltung im Gange. Felicitas kredenzte den bereit gestellten Grappa und keiner sagte nein.

Danach suchten sie ihre Zimmer auf, packten aus und ließen sich aufs Bett fallen. Die Anspannung fiel von ihnen ab und die Müdigkeit machte sich breit. Trotz des heftigen Gewitters fiel auch Monika in einen unruhigen Schlaf. Durch ihre wüsten Träume jagten lauter Ricardos, die ihre Väter mit der Machete jagten, Kriegsgeheul ausstießen und um sich schossen. Schweißgebadet wachte sie nach einer Stunde wieder auf und stellte fest, dass die vermeintliche Schießerei wohl das Gewitter war. Über ihnen, rechts und links, krachte und zuckte es. Sie war normalerweise nicht ängstlich, aber jetzt wurde ihr doch reichlich mulmig zumute. Kurz entschlossen stand sie auf und suchte den Weg ins Wohnzimmer. Felicitas saß am Fenster und sah gedankenverloren nach draußen. Ihr schien dieser Radau nichts auszumachen. Fast sah es aus, als höre sie ihn gar nicht.

Leise setzte Monika sich an den Tisch und Felicitas dreht sich lächelnd um: "Ich habe Sie schon gesehen und gehört. Kommen Sie, setzen Sie sich zu mir ans Fenster. Ich konnte ja schon feststellen, dass Sie recht gut italienisch sprechen, also, warum schwatzen wir nicht ein wenig."

Dieses Angebot nahm Monika gerne an. Sie holte sich einen Stuhl und setzte sich neben Felicitas. Minutenlang sahen beide aus dem Fenster. "Ich liebe Gewitter", sagte Felicitas leise. "Sie geben mir das Gefühl von Unwirklichkeit und gleichzeitig das Bewußtsein, dass es dem Menschen niemals gelingen wird, die Natur zu besiegen. Sie wird immer die Stärkere bleiben."

Monika schauderte leicht, sie fühlte sich wie ein Eindringling. Als würde Felicitas ihre Gedanken erraten, spiegelte sich auf ihrem Gesicht das sanfte Lächeln.

"Und, liebe Signorina Gutmooser, wie stehen Sie zu Ricardo?"

Diese Frage traf Monika völlig unvorbereitet und sie stotterte ein wenig: "Wir sind Freunde, gute Freunde sogar", behauptete sie.

"Mehr nicht?"

"Hm, ja, ich mag ihn schon sehr gern, aber ich denke, daraus wird nichts. Meine Eltern ... "

"Papperlapapp Eltern! Wenn schon, dann doch wohl eher Signora Gutmooser, wenn ich das richtig sehe, oder?"

"Oh, bitte", fiel Monika ihr ins Wort, "sagen Sie Monika zu mir. Signorina Gutmooser hört sich so fremd an. Und ich fühle mich bei Ihnen sehr wohl. Alles ist so – so – warm, ja, urtümlich und warm. Und das gefällt mir!"

"Danke, das höre ich gern. Aber lenke bitte nicht ab, Monika. Zurück zu Ricardo. Du magst ihn also?"

"Ja, sehr sogar."

"Weiß er das?"

"Nein, ich glaube nicht."

"Ich dafür umso mehr. Ich schätze, er wird sich gerade die nächste handfeste Schlacht mit seinem Vater liefern und ihm beibringen, dass er nicht im Traum daran denkt, ein Mädchen aus unserem Dorf zu ehelichen. Er hat sich sehr verändert. Aber, ich muß sagen, zum Vorteil. Er ist ein richtiger Kamerad geworden. Das ist es, was sich die Frauen und Mädchen hier wünschen würden. Und ich denke auch, man wird dich um ihn bald glühend beneiden. Umgedreht natürlich auch. Er war der begehrteste Junggeselle am Ort. Und weißt du auch warum? Weil er fleißig war; und … er war damals schon, bevor er nach Deutschland ging, halt ein bißchen anders."

Monika war ziemlich verdutzt und wollte gerade antworten, dass sie von alledem ja gar nichts wisse, als sich hinter ihr die Tür öffnete. Ricardo hatte die letzten Worte wohl mitbekommen und grinste wie ein Lausejunge: "Du kannst deine Hellsichtigkeit auch nicht für dich behalten, wie? Du bist eine alte *zabetta*!"

"Was ist das?", fragte Monika.

"Das ist jemand, der kein Geheimnis für sich behalten kann", lachte Ricardo. "Aber, es stimmt schon, was sie sagt. Nur, das hätte ich dir schon lieber selber erzählt. Irgendwann, in den nächsten Tagen, bei einem Spaziergang am Meer."

Jetzt musste auch Monika lachen. "Sollte das im entferntesten Sinne vielleicht so eine Art Heiratsantrag sein? Und was ist, wenn ich nun nein sage?"

Das Ganze kam ihr so unwirklich vor, dass sie auch die leisen Ängste, die im Hinterkopf pochten, beiseite schob.

Ricardo, der schräg hinter ihrem Stuhl stand, legte die Arme um sie und zog ihren Kopf an seine Schulter. "Du sagst nicht nein, das weiß ich schon lange. Es sei denn, ich bin dir zu alt."

"Spinnst du!", rutschte es ihr heraus.

"Na bitte … dann habe ich den letzten Auftritt wenigstens nicht umsonst gehabt."

Felicitas hatte ganz leise das Zimmer verlassen und zwischen den beiden breitete sich Schweigen aus. Ein harmonisches Schweigen der Übereinstimmung. Wie es weitergehen sollte, darüber wollten sie sich jetzt einfach keine Gedanken machen.

"Wir werden es schaffen, Monika, ganz bestimmt. Ich weiß es. Wir beide zusammen werden es allen zeigen. Deutschland und Italien gemeinsam!"

"Ich weiß, du schaffst immer alles ..."

Und dann stand Hertha Gutmooser gähnend in der Tür.

"Ich brauch erstmal dringend 'nen Kaffee", meinte sie.

Ricardo stand schmunzelnd auf: "Espresso! heißt das, schon vergessen?"

Hertha lachte: "Nein, bloß deutsch gedacht."

...und machte sich auf den Weg in die Küche.

***

Samstagmorgen

Als Sonja endlich zum Frühstück erschien, sah sie reichlich abgekämpft aus.

"Verrate mir mal, wie ich die nächsten Wochen über die Runden kommen soll?", stöhnte sie in komischer Verzweiflung.

Melanie sah auch betreten aus; so kompliziert hatte sie sich das nicht vorgestellt. Tröstend meinte sie: "Schüttler kommt doch gewiss und hilft dir, nicht?"

"Schon, aber ich bin nicht sicher, ob ich ihn immer um mich haben will. Er hat manchmal eine Art an sich, die mich gehörig nervt."

"Der meint's aber gut mit dir."

"Nee, der sucht ein Ventil, an dem er seinen Frust abreagieren kann. Den dazu gehörenden Dialog hattest du im Krankenwagen nicht mitgekriegt."

"Stimmt, ich saß ja in dem anderen Wagen."

Inzwischen hatte Sonja die Teetasse mit der linken Hand hoch gehoben und nahm einen kräftigen Schluck, den sie mit einem gepfefferten Fluch im gleichen Moment wieder ausspuckte. Melanie, deren Nerven auch noch immer reichlich mitgenommen waren, reagierte mit einem entsprechend bissigen Kommentar: "Ha, das sieht wie eine der seltenen Gelegenheiten aus, bei denen du dir an was tatsächlich Heißem die Klappe verbrennst!"

Trotz ihres Elends musste Sonja lachen: "Richig, normalerweise reicht eine kleinere Reihe Fettnäpfchen. Ich habe niemals Probleme, reinzutreten."

Die beiden giffelten noch ein wenig rum als sie draußen eine Autotür zuschlagen hörten. Sonja verzog das Gesicht: "Ich bin nicht da!"

"Hilft nix es ist Schüttler."

"Oh Gott auch das noch", seufzte Sonja. "Schicksal nimm deinen Lauf."

Langsam bewegte sie sich in Richtung Eingang und öffnete die Tür in dem Moment, als Schüttler den Klingelknopf betätigte.

"Das nenne ich einen Superempfang", strahlte er Sonja an. "Da fühlt man sich ja richtig willkommen."

"Vor allen Dingen haben Sie nach dieser total verpatzten Nacht unverschämt gute Laune", knurrte Sonja. "Sie sehen aus als hätten Sie die ganze Nacht geschlafen, und dabei können es bei Ihnen auch nur ein paar Stunden gewesen sein. Es sei denn, Ihre Uhren gehen anders."

"Bestimmt nicht, aber ich bin gewohnt, mit wenig Schlaf auszukommen. Das bringt mein Beruf so mit sich. Außerdem, liebe Frau Hanser, ich habe Ihnen etwas mitgebracht."

Mit diesen Worten zauberte er ein langes und ungefähr drei Zentimeter breites Band aus der Hosentasche, was an einem Ende mit einem Haken – wie ein etwas größerer Wäschehaken – versehen war.

"Was ist denn das?", fragte Sonja ziemlich verständnislos und bat ihn im gleichen Atemzug, erstmal reinzukommen.

"Das ist eine Anziehhilfe. Die habe ich selbst entwickelt und ich hoffe, dass sie Ihnen nun wirklich nutzen kann."

Sonja verkniff sich die Frage, ob er sie auch selbst ausprobiert habe, denn bei aller Phantasie konnte sie sich die Handhabung nicht vorstellen.

"Kommen Sie, ich erkläre Ihnen, wie das funktionieren soll", bot Schüttler ihr an.

"Okay. Aber nach dem Frühstück, ja. Wir sind nämlich gerade dabei und wenn Sie mögen ..."

"Klar", strahlte Schüttler, "ich freu' mich ja, dass ich willkommen bin."

Melanie drehte sich um und vermied es, Sonja anzusehen. Diese hatte ohnehin schon Mühe, ihre Gesichtszüge nicht entgleisen zu lassen. Aber er meinte es wirklich gut und es wäre unfair, ihn für Sonjas Probleme verantwortlich zu machen.

Das Trio begab sich in die Küche, wo Melanie der Einfachheit halber gedeckt hatte. Zwar war alles schon ein bißchen geräubert, aber Brot, Butter und Marmelade waren noch reichlich vorhanden.

Normalerweise war Helmut Schüttler Kaffeetrinker, aber da man in diesem Haushalt offensichtlich Tee trank, nahm er das stillschweigend in Kauf. Er gestand sich ein, dass er, um Sonja wiedersehen zu können, auch klaglos Spülwasser getrunken hätte.

Ironisch bemerkte er für sich, dass er in Bezug auf "Spülwasser" jahrelange Übung hatte. Was Kaffee hieß, richtiger Kaffee, hatte er erst nach seiner Übersiedlung in den Westen kennengelernt. Damals hatte er wütend zu seinem Kameraden gesagt: "Sogar um'n Gaffe ham'se uns beschissen!"

In der Erinnerung musste er grinsen, was Melanie so gerade noch mitkriegte.

???

"T'schuldigung. Ich befand mich gerade in der Vergangenheit, was bedeutet DDR. ... und eines Tages, ich war gerade hier gelandet, hatte ich eine solche Wut im Bauch als ich das erste Mal Westkaffee getrunken hatte, dass mir rausrutschte: "Sogar um'n Gaffe ham'se uns beschissen."

Das kam irgendwie deprimiert, aber nicht ohne Situationskomik, dass auch Melanie lachen musste.

Sonja hingegen schoß Blitze aus den Augen: "Ach nee, das haben Sie bemerkt, aber sonst können Sie über die vermeintlichen Schwierigkeiten im *Goldenen Westen* bloß meckern, wie?!"

Melanie sah völlig entgeistert auf Sonja. Dieser Haß im Tonfall war doch sonst nicht ihre Art. Ob das vielleicht mit dem ganzen Debakel zusammenhing? Laut sagte sie: "Sonja ... was ist los? Seit wann weißt gerade du nicht, wie der Kaffee in der DDR schmeckte?"

Sonja sah hoch: "Sorry Melli, das ist's ja nicht."

Und zu Schüttler gewandt: "Tun Sie mir einen Gefallen, ja, und hören Sie mit diesem Thema auf. Es fehlt nicht viel und ich explodiere. Sie sind zwar nicht schuld, jedenfalls nicht im eigentlichen Sinne, aber Sie kriegen stellvertretend den ganzen Segen ab."

"Warum?", fragte Schüttler völlig ratlos. "Ich habe es auch nicht gerade leicht gehabt in meinem Leben."

Sonja holte tief Luft und machte alle Anstalten, loszubrüllen. Melanie kannte Sonjas Mimik recht gut und sprang regelrecht dazwischen.

"Schluß damit! Das ist kein Thema für's Frühstück und schon gar nicht nach so einer Nacht!"

"Okay", brummte Sonja, "aber ich kann es wirklich nicht mehr hören. Ich erinnere mich an meine Cousine, die kurz nach der Wende von einem Immobilienmakler aufgesucht wurde, der ihr ein sogenanntes Bauherrenmodell aufgeschwatzt hat. Sie erzählte mir freudestrahlend, was sie vorhatte und ich habe sie gewarnt, dass sie unter Umständen einem Betrüger aufsitzen könne. Bevor sie was unterschreiben würde, sollte sie erst einmal Auskünfte einholen. Antwort meiner geliebten Cousine: *Wir haben uns vierzig Jahre nix leisten können und jetzt, wo wir frei entscheiden und kaufen können was wir wollen, musst du mir alles mies machen. Du gönnst mir wohl gar nichts...!*

Ausgerechnet sie musste das sagen. Ich habe ihr nie was gegönnt! Deshalb habe ich auch Jahrzehnte Pakete geschickt und nicht nur zu Ostern, Weihnachten oder zum Geburtstag. Ich koche noch immer, wenn ich bloß daran denke ... aber sie ist natürlich voll auf die Schnauze gefallen. Anschließend hättest du sie aber mal hören müssen. Ich stand stellvertretend für den ganzen Westen und kriegte den Segen ab. Betrüger, die alle darauf ausgerichtet waren, ehemalige DDR-Bürger übers Ohr zu hauen. Auf die Idee, dass wir genauso beschissen werden, bloß schon ein paar Jahre länger, und dass wir entsprechend vorsichtig geworden sind, einige jedenfalls, ist sie vorsichtshalber gar nicht erst gekommen. Und dann gab ein Wort das andere und wir gingen im Krach auseinander. Das war der Teil der Wiedervereinigung in unserer Familie!"

Schüttler guckte eine bisschen sparsam von einem zum anderen und meinte: "Da habe ich anscheinend keine guten Karten."

"Nee", meinte Sonja, "in der Beziehung nun wirklich nicht. Aber Melanie hat recht, vertagen wir das. Ich bin auch ausgesprochen nervös und, ich geb's zu, dann werde ich auch schnell ungerecht. Also, erstmal Schwamm drüber, okay?"

Die drei hatten das Frühstück inzwischen beendet und gingen gemeinsam daran, Ordnung zu schaffen. Melanie und Schüttler spülten und räumten das Geschirr weg. Sonja nahm sich ein Staubtuch und versuchte, mit der linken Hand Staub zu wischen. Der Erfolg war mäßig und Melanie sprach Sonjas Gedanken laut aus. "Du solltest zusehen, dass du für die Zeit eine Haushaltshilfe bekommst. Meinst du nicht auch?"

"Hm, hast wohl recht. Fragt sich bloß, wen?"

"Vielleicht", meinte Schüttler ganz schüchtern, "meine Schwägerin. Die studiert noch und hat allerhand am Hals, weil sie ihren kleinen Sohn jetzt allein versorgen muß. In Chemnitz war das was anderes. Da konnte sie ihn in die Krippe geben und sich ihrer Ausbildung widmen."

"Und der Vater? Kümmert der sich denn nicht auch mit um sein Kind?" Melanie wunderte sich halblaut und Sonja preßte erneut die Lippen zusammen. Sie wollte nicht schon wieder diejenige sein, die einen erneuten Streit vom Zaun brach, obwohl sie über das, was in ihren Ohren mit einem unterschwelligen Vorwurf gespickt war, bereits wieder kochte.

"Nee", sagte Schüttler zu Melanie gewandt, "der ist nach der Wende auf Nimmerwiedersehen verschwunden."

"Aber ... waren die beiden denn nicht verheiratet?"

"Doch. Wenn man heiratete gab's bei uns ja Geld, verbilligte Kredite und sowas. Dass man sich womöglich gar nicht verstand, bemerkte man doch kaum. Jeder ging arbeiten, abends wurde das Kind aus der Krippe abgeholt. Oder, wie meine Schwägerin, sie studierte. Familienleben gab es nur dosiert. Ja, und Horst, das ist der Vater und zu allem Elend auch noch mein Bruder, wollte nach der Wende diesen Klotz am Bein loswerden und ließ beide sitzen. Mutter und Kind."

Schüttler schwieg und kämpfte sichtlich mit Tränen.

Sonja stand auf: "Ich habe eine Menge Abbitte zu leisten. Entschuldigung. Was Ihr persönliches Schicksal angeht, habe ich Ihnen Unrecht getan."

"Ich muss mich jetzt fertigmachen", fügte sie schnell noch hinzu, "weil ich heute nochmal ins Krankenhaus, zur Polizei und zum Hausarzt muss."

Zu Melanie hin meinte sie: "Wen, zum Teufel, guck' ich mir denn da aus? Ich habe doch gar keinen?"

"Am besten gehst du zu Bomann, der hat einen guten Namen, ist in der Nähe und außerdem Internist. Sowas kann man für die Zukunft immer mal brauchen. Irgendwelche Extravaganzen laufen im Moment sowieso nicht; du kannst nämlich mit deiner Eisenkralle nicht Auto fahren, falls du das noch nicht bemerkt haben solltest."

Bevor Sonja antworten konnte, fiel Schüttler ein: "Ich fahre Sie natürlich. Mein Dienst ist in der kommenden Woche ohnehin erst ab mittags um zwei und dann kann ich Ihnen am Vormittag zur Verfügung stehen. Wenn ich darf?"

Letzteres kam fragend, aber Sonja, die sich bei allem Zorn immer noch um Objektivität bemühte, lächelte ihn an: "Wissen Sie was: wir schließen zunächst einmal Burgfrieden. Ich nehme Ihr Angebot sehr gerne an, sage herzlich danke und gebe unumwunden zu, dass ich ohne Ihre Hilfe vermutlich ganz schön in der Sch... ähm – Tinte säße!"

Verlegen wehrte Schüttler den Dank ab: "Kommen Sie, wir müssen erstmal los. Zunächst der Arzt. Für Ihren Arbeitgeber brauchen Sie eine Krankmeldung."

Während die beiden sich unterhielten, schlüpfte Melanie in ihre Jacke und meinte: "Ich verdrück' mich. Heute Nachmittag versuche ich, mich wieder zu melden, okay?"

"Okay und auch dir ganz lieben Dank für alles."

Melanie lachte. "Wieso? Das war doch höchst interessant. Aber komisch: mit dir ist es sowieso nie langweilig. Ciao. Bis später."

"Ciao!"

Das kam von Sonja und Schüttler gleichzeitig und Schüttler meinte,

so etwas nenne man Duett. "Ich nehm's als gutes Zeichen."
Wozu als gutes Zeichen ließ er vorsichtshalber offen.

Sonja hatte sich inzwischen mit der linken Hand durch den Jacken-
ärmel gefummelt und Schüttler hängte ihr das Jackett lose über die
rechte Schulter.
In den vergangenen Minuten hatte sie angefangen, ihn genauer zu
betrachten. Ohne seine weiße Sanitäteruniform sah er völlig fremd
aus. Sie schätzte ihn auf ungefähr einenmeterachtzig, wobei sie für
sich selbst leicht ironisch dachte, dass es kein Kunststück sei, größer
zu werden als sie es selbst war. Dunkle, leicht gewellte Haare, blaue
Augen und ein verschmitztes Lächeln – wenn es zutage kam.
Irgendwie hat er sogar was, dachte Sonja. Ich hatte nur bei jedem
Wort einen solchen Zorn, dass mir das bis jetzt überhaupt nicht
auffiel. Er hat das berühmte Etwas, das man nicht genau definieren
kann.
"Kommen Sie?"
Sonja schüttelte ihre Gedanken ab.
"Okay."
Er schloß sorgfältig die Tür und drehte den Schlüssel zweimal um.
"Wo wohnt dieser Arzt denn überhaupt?"
"Himmel", platzte Sonja raus, "ich habe keine Ahnung!"
Als wäre der Bann gebrochen, begannen beide zu lachen und Sonja
meinte in komischer Selbstkritik: "Wie kann ein einzelner Mensch
bloß so blöd sein."
"Also, zurück marsch, marsch."
Schüttler blieb auf halben Weg stehen. "Frau Hanser?"
"Ja."
"Ich – ich ...", Schüttler schluckte. "Ich habe eine Bitte", hub er neu
an. "Wir können ja weiterhin Sie sagen, aber ich hätte gern, dass Sie
mich Helmut nennen. Und ich möchte Sonja zu Ihnen sagen. Den
Namen finde ich super und ..."

Er saß hoffnungslos fest und Sonja dachte: "Er ist wie ein liebenswerter, großer Junge."

In einem Anflug von Zärtlichkeit legte sie ganz kurz ihren Kopf an seine Schulter. "Einverstanden … Helmut."

Zwischenzeitlich hatte Schüttler über sein Mobiltelefon den Arzt angerufen und bei dieser Gelegenheit gehört, dass er aufgrund eines anderen Notfalles am Vormittag sowieso in der Praxis sei. Das traf sich ausgezeichnet. Immerhin war es Samstag. In Sonjas Fall hätte man sonst einen der diensthabenden Notärzte aufsuchen müssen, da sie ja nicht bettlägerig war; aber so war das natürlich wesentlich bequemer. Außerdem konnte Sonja bei der Gelegenheit gleich feststellen, ob ihr dieser Arzt überhaupt zusagte. Wenn man sich einen Arzt, auch für künftige Eventualitäten, aussucht, sollte man Gelegenheit haben, sich ein Bild zu machen.

Bomann hatte seine Praxis in der Birkenbergstraße und die wäre notfalls sogar zu Fuß erreichbar. Unterwegs entwickelte Helmut einen ganz brauchbaren Schlachtplan für die kommenden Wochen, wobei die Verpflegung nicht zu kurz kam. Sonja grinste beim Zuhören in sich hinein. Ganz uneigennützig war das ja nun auch nicht. Immerhin bestanden auf diese Weise für ihn berechtigte Chancen, sich zum Essen einzuladen. Schließlich konnte sie sich schlecht bekochen lassen und ihn dann wegschicken.

Inzwischen angelte Helmut seine Sanitäterjacke vom Rücksitz seines Autos und zog sie an. Das Namensschild holte er aus dem Handschuhfach.

"Was hat denn das nun wieder für einen sittlichen Nährwert", wunderte Sonja sich.

"Das werden Sie gleich feststellen."

Schüttler half Sonja beim Einsteigen, startete den Wagen und machte sich auf den Weg zur Birkenbergstraße. Dort half er ihr fürsorglich aus dem Auto und hakte sie unter.

"He", lachte Sonja, "ich kann schon noch alleine gehen."

"Ich weiß, aber es gibt Gelegenheiten, bei denen etwas Hilflosigkeit durchaus angebracht ist. Glauben Sie mir."

Schüttler steuerte auf die Praxis zu, öffnete die Tür und hielt Sonja fest. "Vorsichtig, hier ist eine Stufe."

Sonja verkniff sich jeden weiteren Kommentar als sie bemerkte, dass eine der Arzthelferinnen aufstand.

"Bitte", sagte sie, "kommen Sie hier entlang. Der Doktor kommt sofort."

Damit wurden die beiden in einen separaten Raum verfrachtet. Sonjas Eisenkralle und Schüttlers Besorgnis hatten genau die Wirkung erzielt, die Helmut sich vorgestellt hatte. Der konnte gerade noch mit dem Fuß die Tür hinter sich zudrücken, als Sonja in schallendes Gelächter ausbrach.

"Um Himmels Willen! Nicht so laut!"

Sonja versteckte ihr Gesicht an Helmuts Schulter und versuchte, sich zu beruhigen. Ihr liefen noch immer die Lachtränen über das Gesicht als sie bemerkte: "Jetzt ist mir alles klar. Darauf hätten Sie mich aber besser vorbereitet."

Schüttler grinste auch.

Die Arzthelferin kam zurück. "Hier entlang bitte." Und führte die beiden von einer anderen Seite ins Sprechzimmer. Dr. Bomann guckte völlig verdutzt auf Sonjas Hand und bemerkte als erstes, dass diese Art von Verschraubung wohl nicht unbedingt praktisch sei.

"Bestimmt nicht", fand Sonja, "aber manchmal äußerst amüsant. Ich habe in den letzten vierundzwanzig Stunden so manches grinsende Gesicht gesehen. Vielleicht fände ich das ja auch lustig – bei Anderen", schloß Sonja.

Dann ließ Bomann sich berichten, wie das passiert war und kämpfte angesichts Sonjas, teilweise recht drastischer Schilderung, zwischendurch damit, laut lachen zu müssen.

"Wenn Sie allein versucht hätten, mir das zu erzählen", meinte Dr. Bomann, "hätte ich vermutlich meine Zweifel am Wahrheitsgehalt dieser Geschichte gehabt."

Das hätte er besser nicht gesagt, jedenfalls nicht in dieser Form. Sonja explodierte fast im gleichen Moment und Helmut, der ihr unberechenbares Temperament inzwischen kennengelernt hatte, konnte diesen Ausbruch nicht mehr verhindern.

"Was soll denn das heißen? Wenn ich ein Mann wäre, hätten Sie vermutlich nicht die geringsten Bedenken oder? Bloß weil ich weiblich bin, kann das nicht sein. Frauen können das einfach nicht können! Es paßt nicht in Euer männliches Weltbild. Und das nennt man Gleichberechtigung! Wir Frauen sind wurden doch noch niemals so diskriminiert wie zu der Zeit, da uns auf dem Papier die Gleichberechtigung ausgesprochen wurde... !"

Sonja schwieg abrupt. Nicht, weil sie nicht mehr weiter wußte, sondern weil ihr die Puste ausgegangen war. Bomann traf dieser Ausbruch völlig überraschend.

"Frau Hanser", sagte er ganz erschrocken, "so habe ich das nicht gemeint! Ich habe mir eine solch zierliche Frau wie Sie in dieser Situation einfach nicht vorstellen können. Dass das stimmt, was Sie erzählen, daran habe ich keine Minute gezweifelt."

Sonja hatte sich weitestgehend beruhigt und meinte nun auch etwas zerknirscht: "t'schuldigung, aber ich bin wohl auch ein bißchen arg heftig geworden. In den vergangenen vierundzwanzig Stunden musste ich zuviel Ungereimtheiten über mich ergehen lassen, so dass dieser Tropfen das Faß zum Überlaufen gebracht hat. Es tut mir leid."

"Schwamm drüber."

Bomann beschäftigte sich jetzt angelegentlich mit Sonjas Verschraubung an der Hand und die nachfolgende Unterhaltung drehte sich ausschließlich darum. Abschließend meinte Bomann: "Tja, das schaut ganz so aus, als wären Sie damit ein paar Wochen aus dem

Verkehr gezogen. Normalerweise dürfen wir nur noch in einem Maximalrhythmus von fünf Tagen krankschreiben, aber das ist in Ihrem Fall wirklich hirnverbrannt. Die nächsten vier Wochen tut sich absolut nichts. Danach werden wir erneut röntgen müssen und dann sehen wir weiter."

Bomann lächelte eine wenig verschmitzt: "Das ist aber sicher keine schlechte Gelegenheit, Ihre aufgepeitschten Nerven mal ein bißchen zur Ruhe kommen zu lassen."

Schüttler grinste Bomann an und half Sonja in die Jacke. Vorsichtshalber hielt er den Mund. Er war sich klar darüber, dass jedweder Kommentar von ihm bei Sonja im günstigsten Fall weiteren Unmut hervorrufen würde. Ein erneuter Tobsuchtsanfall wäre allerdings wahrscheinlicher.

Sonja nahm die Arbeitsunfähigkeitsbescheinigung in Empfang, bedankte und entschuldigte sich noch einmal und verließ mit Schüttler die Praxis.

Draußen vor dem Auto grinste Schüttler sie an: "Sehen Sie, jetzt können wir noch in aller Ruhe zur Polizei fahren. Ohne meine Jacke wären wir bestimmt noch nicht wieder draußen."

Das musste sogar Sonja zugeben.

"Also", seufzte sie, "auf zur nächsten Station."

Um zur Polizeiwache in der Heimannstraße zu gelangen, mussten Helmut und Sonja einen Riesenumweg fahren. Die ganze Stadt war momentan eine einzige Großbaustelle und das war manches Mal die Überlegung wert, das Auto stehen zu lassen und zu Fuß zu gehen. Nach der anstrengenden Nacht wollte Helmut Sonja aber nicht noch mehr zumuten, so dass er sich, still vor sich hinfluchend, vorsichtig an parkenden Autos vorbeiquetschte.

"So, da wären wir."

Das war mehr eine rhetorische Feststellung. Sonja blieb sitzen, bis Helmut die Beifahrertür geöffnet hatte und ihr heraushalf.

"Oma steigt aus", lachte sie.

"Das wird ja auch wieder besser, nicht wahr. Nimm's hin, ich helfe dir so gut ich kann."

Keiner von beiden bemerkte, dass sie unversehens in das vertraute du gefallen waren. Der Burgfrieden trug Früchte; sie zankten sich jedenfalls nicht mehr, wenn sie sich nur schon sahen. Sonja war auch ehrlich genug, zuzugeben, dass sie in vielen Dingen überreizt reagierte. Sie konnte das *Genöle*, wie sie es nannte, von den ehemaligen DDR'lern nicht mehr hören. Als ob die Leute im Westen nicht auch Probleme gehabt hätten und immer noch, mehr als reichlich, haben. Langenhausen war eine verhältnismäßig kleine Stadt mit rund einhundertfünfzigtausend Einwohnern, die ausschließlich von dem riesigen, seit über einhundert Jahren hier ansässigen Chemieunternehmen lebte. Auch an diesem Unternehmen ging die Zeit nicht spurlos vorüber; es wurden massenweise Arbeitsplätze abgebaut und die gesamte Belegschaft war verunsichert. Angeblich sollte es, wie es immer so wunderbar heißt, sozialverträglich geschehen, aber irgendwie sahen die Betroffenen das um Etliches anders. Die Folge davon war eine rapide angestiegene Kriminalität, ebenso wie Wut und Unsicherheit unter den Bewohnern. Lebten noch vor kurzer Zeit sämtliche Nationalitäten friedlich nebeneinander, weil die Stadt durch das große Unternehmen immer schon multinational und –kulturell gewesen war, so kam es in den vergangenen Monaten nun öfter zu Ausschreitungen. Nicht, weil die Einheimischen gegen die Ausländer Sturm liefen, nein, die Ausländer bekriegten sich untereinander. Mafiamethoden nannten die Langenhausener das. Und standen hilflos daneben. Sie waren dergleichen einfach nicht gewöhnt. Hier hatte sich immer alles vertragen … und nun so etwas. Die Menschen waren ratlos; und die Polizei in vielen Fällen machtlos. Das war noch schlimmer.

Komischerweise wurde diese Tatsache von den neu zugezogenen ostdeutschen Bundesbürgern ignoriert. Sie sahen auch fast zehn

Jahre nach der Wende oft immer noch nur ihre eigenen Probleme und, was noch schlimmer war, häufig machten sie die Westdeutschen für ihre Misere verantwortlich. Was den ohnehin bereits abgeflauten Enthusiasmus nicht gerade förderte. Es stimmte zwar, dass sich unmittelbar nach dem Fall der Mauer, die größten Gauner ein neues Betätigungsfeld in der (jetzt ehemaligen) DDR aussuchten, aber, und das ärgerte besonders *die* Westdeutschen, die Verwandte in diesem Gebiet hatten, die Bürger ließen sich auch keinen Rat geben. Bloß meckern; und das war genau das, was Sonja so auf die Palme brachte. Da sie ohnehin im Augenblick nicht besonders gut gefusselt war, explodierte sie bei jeder Gelegenheit. Sie nahm sich vor, irgendwann mit Helmut darüber zu sprechen.

Diese Gedanken gingen ihr durch den Kopf, während sie in der Dienststelle warteten. Vor ihnen suchte ein junges Paar verzweifelt Hilfe, weil man offensichtlich ihr Kind entführt hatte. Sonja bekam das erst mit, als die Tür aufging und die Mutter tränenüberströmt auf den Beamten einredete: "Sie müssen doch etwas tun. Bitte, suchen Sie es. Es ist doch noch so klein."

"Wir tun was wir können. Eigentlich dürfte ich, nach dem Gesetz noch gar nichts unternehmen, da die vermeintliche Entführung noch keine vierundzwanzig Stunden zurückliegt. Aber ich muß selber sagen, in diesem Fall wäre längeres Warten hirnrissig, da es sich um einen Säugling handelt, der noch nicht einmal laufen kann. Ich verspreche Ihnen, in der nächsten halben Stunde einen Suchtrupp mit Hunden loszuschicken und Sie sofort zu benachrichtigen, wenn wir etwas entdecken. Es bringt Ihnen gar nichts, wenn Sie hierbleiben. Wir rufen Sie wirklich sofort an."

Dann kam Sonja an die Reihe.

Sie fragte zunächst nach Wachtmeister Schnell, wurde aber beschieden, dass er, aufgrund der nächtlichen Aktion, heute dienstfrei habe. Um was es denn ginge.

"Ich bin eigentlich herbestellt worden, um mit ihm noch einmal das

Protokoll von gestern durchzugehen. Wir haben das in der vergangenen Nacht zwar aufgenommen, aber es erhebt möglicherweise noch keinen Anspruch auf Vollständigkeit."

Der Beamte durchforstete die Unterlagen auf dem Schreibtisch seines Kollegen und bemerkte maliziös: "Ach ja, die Stasifrau."

Sonja wurde blaß. "Sagen Sie das nochmal", sagte sie ganz leise.

Der Beamte, im vermeintlichen Bewußtsein seiner Macht, lachte hämisch: "Sind Sie doch, oder? Sie haben sich doch mit diesem – er blätterte in der Akte – Schuckert angelegt. Oder etwa nicht? Und wenn Sie den gekannt haben, müssen Sie mit der Stasi zu tun gehabt haben. Solche Leute haben wir gerne, das können Sie mir glauben. Pack!", fügte er noch ironisch hinzu.

Sonja holte tief Luft und fauchte los: "Sie haben ganz offensichtlich keine Ahnung, von was Sie reden. Aber überhaupt keine... und diese Behandlung brauche ich mir nicht bieten zu lassen. Sie scheinen völlig zu vergessen, dass Sie für uns … für UNS! … da zu sein haben. Sie haben den ganzen Vorgang noch nicht einmal gelesen. Und jetzt nennen Sie mir Ihren Dienststellenleiter. Und zwar sofort."

"Der bin ich!"

"So, dann werde ich diesen Termin hier abbrechen und zum Präsidium fahren. Sie glauben doch nicht im Ernst, dass ich das auf mir sitzen lasse. Sie werden von unseren Steuergeldern bezahlt und behandeln mich wie Rotz am Ärmel. Sie hören von mir, aber anders, als Sie sich das vorstellen!"

Wutschnaubend drehte Sonja sich um und wollte aus dem Raum stürzen. Helmut hielt sie am Ärmel fest. "Um Himmels Willen, sei ruhig. Bist du wahnsinnig geworden! Du redest dich um Kopf und Kragen. Du bist schließlich bei der Polizei; die können dich einlochen wegen ..., ach, wegen was auch immer. Die finden schon was." Helmut versuchte, Sonja zu beruhigen. Aber die ließ sich nicht beruhigen. "Merk' Dir eines Helmut; okay, wir sind bei der Polizei.

Aber, erstens: ich bin freiwillig hier. Und zum zweiten brauche ich mir nichts unterstellen zu lassen. Vergiß deine Zeit in der DDR und bei NVA; hier darfst du den Mund aufmachen. Und wenn du Recht hast, hast du Recht. Ob du es an höherer Instanz allerdings bekommst, das steht woanders geschrieben. Auch in unserem, ach so geliebten Rechtsstaat. Hier kannst du sogar nur überleben, *wenn* du die Schnauze aufmachst."

Inzwischen hatte der Beamte wohl bemerkt, dass er einen Schritt zu weit gegangen war. Er hatte während der Diskussion zwischen Sonja und Helmut in die Akte eingesehen und festgestellt, dass er die Gegebenheiten verkannt und sich mächtig im Ton vergriffen hatte. Er drehte sich zu Sonja um und meinte: "Es tut mir leid; ich entschuldige mich offiziell bei Ihnen."

"Ach", kam es ironisch von Sonja, "mit meiner Idee, zum Präsidium zu fahren, konnten Sie sich wohl nicht anfreunden, wie?"

"Sonja! Bitte!", kam es von Helmut.

"Naja, aber wirklich nur dir zuliebe. Und, Helmut, laß dir gesagt sein, hier kannst du tatsächlich nur bestehen, wenn du die Klappe aufmachst. Wenn nicht, du hast ja gehört, wie man dich dann behandelt. Ich hatte mal eine Geschichte mit einem Anwalt zu erledigen, was ich abgrundtief hasse, aber mir blieb keine andere Wahl. Also, dieser Anwalt hörte sich mein Debakel an, war meiner Meinung, dass man mich gewaltig über den Tisch gezogen hätte, sah aber keine Möglichkeit, mir zu helfen. Sein Kommentar: Das Recht ist halt nur für die Gescheiten da. Das musste ich mir dann auch noch sagen lassen."

"Und?"

"Inzwischen liegt der ganz Vorgang bei einem anderen Anwalt, der durchaus eine Möglichkeit sieht, mir zu meinem Recht zu verhelfen. Aber es wird noch dauern, bis das ausgestanden ist. Dann kann ich endlich aufatmen; wenn ich auch vermute, dass es trotzdem ausgehen wird, wie das Hornberger Schießen. Aber es geht mir unheimlich gegen den Strich, mich mit Anwälten abgeben zu müssen. Und hier fühle ich mich auch nicht wohler. Das kannst du mir glauben."

Sonja war schon ein bißchen ruhiger geworden und wandte sich jetzt an den Beamten: "Also okay. Lassen wir das. Aber nehmen Sie zur Kenntnis, dass ich bei der geringsten Verfehlung Ihrerseits beim Präsidium vorstellig werde. Es geht nicht an, dass Sie in Ausübung Ihres Dienstes die Menschen, die Ihnen im Grunde anvertraut werden, auf diese Weise behandeln. Ich bin weder eine Nichtseßhafte, noch Alkoholikerin oder sonst irgendwas, was Ihre Reaktion verständlich machen würde. Verständlich, wohl gemerkt, aber absolut nicht berechtigt. Okay?"

Der Beamte nickte und griff gerade zu der Akte als hinter ihm die Tür aufging. Die Streifenwagenbesatzung, bestehend aus einer jungen Dame und einem jungen Mann, fragte, was es mit der Kindesentführung auf sich habe.

"Ach ja, verflixt, das steht ja auch noch an."

Die beiden jungen Beamten hatten einen großen Schäferhund an der Leine, der, wie Sonja für sich bemerkte, sie äußerst mißtrauisch ansah. Sie hatte von Kind an einen heiligen Respekt vor großen Hunden und machte automatisch einen Schritt zurück. Die junge Dame lachte: "Keine Angst, der tut nur etwas, wenn ich es ihm sage."

"Naja", kam es zweifelnd von Sonja, "ich weiß nicht recht. Und wenn der plötzlich mal was falsch versteht?"

"Bestimmt nicht; er ist gut abgerichtet und außerdem im Grunde ein lammfrommes Tier."

Inzwischen hatte der Informationsaustausch stattgefunden und die beiden jungen Leute schickten sich zum Gehen an, als Sonja plötzlich etwas einfiel.

"Sekunde!", rief sie. "Mir fällt gerade ein, dass ich gestern Abend etwas Seltsames gehört habe. Lassen Sie mich bitte kurz den Zusammenhang rekonstruieren. Meine Freundin Melanie und ich kamen vom Italiener *Carrettino* und waren auf dem Heimweg. Wir gingen ein kurzes Stück durch den Park, wobei wir noch recht undamenhaft rumgemault haben, dass diese Dreckwege unseren Absätzen auch nicht besonders guttäten. Plötzlich hörten wir ein Kinderweinen, eher ein leises Wimmern. Ich sagte darauf hin, dass sei sicher ein Kind, was nicht schlafen könne. Aber jetzt fällt mir auf, dass das an einer Stelle war, an der nirgendwo ein Privathaus steht."

"Wo war das genau? Versuchen Sie, sich zu erinnern."

"Das war auf dem Weg durch den Park in etwa auf der Höhe der Doktorenburg."

"Das hilft uns enorm weiter, weil wir wenigstens einen Ansatzpunkt haben. Zwar äußerst mager, aber wir sind ja für jeden kleinen Fingerzeig dankbar. Bei solchem Mist weiß man immer nicht, wo man überhaupt ansetzen soll. Die Eheleute Bachmann wohnen zum Beispiel in einem völlig anderen Stadtteil. Hier im Park hätten wir bestimmt nicht mit der Suche angefangen."

Die beiden Beamten verließen das Büro und Sonja setzte sich wieder. Sie merkte, dass es ihr doch noch nicht so besonders gut ging und Helmut sah sie etwas besorgt an.

"Meinen Sie nicht, dass es besser wäre, wenn wir nochmal wiederkämen? Wachtmeister Schnell ist ja mit dem Fall vertraut und Sie müssen sich erst noch mühselig reindenken."

"Lassen Sie man", meinte er nun ungerührt, "das schaff' ich schon noch."

"Vielleicht sollten Sie sich einmal vorstellen? Wir wissen Ihren Namen nicht und können Sie nicht vernünftig ansprechen", bemerkte Schüttler.

Der Polizist griff zu seinem Revers und stellte fest, dass er sein Namensschild offensichtlich vergessen hatte.

"Oh; mein Name ist Hornig."

"Nun gut, Herr Hornig, fangen wir also an."

Sonja ging mit ihm Punkt für Punkt das gesamte Protokoll noch einmal durch und stellte fest, dass Sie, trotz der Aufregung, alles vollständig angegeben hatte.

Hornig bemerkte anschließend, sowas hätte er auch noch nicht gehört und begann bei der Vorstellung, wie Schuckert lahmgelegt wurde, zu lachen.

"Sie haben verdammt viel Mut bewiesen", meinte er.

"Das war wohl eher der Mut der Verzweiflung", meinte Sonja. "Ich bin fast gestorben vor Angst."

"Naja, der sitzt erst einmal sicher in Gewahrsam. Ich denke, da wird noch 'ne Menge mehr rauskommen. Außerdem fehlt uns noch sein Komplize, von dem hier die Rede war. Der muß doch auch irgendwo abgeblieben sein. Bloß wo?"

Das wußte Sonja auch nicht, da sie ihn nur damals gesehen hatte. Wiedererkennen, so meinte sie, würde sie ihn vermutlich. Schon deshalb, weil er ihr so entsetzlich unsymphatisch gewesen sei.

Hornig reckte sich und meinte: "Das war's. Wenn noch Fragen auftauchen, melden wir uns sowieso bei Ihnen. Aber Sie brauchen sich normalerweise nicht abzumelden. Bis dieser Fall zur Verhandlung kommt, oh Gott, das wird dauern. Die Gerichte sind gegenwärtig mehr mit Gartendelikten befaßt."

???

"Naja", grinste er, "der rechte Nachbar will Gartenzwerge und dem linken gefallen sie nicht. Dann schafft einer Abhilfe und zerdeppert sie oder so ähnlich. Und das ist alles ganz furchtbar wichtig, wissen sie."

Sonja lachte. "Das sehe ich allerdings auch so."

Sonja und Helmut verabschiedeten sich. Hornig druckste noch mal ein bißchen rum und meinte dann schließlich ziemlich kleinlaut: "Und das mit dem Präsidium überlegen Sie sich aber nochmal, oder?"

"Klar", grinste Sonja, "aber Sie müssen zugeben, dass Sie sich wirklich reichlich übel aufgeführt haben. Das war ein absoluter Mißgriff; so behandelt man einfach keinen Menschen. Und Sie sind Beamter; Sie sollten Vorbild sein."

"Ich sehe es wirklich ein und entschuldigt habe ich mich doch auch", meinte Hornig. "Andererseits, haben Sie schon einmal darüber nachgedacht, mit was wir uns manchmal rumschlagen müssen? Wissen Sie, wir kommen oftmals mit dem Abschaum in Berührung und dann sind uns per Gesetz auch noch die Hände gebunden. Da kommt beispielsweise so ein Kerlchen, das wir wegen erwiesenen (!) Drogenhandels in Gewahrsam genommen haben, hier an und behauptet bei der Vernehmung, dass er dreizehn Jahre alt sei. Falls er in dem Moment sowieso überhaupt noch deutsch versteht. Sie sehen, ein Blinder sieht es (!), dass der mindestens Mitte zwanzig ist, aber wir können nichts machen. Papiere hat er natürlich keine, angeblich verloren, gestohlen, oder was auch sonst. Natürlich kann jeder Arzt feststellen, wie alt er wirklich ist, aber wenn der sich weigert, diese Untersuchung machen zu lassen, haben wir das Nachsehen. Wir müssen ihn nämlich wieder laufen lassen, weil er noch nicht *strafmündig* ist. Können Sie sich sowas vorstellen? Und das Schlimme ist, dass die deutsche Polizei, unter anderem auch durch solche Geschichten, in einen immer schlechteren Ruf gerät. Wir können uns aber nicht daraus befreien, denn auch wir dürfen den Mund nicht aufmachen."

"Und schlägt von Ihren Leuten dann wirklich mal jemand zu, ist das Geschrei groß. Noch größer ist es, wenn einer Ihrer Kollegen von der Schußwaffe Gebrauch gemacht hat. Der muß sich wohl erst erschießen lassen und darf dann fragen, ob er sich vielleicht wehren darf", sagte Sonja sarkastisch. "Lassen Sie man, Herr Hornig, ich kann Sie gut verstehen. Ich frage mich auch oft, wo wir eigentlich sind. Und dann wird immer alles schöngeredet. Die Kriminalität hat nicht zugenommen; der Ausländerteil ist gering und was weiß ich noch alles. Aber das ist ein Thema, da können wir uns die Ohren heiß reden. Warten wir es ab. Das wird sich wieder ändern. Aber dann! Dann wird geschrien. Verlassen Sie sich darauf. Denn dann haben wir wieder eine Diktatur und es wird heißen: Um Himmels Willen, wie konnte das passieren. So wie es jetzt ist, kann es jedenfalls nicht mehr lange weitergehen. Wir ruinieren uns selbst und die ganze Welt lacht sich kaputt."

"Ich habe fast das Gefühl, als hätten Sie leider recht."

Hornig begleitete die beiden zur Tür und verabschiedete sich.

Draußen atmete Sonja tief durch. "Gott sei Dank, das ist überstanden. Zumindest für den Anfang. Und, weißt du was, jetzt habe ich Hunger. Wenn ich mich so aufrege, kann ich erst nichts essen und hinterher könnt' ich einen Menschen anfallen."

"Fange bitte nicht bei mir an."

"Nöö", grinste sie, "ich entledige mich doch nicht freiwillig meiner einzigen Hilfe."

In bestem Einvernehmen verfrachtete Helmut Sonja ins Auto und sie fuhren nach Hause.

***

Ricardo 1970 – 1975

Bleischwere Hitze lastete auf dem Dorf; um die Mittagszeit war alles wie ausgestorben. Die Bewohner des Ortes hatten sich in die Häuser verkrochen und der einzige Laden öffnete auch erst wieder am Abend. Monika erhob sich von ihrer schmalen Gästeliege und sah sich um. Nur noch zwei Tage, dann ging es wieder nach Hause. Sie freute sich darauf. Die drei Wochen im Süden Italiens hatte sie genossen und das Land lieben gelernt. Nur mit der Hitze konnte sie sich auf Dauer nicht anfreunden. Ricardo schien dagegen unempfindlich zu sein. Er kam zu den unmöglichsten Zeiten, um sie zu einem Strandspaziergang abzuholen. Ab und zu fuhren sie auch mit dem Auto los. So arg viel gab es in der näheren Umgebung nicht zu sehen, aber Monika ließ Ricardo immer wieder anhalten, wenn in der Ferne eines der typisch italienischen Häuser auftauchte. Architektonisch häßliche, viereckige Klötze, die in ihren Augen nur dadurch eine ungeheure Faszination ausübten, weil sie mit Zypressen gesäumt waren. Zypressen waren für Monika der Inbegriff von Italien.

Außerdem genoß sie es, in stillen Stunden zu Felicitas zu gehen. Mit ihr konnte sie über alles das sprechen, wofür ihre Mutter kein Ohr hatte. Nur äußerst widerstrebend hatte diese zur Kenntnis genommen, dass das Verhältnis zwischen ihrer Tochter und Ricardo ein anderes geworden war. Einen italienischen Schwiegersohn hatte sie sich, bei aller Toleranz, die sie inzwischen angenommen hatte, weiß Gott nicht gerade gewünscht. Obwohl, und das musste sie zugeben, Ricardo ein liebenswerter Mann war. Er entsprach einfach nicht dem, was sie sich immer unter *Gastarbeitern* vorstellte; er war fleißig und hatte es in den vergangenen fünf Jahren in Deutschland zu einer festen Arbeit mit vernünftigem Einkommen gebracht. Er schien auch konkrete Pläne für die Zukunft zu haben, in denen Monika offensichtlich eine besondere Rolle spielte. Monika war inzwischen achtzehn. Gut, drei Jahre konnte sie noch verhindern, dass sie eventuell heiratete. Aber was dann? Mit einundzwanzig war sie volljährig* und würde ihn dann trotzdem heiraten. Was brachte also eine vorherige Weigerung. Ihr Mann stand sowieso hinter Monika und Ricardo. Er war der Meinung, Ricardo wäre genau der Richtige. Und Wolfgang hielt sich vorsichtshalber raus.   *damals wurde man erst mit 21 Jahren volljährig

Monika horchte nach unten. Leise Geräusche drangen aus der Küche, was bedeutete, dass auch Felicitas nicht schlief. Sie schien überhaupt mit einem Mindestmaß Schlaf auszukommen. Monika schlich leise die Stufen hinunter.

"Hallo, Felicitas, störe ich?"

"Aber nein, komm nur. Du weißt, ich freue mich immer, wenn du mir ein wenig Gesellschaft leistest. Ich darf gar nicht daran denken, dass Ihr schon bald wieder nach Hause fahrt. Ich habe mich an Euch gewöhnt."

"Das ist lieb, dass du das sagst. Ich fühle mich auch sehr wohl bei dir. Weißt du noch, als wir ankamen, hattest du mir die Geschichte Deiner Haustür versprochen. Erinnerst du dich?"

"Aber sicher, möchtest du sie noch hören?"

"Natürlich. Ich habe es nicht vergessen. Aber du hast ja mitbekommen, dass Ricardo sehr über meine Zeit verfügt hat, oder?"

"Das stimmt, aber ich denke, es hat dir auch Spaß gemacht, nicht wahr. Er ist ein liebenswerter Junge und ich glaube, deine Entscheidung war richtig. Für sein Elternhaus kann er nicht; er ist völlig anders als sein Vater und seine Brüder. Die werden allerdings einen ganzen Friedhof Kreuze hinter Euch her machen, wenn ihr weg seid. Eure, d.h. ganz besonders deine Ansichten haben sie sehr gestört. Ich habe in den vergangenen Tagen öfter mitbekommen, wie der Alte auf Ricardo eingeredet hat, sich mehr um Daniela zu kümmern. Aber er will nicht und außerdem, was hat das für einen Sinn. Sie ist verheiratet. Der Alte denkt wohl, über sie käme Ricardo an die Schwester. Und wenn es mit Ricardo nicht klappt, dann vielleicht für einen der Brüder."

"Dass Daniela eine Schwester hat, wußte ich gar nicht."

"Warum auch; sie wohnt nicht hier. Genau wie Daniela ging sie vor ein paar Jahren sang- und klanglos. Da muß irgendwas gewesen sein, was den Eltern nicht gefallen hat. Aber, lassen wir das. Einmal ist es nicht unser Problem und zum anderen geht es uns nichts an. Ricardo hat jedenfalls weder an der Einen noch an der Anderen Interesse. Also, setz dich hin und höre meine Geschichte, die eigentlich eine spanische ist. Das ist mit Sicherheit viel schöner. Ich habe so selten Gelegenheit, sie zu erzählen. Und dabei liebe ich sie sehr. Sie ist herrlich romantisch."

Felicitas lehnte sich zurück und schloß die Augen. Es sah aus, als sei sie weit fort in einer anderen Welt.

Dann begann sie zu erzählen.

Es ist die Geschichte von Johanna der Wahnsinnigen – im spanischen nannte man sie Joana la locca. Sie war die Tochter von Isabella und Ferdinand. Isabella war die spanische Königin, die Columbus seine Entdeckungsreisen ermöglicht hat, obwohl das damalige Staatssäckel vermutlich auch nicht besonders gut gefüllt war. Das waren die Staatshaushalte wohl zu keiner Zeit.

Das Ganze spielte sich also Anfang des 16. Jahrhunderts ab. Joana wurde 1497, im Alter von achtzehn Jahren, mit Philipp dem Schönen aus Flandern verheiratet. Belgien gab es damals noch nicht in dem Sinne. Normalerweise waren diese Ehen reine Zweckverbindungen und die Verheiratung dieser Beiden hatte wohl auch kaum einen anderen Hintergrund als den, die Macht zu festigen. Entgegen aller Erwartungen wurde die Ehe aber sehr glücklich. Als Philipp dann im Jahre 1506 – nach nur neun Jahren Ehe – verstarb, wollte Joana das nicht wahrhaben und weigerte sich, den Leichnam zur Bestattung freizugeben. Sie lebte in einer Wahnvorstellung, dass Philipp nur schliefe und bereitete in einer Nacht- und Nebelaktion die Flucht mit Philipp vor. Da sie keine andere Möglichkeit sah, hängte sie mit Hilfe ihrer Zofe die Tür von ihrer Ankleidekammer aus und bettete den Toten darauf. Die beiden Frauen leisteten Schwerstarbeit, indem sie ihn in die königliche Kutsche verfrachteten und davonfuhren. Dummerweise hatte Joana die offizielle Kutsche benutzt, so dass die Flucht sehr schnell auffiel. Trotzdem gewann sie etliche Tage Vorsprung, da sie anscheinend nur bei Nacht fuhr und sich am Tage in den Wäldern verborgen hielt. Der Kutscher, an die Launen seiner Herrin gewöhnt, wußte nicht, welch' grausame Fracht er transportierte, bis der Geruch ihn mißtrauisch werden ließ. Als persönliches Personal hatte sie nur ihre Vertraute, die Kammerzofe, mitgenommen. Sie schaffte es, bis Italien zu kommen. Dort holten die Schergen sie ein und legten sie in Ketten. Inzwischen war sie wahnsinnig geworden. Die Tür ließ man einfach irgendwo in der Nähe des Strandes liegen, wo sie später von Seeräubern aufgetan und verkauft wurde. Irgendwann – viele Jahre später – gelangte sie dann an diesen Ort und in dieses Haus. Aber das war lange, bevor ich hier einzog. Joana starb übrigens erst 1555. Sie wurde fast sechsundsiebzig Jahre alt."

Monika hatte atemlos zugehört. "Ist das eine romantische Geschichte! Ist sie wahr?"

"Wohl kaum", lachte Felicitas, "aber ich finde sie einfach schön. Sie ist so ganz anders als die Geschichten unserer Zeit und man kann so herrlich dabei träumen."

"Ja, ich war auch ganz versunken in meiner Vorstellung, wie sie mit der Kutsche durch die Gegend gerast sein muß. Der Kutscher und die Zofe müssen unendlich gelitten haben. Aber sie waren ihr anscheinend treu ergeben. Und das ist, glaube ich manchmal, das, was heute so fehlt."

"Damit könntest du leider recht haben ..."

Hinter ihnen gab es einen ohrenbetäubenden Lärm und die beiden Frauen zuckten zusammen.

"Was war das?" Monika sprang erschrocken auf.

Da kam aber auch schon Wolfgang. "Entschuldigt bitte, dass ich Euch so unkonventionell geweckt habe, aber mir ist *catero nero* genau vor die Füße gelaufen, so dass ich um Haaresbreite einen Sturzflug die Treppe runter gemacht hätte. So war's nur der Koffer."

"Catero nero?", fragend sah Felicitas ihn an. Sie hatte sich schon daran gewöhnt, dass Wolfgang manchmal seine Späßchen trieb,

120

darunter konnte sie sich nun wirklich nichts vorstellen.

"Na, deine schwarze Katze!"

"Oh Gott", Felicitas begann zu lachen. "Die arme Kalili so umzutaufen. Dagegen hätte sie aber bestimmt etwas. Wieso Koffer? Ihr fahrt doch noch nicht heute, oder?"

"Nein, natürlich nicht. Aber ich habe die Koffer schon mal aus der Kammer holen wollen, damit wir einige Dinge, die wir sonst vielleicht in der nächsten Ecke vergessen, vorab einpacken können."

"So, so", schmunzelte Felicitas, die inzwischen mit Wolfgangs mangelhaftem Italienisch und ihrem eigenen, ebenso mangelhaften Deutsch, ganz gut klarkam, "was sind das denn für Sachen?"

"Mindestens ein Schuhladen voll für meine werte Mama und mein heißgeliebtes Schwesterlein. Wir sind uns bloß noch nicht im Klaren darüber, wer auf dem Dach mitfährt, weil wir doppelt soviel Gepäck haben als vor drei Wochen."

Monika zog eine Grimasse. "Hab' dich nicht so. Weiß ich, ob ich noch einmal hierher komme? Diese Gelegenheit musste ich nutzen. Wo kriege ich denn ein Paar Schuhe für ein- oder zweitausend Lire. Das sind ja gerade mal sechs oder zwölf Mark."

Felicitas lachte. "Kinder, streitet Euch nicht! Ich weiß, dass das unter Geschwistern normal sein soll, aber ich mache Euch einen besseren Vorschlag. Alles, was nicht mehr reinpaßt, laßt Ihr hier und ich schicke es Euch nach. Oder, eine andere Möglichkeit wäre, es dem nächsten, der mal wieder herkommt und nach seinem Urlaub nach Deutschland zurückkehrt, in die Hand zu drücken und der bringt es dann mit. Was meint Ihr?"

"Die Idee ist Klasse, aber schicken ist ein äußerst teures Vergnügen. Wenn sich wirklich jemand fände, der eventuell ein bißchen was mitbringen könnte, das wäre super."

Wolfgang gähnte verstohlen und meinte, ein Bad würde sicher auch ganz gut tun nach dieser Wahnsinnsanstrengung.

???

"Immerhin habe ich mich mit den Koffern abgeplagt!!!"

"Du brichst mir noch zusammen", tönte es dumpf hinter einem Taschentuch hervor, dem auch prompt ein dröhnendes Haatschii folgte. Hans Gutmooser stand in der Küche. Felicitas sah ihn fast ein bisschen zärtlich an. Sie mochte diesen ungeschlachten Klotz, der eine Seele wie ein Elefantenbaby hatte. In den vergangenen Wochen hatte sie erlebt, wie er, oftmals nach außen brummig, seinen beiden Frauen, wie er es nannte, jeden Wunsch erfüllte. Felicitas freute sich vor allen Dingen für Monika, die in ihm einen zärtlichen und verständnisvollen Vater hatte. Verstand sie anfänglich auch einiges nicht, weil diese Deutschen so völlig anders lebten als sie es kannte, so wußte sie jetzt, dass diese Familie bei all' ihrer Toleranz einen festeren Zusammenhalt hatte als die Familien, in denen einer dominierte. Fast regte sich etwas wie Neid in ihr. Sie dachte an ihre Jugend und daran, was sie in ihrer Ehe erdulden musste. Bei aller Trauer, die sie damals empfand als ihr Mann starb, war sie jetzt beinahe froh, schon so lange allein zu sein und leben zu können, wie sie es wollte. Ehrbar und achtbar hatte sie zu sein, sonst zerrissen sich die Nachbarn das Maul, aber was sie in ihren vier Wänden tat, ging niemanden etwas an. Sie seufzte leise. Das ist alles Schnee von gestern, dachte sie. Im Grunde bin ich mit meinem Leben ganz zufrieden.

"Was haltet Ihr alle von einem Espresso?", fragte sie in die Runde. Ohne die Antwort abzuwarten, machte sie die Espressomaschine parat und hieß sie, sich hinzusetzen.

*

Kofferpacken! Sämtliche Gutmoosers stöhnten angesichts der Fülle des Gepäcks. Hans Gutmooser polterte: "Ihr habt aber auch Nerven, wie sollen wir denn das Zeug alles wegkriegen?"

"Ich habe doch gesagt, einer muss auf dem Dach mitfahren", knurrte Wolfgang. Ricardo besah sich den ganzen Rummel und hatte die rettende Idee. Felicitas hatte zwar angeboten, Zurückgelassenes irgendwie nach Deutschland zu befördern, aber so ganz das Wahre schien das wohl nicht. Er meinte, "was haltet Ihr davon, wenn wir die Sachen aus den Koffern nehmen, in Tüten packen und damit die Löcher im Kofferraum ausstopfen."

"Ausstopfen ist gut. Wohin willst du denn da noch was stopfen? Und außerdem, was machen wir mit den Koffern?"

"Ganz einfach", sagte Ricardo, "die bringt beispielsweise Lorenzo mit, wenn er im nächsten Monat nach Deutschland fliegt. Damit bekommt Ihr Eure Koffer zurück und er braucht sich keine zu kaufen. Ist das eine Idee?"

"Hm", Hans Gutmooser nickte. "So machen wir es."

Nach gut zwei Stunden war alles verpackt und verstaut. Das Auto wurde in den Schatten gefahren. Hertha Gutmooser bestand darauf, das Auto abzuschließen. Am liebsten hätte sie noch jemanden beordert, bis zur Abfahrt daneben Wache zu halten.

Ricardo lachte sie aus. "Wer soll denn hier was klauen? Hertha, wir sind in einem Dorf, zu dem es noch nicht einmal einen vernünftigen Eisenbahnanschluß gibt. Wenn also einer klaut, muß er das Zeug auch wegschaffen. Und das kann er nicht. Außerdem, und das ist ein Ehrenkodex der Dorfbewohner, würde rauskommen, wer es war und derjenige würde auf Lebenszeit von den Anderen geschnitten. Er hätte keine frohe Minute mehr. Von den Kindern geht sowieso keiner dran. Denen habe ich gesagt, dass die Türen explodieren..."

Monika begann zu lachen, "und das haben die geglaubt?"

"Na klar – und wenn nicht, haben sie wenigstens entsprechenden Respekt vor einem Auto. Das ist auch recht wichtig. Dazu kommt noch, dass Ihr *die Deutschen* seid und bei Felicitas wohnt. Felicitas, das habt Ihr ja sicherlich bemerkt, genießt besonderes Ansehen im Dorf."

"Warum eigentlich?" Wolfgang sah fragend auf Ricardo.

"Sie hat sehr früh ihren Mann verloren und ihr Leben allein meistern müssen. Und sie hat es geschafft, dabei ehrbar zu bleiben."

Monika nickte. "Ich kann mir jetzt vorstellen, was das bedeutet. Wenn mir das jemand vor vier Wochen gesagt hätte, hätte ich ihn entweder ausgelacht oder für bescheuert erklärt."

"So, meine Lieben, kommt – wir müssen unsere Abschiedstournee starten. In ein paar Stunden geht es los."

"Ja", sagte Monika leise, "irgendwie ist's mir jetzt ziemlich komisch."

Ricardo legte, hinter ihr stehend, seine Arme um sie und fragte leise: "Glaubst du, du könntest in Italien leben?"

"Ja, in Italien ganz sicher, aber nicht hier."

"Das würde ich dir auch nicht zumuten. Hierher möchte ich selber nicht zurück. Aber für die nächste Zukunft steht sowieso was ganz anderes auf dem Programm..."

"Ja", kam es von Wolfgang, "wir werden morgen früh erst einmal heimfahren."

Diese prosaische Äußerung löste die Spannung und die Truppe ging geschlossen nach draußen, um sich bei einigen Dorfbewohnern, mit denen sich ein recht netter Kontakt entwickelt hatte, zu verabschieden.

Ricardo sah Monika von der Seite an. Er kannte ihre Mimik ziemlich gut und merkte, dass ihr gar nicht wohl war. Allein der Gedanke, zu den Boticelli's gehen zu müssen, löste heftiges Unbehagen aus. Ricardo drückte ihre Hand, was soviel hieß: mach dir keine Gedanken, ich bin dabei.

Vor dem Haus angekommen, riß Angelica die Tür auf. "Ihr wollt wirklich schon fahren?"

"Wollen, liebes Schwesterlein, ist gut, wir müssen. Ich muß irgendwann mal wieder arbeiten. Insgesamt hatte ich vier Wochen Urlaub und die sind jetzt vorbei."

"Kannst du nicht" druckste sie, "vielleicht nur noch ein oder zwei Tage ?"

"Nein, das geht nicht. Weißt du Angelica, Deutschland ist wirklich anders. Wenn man dort einen Termin bekommt, hat man ihn einzuhalten. Nicht so wie hier: wenn man keine Lust hat, geht man einfach nicht hin und sucht hinterher nach einer mehr oder minder fadenscheinigen Begründung. Die glaubt zwar keiner, aber man tut eben so."

Georgina kämpfte mit Tränen. Sie hatte ihren Sohn gern einmal zu Hause gehabt. Vor allen Dingen konnte sie in diesen Wochen einige Freiheiten genießen, die sie jetzt mit Sicherheit wieder einbüßen würde. Wenn Ricardo weg war, würde ihr Mann wieder die absolute Herrschaft übernehmen und nach den diversen Auftritten zwischen Vater und Sohn würde es wahrscheinlich schlimmer werden als je zuvor. Sie hatte Angst.

Angelica hing an seinem Hals und heulte wie ein Schloßhund. "Wann kommst du wieder?"

"In der nächsten Zeit ganz sicher nicht, Angelica, aber ich denke, das verstehst du auch. Ich habe dir alles erzählt, was ich in den kommenden Jahren vorhabe und dazu brauche ich jeden Pfennig. Es wird also so aussehen, dass du, wenn du alt genug bist, mich in Deutschland besuchen kommst. Okay?"

*

Die Sonne war hinter dem Horizont verschwunden und es wurde langsam kühler. Hans Gutmooser mahnte zum Aufbruch. Sie kamen überein, dass Ricardo den ersten Fahrabschnitt übernahm.

Das Gepäck war inzwischen nach seiner Idee untergebracht und nun standen alle in Felicitas Küche herum und wußten nicht mehr so recht, was sie sagen sollten. Felicitas schluckte auch ein wenig. In den fast vier Wochen hatte sie sich an ihre Gäste gewöhnt. "Ich hoffe, dass Ihr einmal wiederkommt. Und wenn, dann auch zu mir. Ich würde mich wirklich freuen."

"Bestimmt", kam es von Hertha Gutmooser. "Wir haben uns bei Ihnen sehr wohlgefühlt. Wenn ich bedenke, mit welchen Vorbehalten ich losgefahren bin. Und jetzt? Ich kann mich selber nicht mehr verstehen."

Hertha war immer noch diejenige gewesen, die den *Spaghettifressern* mit dem größten Mißtrauen begegnete. Abgesehen davon, dass sie inzwischen Pasta liebte, was nach diesem Urlaub unschwer an der Taille zu erkennen war, hatte sie auch die größten Sympathien für die Italiener. Hans neckte sie immer: "Sowas nennt man Rettungsring." Wolfgang haute zu ihrem Leidwesen in die gleiche Kerbe und meinte schadenfroh: "Michelin X oder Dunlop SP?"

Aber die Lebensart der Italiener hatte etwas für sich und Hertha nahm sich vor, nach dem Urlaub ihr Leben daheim umzukrempeln. Sie hatte gelernt, dass man absolut nicht jeden Montag die Fenster putzen musste. Es reichte völlig, dass man das tat, wenn man das Gefühl hatte, draußen sei es neblig. Anfangs hatte Hertha darüber noch die Nase gerümpft. Inzwischen sah sie ein, dass das die bessere Art zu leben war. Felicitas hatte ihr einmal gesagt: "Ihr Deutschen seid ein komisches Volk. Ihr lebt, um zu arbeiten. Wir arbeiten auch, aber wir arbeiten, um zu leben. Und nicht umgekehrt. Und dann diese Perfektion! Warum eigentlich? Es geht doch auch, wenn ein Streifen auf der Fensterscheibe ist. Den macht man dann halt beim nächsten Mal weg."

Hertha musste in der Erinnerung lachen. Felicitas sah sie fragend an.

"Ich dachte gerade an den Spruch, dass wir Deutschen leben, um zu arbeiten und dass man die Fenster nun wirklich nicht jede Woche putzen müsse."

Hans Gutmooser guckte ein bißchen verdutzt. Hertha klärte ihn auf und er meinte: "Meine liebe Felicitas, wenn Sie es allein mit diesem Spruch geschafft haben, aus meiner Frau einen Menschen zu machen, der nicht mehr lebt, um zu putzen, setze ich Ihnen ein Denkmal."

Ricardo grinste in sich hinein. Alles in allem hatte der Urlaub genau das gebracht, was er sich vorgestellt hatte. Monika und er waren sich näher gekommen und er war sicher, dass sie seine Pläne uneingeschränkt teilte. Sie sprachen öfter davon, dass Ricardo sich in Deutschland selbständig machen wollte und Monika nickte dazu. Er hatte sie auch einmal gefragt, warum sie so spröde sei. Aber da war sie rot geworden und hatte gemeint: "Ich weiß auch nicht. Aber einer meiner früheren Lehrer hat mal zu mir gesagt, ich sei eine eisgekühlte Sirene."

"Und", hatte Ricardo gefragt, "bist du eine?"

"Nee", meinte Monika, "ich hatte bloß panische Angst vor meiner Mutter. Die hatte mir damals das Gefühl gegeben, wenn ich einem Jungen die Hand geben würde, bekäme ich schon ein Kind. Und da ich nicht wusste, wie's geht ..."

An dieser Stelle brach dann Ricardo das Gespräch ab. Er war Monikas Freizügigkeit nicht gewohnt und das war auch immer wieder ein Punkt, an dem sie sich ein bisschen in die Haare bekamen. Ricardo stieß sich beispielsweise an dem neuen Saint-Tropez-Anzug, den Monika heiß und innig liebte. Sie hatte sich gleich zwei davon gekauft. Einen in himmelblau und den anderen in gelb. "Was hast du?", meinte sie. "Ich bin quitschbraun und da sehen beide Farben toll aus."

"Gegen die Farbe hab' ich ja nichts. Aber die Hose geht bloß bis zu den Hüften und das Oberteil hört unter dem Busen auf. Es gehört sich einfach nicht, sich so zur Schau zu stellen." Verdrießlich sah Ricardo sie an und Monika hatte ihn ausgelacht. "Ricardo", lachte sie, "stell dich nicht so an. Was siehst du? Ein Stückchen von der Magenpartie und das Ende der Taille. Also was soll das Geschrei. Guck' mal hier am Strand entlang. Wenn man von den Frauen der umliegenden Dörfer mal absieht, die paar Gäste, die hier sind, laufen teilweise noch ganz anders rum. Im Bikini sieht man mehr und dagegen hattest du nichts. Also?"

"Den Bikini trägt man nur am Strand – diesen Fetzen willst du aber auf der Straße anziehen."

Ricardo konnte sich nicht beruhigen und langsam wurde auch Monika wütend. In ihr machte sich der Gedanke breit, dass sie möglicherweise mit solchen Maßregelungen öfter zu rechnen hätte. Der Gedanke behagte ihr gar nicht. Wolfgang, der aus sicherer Entfernung die Debatte mitbekommen hatte, machte sich ebenfalls so seine Gedanken. Ricardo war inzwischen auch sein Freund, aber Monika war seine Schwester. Sie stritten sich zwar oft, doch das änderte nichts daran, dass er sie liebte und für sie durchs Feuer ging. Er machte eine Kehrtwendung und kam auf die beiden zu.

"He, kloppt Ihr Euch schon wieder?"

"Kloppen nicht gerade", räumte Monika ein, "aber ich darf mal wieder nicht das anziehen, was ich gern möchte."

"Wieso?" Wolfgang tat ganz erstaunt. "Um was geht's denn?"

"Um meine Saint-Tropez-Anzüge."

"Was ist daran auszusetzen? Sie kleiden dich super, so man das von der eigenen Schwester sagen darf und ich könnte mir vorstellen, dass du zu Hause damit absolut Eindruck schinden wirst. Hier kannst du sie natürlich nur am Strand anziehen. Im Dorf würde man dich vermutlich in der Luft zerreißen. Aber in Deutschland, denke ich, werden die Dinger ganz bestimmt im nächsten Jahr ganz große Mode sein. Also, warum zankt Ihr Euch dann?"

Angesichts Wolfgangs diplomatischen Schachzuges blieben Monika weitere Entgegnungen im Hals stecken und Ricardo fühlte sich regelrecht ausgebootet.

"Du mußt sie natürlich in Schutz nehmen, wie?" Sauer guckte Ricardo seinen Freund an.

Wolfgang grinste. Er hatte das Problem schon verstanden. Letztendlich ging es nicht nur darum, dass seine Schwester etwas anzog, was Ricardos Argwohn hervorrief. Er war auch eifersüchtig. Und, das war in Wolfgangs Augen ein viel größeres Problem – er fühlte sich unsicher. Ricardo hatte sich schon vor ein paar Jahren in Monika verliebt, aber den Mut, ihr das zu sagen, hatte er erst in diesem Urlaub gehabt und jetzt überfiel ihn immer wieder die Angst, dass er als Ausländer doch wieder den Kürzeren ziehen würde. Wenn sie erst wieder in Deutschland waren, war *er* der Ausländer und wie würde es dann aussehen? Monika war ausgesprochen hübsch und die Anderen waren auch nicht blind.

Einige Stunden nach der Abfahrt verschlechterte sich das Wetter zusehens. Mit Gewitter angekommen … und mit ebenso miesem Wetter wieder abgefahren.
Ricardo saß noch immer hinter dem Steuer und fuhr mit gleichmäßigem Tempo. Hans Gutmooser saß vorne, Wolfgang, Monika und Mutter hinten. Es war wieder einmal enger als eng und insgeheime fluchte Hertha. Bloß, weil Ricardo unbedingt *sein Auto* in Italien vorstellen wollte, mussten sie sich hier herumquetschen. Gott sei Dank, so tröstete sie sich, würden sie hinter dem Brenner eine Pause und Fahrerwechsel machen. Die Brennerstraße war auch noch eine Katastrophe für sich. Wenn man dann noch einen Tankwagen vor sich hatte, war man aufgeschmissen. Das war auf der Hinfahrt passiert. Es war stockdunkel und auf diesem Stück saß Wolfgang am Steuer. Vor sich hatten sie einen riesigen Tankwagen, der nicht zu überholen war. Wolfgang fuhr in angemessenem Abstand hinter ihm, als der Fahrer des Tankzuges plötzlich den Blinker nach rechts setzte. Wolfgang, in Unkenntnis der Strecke, tat es ihm gleich. Das Fahrzeug vor ihm verringerte die Geschwindigkeit und auch Wolfgang nahm den Fuß vom Gas. Schnell fahren konnte man auf dieser Strecke allemal nicht.

Loch an Loch und hält doch, hatte er zum Zustand der Straße sarkastisch bemerkt. Das ist eine Straße für Leute, die Hämorrhoiden haben. Monika grinste; sie kannte die Sprüche ihres Bruders. Als dann der Tankwagen vor ihnen bremste, wunderte Wolfgang sich nicht schlecht. Ihm blieb nichts weiter übrig, als auch stehen zu bleiben. Nach wenigen Minuten kam dann der Fahrer, ein Holländer, zu ihnen und fragte, was sie denn eigentlich hier wollten. Ricardo, inzwischen aufgewacht, wußte überhaupt nicht, wo sie sich befanden und die Anderen guckten dumm.

"Ja, Sie haben gebremst", meinte Wolfgang, "und da blieb mir wohl nichts anderes übrig, als das auch zu tun."

Der Fahrer lachte lauthals los. "Sie wissen anscheinend nicht, wo Sie sind, wie?"

"Naja, auf der Brennerstraße", antwortete Wolfgang.

"Das ist im Prinzip richtig, bloß, als ich rechts abgebogen bin, hätten sie weiter geradeaus fahren müssen"; lachte der Fahrer immer noch. "Sie sind hier im Tankwagendepot einer Mineralölfirma gelandet. Wir werden hier auf einer Drehscheibe in unsere Wagenboxen verfrachtet, übernachten, was von der Nacht noch übrig ist und fahren am nächsten Tag weiter. Sie haben jetzt ein Problem, hier wieder rauszukommen. Dadurch, dass wir in Fahrtrichtung gedreht werden, haben wir mit dieser Straße keine Schwierigkeiten; aber sie können hier nicht drehen. Auch nicht mit einem PKW. Es ist einfach zu schmal. Sie müssen ungefähr eineinhalb Kilometer rückwärts wieder raus."

Ricardo gähnte ausgiebig. "... können nicht drehen? Wieso?"

"Ach ja, zu schmal", gab er sich selbst die Antwort. Dann musste auch er lachen. Sich zu Hertha drehend meinte er: "Und wer von uns holt sich jetzt ein steifes Genick? Eineinhalb Kilometer sind 'ne Latte Zeug. Und das auch noch im Dunkeln."

Trotzdem meinte er in einem Atemzug: "Kommt, aussteigen, Fahrerwechsel. Ich bin einigermaßen ausgeruht und werde das auf mich nehmen. Die italienische Sonne heilt auch einen ramponierten Nacken."

An diese Episode der Hinfahrt musste Hertha denken, während sie im Schneckentempo bergauf krochen. Irgendwann nickte aber sie ein und wurde in Bozen wieder wach, weil Ricardo bremste. Er stieg aus und reckte sich ausgiebig. Die Anderen kletterten nach und nach aus dem Auto und vertraten sich ein wenig die Beine. Ricardo nahm Monika beiseite und sagte: "Soll ich dir mal meine erste Erinnerung an Bozen schildern?"
Hans Gutmooser, der die Worte mitbekommen hatte, meinte: "Da gehöre ich aber auch dazu, oder?"
Nachdem Ricardo sein *Stazione di Bolzano – Bozen, Hauptbahnhof* erzählt hatte, kringelte Monika sich vor Lachen. Zu ihrem Vater meinte sie: "Da machst du aber keine besonders gute Figur, wie? Wenn ich mir überlege, dass das der Anfang einer wirklichen Freundschaft, und auch noch mit einem solchen Altersunterschied war, kann man das kaum begreifen.

***

Samstagvormittag

Schüttler konzentrierte sich auf's Fahren und bemerkte erst kurz vor der Wohnung, dass Sonja tief und fest schlief. Er sah sie an und stellte fest, dass sie völlig erschöpft sein musste. Selbst im Schlaf waren ihre Züge verkrampft und neben ihren Nasenflügeln hatten sich tiefe Falten gebildet. Helmut überlegte, dass er eigentlich noch mit ihr zum Krankenhaus müßte. Aber da die Hand noch keine vierundzwanzig Stunden zuvor verarztet wurde, würde man sowieso nichts daran tun. Außer vielleicht den sorgfältigen

131

Verband bestaunen.

Er stieg aus, rastete die Autotür nur leicht ein, damit Sonja nicht aufwachte und schnappte sich sein Handy. Im Krankenhaus landete er, trotz Durchwahl, erst einmal in der Zentrale. Es dauerte eine Weile, bis er die Ambulanz an der Strippe hatte. Der diensthabende Arzt bestätigte ihm, dass nach erst einem Tag wirklich nichts gemacht würde und außerdem stünde im Moment eh alles Kopf. Irgendwo, zwischen Köln und Düsseldorf, auf der Autobahn 3, hatte mal wieder eine Demo stattgefunden, in deren Verlauf ein Kurde auf besondere Weise auf sich aufmerksam machen wollte. Er hatte sich mit Benzin übergossen und angezündet.

Vollidiot, dachte Helmut, davon lösen sich Probleme auch nicht. Dabei bemerkte er nicht einmal, dass er auf dem Wege war, eine kleine Menge von Sonjas Gedankengut zu übernehmen. Das war es schließlich, was sie immer predigte.

"Bloß rummeckern und demonstrieren", sagte sie immer. "Davon wird nichts besser. Tun, zum Teufel, muss man was." Ironisch dachte Helmut, "durchs wilde Kurdistan auf bundesdeutschen Autobahnen!"

Das hat uns noch gefehlt. Aber hier macht ja sowieso jeder, was er will. Das sollten wir uns mal im Ausland, ganz egal wo, einfallen lassen. So schnell, wie wir entweder hinter schwedischen Gardinen sitzen, oder, was noch wahrscheinlicher ist, abgeschoben werden, könnten wir gar nicht gucken. Bloß hier darf jeder Affe tun was er will. Und wenn man dann mal was sagt, gucken sich alle schon ängstlich um, ob auch kein Nachbar was gehört hat. Das könnte man nämlich als fremdenfeindlich, rassistisch oder was auch immer, ansehen. Diese Arschgeigen, dachte Helmut wütend und sah gleichzeitig etwas ratlos auf die schlafende Sonja.

Nun, Herr Schüttler, jetzt ist dein Organisationstalent gefragt, knurrte er für sich und langte erst einmal zu Sonjas Handtasche. Er holte den Schlüssel heraus und stellte die Tasche in den Fußraum des Beifahrersitzes. Den Knopf an der Tür drückte er noch herunter, so dass Sonja auf ihrer Seite gesichert war. Warum er das tat, wußte er selbst nicht genau. Er wollte sie wohl ganz einfach schützen.

Dann ging er, die Haustür aufzuschließen. An Sonjas Wohnungstür stutzte er kurz. Er war überzeugt, den Schlüssel beim Weggehen zweimal umgedreht zu haben; aber das Schloß war bloß eingerastet. Seltsam, dachte Helmut, aber vielleicht war Melanie noch einmal da. Sie hatte auch einen Schlüssel. Während er durch die Diele ging, bemerkte er einen eigenartigen Geruch in der Wohnung, der den Duft von Sonjas Parfüm leicht überlagerte. Helmuts Gespür signalisierte ihm in irgendeiner Form Gefahr, ohne dass er hätte definieren können, was ihn beunruhigte.

Die Küchentür stand offen und ein Blick hinein überzeugte ihn davon, dass dort nichts Außergewöhnliches zu sehen war. Das Schlafzimmer war auch okay. Im Wohnzimmer nahm er diesen Geruch verstärkt wahr und zudem blähte sich die Gardine im Wind. Kopfschüttelnd dachte Helmut, dass es ein Glück gewesen sei, dass es nicht regnete. Keiner hatte offensichtlich daran gedacht, das Fenster zu schließen. Es stand auf Kippe, was sowieso gefährlich war und zum Einsteigen einlud. Danach ging er ins Bad und stand dann ratlos in der Wohnung. Seine Alarmantennen standen unter Hochspannung, aber in der Wohnung war nichts zu sehen. Trotzdem wußte er instinktiv, dass etwas nicht in Ordnung war. Bloß was und, vor allem, wo? Immerhin war er erst zum zweiten Mal in diesen Räumen und kannte sich im Grunde nicht aus. Für ihn war augenscheinlich alles in Ordnung, vielleicht würde Sonja sofort wissen, was hier nicht stimmte. Aber die schlief den Schlaf des Gerechten und er wollte sie auch noch nicht wecken. Das bisschen Schlaf hatte sie dringend nötig.

Helmut zog sein Portemonnaie aus der Tasche und stellte fest, dass es gerade noch für zwei Pizzen und eine Flasche Wein reichte.

Also zurück zum Auto.

Sonja schlief noch immer. Vorsichtig drückte Helmut die Fahrertür so zu, dass sie eingerastet war. Die Pizzeria war nur ein paar Minuten zu Fuß um die Ecke. Schüttler ging los und holte für jeden eine Pizza und – sinnigerweise an der Tankstelle – noch eine Flasche Rotwein. Als er nach knapp zwanzig Minuten zurückkam, war Sonja aufgewacht und stand neben dem Wagen.

"Kannst du mir mal sagen, warum du mich hier mutterseelenallein sitzen läßt", murrte sie und gähnte ausgiebig.

"Jawohl meine Liebe. Du hast so fest geschlafen, dass ich dich einfach nicht wecken wollte. Außerdem sahst du dermaßen k.o. aus, dass ich dachte, ich besorge zunächst etwas Essbares, füttere dich ab und dann sehen wir weiter."

"Musste ich nicht auch heute noch ins Krankenhaus?"

"Nee, hab' ich abgeblockt", schüttelte Helmut den Kopf. "Die hätten sowieso nichts gemacht. Ich habe angerufen und abgeklärt, dass du nur zum Hausarzt musst. Statt Krankenhaus also Bomann, okay?"

"Außerdem", erzählte Helmut weiter, "die hätten dich heute ohnehin zurückgestellt."

Helmut berichtete, was er über die Zustände im Krankenhaus, die durch die Kurdendemonstration hervorgerufen worden war, erfahren hatte und ließ sich ausführlich darüber aus.

Gleichzeitig hatte er mit einer Hand das Auto abgeschlossen, nicht ohne vorher Sonjas Tasche und das Jackett herauszuholen. Letzteres hängte er Sonja um. Dann bot er ihr den Arm und sie steuerten auf die Haustür zu.

Vor der Flurtür schnupperte Sonja. "Was riecht denn hier so komisch?"

"Keine Ahnung. Ich bin vorhin schon einmal, während du geschlafen hast, kurz in der Wohnung gewesen und wollte sehen, ob ich irgend etwas tun kann. Bei der Gelegenheit ist mir etwas aufgefallen. Kannst du dich erinnern, dass wir die Flurtür abgeschlossen hatten ...?"

"Zweimal sogar", fiel ihm Sonja ins Wort, "meine ich jedenfalls."

"Hm, meine ich auch. Aber das Schloß war bloß eingerastet. Mir kam das komisch vor, aber in der Wohnung war nichts zu sehen. Außer, dass du oder vielleicht auch Melanie, vergessen hast, das Fenster im Schlafzimmer zuzumachen."

"Hab' ich nicht vergessen, das weiß ich ganz genau!"

Sonja wurde noch ein bisschen blasser, falls das in ihrem Zustand überhaupt möglich war.

Helmut sah nachdenklich vor sich hin. "Also war doch jemand in der Wohnung. Aber, jetzt ist die Frage wer und, noch wichtiger, warum?"

"Ich weiß nicht. Laß uns erstmal reingehen."

Damit drehte Sonja den Schlüssel um und betrat die Wohnung. Der Geruch war undefinierbar, aber ätzend und sie hielt sich die Nase zu. Was zum Teufel konnte das sein?

Helmut ging zielstrebig in Richtung Wohnzimmerfenster und riß die Gardine zur Seite. Fenster auf! Und dann sah er die Bescherung. In der Ecke unter dem Fenster lag ein braunes Paket, was erbärmlich stank. Beiden standen nun davor und wußten nicht recht, was tun.

"Was passiert, wenn wir das anfassen?", fragte Sonja. "Nicht, dass da eine Bombe drin ist."

"Soweit ich weiß, stinken Bomben nicht. Das heißt, wenn sie explodiert sind, schon. Aber vorher ... ich weiß nicht recht?"

Sonja hatte schon nicht mehr zugehört und ging zielstrebig in Richtung Diele ans Telefon. Sie wuselte mit der linken Hand am Schränkchen herum und förderte das örtliche Telefonbuch zutage. Mit dem Ellbogen aufgestützt blätterte sie nach der Nummer der Polizeidienststelle. Helmut kam hinzu. "Was möchtest du denn?", fragte er.

"Ganz einfach; ich werde jetzt die Polizei anrufen, aber nicht über die Notrufnummer. Ich denke, das muß ja nicht unbedingt sein."

Die Beamten waren recht freundlich, und nachdem Sonja den Sachverhalt geschildert hatte, versprachen sie, gleich eine Streife und vorsichtshalber einen Feuerwehrwagen zu schicken.
In der Zwischenzeit, so wurde sie angewiesen, sollten sie auf alle Fälle das Fenster geöffnet lassen, selbst aber vor das Haus gehen. Man könne nie wissen. Auf die Frage, ob sich noch weitere Personen im Hause befänden, konnte Sonja ruhigen Gewissens mit nein antworten. In diesem Haus waren alle noch berufstätig und dass sie daheim war, hatte sie schließlich einem nicht ganz glücklichen Umstand zu verdanken.
Ungefähr zehn Minuten später war die Streife Vorort. Und wer stieg aus? Wachtmeister Schnell. Sonja guckte ihn an und lachte: "Wir treffen uns jetzt wohl auch öfter, wie?"
"Ach ja, stimmt, unser erstes Zusammentreffen ist ja noch gar nicht so lange her. Um was geht's denn diesmal?"
Kurze Berichterstattung und skeptischer Blick seitens der Streifenwagenbesatzung. "Vielleicht sollten wir warten, bis die Feuerwehr auch noch hier ist? Wer weiß, was das ist?"
Die kamen im gleichen Moment mit Getöse um die Ecke.
"So, erst mal alles aus der Schusslinie!"
Die Beamten, mit Atemschutz und anderen Geräten ausgerüstet, machten sich auf den Weg in Sonjas Wohnung. Einige Minuten später hörte man aus dem Wohnzimmer schallendes Gelächter...
Wachtmeister Schnell rannte hinterher und fand die Beamten in der besagten Ecke; das fragliche, stinkende Päckchen geöffnet vor sich liegen. Es war schlicht und einfach ein Scheißhaufen!
Sonja, die dazu geholt wurde, sah konsterniert auf dieses ekelerregende Paket und brachte nur mühsam heraus: "Wer, in drei Teufels Namen, tut denn so etwas?"

"Ich dachte, das könnten Sie uns vielleicht sagen", meinte der Feuerwehrbeamte.

"Bestimmt nicht", knurrte Sonja mit hochrotem Kopf. "Ich pflege keine Exkremente in Packpapier zu wickeln und im Wohnzimmer zu deponieren."

Helmut legte ihr die Hand auf die Schulter. Er kannte mittlerweile Sonjas Temperament und dachte, dass bestimmt noch was nachkäme. Aber diesmal kam nichts. Der Feuerwehrmann tat das vernünftigste, was man damit machen konnte. Er versenkte das Paket dort, wo es hingehörte. In die Toilette.

Sonja stand gedankenverloren im Zimmer. Wer konnte das gewesen sein, und, was hatte es zu bedeuten?

Wachtmeister Schnell meinte nur: "Jetzt ist wohl das nächste Protokoll fällig. Aber Gott sei Dank nicht so etwas Gravierendes. A propos gravierend ! Wie geht es Ihnen überhaupt?"

Sonja hielt nur ihre Hand hoch. "Reicht das?"

"Sie armes Schwein."

"Das können Sie laut sagen."

Die Beamten sahen sich noch einmal um. Es schien soweit alles wieder in Ordnung. "Sie werden aber trotzdem noch einmal auf die Wache kommen müssen. Irgendwie müssen wir ja herausfinden, was hinter dieser Schweinerei steckt", meinte Schnell. "Es tut mir leid, aber das muß sein."

"Ich weiß. Reicht es morgen? Wenn ich ehrlich sein soll, habe ich jetzt nur noch einen Wunsch. Ich möchte duschen und dann schlafen. Endlich schlafen! Ich bin nämlich fix und foxi."

*

Sonja reckte sich ausgiebig und überlegte, dass sie, mangels Beweglichkeit, nicht geduscht hatte. Sie hatte ihr Vorhaben doch noch um einen Tag, besser um eine Nacht, verschoben. Die Katzenwäsche am Becken war nicht nur unangenehm, sie fühlte sich auch schmuddelig. Aber wie sollte sie das bewerkstelligen? Sie war froh, dass sie sich einigermaßen angezogen bekam und das war mit einem Haufen Schwierigkeiten verbunden. Auch jetzt legte sie sich wieder Sachen zurecht, die weder Knöpfe noch Reißverschlüsse hatten, da sie mit der linken Hand einfach zu ungeschickt war. Und, das gab sie sich selber zu, sie genierte sich, Hilfe von Helmut anzunehmen. Melanie hatte ihr heute früh noch zur Seite gestanden, aber jetzt musste sie sich selber helfen.

Während sie überlegte, klingelte das Telefon.

"Hanser."

"Schüttler. Sonja, ich habe heute nur kurz Dienst, aber was hältst du davon, wenn ich anschließend komme und wir unternehmen gemeinsam etwas? Wäre dir das recht?"

Einerseits freute Sonja sich, denn Helmut war wirklich eine große Hilfe. Auf der anderen Seite wäre sie auch gern einmal allein geblieben. Außerdem musste sie, egal wie, endlich duschen.

"Das ist lieb, Helmut, aber ich muss dir ganz ehrlich sagen, ich brauche mal eine gewisse Zeit für mich. Lach mich nicht aus – aber ich möchte endlich mal duschen und im Augenblick ist bei mir doch alles mit Problemen verbunden."

Helmut lachte. "Wo ist denn da ein Problem? Du wartest bis ich komme und ich helfe dir." Sonja wurde am Telefon rot. "Helmut", druckste sie herum, "das ist sicher nett gemeint, aber ..."

"Du vergißt, meine Liebe, dass ich Sanitäter und Krankenpfleger bin. Meinst du nicht, dass mir ein weiblicher Körper durchaus bekannt ist? Und anatomisch bildest du da sicherlich keine Ausnahme."

Sonja schluckte. Das war völlig richtig, trotzdem widerstrebte ihr der Gedanke, sich vor einem fremden Mann zu entkleiden.

"Weißt du Helmut, das ist mir alles klar. Sei mir bitte nicht böse, ich gehöre einfach noch zu der Generation, die solche Freizügigkeit nicht gewöhnt ist. Ich habe auch niemals meine Eltern unbekleidet gesehen. Aber ich weiß auch, fügte sie hastig hinzu, dass Euch ehemaligen DDR-Bürgern das überhaupt nichts ausmacht. Irgendwie habt Ihr dazu schon immer eine andere Einstellung gehabt. Ich kann mich erinnern, dass ich in den vergangenen Jahren mal an einem ganz normalen Textilstrand in Urlaub war, wo auch Besucher der neuen Bundesländer dort waren. Die hatten mit der Tatsache, dass es sich um einen Textilstrand handelte, überhaupt nichts am Hut und entledigten sich munter ihrer Badeanzüge oder -hosen. Drumherum hat sich alles tierisch aufgeregt und es gab im Handumdrehen den größten Krach."

"Du fällst mal wieder ein Pauschalurteil, liebste Sonja", knurrte Helmut. "Kannst du dir das, verdammt nochmal, nicht endlich abgewöhnen. Glaubst du wirklich, ich fände es sehr erhebend, wenn sich am Strand eine sechzigjährige Mama mit neunzig Kilo Lebendgewicht splitternackt darbietet? Wohl kaum."

Sonja holte tief Luft und dann kam es aber auch schon. "Aha! Aber einen sechzigjährigen Opa würdest du akzeptieren, wie? Ihr Männer seid doch alle gleich. Eine ältere Frau, die ein bißchen aus dem Leim gegangen ist, ist fett, aber ein ebenso alter, fetter Mann, der ist *gestanden*! Die sogenannte Gleichberechtigung steht wirklich bloß auf dem Papier!"

"Was, zum Teufel, hat denn das wieder damit zu tun? Ich glaube", fuhr Helmut fort, "Du hast einen Komplex. Aber einen ausgewachsenen!"

Sonja war geneigt, den Hörer einfach draufzuknallen, aber Helmut sprach bereits weiter. "So, mein Herzchen, darüber werden wir uns aber nicht jetzt streiten. Das heben wir uns für später auf. Ich gehe immer noch davon aus, dass diese Art von Angriffen nicht auf mich persönlich gemünzt sind. Denn ich habe dir, auch in dieser Richtung, nichts getan und dir zu Beschimpfungen dieser Güte keine Veranlassung gegeben. Also halte dich an gewisse

Spielregeln. So, und jetzt ist Schluss mit dem Blödsinn. Wir haben andere Sorgen. Ich komme nach dem Dienst vorbei. du suchst inzwischen das größte Duschtuch, was du finden kannst und wenn ich da bin, marschierst du unter die Dusche. Anschließend machen wir es wie im Film. Ich halte dir das Tuch großflächig aufgespannt hin und du wickelst dich darin ein. Damit dürfte zunächst einmal das vorhandene technische Problem gelöst und gleichzeitig deinem Schamgefühl Genüge getan sein. Den Rest vertagen wir auf später und ich garantiere dir, wir werden uns einig. Und wenn vorher die Fetzen fliegen!"

Helmut war nicht schlecht wütend, hatte aber ganz richtig erkannt, dass Sonjas Verhalten anscheinend auf eine total verkorkste Erziehung zurückzuführen sei. Er war nicht bereit, weiterhin mit pauschalen Anschuldigungen, die jeder Grundlage entbehrten, zu leben und fügte zum Abschluß noch hinzu: "Auf diese Weise kann freilich nicht zusammenwachsen, was zusammen gehört. Bis später also. Um kurz nach vier bin ich da!"

Helmut legte auf und Sonja war stocksauer. Sie liebte es absolut nicht, wenn ihr das Heft aus der Hand genommen wurde und das war diesmal der Fall. Innerlich spuckte sie Gift und Galle. Dem werde ich es heimzahlen, wütete sie. Was fällt dem eigentlich ein. Dieser aufgeblasene Lackaffe. Und dann liefen die Tränen. Sie setzte sich neben das Telefon auf den Boden und heulte ein paar Strophen. Taschentuch war, wie immer, nicht in greifbarer Nähe und sie schlurfte in die Küche, um sich ein Papiertuch zu holen.

Langsam beruhigte sie sich. Manchmal bin ich auch blöd, dachte sie. Er kann ja nun wirklich nicht dafür, dass ich so verkorkst bin. Womöglich hatte Helmut sich schon Gedanken gemacht, warum sie allein lebte. Er konnte nicht wissen, dass das einfach der Tatsache entsprang, dass sie sich genierte. Ihr früherer Mann kannte ihren Körper, aber jetzt war sie keine zwanzig mehr. Da gibt es doch ein paar Speckröllchen und, was noch schlimmer war, die Haut an der

Innenseite der Oberschenkel begann faltig zu werden. Sonst hatte sie mit der Tatsache, inzwischen auf die fünfzig zu gehen, kein Problem. Aber die Veränderung ihres Körpers, die sie nun einmal nicht aufhalten konnte, ließ sich nicht verheimlichen. Sonja gab sich einen Ruck; sie hatte das Gefühl, dass sie sich gewaltig hatte gehenlassen und dachte, dass alles in den letzten Tagen ein bisschen zuviel gewesen sei. Sie wollte sich bei Helmut entschuldigen. Denn, im Grunde genommen hatte sie sich in dieser kurzen Zeit sehr an ihn gewöhnt. Er war einfach immer da, wenn sie ihn brauchte und fragte nicht, ob irgend etwas viel oder wenig Arbeit machte. Und dann hatte er ihr noch den Vorschlag gemacht, für sie mit zu kochen und jetzt hatte sie das Gefühl, undankbar zu sein. Sie seufzte und begann, ein großes Duschtuch hervorzukramen. Wider Willen musste sie lachen. Er hatte wirklich recht; sie war ein Kamel. Wenn sie beim Arzt war, musste sie sich auch ausziehen. Zu Melanie hatte sie einmal gesagt: es gibt zwei Ärzte, vor denen man sich – falls weiblichen Geschlechts – in einer äußerst unattraktiven Haltung befindet. Einer davon ist der Zahnarzt.
Und Helmut war weder Zahnartzt noch Gynäkologe. Er wollte ihr ganz einfach helfen.
Langsam wurde sie wieder normal und fing sogar an, sich darauf zu freuen.

Sonja guckte aus dem Fenster und stellte fest, dass sich am Himmel Schäfchenwolken bildeten und dachte an den Spruch, den sie als Kind immer zu hören bekam: jedes Schöp'sche jibb 'e Dröppche. (Für Nichtrheinländer: jedes Schäfchen gibt ein Tröpfchen. Aber das reimt sich nicht).
Mißtrauisch betrachtete sie die Wolkenbildung und hoffte, dass das diesmal nicht zutraf. Sonja überlegte inzwischen, ob sie nicht gemeinsam nach Solingen fahren sollten, um Schloß Burg zu besuchen. Helmut kannte diese Gegend nicht und würde sich freuen,

mit ihr ein bisschen spazieren zu gehen. Wandern würde sie wohl kaum können. Denn das nächste technische Problem wäre dann, die Wanderschuhe schnüren zu müssen. Das würde Helmut mit Sicherheit auch machen, aber sie konnte nun mal nicht laufen, wenn ein Anderer ihr die Schuhe band. Damit hatte sie als Kind schon Probleme.

Also war Spazierengehen genau richtig. Da reichten normale Slipper. Außerdem, so hatte sie Helmut irgendwann zwischendurch erzählt, seien fast immer Ausstellungen dort, die das Ansehen durchaus wert seien.

Langsam kam sie zur Ruhe, sah auf die Uhr und stellte fest, dass sie noch etliche Stunden Zeit hatte. Es war gerade mal Mittag vorbei. Bis Helmut auf der Matte stand, würden noch etwas über drei Stunden vergehen.

Sonja ging ins Wohnzimmer und schaltete, ganz gegen ihre sonstigen Gewohnheiten, den Fernseher ein. Sie war seit ein paar Monaten verkabelt und hatte zu Melanie bärbeißig gesagt: jetzt haben wir wenigstens auf zweiunddreißig Programmen ergreifend nichts. So auch heute. Sie zappte einmal alles durch und machte die Kiste wieder aus. Talkshows, in denen die utopischsten Themen schöngeredet wurden, waren nichts für sie. Darüber hatte es schon heiße Diskussionen gegeben. Sonja haßte diese Art von Unterhaltung, in denen die geladenen Gäste ihr Innenleben vor der Kamera ausbreiteten. Sie bezeichnete das als eine gewisse Art von Exhibitionismus, ganz besonders von Leuten, die in ihren Augen weiß Gott nichts zu kamellen hätten. Außerdem störte es sie, dass es überwiegend um Themen mehr oder minder sexuellen Inhaltes ging.

Melanie meinte damals, Sex sei doch etwas völlig normales.

"Eben", hatte Sonja geantwortet, "und warum redet man dann dauernd darüber? Wenn etwas natürlich ist, braucht es doch eigentlich nicht erwähnt zu werden. Tatsache ist doch eher, dass in dieser

Beziehung mit Oswald Kolle den Männern die Vorherrschaft auf dem Gebiet streitig gemacht wurde. Sie haben in meinen Augen bis heute nicht verkraftet, dass jetzt auch die Frauen sagen: danke, nein – ich will nicht. Und außerdem: was hinter verschlossenen Türen passiert, ist jedermanns eigene Sache. Da sollte es kein Tabu geben. Aber diese grundsätzliche Enttabuisierung auf allen Gebieten und in der Öffentlichkeit ist widerlich und primitiv."
Melanie hatte nach diesem Satz von Sonja ein bißchen nachdenklich ausgesehen und festgestellt, dass da wirklich etwas dran war.

Sonja drückte den Knopf am Radio und ließ sich ein wenig von Musik berieseln. Es kam gerade etwas Russisches, das sie besonders liebte. Außerdem paßte es hervorragend in ihre Stimmung. Sie verdrückte noch ein paar Tränchen, rief sich dann aber zur Ordnung und nahm ein Staubtuch zur Hand. Ein bißchen würde sie ja mit der linken Hand schaffen. Das Waschbecken im Bad hatte es auch nötig, aber das ging nun nicht. Hoffentlich dachte Helmut daran, seine Schwägerin zu fragen, ob sie ihr für die kommenden Wochen ein wenig zur Hand gehen könnte. Sie hatte schon mal bei der Nachbarin gefragt, was man einer Putzfrau – ach nein, dachte Sonja amüsiert: das heißt ja Raumpflegerin – heute zahlen würde. Aber die wußte auch nichts Genaues. Sonja nahm sich vor, Luigi bei nächster Gelegenheit zu fragen. Sein Lokal musste täglich geputzt werden und seine Frau schaffte das nicht mehr allein.
Die Staubtuchaktion war nicht sonderlich erfolgreich, aber Sonja beließ es dabei. Sie setzte sich in einen Sessel und ließ die letzten beiden Tage Revue passieren. Es gab einfach noch eine Menge Ungereimtheiten und sie hoffte, dass sich alles aufklären würde.
Was hatte dieser Schlapphut wirklich gewollt?
Warum war er nach soviel Jahren plötzlich wieder aufgetaucht?
...und wo war der Andere? Die beiden waren früher nur im Duett aufgetreten.

Aber gut, dachte sie, inzwischen hat sich die Sachlage gravierend verändert. Es gibt keine Mauer mehr und somit keinen Staatssicherheitsdienst. Jedenfalls nicht in dieser Form. Aber was hatte er tatsächlich gewollt?

Fragen über Fragen; Sonja fand keine Antwort.

Sie nickte ein wenig ein, was für ihre Erschöpfung sprach und wurde erst durch die Türklingel wieder geweckt. Sie hatte Helmut sogar einen Schlüssel gegeben, aber den benutzte er nur, nachdem er vorher geklingelt hatte. Er hielt sich wirklich an alle Spiel- und Anstandsregeln und Sonja musste ein wenig lachen. Trotzdem sah er sofort die Tränenspuren auf ihrem Gesicht.

Helmut sah sie an und nahm sie einfach ganz leicht in den Arm. Er sagte nichts und das war auch gut so. Sonja biß sich auf die Lippen.

"Entschuldige, Helmut – ich glaube, das war vorhin wirklich nicht nötig. Es tut mir leid."

"Laß es gut sein. Ich möchte im Moment auch nicht in deinem Nervenkostüm stecken. Irgendwo kann ich dich ja verstehen. Bloß, du haust immer Sachen raus, die letztendlich mit dem eigentlichen Problem gar nichts zu tun haben."

"Leider hast du recht. Aber jetzt, Sonja schluckte schon wieder, hier ist das Riesentuch ...; ich geh' dann jetzt duschen."

"Stop! Gibt es Verschlüsse, die noch dran glauben müssen?"

Mit hochrotem Kopf, und den konnte Sonja nun doch nicht verhindern, antwortete sie: "Ja, meinen BH-Verschluß. Ich bin zuletzt immer von unten reingestiegen und das ist so verdammt umständlich."

Helmut versuchte ernst zu bleiben. Aber er schaffte es nicht. Er platzte los.

Sonja lachte mit: "Das kannst du dir wohl so richtig vorstellen, wie?"

Er nickte nur. "Komm her, du Unglückswurm." Er öffnete den

Verschluss und meinte dann: "Und jetzt hau endlich ab, damit du fertig wirst. Anschließend lassen wir uns was einfallen. Du musst hier raus."

"Ich hab' schon einfallen lassen", nuschelte Sonja, aber jetzt gehe ich wirklich duschen. Machst du uns inzwischen einen Kaffee?"
"Kaffee?", fragte Helmut. "Du trinkst doch sonst bloß Tee?" "Den du nicht magst. Und ich trinke eben auch mal Kaffee."
Helmut sah Sonja an und zum ersten Mal bemerkte sie, dass dieser Mann eine Menge mehr für sie empfand. Innerlich ein bißchen erschrocken, hörte sie Helmut leise sagen: "Wenn es sein muss, trink' ich auch Spülwasser."
Nachdenklich ging Sonja ins Bad. Wohin führte das? Sie war sich ganz und gar nicht sicher, wie sie zu Helmut stand.
Erst einmal ließ sie sich mit Wonne das heiße Wasser über den Körper rieseln. War das eine Wohltat! Haare waschen musste sie auch.
"Helmut", rief sie, "würdest du mir beim Haare waschen helfen?"
Er schluckte sein Erstaunen herunter. "Natürlich. Aber das machen wir am besten, wenn du wieder draußen bist. Ich habe Übung darin, mit Schüsseln zu hantieren."
"Du bist ein Schatz und, druckste sie ein wenig, mir wirklich nicht mehr böse?"
"Ganz sicher nicht. Aber nu' mach hin, sonst wird der Kaffee kalt."
"Kann nicht", grinste Sonja, "der läuft in 'ne Thermoskanne."
Das Eis war gebrochen und sie begannen zu lachen.
"Irgendwie", sagte Helmut, "haben wir beide einen Knacks. Jeder auf seine Weise und wir können nichts dafür. Wir sollten nur versuchen, mit dem ganzen Gedöne fertig zu werden. Helfen wird uns niemand. Da müssen wir allein durch. Oder, fügte er ganz leise hinzu, zu zweit. Dann geht es eventuell besser."

"Vielleicht, wenn wir uns ein bisschen abgeschliffen haben?"
"Möglich. Besser, wenn wir alle Probleme wirklich besprechen. Okay?"
"Okay. Aber nicht heute."
"Nein, du hast Recht – nicht heute!"

***

Ricardo 1975 - 1980

Ricardo war vor kurzem von der Frühschicht gekommen und fand Monika wartend vor seiner Tür.
"Was ist los?", fragte er völlig verdutzt. "Hat es Ärger gegeben?"
"Nein, ich wollte einfach mal bei dir vorbeikommen. Das sollte ich doch sicher dürfen?", meinte sie ein wenig vorwurfsvoll, lehnte sich nun gemütlich im Sessel zurück und zog die Beine an.
Ricardo verzog das Gesicht. "Du kannst immer und jeder Zeit kommen; das weißt du auch. Aber du weißt ebenfalls, dass ich mit dem Niveau dieser Behausung so meine Probleme habe. Die Ausstattung ist nicht gerade *gehoben*."
"Das ist mir doch egal."
Fast ein bißchen sarkastisch kam es von Ricardo. "Aber ich muss nun einmal jeden Pfennig sparen und da ist die Unterbringung in diesen sogenannten Junggesellenheimen immer noch die bezahlbarste Lösung."
"Schickst du immer noch soviel Geld nach Hause?" Monika sah ihn fragend an.
"Ich schicke zwar noch Geld", meinte Ricardo, aber nicht mehr so viel. Ich brauche es schließlich selbst. Wir haben ja schon öfter darüber gesprochen, dass ich mich selbstständig machen will. Dafür braucht man nun einmal Geld. Außerdem habe ich noch einen

Nebenjob gefunden, der nicht schlecht bezahlt wird. Allerdings kann ich den immer nur dann ausüben, wenn meine Schichtarbeit das zulässt. Aber das macht nichts. Bis jetzt komme ich mit ein paar Stunden Schlaf aus und, wenn alles gut geht, dann kann ich in zwei Jahren meinen Traum wahrmachen."

Ricardo hatte in den vergangenen Jahren sein Deutsch bis zur Perfektion verbessert und nur ein geübtes Ohr konnte den Italiener heraushören.

Monika war erstaunt. "Deshalb sieht man dich kaum noch. Wir haben schon gedacht, du hättest plötzlich was gegen uns. Papa wundert sich am meisten. Immerhin war er dein erster Freund und fühlt sich entsprechend vernachlässigt."

Ricardo grinste in sich hinein. Er kannte Hans Gutmooser und wusste, dass er ein ausgezeichneter Schauspieler war. Denn Gutmooser war es, der ihn auf die Idee gebracht hatte.

Zu Monika gewandt meinte er: "Sobald ich Zeit habe, komme ich wieder vorbei. Außerdem haben wir beide auch noch was zu bereden. Meinst du nicht auch?"

Monika nickte und lenkte das Gespräch schnell wieder auf Ricardos Gedanken, sich selbstständig machen zu wollen.

"Du willst also unbedingt ein Restaurant aufmachen?", fragte sie.

"Ristorante – Pizzeria!," verbesserte Ricardo sie ganz in Gedanken. "Ja, aber erst einmal muß ich mich jetzt fertig machen. Ich muss in die Stadt. Die Führungen fangen gleich an."

"Welche Führungen?"

"Stadtführungen". Ricardo schmunzelte. Monikas Gesicht sprach mal wieder Bände. Und dann kam es auch schon.

"Sag' mal, spinnst du jetzt komplett? Du bist Italiener. Wie willst du denn eine Führung durch Köln machen? Eine Stadt mit dieser Geschichte!"

"Sowas kann man lernen, liebste Monika. Sogar als Italiener."

Dies kam ein bißchen bissig und außerdem, fügte Ricardo hinzu:

"Wenn du mir nicht glaubst, warum kommst du nicht einfach mit und hörst es dir an?"

Monika fuhr aus dem Sessel hoch. "Dann muss ich aber daheim irgendwie Bescheid sagen."

"Tu das und beeile dich. Wir haben noch eine knappe Stunde Zeit. Start ist am Dom."

Monika flitzte nach Hause.

Keiner da, außer Wolfgang.

Umso besser, dachte sie, dann gibt es auch keine Fragen.

Schnell einen Zettel geschrieben, Jeans angezogen, in bequeme Schuhe geschlüpft und ab die Post.

Völlig außer Atem kam sie am Dom an.

"Himmel, Mädchen, du hast dich aber beeilt. Ich wusste gar nicht, dass auch Frauen pünktlich sein können."

Monika streckte ihm die Zunge raus – bäääh!

Ricardo lachte und legte den Arm und ihre Schulter.

"So", meinte er, "auf gehts."

Er nahm ein Handmikrophon.

"Meine Damen und Herren. Ich darf Sie zu unserem kleinen Stadtrundgang herzlich begrüßen. Mein Name ist Ricardo Boticelli und ich bin Italiener. Ihren Gesichtern kann ich teilweise ansehen, dass Sie jetzt denken: du lieber Himmel, auch das noch. Keine Angst; ich verspreche Ihnen, dass ich wirklich deutsch kann und auch ganz bestimmt weiß, was ich sage."

Die kleine Gruppe schmunzelte verhalten und Ricardo hatte die Sympathien auf seiner Seite. In die erwartungsvolle Stille hinein hörte man die leise Stimme eines jungen Mädchens:

„Teufel noch mal, der sieht aber gut aus."

„Pssst! Du fängst gleich eine."

Das war wohl eher der Kommentar von Mama.

Monika hatte diese Worte auch gehört und in ihr kroch Eifersucht hoch. Verdammt, das fehlte noch, dass Ricardo einen Nebenjob machte, bei dem ihm die Damenwelt zu Füßen lag. Und dem Kerl gefiel das offensichtlich auch noch.

Ricardo hatte Monikas Gesicht aus den Augenwinkeln beobachtet und befürchtete einen Ausbruch. Er drehte sich um, legte den Arm um ihre Schulter und sagte: *"Heute haben wir noch einen zweiten Führer dabei, vielmehr eine Führerin. Fräulein Monika Gutmooser. Sie wird Ihnen bei eventuellen Schwierigkeiten gern behilflich sein."*

Welcher Art diese Schwierigkeiten sein könnten, darüber ließ er sich vorsichtshalber gar nicht erst aus. Jedenfalls war die Situation zunächst einmal gerettet.

"So, meine Herrschaften, darf ich Sie bitten, mir zu folgen. Damit wir uns in der Menge nicht verlieren, achten Sie bitte auf dieses Zeichen: und hielt einen feuerroten Damenschirm in die Höhe.

"Woher hast du den denn?", fragte Monika ganz leise. "Das ist doch ein Damenschirm."

"Klar, aber den habe ich von der Sightseeing-Agentur bekommen. Die geben ihren Führern immer irgendwas, was auffällt."

"Ach so."

Die Truppe lief brav los und Monika war nach zwanzig Minuten völlig platt und restlos begeistert. Ricardo hatte offensichtlich die gesamte Kölner Geschichte auswendig gelernt. Als man am alten Brauhaus *Früh am Dom* landete, erzählte Ricardo gerade, was es mit der Bezeichnung *Köbes* – wie in Köln allgemein die Kellner genannt werden – auf sich hatte.

"Köbes ist, wie so mancher Ausdruck im Rheinischen, auf eine Nachlässigkeit in der Sprache zurückzuführen. Durch Köln ver-

läuft die alte Pilgerstraße, der Jakobsweg, nach Santiago la Compostella. Im Mittelalter mussten die Pilger sich unterwegs ihre Nahrung verdienen und verdingten sich häufig in Gasthäusern. Die Wirte, die sich jeden Abend einen anderen Namen hätten merken müssen, nannten die ständig wechselnden Kellner der Einfachheit halber Jakob, *wohl wegen des Jakobsweges, woraus durch die Nachlässigkeit des Kölner Dialektes dann der* Köbes *wurde.*

Und noch etwas gibt es, was man häufig als Ausdruck großen Erstaunens benutzt, ohne den eigentlichen Ursprung zu kennen. Wenn man zum Beispiel sagt, dass etwas "dem Faß den Boden ausschlägt".

Zustimmendes Gemurmel aus der Gruppe. "Stimmt, wenn man sich überlegt, dass uns ein Italiener all' diese Weisheiten vermittelt."

Ricardo lachte. *"Danke - das ist ein großes Kompliment für mich. Aber jetzt erzähle ich weiter, nicht wahr?!"*

"... also, auch das geht auf Begebenheiten aus dem Mittelalter zurück. Damals schon war der Ausschank von Alkohol begrenzt und auch nicht in allen Gasthäusern gestattet. Und, das Wichtigste war, dass die Sperrstunde, nämlich dreiundzwanzig Uhr, eingehalten wurde. Dafür sorgten die damaligen Steuerbeamten der Stadt....

"Die gab es wohl schon immer", kam eine Stimme aus dem Publikum, die mit dieser Bemerkung Gelächter auslöste.

"... die über den geschlossenen Schankhahn einen Kreidestrich zogen", fuhr Ricardo fort. *"Diese Kreide zerbröselte, wenn man den Hahn trotzdem noch betätigte. Ab und zu wurden Kontrollen durchgeführt, und wenn man einen Gastwirt fand, dessen Kreidestrich nicht mehr einwandfrei war, wurde er bestraft, in dem man seinem Bierfaß den Boden ausschlug. Daher, meine Damen und Herren, kommt dieser Ausspruch."*

"Das habe ich selber noch nicht gehört", meinte Monika. "Ich bin total gebügelt und restlos begeistert … was du alles weißt."

Die kleine Gruppe blieb noch einen Augenblick stehen und Ricardo meinte: "Wenn Sie alle anschließend noch Zeit und Lust haben, sollten Sie sich vielleicht die Gelegenheit, in Kölns ältestem Brauhaus ein frisches Bier vom Faß zu trinken, nicht entgehen lassen. Und, schmunzelte er, dazu *'nen halven Hahn* essen.

Monika lachte hellauf und die Gruppe guckte erstaunt. "Himmel", meinte da einer, "ich habe aber überhaupt keinen Appetit auf ein halbes Hähnchen."

Monika drehte sich zur Ricardo um. "Gehst du immer anschließend noch mit der Gruppe weg?"

"Nein, nur manchmal; normalerweise können die das allein."

"Weißt du was, heute mache ich das."

"Du bist ein Engel. Dann kann ich gleich die Nächsten übernehmen und brauche mit dieser Gruppe nicht erst noch zurück zu gehen. Und du kennst dich ja auch in der Geschichte aus; den Rest kannst du ihnen dann erzählen. Jetzt müssen wir sehen, dass wir weiterkommen."

"Haben Sie noch Lust, ein bißchen mehr zu hören?", fragte er in die Runde.

"Ja, Sie können so wunderbar erzählen, dass ich Ihnen stundenlang zuhören könnte."

Diese Bemerkung kam von einem älteren Herrn und einige Andere aus der Gruppe schlossen sich an. Ricardo wurde zwischendurch mit Fragen persönlicher Art bombardiert, die er mit Eleganz beantwortete.

"So", meinte er nach ein paar Minuten, "jetzt gehen wir noch zur *Salzgasse, zum Butter- und zum Waidmarkt. Salzgasse und Buttermarkt – diese Bezeichnungen sagen ganz klar aus, was sie einmal waren. Aber was,* wandte er sich an eine Dame, *stellen Sie sich beispielsweise unter dem* Waidmarkt *vor?"*

"Ja, nun, dass da zum Beispiel die Jäger ihr Wild verkauften", kam es prompt.

"Nicht schlecht, das würde sicherlich auch passen. Aber der Waidmarkt war, ebenfalls im Mittelalter, der Markt für Textilien."

???

"Sie wissen sicher alle, dass Farben früher aus Naturprodukten hergestellt wurden, nicht wahr. Und die blaue Farbe - Waid *-, besser bekannt als* Indigo, *gab diesem Markt seinen Namen."*

"Und jetzt", fuhr Ricardo fort, "nähert sich die Führung ihrem Ende. Wenn Sie Lust haben, gehen wir noch zur jüdischen Mikwa, zu der ich heute den Schlüssel habe. Sie müssen wissen, dass das ein Bad aus dem Jahre 1170 ist und von Frauen als Ritualbad ge- und benutzt wurde. Einmal im Monat kamen sie hierher und reinigten sich. Dieses Bad wird vom Grundwasser gespeist und der Wasserstand ist demnach von der Höhe des Grundwasserspiegels abhängig. Früher war der Wasserstand wesentlich höher. Das können Sie daran sehen, dass die Umkleidekabinen sich für uns alle in halber Höhe befinden. Damals waren sie unmittelbar über dem Wasser."

"Mensch", platzt da einer dazwischen, "die müssen aber klein gewesen sein. Da könnte von uns langen Lulatschen heute keiner mehr drin stehen."

"Stimmt", kam es von Ricardo, "aber damit können Sie wohl nur die körperliche Wachstumsrate gemeint haben ..."

Nach ein paar liebenswürdigen Schlußworten, die von allen Beteiligten mit einem Trinkgeld in Ricardos Tasche begleitet wurden, verabschiedete er sich und Monika meinte: "Wer jetzt das empfohlene Bier möchte, kann gern mit mir kommen. Wir müssen nur zusehen, dass wir irgendwo ein Plätzchen ergattern, denn hier ist es immer rappelvoll. Außerdem erzähle ich Ihnen noch die Bewandtnis vom "halven Hahn", dann sind Sie von der Geschichte Kölns endlich erlöst."

"Ich habe Geschichte selten so amüsant und interessant vermittelt bekommen als von Ihrem Freund, junges Fräulein. Das hat richtig Spaß gemacht und ich komme gern mit", sagte wieder der ältere Herr und fast die gesamte Truppe schloß sich an.

Im Brauhaus war es, wie vorherzusehen, gesteckt voll und man quetschte sich irgendwie in die hinteren Räume. Der Köbes kam und stellte ungefragt ein Bier, was hier Kölsch heißt, hin. Auf die erstaunten Blicke meinte Monika: "Das ist hier so. Wenn Sie keines mehr wollen, legen Sie einfach den Bierdeckel auf das Glas oder rufen Sie den Köbes, dass Sie zahlen möchten."

"Kennen Sie die alle?", fragte ein Anderer.

"Nein - wieso?"

"Naja - weil alle gleich du sagen."

Monika lachte. "Auch das ist hier so üblich, hat aber keine tiefere Bedeutung. Das, lächelte sie, sind ganz einfach die Rheinländer. Aber, so fuhr sie fort, jetzt möchte ich Sie bitten, mir zu vertrauen, und alle den berühmten halven Hahn bestellen. Ich verspreche Ihnen, dass es kein halbes Hähnchen ist und – es wird Ihnen auch ganz bestimmt gut tun. Sie haben doch Hunger, oder?"

"Klar", tönte es aus der Gruppe. "Also, ich für meinen Teil bestelle dieses: *was auch immer*!"

Der Rest schloß sich aus lauter Neugier an; die Bestellung endete eine knappe viertel Stunde später in lautem Gelächter. Der *halve Hahn* entpuppte sich als ein Roggenbrötchen mit einer dicken Scheibe Alten Holländer Käse, Butter und Senf.

"Nun", lächelte Monika, "ich habe Ihnen noch die Geschichte versprochen und die sollen Sie auch haben. Vergessen Sie bitte bei allem nicht, dass die Rheinländer, ganz besonders die Kölner, einen eigenen Dialekt haben und sehr nachlässig sprechen. Also: *Auch dieses hier, zeigte sie auf die gefüllten Teller, hat seinen Ursprung, wie so vieles in Köln, im Mittelalter. Damals gab es mit Sicherheit noch einen Haufen mehr armer Leute als heute. Und –*

wie Sie unschwer erkennen können, ist dieses Roggenbrötchen im Grunde nur ein halbes Brötchen. Diese Art wird immer im Doppelpack gebacken und verkauft. Zum Verzehr bricht man es dann zur Hälfte durch. Die armen Leute früher konnten sich oftmals aber kein ganzes, also doppeltes, Brötchen leisten und fragten dann den Bäcker: "Kann isch nich och 'nen halven han?""

Begeisterter Beifall beendete die Geschichte und Monika verabschiedete sich. Sie hatte allerdings kein Bier getrunken, weil sie befürchtete, dass ihre Eltern damit nicht einverstanden gewesen wären. Außerdem mochte sie es sowieso nicht besonders.

Draußen atmete sie tief durch und sah sich um. Ricardo war nirgends zu sehen. Aber er wollte ja noch vorbeikommen. Darauf verließ sie sich und trabte ganz gemütlich nach Hause.

*

Am nächsten Tag brütete Ricardo mal wieder über einem Haufen Papierkram als es klingelte. Monika hatte zwar einen Hausschlüssel, sehr zum Leidwesen ihrer Mutter, aber den benutzte sie nur, wenn sie in die Wohnung musste und wußte, dass Ricardo nicht daheim war.

Nach dem Urlaub in Italien hatten sie sich verlobt und sahen sich seitdem auch regelmäßig. Hertha Gutmooser hatte nach wie vor Bedenken, aber selbst ihr Mann hatte sich hinter Monika und Ricardo gestellt.

Wolfgang hatte mal wieder drei Pfund diplomatisches Geschick in die Waagschale geworfen und sowohl seiner Schwester die Stange gehalten, als auch den Bedenken seiner Mutter Tribut gezollt.

Vor Zeugen hatte er sich Monika geschnappt. "Schwesterherz, meinen Segen hast du, aber denk' daran, geheiratet wird erst mit einundzwanzig. Okay?"

Ricardo zog seinerzeit ein säuerliches Gesicht, letztlich musste er diese Bedingung aber akzeptieren.

Hans Gutmooser hatte nur gutmütig gegrinst, sein Töchterchen in den Arm genommen und gesagt: "Wenn er dich nicht anständig behandelt, sag's mir ..."

"Besser nicht", meinte Monika daraufhin, "ich weiß nicht, ob er sich anschließend noch ähnlich sieht."

Ricardo öffnete und reckte sich bei dieser Gelegenheit erst einmal gründlich.

"Hallo, mein Schatz, komm' rein. Wie üblich brüte ich mal wieder über den tollsten Anträgen, bloß habe ich seit Stunden nicht begriffen, was die eigentlich von mir wollen."

Monika lachte: "Mach erst mal die Tür zu, damit ich reinkommen kann; und dann laß mich mal sehen."

Sie zog ihre Jacke aus und Ricardo legte seine Arme um sie. Er schnupperte an ihrem Hals und biß sie sanft ins Ohrläppchen.

Monika wurde rot und blaß.

"Ricardo, bitte. Ich habe ein Versprechen gegeben und du weißt das. Also, laß das sein."

Ricardo ließ Monika los. "Du vergißt, dass wir verlobt sind. Ich habe gewisse Rechte", knurrte er.

"Oh nein, mein Freund. So haben wir nicht gewettet. Mir kannst du nichts vormachen; immerhin weiß ich, und zwar selber hautnah erlebt, wie man in Italien über ein Mädchen denkt, das vor der Hochzeit mit einem Mann schläft."

"Wir sind aber nicht in Italien und Deutschland hat vor ein paar Jahren Oswald Kolle entdeckt."

"Das ist kein Argument. Es gibt inzwischen sogar die sogenannte Pille, von der hast du ja sicher auch schon gehört, aber trotzdem: *nein*! Ich habe mein Wort gegeben und das halte ich."

"Wem eigentlich?"

"Wem – was?"

"Wem du dein Wort gegeben hast?", meine ich.

"Wolfgang."

"Deinem Bruder? Wieso denn Deinem Bruder? Vater, Mutter – okay, das hätte ich ja noch verstanden. Aber deinem Bruder?" In Monika regte sich so etwas wie Wut. "Zum Teufel nochmal! Jawohl, meinem Bruder. Er war und ist außerdem auch noch mein Freund. Und wieso bitteschön, stößt ausgerechnet du dich daran? Wenn ich mich recht erinnere, hast du deiner Schwester Angelica auch ein Versprechen abgenommen. Oder, setzte sie sarkastisch hinzu, ist das auch etwas anderes?"

Ricardo wollte erst eine Antwort geben, besann sich aber dann, weil er zugeben musste, dass Monika recht hatte.

Äußerlich zerknirscht nahm er sie in den Arm. "Scuso, bene?"

Monika nickte. "Am besten kümmern wir uns jetzt um deinen Papierkram. Was ist das überhaupt?"

Ricardo lachte verschmitzt. "Eigentlich solltest du das noch gar nicht wissen. Ich bin dabei, ein Grundstück zu kaufen, um später darauf unser Haus zu bauen und möglicherweise ein Hotel aufzumachen."

Monika legte die Papiere, die sie aufgenommen hatte, wieder hin. Ernst sagte sie: "Ricardo, du weißt, dass ich hinter deinen Plänen stehe, aber ich finde, du bist dabei, dich zu verzetteln. Es geht nicht, dass du einerseits eine Pizzeria eröffnen und gleichzeitig ein Grundstück kaufen willst, um auch noch zu bauen. Beschränke dich doch erst einmal auf die Pizzeria. Ich habe mitten in der Stadt, in dem neuen Cityabschnitt C ein Ladenlokal gesehen, was für deine Pläne ideal wäre. Zum pachten, nicht zum kaufen. Finde ich auch besser. Stell' dir vor, es geht etwas schief. Einen Pachtvertrag kann man aufheben, irgendwie kommt man da wieder raus. Aber, wenn du gekauft hast, sieht das alles ganz anders aus. Zumindest in Deutschland. Kann ja sein, dass das in Italien einfacher ist, aber der deutsche Amtsschimmel wiehert nun einmal besonders intensiv. Umsonst heißt es ja nicht *Made in Germany*. Perfektion hat ihren Preis."

Ricardo musste wider Willen lachen. "Da hast du leider recht", seufzte er. "Unter diesem Aspekt habe ich das noch nicht gesehen. Ich wollte gleich alles auf einmal machen. So nach dem Motto, zwei Fliegen mit einer Klappe zu schlagen und für den Rest unseres Lebens eine Linie zu haben.

Monika schüttelte den Kopf. "Das kann ich zwar verstehen, aber überlege mal. Wie willst du da wieder rauskommen, wenn die Pizzeria beispielsweise nicht läuft? Diese Art von Lokal, oder sagen wir besser, Restaurant, kennt man hier noch nicht und es bleibt abzuwarten, ob alle Deutschen Pizza und Pasta mögen. Außerdem gibt es ein Sprichwort, was wohl ganz besonders für die Bodenständigkeit der Deutschen in dieser Beziehung spricht: Wat de Buur nit kennt, dat frit de nit! (Was der Bauer nicht kennt, das ißt er nicht.)"

"Okay, stellen wir dieses Projekt hintenan."

Überzeugt war Ricardo nicht, aber er ließ es auf sich beruhen. Monika hatte manchmal eine Art an sich, bei der er feststellte, dass Widerspruch zwecklos war. Man musste alles auf sich zukommen lassen und im geeigneten Moment umgekehrte Überzeugungsarbeit leisten.

Er schnappte sich einen Pullover und meinte: "Eigentlich könnten wir noch ein bißchen rausgehen. Meinst du nicht?"

Der Himmel hatte sich bezogen. Dunkle Gewitterwolken sahen bedrohlich aus und beide gingen noch einmal ins Haus, um einen Schirm für den Notfall zu holen. Sie machten sich auf den Weg zur Flora.

Ricardo war immer wieder und immer noch von Köln fasziniert. Diese Stadt hatte ihr eigenes Flair. Allein schon die uralten Brauhäuser. Wenn man dort hineinging und sich an den Tresen stellte, dauerte es nicht lange und es sprachen wildfremde Menschen miteinander. Das war deshalb so auffallend, weil er in den vergangenen Jahren die Erfahrung gemacht hatte, dass das den Deutschen an und für sich nicht eigen war. Sowas, behauptete er, gibt es nur in Köln. Hans Gutmooser hatte ihm damals Recht gegeben. "Hm, stimmt", hatte er gemeint, "das gibt es nur im Rheinland und eben ganz besonders in Köln. Aber, und das darfst du nicht vergessen, Ricardo, es kann auch passieren, dass du mit einem Kumpel an der Theke stehst, einen becherst und am nächsten Tag kennt der dich nicht mehr. Diese Thekenbekanntschaften sind keine Freundschaften für's Leben. Denk daran, sonst wirst du eines Tages furchtbar enttäuscht."

Ricardo hatte das immer beherzigt und im Laufe der Jahre trotzdem auch auf diesem Wege Freundschaften geschlossen. Eben auch die Freundschaft mit dem alten Fahnensticker, dessen Beruf schon seit sechzig Jahren in der Familie ausgeübt wurde. Dieser Mann hatte ihn fasziniert. Einmal der außergewöhnliche Beruf und zum zweiten, dass er nebenbei als Stadtführer arbeitete. Ricardo hatte sich lange mit ihm unterhalten und war auf diese Weise selbst dazu gekommen, als eine Art Reiseleiter noch ein paar Mark dazu zu verdienen. Dieses Geld hatte er komplett gespart und als Grundlage für seine Pizzeria gedacht.

Monika sah, dass Ricardo völlig in Gedanken versunken war und wartete ab. Sie kannte ihn inzwischen gut genug um zu wissen, dass es immer eine Weile dauerte, bis er ausspuckte, was ihn bewegte. Aber heute ging er nur neben ihr her. Die ersten Tropfen fielen und er bemerkte es nicht einmal. Erst als Monika ihn anstieß, "Willst du nicht vielleicht doch den Schirm aufmachen? Es dauert nicht mehr lange und ich habe eine gewisse Ähnlichkeit mit einer aus dem Wasser gezogenen Katze."

Ricardo schreckte richtig auf. "Stimmt, das muss ja nicht sein."

Trotz des Regens bummelten sie weiter und betrachteten die regennassen Blumen. Die Luft duftete und man roch in der Flora auch nicht mehr das Benzin. Nur ab und zu, wenn ein bißchen Wind aufkam, wehte ein leichter Geruch des nahegelegenen Zoos zu ihnen herüber. Nach ungefähr einer Stunde machten sie sich wieder auf den Heimweg. Ricardo brachte Monika noch nach Hause, wo Hertha Gutmooser sie mit einem gewissen Mißtrauen betrachtete. Monika rastete innerlich schon wieder aus. Sie spürte genau, dass ihre Mutter sie am liebsten gelöchert hätte, sich in Gegenwart von Ricardo aber nicht traute. Das käme dann mal wieder, wenn sie allein waren. Bei solchen Gelegenheiten wünschte Monika sich, die einundzwanzig endlich erreicht zu haben. Sie wollte nur noch raus. Aber das verstand ihre Mutter ja nun überhaupt nicht. Sie war der Ansicht, Monika hätte alles, was sie benötigte. Das war auch okay, aber das, was sie sich wünschte, das hatte sie nicht.

Freiheit.

Monika fühlte sich eingeengt. Sicher, und das wusste sie auch, vieles hatte in der Vergangenheit am Geldmangel gelegen, aber das hatte sich in den letzten Jahren gravierend geändert. Trotzdem durfte sie nicht mit auf Klassenfahrt und das auch nur deshalb, weil ihre Mutter erfahren hatte, dass die Jungen aus der Klasse auch mit dabei waren. Monika hielt dieses Verhalten für absolut unsinnig und zum ersten Mal gab es einen offenen Streit. Der Vater war da viel großzügiger und vertraute ihr. Aber die Mutter war in dieser Hinsicht aus Mißtrauen zusammengesetzt. Wenn sie erst verheiratet war, würde alles anders werden. Dass sie von einer Abhängigkeit in die nächste stolpern würde, darüber machte sie sich keine Gedanken. Sie wußte es auch nicht. Für sie war die bevorstehende Verheiratung der Weg in die Freiheit.

Ricardo verabschiedete sich vor der Tür, nicht ohne Hertha Gutmooser begrüßt zu haben.

"Machs gut", meinte er. "Wir sehen uns morgen."
"Und dann gehen wir zu dem Haus, von dem ich dir vorhin erzählt habe, ja?"
"Ja sicher."
Damit schloß sich die Tür.

Drinnen wurde Monika, wie erwartet, von ihrer Mutter überfallen.
"Wo wart Ihr", wollte sie wissen.
"Wir sind spazieren gegangen, in der Flora."
"Bei dem Wetter?", Mißtrauisch sah sie ihre Tochter an.
"Mutti, bitte!" Monika zog sich in ihr Schneckenhaus zurück.
"Wir sind spazieren gegangen und haben uns über die Pizzeria unterhalten. Ricardo hat sich dieses Restaurant mit italienischen Spezialitäten nun einmal in den Kopf gesetzt und irgendwie müssen wir das ja nun auch in Angriff nehmen."
"Wir?", kam es gedehnt. "Wieso wir?"
"Weil wir in einiger Zeit heiraten werden und bis dahin will Ricardo unsere Zukunft komplett stehen haben. Ist das so unverständlich?"
"Werd' nicht frech! Noch steckst du deine Füße hier unter den Tisch und hast zu tun, was wir dir sagen. Merk dir das!" Wütend wandte Hertha Gutmooser sich ab. Monika sollte ihr Gesicht nicht sehen. Es war von Eifersucht zerfressen. In Gedanken haderte sie mit ihrem Schicksal. Da hatte sie zwanzig Jahre zuvor eine Tochter bekommen. Und dieses Kind hatte sie unbedingt haben wollen. Einmal in ihrem Leben wollte sie etwas für sich ganz allein. Etwas, was nur ihr gehörte. Und nun wollte dieses Kind gehen. Ihr Eigentum machte sich selbstständig; ließ sie im Stich. Damit wurde sie nicht fertig. Statt dessen bohrte sie immer und immer wieder bei Monika nach, ob sie nicht vielleicht doch mit Ricardo geschlafen hatte. Als die Mutter das zum ersten Mal fragte, war Monika völlig ratlos und wußte damit nichts anzufangen.

"Wieso soll ich bei Ricardo vorbeigehen und da schlafen?", fragte sie.

Peng, schon hatte sie eine sitzen. Mit Watschen war ihre Mutter immer schon schnell dabei. "Gib nicht so saudumme Antworten", meinte sie erbost. "Du weißt genau, was ich meine."

Genau das wußte Monika eben nicht. Sie flüchtete zu Wolfgang und schüttete ihr Herz aus. So sehr sie sich als Kinder gezankt hatten, so sehr hingen sie jetzt aneinander. Manchmal kam es Monika vor, als sei ihr Bruder der einzige, der sie wirklich liebte. Außer Ricardo natürlich. Wolfgang war allerdings auch baff, als Monika ihm von der Ohrfeige erzählte, die sie sich in ihrer Unwissenheit eingefangen hatte und meinte, leicht rot im Gesicht: "Naja, die Art von Schlafen war natürlich nicht gemeint. Aber, sei nicht böse, Schwesterherz, da bin ich nun wirklich ausnahmsweise der Falsche, um dir das zu erklären. Am besten gehst du zu Marion, die kann dir das ganz bestimmt sagen."

Monika blieb nichts anderes übrig ... und als sie *es* dann wußte, war sie noch wütender auf ihre Mutter.

Mein Wort gilt anscheinend nichts, dachte sie. Aber die restliche Zeit werde ich jetzt auch noch durchhalten. Dann sollen sich alle wundern.

***

Immer noch Samstag ...

Nach dem Haarewaschen suchte Helmut Kaffeegeschirr, Milch und Zucker zusammen und Sonja wickelte sich in ein frisches Duschtuch. Sie setzte sich auf einen Küchenhocker und meinte in einem Anflug komischer Verzweiflung: "Kannst du mir mal erklären, wie die das im Film immer machen?"

"Was machen?"

"Na, die kommen aus dem Bad, tragen malerisch um sich drapiert ein großes Handtuch und dann klingelt es an der Tür. Oder das Telefon. Die gehen mit dem Tuch quer durch die Wohnung und das Tuch sitzt immer noch fest. Ich bin gerade mal aus dem Bad bis in die Küche gekommen, musste alle Zipfel gleichzeitig festhalten und laufe Gefahr, nach dem nächsten Schritt trotzdem im Freien zu stehen."

Mit einer Grimasse zog Sonja das Duschtuch fest und resümierte etwas ratlos: "Wenn ich das Tuch jetzt loslasse, dauert es nicht lange und ich posiere als Eva; halte ich das Tuch fest, bin ich sittsam, aber mein Kaffee wird kalt."

"Stimmt auffallend. Also mache ich dir einen Vorschlag zur Güte. Du sammelst das, was du anziehen willst, zusammen, ich helfe dir und dann trinken wir Kaffee. Okay so?"

Beide versuchten, die aufkommende Verlegenheit zu überspielen und die fast greifbare Spannung zwischen ihnen wurde ein wenig abgebaut. Sie bemühten sich, friedlich miteinander umzugehen und die Probleme, die unter der Oberfläche gärten, möglichst nicht zu berühren. Sie hatten sich vorgenommen: wir werden über alles reden, aber nicht heute.

Sonja genoß den Kaffee und sah aus dem Fenster. "Ich dachte mir, wir könnten vielleicht auch ein wenig spazierengehen. Wandern ist ja nicht. Ich kann mir meine Schuhe nicht binden und in einfachen Slippern lauf ich nicht gern durch den Wald."

"Die Schuhe kann ich dir doch binden", kam es erwartungsgemäß von Helmut zurück.

Sonja musste lachen. "Ich wußte, dass du das sagst. Sei mir bitte nicht böse, ich konnte als Kind schon nicht in Schuhen gehen, die mir ein anderer gebunden hat. Meine Mutter hat darüber stets einen Affen gekriegt, weil ich die Schnürsenkel immer wieder aufgezogen habe. Und das, als ich zu klein war, um sie mir selbst wieder binden zu können. Sie musste damals schon auf Suche gehen, um für mich Schuhe zu bekommen, die nicht geschnürt werden mussten. Daher mein Vorschlag, nur ein bißchen rum zu spazieren; es muss ja nicht gerade mal so um den Pudding sein. Das ist sowieso nicht mein Ding. Ich kann diesen blöden Teich nicht mehr sehen.

Damit meinte Sonja ein kleines Naherholungsgebiet, was allerdings auch ständig überlaufen war. Helmut hatte ein Einsehen und meinte: "Ich habe da mal was von einer Schloßburg gehört. Wie wäre es denn damit? Vielleicht kann man da auch rein? Ich gehe ganz gern in alte Schlösser und Kirchen."

"Das ist keine *Schloßburg*, so wie du das meinst; das heißt *Schloß Burg*. Dieses alte Gemäuer gehört zur Stadt Solingen, die ganz in der Nähe ist. Von uns mit dem Auto etwa eine halbe Stunde. Der Name kommt von den Grafen von Berg, die dort im 13. Jahrhundert residierten. Das ist auch kein Schloß, sondern eine ehemalige Trutzburg, die allerdings zu besichtigen ist. Von innen ist sie sogar sehr schön. Von Zeit zu Zeit finden da auch Theateraufführungen statt. Das ist was ganz Besonderes. Die werden dort im Rittersaal aufgeführt, so eine Art Zimmertheater, wobei die wunderschönen Fenster dieses Raumes die Hintergrundkulisse bilden. Eine Bühne ist eigentlich gar nicht vorhanden; die Schauspieler, die in den einzelnen Szenen nicht gebraucht werden, drücken sich zwischen den Zuschauern herum und, je nach dem wie die gefusselt sind, geben sie auch noch leise Kommentare ab. Da muß man sich manchmal beherrschen, dass man nicht gerade dann lacht, wenn es in der Spielszene todtraurig ist. Ich habe das einmal bei einer Shakespeare-Aufführung erlebt. Es war köstlich."

Helmut lachte. "Du machst mir direkt Lust, mal wieder ins Theater zu gehen. Sollen wir?"

"Ich habe keine Ahnung, ob, und wenn, was da gerade läuft. Wir fahren einfach hin. Besichtigen die Burg und nehmen uns ein Programm mit. Vielleicht kommt ja in der nächsten Zeit etwas, was uns gefallen würde. Dann können wir immer noch zusehen, ob wir Karten bekommen. Die sind übrigens gar nicht so teuer. Man muss nur früh dort sein, weil die Sitzplätze nicht numeriert sind. Wenn du Pech hast, mußt du immer um so'ne Stützsäule drumrum gucken. Das ist dann nicht so erhebend."

Sonja stand vorsichtig auf und ging ins Schlafzimmer. Die Tür mit dem Fuß hinter sich zudrückend, ließ sie das Duschtuch fallen. Teufel auch, dachte sie, ist das kalt. Aus dem Wäscheschrank holte sie sich alles, was sie benötigte und zog sich, wenn auch ein wenig umständlich, ohne Hilfe an. Es muß schließlich gehen, egal wie, dachte sie. Es ist ja nicht immer jemand da. Also ...
Die lange Hose machte ein wenig Schwierigkeiten, auf Nylonstrumpfhosen hatte sie sowieso verzichtet und zu dünnen Socken gegriffen. Jetzt nur noch ein leichter Pullover und dann sah ihr aus dem Spiegel ein total verwuselter Kopf entgegen. Na, das sieht ja umwerfend aus, dachte sie sarkastisch. So kann ich mich aber nicht unter die Menschheit wagen.
"Helmut, sieh dir das an!" Sie kam in die Küche zurück und deutete auf ihre Haare.
"Ja, dann werden wir mal versuchen, draus so etwas wie eine Frisur zu basteln. Komm', setz dich."
Er holte einen grobzinkigen Kamm aus dem Bad und begann vorsichtig, Sonjas Haare auszukämmen. Sie hingen ziemlich glatt bis auf die Schultern. "Hast du einen Fön?", fragte Helmut.
"Ja, im Bad. Aber ich fürchte, dass hilft nicht viel. Meine Haare halten bloß, wenn sie ordentlich straff gewickelt werden. Sonst ist nach einer halben Stunde die ganze Pracht zusammengefallen."
Helmut grinste. "Hinsetzen", deutete er auf einen Hocker; "und Mund halten. Wir machen das schon. Tu mal deinen Kopf nach vorne."

Auf der niedrigsten Stufe begann er, Sonjas Haare zu trocknen. "Hast du irgendwo auch so etwas wie ein Haargummi?"

"Ja, auch im Bad."

Helmut suchte ein bißchen herum, fand das Gewünschte und kam zurück. "So, meine Liebe, jetzt machen wir aus dir ein pfiffiges Mädchen."

Er nahm die Haare am Hinterkopf zusammen, drehte das Gummiband hinein und stülpte ein zweites, locker mit Stoff bezogenes, darüber. Mit einem ganz engen Kamm toupierte er dieses Büschel so, dass es gleichmäßig, einem Knoten ähnlich, Halt auf dem Hinterkopf fand. Er ging einen Schritt zurück und meinte: "Na also – das sieht doch gut aus. Richtig pfiffig und altersmäßig, als wärst du gerade aus der Schule gekommen."

Sonja lachte und stand auf. "Jetzt muß ich aber mal gucken, was Du da gefummelt hast", und verschwand im Bad.

Sie lachte bei ihrem Spiegelbild auf. "Das ist super! Auf die Idee bin ich überhaupt noch nicht gekommen."

"Wie auch?", meinte Helmut. "Du meinst doch immer, du müßtest perfekt sein. Das gilt bei dir doch für alles. Und wenn Haar 237 nicht genauso liegt, wie Haar 58 dann fängst du bestimmt schon an, an dir herumzukämmen. Dabei kleidet dich das ganz ausgezeichnet und außerdem..."

Helmut brach mitten um Satz ab.

"Das sieht wirklich aus, als sei ich zehn Jahre jünger. Wenn ich meine beiden Hände wieder normal gebrauchen kann, werde ich das trotzdem so machen. Und was meinst du übrigens mit *außerdem*?"

"Naja, du wirkst immer so unnahbar. Und mit dieser Frisur bist du einfach nur ein hübsches, junges Mädchen."

"Junges Mädchen ist gut. Aber trotzdem danke. Immerhin gehe ich stracks auf die fünfzig."

"Na und? Altern fängt im Kopf an. Und bei dir ist jetzt der Zeitpunkt gekommen, jung zu sein. Ich glaube fast, du warst es zu deiner Zeit nie."

Nachdenklich blickte Sonja vor sich hin. "Irgendwie hast du recht. Ich hatte einfach keine Gelegenheit, jung zu sein. Jung in dem Sinne, wie man das heute so sieht. Melanie ist da schon ganz anders. Dabei ist sie nur sechs Jahre jünger als ich. Aber sie hatte auch ein anderes Elternhaus. Und als sie dann siebzehn war, durften die Mädchen doch schon wesentlich mehr als eben diese sechs Jahre zuvor."
Sie lachte plötzlich auf. "Weißt du was? Ich bin einfach jung; ‚jetzt und gleich und als erstes gehen wir jetzt. Das heißt: wir werden fahren."
Helmut räumte noch das Geschirr in die Spüle und ließ Wasser in die Kaffeetassen laufen, damit es keine harten Ränder gab. Danach gingen sie zum Auto.

Auf dem Weg nach Solingen erklärte Sonja unterwegs ein paar Eigenheiten des Bergischen Landes, was Helmut, schon durch seine Dienstzeiten bedingt, kaum kannte.
"Hier, siehst du, diese Häuser sind ganz typisch für unsere Region. Schiefer mit grünen Fensterläden."
"Das sieht hübsch aus", meinte er und wunderte sich, dass im ganzen Umkreis überwiegend Fachwerkbauten zu sehen waren.
"Nun, viele dieser Häuser stammen noch aus dem vorigen Jahrhundert. Manche sind noch älter und stehen unter Denkmalschutz. Sicher zur Freude der Besitzer."
"Wieso? Diese Häuser sind wunderschön und des Erhaltens wirklich wert."
"Schon. Aber stelle dir mal unser normales Mobiliar in einem dieser Häuser vor. Da würde ich noch nicht einmal meinen Eßtisch mit sechs Stühlen reinkriegen." Sonja lachte. "So amüsant ist das für

den Besitzer bestimmt nicht. Und wenn viele vorher gewußt hätten, was mit dem Denkmalschutz alles zusammenhängt, würden sie es vermutlich bei Nacht und Nebel abgerissen und eine gepfefferte Strafe in Kauf genommen haben. Die wäre wahrscheinlich preiswerter, als ein solches Anwesen zu erhalten. Dazu kommt, dass in der heutigen Zeit Isolierungsauflagen gemacht werden, die man in diesen Häusern kaum erfüllen kann. Wenn du im Winter kräftig heizt, bleibt's drinnen gesund kühl und draußen schmilzt der Schnee."

"Au backe – darüber habe ich allerdings noch nicht nachgedacht. Weil, naja, du kennst ja die Zustände, in denen sich die Häuser in der ehemaligen DDR befanden und wir haben damit gelebt. Allerdings hatten wir auch keine Chance, etwas zu ändern. Wenn es schon keine Farbe gab, woher dann Isoliermaterial nehmen."

"Stimmt", meinte Sonja, "das war wirklich beschissen. Ich kann mich an das Haus meiner Cousine nur zu gut erinnern. Die wohnten mitten in Waltershausen, gegenüber der Post. In diesem Haus, ein Mehrfamilienhaus, in dem der Abort immer noch in einer Zwischenetage war, war oben unter dem Dach ein riesiges Loch in der Mauer. Das muß saukalt gewesen sein und wie Hechtsuppe gezogen haben. Aber es wurde nie repariert."

"Weil es einfach nichts gab."

"Ja, ich weiß. Schließlich haben wir, also meine Eltern und ich, nicht umsonst jahrelang Pakete mit allen möglichen und unmöglichen Sachen geschickt."

"Wen hattest du denn alles drüben?"

"Na, anfangs noch meine Großeltern; später noch die Großmutter und dann meinen Schwiegervater. Zwei Onkels mit Familien, einen Großcousin meiner Mutter und sämtliche Verwandten meines Mannes. Und noch so 'n paar Figuren, an die ich mich im Moment aber nicht erinnern kann. Die waren wohl auch nicht so wichtig."

Das war das erste Mal, dass Sonja die Existenz eines Mannes in

167

ihrem Leben erwähnte. Helmut schwieg dazu und fuhr den nächsten Parkplatz an. Fragend sah Sonja zu ihm hin. "Was machst du?"

"Ich denke, wir steigen einfach mal aus, bummeln durch diesen kleinen Ort und du erzählst weiter. Es interessiert mich, was du, gerade in dieser Hinsicht, erlebt hast."

Er half Sonja aus dem Wagen, schloß ab und die beiden schlenderten durch den kleinen Ort.

"Nun ja", begann Sonja, am gravierendsten sind bei mir bei der ganzen Paketeschickerei mein Opa und später mein Schwiegervater in Erinnerung geblieben. Mein Opa hatte Asthma und mein Schwiegervater ein Nierenleiden, was er sich im Gefängnis von Brandenburg zugezogen hatte; und beide mussten wir regelmäßig mit Medikamenten versorgen, die es in der DDR nicht gab. Das Problem war nicht, diese Medikamente von hier zu schicken, sondern die Tatsache, dass man sie nicht schicken *durfte*. Das war verboten. Außerdem wurden fast alle Pakete geöffnet. Wenn man ganz viel Glück hatte, bekam man ein Paket mit dem entsprechenden Vermerk zurück. Meistens aber wurde der Inhalt *konfisziert*. Mein Großvater benötigte als Medikament *Pureton E,* ein Pulver zum Inhalieren, das wir, damit es ankam, in Backpulvertütchen umpackten."

"Wie das?"

"Backpulvertüten gab es damals noch einzeln zu kaufen. Nicht wie heute, im Dreierpack und mit Plastikfolie drum herum verschweißt. Also, Tütchen auf, Inhalt raus, Asthmapulver rein. Zukleben. Dann musste ich meinen Großeltern klarmachen, dass sie im nächsten Paket Backpulver bekämen. Da sie das aber selber kaufen konnten ..."

"Mein ich doch, dass es das gab."

"... ja, gab es. Und das war genau der Punkt. Die Großeltern wußten, dass damit etwas nicht stimmen konnte und nahmen es genauer unter die Lupe. Da haben sie natürlich sofort festgestellt, was das wirklich war. Meistens reichte die Menge für einen Monat; dann haben wir sowieso das nächste Paket geschickt."

"Und warum musstest *du* den Brief schreiben? Das kapiere ich nicht."

"Ganz einfach, weil ein Kinderbrief nicht so genau gelesen wurde. Eine Kinderhandschrift war nicht interessant. Da musste ich dann herhalten. Etliche Jahre später ging der ganze Zirkus dann mit meinem Schwiegervater weiter. Der brauchte gegen sein Nierenleiden bestimmte Tabletten, die wir natürlich auch nicht schicken durften. Zunächst habe ich die Tabletten besorgt. Dem Arzt gesagt, um was es sich handelte und da gab es auch niemals Probleme. Beim Auspacken der Tabletten stellte ich fest, dass sie weiß, dragiert und, vor allem, ziemlich groß waren. Das traf sich günstig. Du kennst vielleicht die rosa und weißen Pfefferminzbonbons, die innen mit Schokolade gefüllt sind. Die habe ich dann gekauft. Da die Packung aber oben so geriffelt zugeschweißt war, habe ich die ganz vorsichtig aufmachen müssen. Die weißen Bonbon alle raus, Tabletten dafür rein. Tüte wieder genauso zukleben. Und das war eine Katastrophe. Einmal konnten wir kein *UHU* nehmen. Das klebte zwar am besten, stank aber so, dass jemand darüber hätte fallen können. Anderen Klebstoff gesucht. Und wer weiß wie oft gingen die Tüten an der falschen Stelle kaputt und ich habe noch wochenlang Pfefferminzbonbons essen müssen. Ich konnte die Dinger zum Schluß nicht mehr sehen!"

Sonja lachte in der Erinnerung. "Es war schon eine verrückte Zeit. Auch für uns hier. Nur eben anders."

"Warum hat denn dein Schwiegervater im Gefängnis gesessen? Auch noch in Brandenburg? Wenn ich mich recht erinnere, kamen da bloß Politische rein?"

Sonja nickte. "War auch so. Er hatte während des Krieges für die Amerikaner spioniert und war so blöd, sich erwischen zu lassen ..."

Helmut musste angesichts der Ausdrucksweise lachen. "Also, ich muss doch sehr bitten. Mit deiner Vaterlandsliebe ist's nicht gerade weit her. Die Spionage fandest du dagegen in Ordnung, bloß dass man ihn erwischt hat, das war wohl nicht okay?"

Sonja schielte ihn an. "Wenn ich ehrlich sein soll – ja."

"Soll ich dir mal was sagen ? Ich finde es auch. So, und jetzt fahren wir weiter."

Beide gingen zurück zum Auto. Helmut hatte den Arm um ihre Schulter gelegt und Sonja hatte plötzlich das Gefühl, sich anlehnen zu können. Auf der weiteren Fahrt schwiegen sie. Aber es war zum ersten Mal ein friedliches Schweigen.

In der Nähe der Burg meinte Sonja dann, "ich glaube, wir versuchen, hier irgendwo einen Parkplatz zu kriegen. Es gibt einen, der direkt an der Burg ist, aber erfahrungsgemäß ist der rappelvoll."

Sie kurvten in eine Nebenstraße und stellten das Auto ab.

"Finden wir das auch wieder?"

"Mit Sicherheit. Guck mal nach vorne, da ist die Burg und wenn wir die beim Rausgehen im Rücken haben, bloß noch die zweite Straße rechts."

"Also, gehen wir."

An der Kasse nahmen sie gleich eine Wegbeschreibung durch die Burg mit und stiegen die Stufen zum Eingang hoch. Das Innere der Burg ist sehr gut erhalten bzw. irgendwann auch einmal restauriert worden. Aber das liegt schon länger zurück. Momentan befand sich eine Gemäldeausstellung darin, deren Bilder keiner von beiden schön oder auch nur gut fand.

"Das ist zwar Geschmacksache", meinte Sonja, "aber ich weiß nicht. Ich finde diese Darstellung ausgesprochen ordinär."

Es handelte sich um ein Bild, das eine unbekleidete Frau in grellen Farben darstellte, wobei die geöffneten Beine das Geschlecht nur durch einen dazwischen gemalten Stiel eines Sonnenschirmes verdeckten.

"Einfach primitiv. Sowas malt man nicht", sagte auch Helmut. "Komm, wir gehen."

Die übrige Besichtigung rief vor allen Dingen bei der sogenannten Toilette eine gewisse Heiterkeit hervor; eine Mauernische, an deren Rückwand ein kleines Fenster eingelassen war. Ohne Fensterscheiben, versteht sich. Die Öffnung war die Toilettenöffnung. Sinnigerweise befand sich eine Beschreibung an der Wand, die dem Besucher erklärte, wie diese seltsame Toilette zu verstehen war. Man hielt seine vier Buchstaben nämlich genau aus dieser Öffnung und entleerte sich aus dem Fenster.

Sonja hielt sich die Nase zu und Helmut lachte. "Du riechst das wohl ein paar Jahrhunderte später noch, wie?"

Sie nicke nur. "Himmel, waren das Ferkel."

"Wieso? Die kannten es nicht anders. Stell dir doch bloß den Abort bei Deinen Großeltern vor. Oder hatten die etwa schon ein Wasserklosett?"

Nööö", gab Sonja zu. "Und ich habe diesen Abort auch immer gehaßt wie der Teufel das Weihwasser. Einmal weil es so entsetzlich gestunken hat und zum Anderen, weil ich immer das Gefühl hatte, von unten kommt einer."

Da konnte Helmut sich nicht mehr beherrschen. Er prustete los: "Du hast aber auch eine Phantasie! "Ja, unter Phantasiemangel habe ich noch nie gelitten", gab Sonja zu und auch, dass sie sich dadurch schon manches Mal selber ein Beinchen gestellt hatte.

Nach ungefähr zwei Stunden waren sie durch und entschlossen sich, noch eine Kleinigkeit zu essen. Dann fuhren sie nach Hause. Beim Abschied meinte Helmut: "Du kommst wirklich allein zurecht?"

"Ganz bestimmt. Außerdem bist du ja nicht immer greifbar und ich muß doch irgendwie klarkommen. Und", fügte sie hinzu, „in ein paar Wochen habe ich es überstanden. Morgen früh muß ich erstmal ins Büro. Mein Chef kriegt einen Pfefferminzschlag, wenn er das sieht. Bei uns steht eine Mammuttagung an und ausgerechnet jetzt falle ich aus."

"Bueno, dafür kannst du nicht. Das hast du dir auch nicht ausgesucht. Vielleicht solltest du einfach nur anrufen?"

"Ach, ich weiß nicht. Das möchte ich meinem Chef nicht antun."

"Okay, ruf' morgens an und am Nachmittag, wenn ich dienstfrei habe, fahre ich dich hin. Wenn es dann noch erforderlich ist."

"Danke – für alles. Und, ich glaube, wir haben uns noch eine Menge zu erzählen."

"Das glaube ich auch. Ich möchte noch viel von dir wissen. Unter anderem, was du morgen im Büro wolltest."

"Na, das habe ich doch gerade gesagt. Ich muß doch Bescheid sagen und die Krankmeldung hinbringen und was weiß ich noch."

Helmut grinste. "Einverstanden. Hm, nur … morgen ist Sonntag!"

Sonja versuchte mit der freien Hand, ihm eine kleine Ohrfeige zu verpassen, aber Helmut hielt sie ganz einfach fest. Er nahm sie in den Arm und Sonja legte den Kopf ganz kurz an seine Schulter.

"Ciao, du Ekel", sagte sie zärtlich. "Bis morgen?"

"Was sonst."

***

Ricardo 1975 - 1980

Gemütlich streckte Ricardo seine Beine von sich. Monika, die am Schreibtisch saß, guckte fragend hoch.

"Was is'n?", nuschelte sie mit dem Kuli zwischen den Zähnen. Mit den Fingernägeln versuchte sie vergeblich, eine Heftklammer aus einer Rechnung zu pulen, ohne sich die Nägel vollends zu ruinieren.

"Ich habe gerade festgestellt, dass wir uns ganz gut gefestigt haben. Unser Umsatz ist seit ein paar Jahren stabil, die Pizzeria läuft und Stammkundschaft haben wir auch. Das habe ich in dieser Form gar nicht erwartet. Jedenfalls nicht so schnell."

"Hm", meinte Monika, "da ist was dran. Aber ich könnte mir denken, dass allein die Tatsache, dass wir einen ziemlich großen Bekanntenkreis haben, eine Menge dazu getan hat. Ich meine damit, dass zum Beispiel alle deine ehemaligen Arbeitskollegen, meine früheren Schulkameraden und Wolfgangs Freunde unser bestes Startkapital waren. Wenn es nach den Plänen meiner Eltern gegangen wäre ..."

Ricardo musste ein wenig lachen. "Oh Gott, na da wären wir wohl nicht sehr weit gekommen. Abgesehen davon, dass deine Mutter immer und immer wieder versuchte, uns auseinander zu bringen, müßtest du jetzt noch eine Hotelfachschule oder sowas besuchen. Denn es geht doch nicht, dass eine Gutmooser irgend etwas tut, ohne es vorher studiert zu haben."

Monika sah Ricardo an. "Es stimmt zwar, was du sagst, aber das gibt Dir trotzdem nicht das Recht, so über meine Mutter zu sprechen. Versuche doch nur einmal, Dich in ihre Lage zu versetzen. Sie hatte einen Krieg erlebt, in dessen Verlauf – und auch schon vorher – Menschen wegen ihres Glaubens umgebracht wurden. Und jetzt kommt ihre Tochter und will einen Ausländer heiraten. Einen Italiener. Kannst du dir nicht vorstellen, dass sie damit einen Haufen Probleme hatte? Und vielleicht auch noch hat? Ich weiß es nicht. Seit dem Riesenkrach damals spricht sie nicht mehr darüber."

"Das ist auch besser", kam es von der Tür her. Wolfgang stand im Rahmen. "He, Ihr zwei, krieg ich noch was zu essen?", fragte er.

"Wenn du dir was machst." Monika gähnte. "Guck mal auf die Uhr. Wir haben seit fast einer Stunde geschlossen und außerdem bin ich, wenn ich ehrlich sein soll, saumüde."

"Laß man Schwesterchen, das war auch nicht so gemeint. Eigent-

173

lich wollte ich bloß reingucken, Euch für 'ne viertel Stunde auf den Keks gehen und dann wieder abhauen."

Monika sah ihren Bruder etwas nachdenklich an. "Ist es möglich," meinte sie vorsichtig, "dass du versuchst, irgendeinem Knatsch aus dem Weg zu gehen?"

Wolfgang nickte.

"Komm, spuck aus. Es gibt wohl nix mehr, was Monika und mich aus der Ruhe bringen könnte."

"Das glaube ich so nicht ganz. Ich habe eine Freundin", platzte er heraus.

"Na und?", fragte Ricardo zurück. "Was ist daran so besonderes?"

Monika sah ihren Bruder an. "Ich habe das unangenehme Gefühl, dass Ricardo als Italiener gegen das, was du uns servieren wirst, ein Klacks ist. Stimmt's?"

Wolfgang nickte nur und starrte schweigend vor sich hin. Hunger hatte er plötzlich auch nicht mehr.

"Weißt du", sagte er zu Monika, "das Problem heißt ja nicht Monika und Ricardo oder Wolfgang und Hamami ..."

"Wie heißt die Dame?", fragte Monika völlig verblüfft ihren Bruder. "Hambibi? Das habe ich ja noch niemals gehört."

"Hamami", verbesserte Wolfgang mechanisch. "Kannst du auch noch nicht gehört haben. Das ist ein Name, der aus dem Afrikanischen kommt."

"Heiliges Kanonenrohr", funkte Ricardo dazwischen. "Mich laust der Affe. Ich glaube, die Dame hat eine etwas andere Hautfarbe?, oder wie sehe ich das?"

"Stimmt". Wolfgang atmete auf. Das war schonmal draußen. Jetzt wollte er auch noch den Rest loswerden, aber dazu kam es gar nicht mehr. Monika, die schon immer ein feines Gespür für andere Menschen hatte, sagte ganz ruhig dazwischen: "... und sie ist schwanger."

Beide, Ricardo und Wolfgang, sahen gleichermaßen verdutzt auf

Monika, die meinte: "stimmt doch, oder etwa nicht?"

"Doch, schon. Aber woher weißt du das?"

"Himmel, Wolfgang, ich bin doch nicht blöd. Wenn sie nicht schwanger wäre, hättest du uns das doch gar nicht erzählt. Aber unter den gegebenen Umständen bleibt dir nichts anderes übrig als sie zu heiraten und du weißt sehr genau, dass das einen Volksaufstand verursacht. Und damit, schloß sie fast ein wenig genüßlich, wirst du wahrscheinlich eine Menge mehr auszustehen haben als ich seinerzeit."

"Ich fürchte, Monika hat recht", sagte Ricardo. "Wenn es wirklich so ist?"

"Es ist so."

"Mahlzeit!"

"Das ändert auch nichts mehr."

"Und was machen wir nun?" Die Frage kam komischerweise von Ricardo. Im Gegensatz zu Monika, die diese Tatsache völlig nüchtern konstatierte, hatte Ricardo enorme Schwierigkeiten, sich in Wolfgangs Lage zu versetzen. Um Haaresbreite hätte er den Vorschlag gemacht, das Mädchen abzufinden und die ganze Geschichte zu vertuschen. Im letzten Moment bremste er sich, weil er ahnte, dass er sich damit keine Freunde machen würde. Monika, die sowieso dazu neigte, etwas zu sehr *moralisch* zu sein, wie er es bei sich nannte, würde ihm mit Sicherheit mit dem nackten Hintern ins Gesicht springen und Wolfgang nicht minder. Er war zwar kein Moralapostel, aber ein Ehrenmann durch und durch. Und außerdem – jeder tat es, aber keiner sprach darüber – schlief man nicht vor der Hochzeit mit einem Mädchen. Und mit einer Schwarzen gleich gar nicht.

Die drei saßen zusammen und guckten ausnahmslos perplex aus der Wäsche.

"Froh bin ich nur, dass Ihr es wißt. Ich musste das jemandem erzählen, sonst wäre ich erstickt."

Monika seufzte. "Schön, wir wissen es jetzt. Aber das hilft dir auch nicht aus der Klemme. Und, brach es plötzlich aus ihr hervor, obendrein bist du ganz einfach ein Rindvieh!"

Sie setzte sich auf den Fußboden und fing unvermittelt heftig an zu schluchzen.

"Ihr seid alle Rindviecher, Ihr Männer", heulte sie. "Ihr habt keinen Funken Gefühl und die ganze große Liebe ist am A...., wenn es ernst wird."

Wütend und heulend sprang sie hoch, riß die Tür auf und knallte sie mit einem Fußtritt hinter sich zu.

"Du lieber Himmel, was hat sie denn?" Wolfgang sah Ricardo fragend an. Der stand auf, ging an den Barschrank und holte für jeden einen Whisky heraus. "Frag' mich was Leichteres. Seit ein paar Tagen ist sie wie umgewandelt, aber ich bekomme kein Wort aus ihr heraus. Sie schleppt etwas mit sich herum, sagt aber nicht, was es ist."

Wolfgang kannte seine Schwester gut genug um zu wissen, dass etwas Gravierendes im Hintergrund sein musste. Das war nicht ihre Art. Sie trug nicht unbedingt das Herz auf der Zunge, aber tagelang schleppte sie nichts mit sich herum.

"Bist du sicher, dass du sie nicht irgendwie verletzt hast?", fragte Wolfgang seinen Schwager. "Ich kann nicht glauben, dass sie wegen nichts und wieder nichts so reagiert. Hast du was dagegen, wenn ich zu ihr hochgehe?"

"Nein, natürlich nicht. Es wäre mir sogar lieb. Du weißt sie wohl doch manchmal besser zu nehmen als ich."

Dieses Geständnis hatte Ricardo eine Menge gekostet. Bei jedem Fehler, den er glaubte, zugeben zu müssen, ob wirklich gemacht oder nur eingebildet, wand er sich wie ein Aal. Monika hatte ihm einmal in einem Streit vorgeworfen, er sei genau so ein Macho wie sein Vater. Das hatte ihn tief getroffen und er hatte fast eine Woche nicht mir ihr gesprochen. Erst Wolfgang hatte diesen Streit schlichten können, an dem, wie sich herausstellte, wirklich Ricardo schuld war. Der hatte sich dann auch entschuldigt, aber äußerst halbherzig. Monika hatte das bemerkt und seitdem war das Verhältnis zwischen den beiden ein wenig unterkühlt. Was jetzt allerdings noch im Raum stand, wußte auch Ricardo nicht zu sagen. Wolfgang sagte ihm noch, dass es wirklich immer noch Gelegenheiten gäbe, bei denen er absolut italienisch dächte. Aber in diesem Punkt war Ricardo uneinsichtig. Die Gegensätze kamen in den letzten Monaten immer stärker hervor und Monika, die gewillt war, über allerhand hinwegzusehen, hatte im Augenblick keine Chance gegen ihn.

Wolfgang machte sich auf den Weg ins Schlafzimmer und öffnete behutsam die Tür. Monika lag auf dem Bett und starrte an die Decke.
Er knipste das Licht an.
"... und nun erzähle mal, Schwesterchen."
Da flossen auch schon wieder die Tränen.
"Nun komm. Es ist doch gut. So schlimm kann es doch gar nicht sein. Ich weiß, dass Ricardo manchmal 'ne Macke hat, aber, entschuldige bitte, du hast ihn haben wollen. Jetzt mußt du auch die Suppe auslöffeln. Außerdem, Ihr habt Euch so super etabliert. Du kannst mir doch nicht erzählen, dass das nicht auch zusammenschweißt."
Wolfgang sah fragend auf seine Schwester, die immer noch Rotz und Wasser heulte.
"Dddas iiist es ja nicht. Aber ich bin auch schwanger!", brach es aus ihr heraus. "Und an dem Abend, als ich Ricardo das sagen wollte, ausgerechnet an dem Abend, sagte er mir, dass wir uns so toll im Geschäft gemacht hätten, dass wir uns im Moment alles erlauben könnten, bloß kein Kind!"
"Au backe, das war hart. Aber du mußt ihm zugestehen, dass er das

doch gar nicht gewusst hat. Jetzt denkt er doch bestimmt anders darüber?"

"Weiß ich nicht. Das heißt, kann er gar nicht."

"Wieso?"

"Weil ich es ihm nicht mehr gesagt habe! Darum!"

Inzwischen hatte Monika mit dem Heulen aufgehört und war nur noch ein Klumpen Wut. Wolfgang begrüßte diese Verwandlung; so langsam wurde seine Schwester wieder normal. Und mit der Normalität kam auch die Widerstandskraft zurück.

"So, meine Liebe, und das findest du richtig? Ja?"

"Ja", erwiderte sie trotzig.

"Hm, ich bin zwar deiner Meinung, dass die ganze Chose reichlich verfahren ist, aber dass du Ricardo noch immer nichts gesagt hast, ist auch nicht okay. An dem bewußten Abend … das sehe ich ein. Da wäre ich vermutlich auch schockiert gewesen. Aber inzwischen, nein meine Liebe, das ist nicht in Ordnung. Du bringst dich jetzt wieder auf Vordermann und dann gehst du runter und erzählst ihm alles. Ich müßte deinen Mann schlecht kennen, wenn der sich nicht vor Freude ein Loch in den Bauch beißen würde. Immerhin ist er Italiener. Vergiß das nicht."

"Was hat das denn damit zu tun?"

"Ich habe bislang noch keinen dieser Gattung getroffen, der für Kinder nicht alles tut."

"Wenn du meinst?", kam es zweifelnd von Monika. Aber sie erhob sich und ging brav ins Bad. Wolfgang wartete bis sie fertig war und schob sie die Treppe runter.

"Ich bleib hier oben. Wenn du mich wieder brauchen solltest, hol mich bitte ab. Ich möchte hier nicht unbedingt Wurzeln schlagen, im Augenblick aber auch nicht bei Ricardo vorbeigehen. Und das, obwohl mein Whisky noch unten steht."

"Wenn er noch steht."

Monika ging die Treppe hinunter und Wolfgang hörte die Tür klappen. Dann war es ruhig und er setzte sich auf die Bettkante. Ihm war sterbenselend zumute. Seine Gedanken waren bei Hamami. Sie waren da beide in eine Geschichte reingerasselt, deren Folgen sie sich nicht überlegt hatten. Sie liebten sich, das war keine Frage, aber weder Hamami, noch er wußten jetzt, wie es weitergehen sollte. Das ist mindestens fünfzehn Jahre zu früh. In fünfzehn Jahren würde vermutlich kein Mensch mehr hingucken, wer wen heiratet. Ob der schwarz oder gelb ist. Aber jetzt? Wenn er ehrlich zu sich selbst war, hatte er die meiste Angst vor seinem Vater. Noch nicht einmal vor der Mutter, nein, vor dem Vater. Als Monika mit Ricardo im Schlepp aufgetaucht war, hatte er sein Töchterchen unterstützt. Und das war, so meinte Wolfgang, fast ein bisschen Rache am Dünkel seiner Frau. Aber er, der einzige Sohn, kam mit einer Afrikanerin anderer Hautfarbe... Wie der Vater, bei aller Toleranz, das aufnehmen würde, konnte Wolfgang nicht voraussehen. Mit einem tiefen Seufzer wollte er sich zurückfallen lassen, als unten die Tür aufgerissen wurde und Sekunden später Ricardo im Zimmer stand.

"Ich glaube", sagte er ganz leise zu Wolfgang, "ich war ein Riesenrindvieh."

"Wenn du es nur einsiehst. Eine Frau wie Monika bekommst du nie wieder und ich glaube, sie hat mit dem Gedanken gespielt, dich zu verlassen und ihr Kind allein großzuziehen. Oder ich müßte mich in meiner Schwester sehr getäuscht haben."

"Nein, hast du nicht. Wenn ich mir vorstelle, was ich durch diesen blöden Satz beinahe angerichtet hätte..."

Ricardo raufte sich die Haare. "Dabei habe ich das gar nicht so gemeint."

"Das kann ich mir sogar denken", erwiderte Wolfgang ungerührt. "Aber, du ahnungsloser Engel, vielleicht hättest du deine Frau mal gefragt, was sie denn mit dir besprechen wollte."

"Dazu ist es doch gar nicht mehr gekommen. Sie ist aufgestanden, rausgegangen und ich hab's dann völlig vergessen."

"Typisch Mann. Aber ich fürchte, im Ernstfall bin ich auch nicht besser."

"Wie auch", grinste Ricardo, "selber Mann."

Aber dann wurde er ernst. "Komm jetzt erst mal wieder runter. Wir müssen überlegen, was wir mit Deiner Hamm.. ??? machen."

"Hamami", half Wolfgang weiter.

"Ach ja. Ist aber auch ein komplizierter Name."

"Ich habe mich daran gewöhnt. Genauso, wie ich mich an sie einfach gewöhnt habe. Als ich Hamami kennenlernte, war sie nichts anderes als eine Mitarbeiterin bei Vater im Werk. Ich machte dann meine Volontärzeit und Hamami war einfach immer da. Dass sie dunkler ist als wir, fällt dir nach einer gewissen Zeit noch nicht einmal mehr auf. Allerdings, meinte Wolfgang, sie ist ja auch nicht schwarz."

"Was denn?", stöhnte Ricardo. "Gelb?"

"Nein." Wolfgang lächelte. "Sie ist eine Mulattin. Ein Teil der Eltern war weiß und der andere schwarz. Ich glaube, der Vater war weiß und davon hat sie den überwiegenden Teil abgekriegt. Und die Intelligenz ebenfalls. Der Vater ist einer der Ingenieure, die den Flughafen in Mombasa mit gebaut haben. Aber die Ehe der Eltern scheiterte nicht zuletzt daran, dass er dauernd auf Montage war. Hamami's Mutter musste die Kleine allein aufziehen und stieß im Deutschland der Nachkriegszeit auf einen Haufen Ressentiments. Darauf hin flog sie zurück nach Afrika und da wurden die Probleme dann noch gravierender. Sie war inzwischen das Leben in Deutschland doch sehr viel mehr gewöhnt, als sie es wahrhaben wollte. In ihrer Heimat wurde sie zur Außenseiterin. Sie erzog ihr Kind so, wie sie es hier kennengelernt hatte und stieß damit auf völliges Unverständnis im Dorf. Sie wurde gemieden und die anderen Kinder durften nicht mit Hamami spielen. Es muss wohl ein solches Desaster gewesen sein, dass sie ihre sieben Plütten erneut packte und trotz allem nach Deutschland zurückkam. Hamamis Vater unterstützte die beiden nach allen Seiten und vor ein paar Wochen haben sie jetzt auch wieder geheiratet."

"Wie? Die Beiden? Die Eltern?"

"Ja", lachte Wolfgang. "Die Eltern. Hamami ist inzwischen zwanzig; die Eltern waren also fast siebzehn Jahre geschieden. Und im heutigen Deutschland ist es ja doch inzwischen alles ein bisschen lockerer geworden. Gott sei Dank, möchte ich sagen. Das ändert aber nichts daran, dass wir im Augenblick ganz schön in der Tinte sitzen."

Monika kam zurück und sah die beiden an. "Seid Ihr Euch einig, wie es weitergehen soll?", fragte sie.

"Nein", seufzte Ricardo, "ich bin momentan auch nicht so besonders vom Denken zuhaus. Du mußt zugeben, dass in der letzten halben Stunde eine Menge auf mich eingestürzt ist und außerdem habe ich die Prügel noch nicht verdaut."

"Die du, und das wirst du ja wohl zugeben, zu Recht abbekommen hast, oder?" Monika sah ihren Mann herausfordernd an. Der stand auf und nahm sie in den Arm. "Kannst du mir nochmal verzeihen? Es tut mir wirklich leid. Aber du mußt zugeben, dass du dich auch nicht ganz okay verhalten hast."

"Hört auf", mischte Wolfgang sich ein. "Darüber haben wir schon gesprochen und ich denke, das können wir nun wirklich abhaken. Okay?"

"Okay. Du hast, wie leider des öfteren, recht."

Ricardo lehnte sich zurück und wollte gerade aufs Neue die Frage nach dem weiteren Fortgang stellen als Monika sagte: "So, Ihr zwei Helden! Und die Geschichte mit Hamami bereinige ich. Aber eines bitte ich mir aus: Ihr haltet auch wirklich Eure Klappe. Das Problem, lieber Wolfgang, hast du absolut richtig erkannt. Diesmal heißt das nicht Hertha Gutmooser. Diesmal wird unser

Vater das Problem sein. Dass Du ihm als der einzige Sohn dieses Hauses, auf den er alle Hoffnungen gesetzt hat, eine dunkelhäutige Schwiegertochter servierst, damit wird er verdammt zu kämpfen haben."

"Das fürchte ich auch."

"Ich nicht", ließ sich Ricardo vernehmen. "Ob Ihr mir das glaubt oder nicht, ich kann mir vorstellen, dass er trotzdem sehr tolerant reagiert. Irgendwie passt etwas anderes nicht zu ihm."

"Also, ich weiß nicht recht." Monika sah Ricardo etwas zweifelnd an. Trotzdem werde ich das morgen in die Hand nehmen. Heute ist es zu spät; wir haben gleich Mitternacht. Und außerdem muss ich jetzt wirklich ins Bett. Ich war vor über einer Stunde schon saumüde und das ist inzwischen nicht besser geworden. Aber", wandte sie sich an Wolfgang: "wolltest du nicht was essen?"

"Kaumstens", ging Ricardo dazwischen. "Er musste sein Problem loswerden und dafür hätte er auch gebratenes Gras gegessen."

Wolfgang musste lachen. "Du hast recht. Aber Ihr glaubt nicht, um wie viel es mir jetzt besser geht."

"Oh doch", konstatierte Monika, "dafür ist uns jetzt unwohler; so ist das wahrscheinlich immer. Der Eine ist sein Problem los und der Andere kann nicht mehr schlafen. Trotzdem gute Nacht. Ich bin jetzt endgültig im Bett. Ich kann kaum noch die Augen offenhalten. Ciao bis morgen!"

Sie drehte sich um und verschwand. Ricardo ging schweigend an den Barschrank und goß beiden noch einmal einen Whisky ein. "Deinen habe ich vorhin auf den Schock ausgetrunken", meinte er entschuldigend.

"Das dachte ich mir schon. Aber ich kann wirklich einen vertragen und den auch noch in aller Ruhe. Ich bin doch verteufelt aus dem Takt gekommen."

Ricardo wiegte nachdenklich seinen Kopf hin und her. Er machte sich Gedanken darüber, wie die Beiden eine Wohnung bekommen sollten. Bevor er diese Bedenken in Worte fassen konnte, sagte Wolfgang bereits: "Das größte Problem wird sein, eine vernünftige Wohnung zu finden. Wenn die Leute Hamami auf der Straße sehen, drehen sich alle um, weil sie bildschön ist. Aber, wenn es darum geht, eine Farbige im Haus wohnen zu haben, dann sieht das alles schon wieder ganz anders aus. Zumindest habe ich die Befürchtung", schloß Wolfgang.

Ricardo nickte. "So ungefähr sehe ich das auch. Aber, weißt du was, ich halte es wirklich für besser, wenn auch wir jetzt die Tafel aufheben. Warten wir ab, was Monika morgen erreicht. Sie hat in vielen Dingen eine sehr diplomatische Ader. Vielleicht zerbrechen wir uns unnötig den Kopf."

"Naja, schön wär's."

Wolfgang stand auf. "Aber du hast recht. Tschüß bis morgen. Schlaf gut und danke für's Zuhören."

Ricardo lächelte ihn an. "Das Kompliment kann ich dir ja nur zurückgeben. Irgendwie sind wir eine bescheuerte Familie. Findest du nicht auch?"

"Hau ab du Künstler!"

Ricardo schloß hinter ihm die Tür und ging gedankenverloren im Zimmer auf und ab.

***

Sonntag

Sonja hatte die Augen noch zu und hörte im Halbschlaf, wie es tropfte. Irgendwie waren die Fensterbänke unglücklich konzipiert. Immer, wenn es längere Zeit regnete, sammelte sich an einer Stelle Wasser und dann begann dieses nervtötende "tack-tack-tack". Seufzend streckte sie einen Zeh unter der Bettdecke hervor. Sonntag und Regen. Typisch. Sie erinnerte sich eines Ausspruches, den mal jemand im Büro von sich gegeben hatte. Wenn du aus dem Fenster guckst und kannst das Siebengebirge sehen, dann wird es bald regnen. Und wenn du es nicht mehr siehst, regnet's schon!

Das war mal wieder bezeichnend für ein Wochenende im Rheinland. Die ganze Woche durfte man unter Umständen im Büro Eier ausbrüten, aber am Wochenende kam der große Regen. Andererseits: sie würde jetzt etliche Wochen dauernd Wochenende haben, was sollte es also.

Langsam begann Sonja, sich aus der Decke zu schälen. Morgenmantel überziehen? Erstens war sie allein und zum zweiten scheiterte das Anziehen dieses Kleidungsstückes ohnehin daran, dass sie mit der Hand nicht durch den Ärmel kam.

Mit der gesunden Hand ergriff sie die Strippe von der Jalousie und zog sie langsam hoch. Naja, dachte sie, ganz so doll braucht's nun auch nicht gerade zu schütten. Notdürftig wurden die Kissen aufgeschüttelt und später die Küche inspiziert. Wo war der Kaffee? In der Dose war nur noch ein Rest und außerdem, fiel ihr in diesem Moment ein, hatte Melanie sich noch nicht gemeldet. Seltsam. Eigentlich war sie sehr zuverlässig. Aber vielleicht hatte sie gestern versucht anzurufen und sie war selbst nicht zu Hause. Ein bißchen meldete sich das schlechte Gewissen. Schließlich hätte sie auch selber mal anrufen und sich abmelden können.

Während Sonja noch darüber nachdachte und sich statt des Kaffees, mangels Masse, für Tee entschied, hörte sie draußen eilige Schritte, die sogar das monotone Geräusch des Regens übertönten. In Sonja regte sich ein Gefühl, was einer Panik gleichkam. Wer war das? Im gleichen Augenblick schalt sie sich selbst eine dumme Gans Immerhin sollte es doch wohl Menschen geben, die hastig im Regen herumliefen. Trotzdem blieb das unangenehme Gefühl. Sie horchte in die Diele. Alles ruhig. Außerdem, so resümierte sie, es kann ja keiner rein; außer Helmut und Melanie hatte niemand einen Schlüssel. Sie drehte sich um und ging in die Küche als sie hörte, dass hinter ihr etwas auf den Fußboden fiel. Ein Brief. Also war der Unbekannte doch im Haus. Ihr Herz raste und sie griff zum Telefon. Halb hatte sie Helmuts Nummer schon gewählt, doch dann legte sie den Hörer wieder auf. Was sollte das? Sie konnte nicht bei jeder Kleinigkeit zu Helmut rennen. Er hatte in den vergangenen Tagen so viel für sie getan. Schließlich hatte der auch mal Sonntag und wollte vielleicht ausschlafen können. Falls er nicht sogar Dienst hatte. Auch nach längerem Überlegen wußte sie nicht mehr, was er ihr am Abend zuvor gesagt hatte.

Zitternd ging sie in die Diele zurück. Da lag der Brief. Ein ganz normales, braunes Kuvert. Nur mit ihrem Vornamen beschriftet. Sonja sah ihn an und … ließ ihn liegen. Durch ihren Kopf geisterten die Bilder von Briefbomben und der letzte Rest von Mut verließ sie. Sie hockte sich in der Diele auf den Fußboden und ließ ihren Tränen freien Lauf.

Wie üblich war kein Taschentuch in erreichbarer Nähe und sie verfiel in ihre Kleinkindmanier, die Nase mit dem Handrücken abzuwischen. Ihr war im Augenblick alles egal. Vielleicht, überlegte sie, sollte ich die Polizei anrufen. Aber den Gedanken verwarf sie sofort. Die würden sie vermutlich bloß auslachen. Vor allen Dingen nach dem Scheißhaufen in der Wohnzimmerecke. Diese Story hatte gewiß die Runde gemacht.

Nach einer gewissen Zeit beruhigte sie sich und ging dann doch in die Küche. Zuvor sah ihr aus dem Garderobenspiegel ein total verheultes Gesicht entgegen.

"Sehr erhebend", dachte sie sarkastisch. "Wo habe ich eigentlich meine Nerven gelassen?"

Unnötig, diese Frage zu beantworten.

In der Küche stellte sie ein weiteres Mal fest, dass man mit einer Hand wirklich aufgeschmissen war. Den Wasserkocher konnte sie mit der linken Hand nicht heben. Umdisponieren. Eine Tasse aus dem Schrank, in die Spüle stellen, Wasser einlaufen lassen und das dann in den Wasserkocher.

Das kann wirklich heiter werden, dachte sie.

Trotzdem bastelte sie sich, so gut es ging, ein Frühstück zusammen und bemühte sich, nicht an den fragwürdigen Umschlag in der Diele zu denken. Sie würde ihn einfach ignorieren, das war das beste. Die Sonntagszeitung, die der Nachbar immer mitbrachte, lag vor der Tür. Heute musste sie liegenbleiben, denn eines stand für Sonja fest, freiwillig würde sie die Tür nicht öffnen. Wußte sie denn, ob da nicht jemand draußen stand? Schuckert befand sich in Untersuchungshaft, das war bekannt. Aber wo war der Zweite? Sie war sicher, dass er sich in der Nähe aufhielt. Die beiden waren immer nur im Doppelpack unterwegs. Warum sollte das nun anders sein. Bloß – was zum Teufel – wollte man von ihr? Die DDR gab es nicht mehr, spioniert hatte sie nicht und ihr Ex–Schwiegervater war schon etliche Jahre tot. Sonja verstand absolut nichts und gestand sich ein, dass sie in dieser Lage vor allen Dingen Helmut bei sich haben wollte. Zum zweiten Mal an diesem Morgen verkniff sie sich ein Telefonat.

Statt dessen ging sie ins Wohnzimmer und schaltete den Fernseher ein. Sie brauchte ein bißchen Berieselung. Normalerweise griff sie in Momenten wie diesen zu ihrer geliebten russischen Musik, aber sie wußte, dass sie dann wieder anfangen würde zu heulen. Mißmutig stellte sie fest, dass heute aber auch gar nichts stimmte.

Tempo's hatte sie außerdem keine mehr.

Es war einfach alles Sch…

Die Bügelwäsche lachte sie auch an. Das ging nun schon gar nicht und sie überlegte, einen Teil zusammen zu legen und den Rest zum bügeln wegzugeben. Melanie war zwar eine Seele von Mensch ... hoffentlich meldet die sich bald mal ..., aber mit Hausarbeit stand sie auf Kriegsfuß.

Also gut, dachte Sonja, dann werde ich mal bei ihr anrufen. Es ist inzwischen nach zehn Uhr und da dürfte sie wohl nicht mehr pennen.

"Rrrrrrr -Rrrrrrr - Rrrrrrr" - nichts!

Komisch, normalerweise ist sie doch daheim, wenn Klausdieter auf Reisen ist.

Aber vielleicht war sie zur Schwiegermutter. Mit ihr konnte sie es zwar nicht besonders, aber die Frau war alt, krank und Melanie gutmütig. Sie erzählte einmal, dass sie bereit sei, unter den derzeitigen Gegebenheiten die alten Geschichten zu vergessen.

Sonja hatte ihr damals gesagt, dass sie das wohl nicht könne. Es käme halt darauf an, was man ihr getan hätte und sie vergaß nun einmal nichts. Das war nicht nur für die Umwelt problematisch, am schlimmsten war es für sie selbst. Sie wußte oftmals noch um Geschehnisse von vor dreißig Jahren und *rächte* sich dann nach einer so langen Zeit noch. Meistens war sie selber dann die Gekniffene, die Anderen wußten nämlich überhaupt nicht mehr, um was es ging und fielen aus allen Wolken. Die Rache verpuffte im Nichts und die einzige, die sich damit schadete, war sie selbst. Das hielt sie sich oft genug vor Augen, aber sie konnte nicht aus ihrer Haut. Das hatte sogar Helmut schon festgestellt.

Womit sie wieder beim Thema war.

Warum rief er bloß nicht an? Er hatte doch in den vergangenen Tagen immer gerochen, wenn mit ihr etwas nicht stimmte. Ausgerechnet heute meldete er sich nicht. Sie hatte sogar seine Handy-Nummer, aber sie traute sich nicht. Wenn er im Dienst war ... ? Schließlich ging das niemand anderen etwas an.

Was eigentlich?

Es gab nichts, was irgend jemanden etwas anging oder auch nicht. Trotzdem.

Sie guckte die Bügelwäsche noch einmal schief an und flegelte sich dann in den Fernsehsessel. Umwerfend war das nicht, was da geboten wurde; und vom Durchzappen wurde das Programm auch nicht besser.

Sollte ich vielleicht doch die Zeitung von draußen ???, dachte sie. Nein, besser nicht.

Im gleichen Moment hörte sie Schritte vor der Diele. Aber das waren eindeutig zwei Personen gewesen. Kurz darauf schlug die Haustür zu. Trotz des Türschließers knallte das immer, als würde jemand sie mit voller Wucht zudonnern.

Sonja saß senkrecht.

Die Angst war wieder da und sie schlich zum Fenster. Als ob von draußen jemand sie sehen oder hören konnte. Aber sie sah nur noch eine Gestalt um die Hausecke verschwinden. Wer es war, konnte sie nicht erkennen.

Egal ob Sonntag oder nicht. Alle Bedenken beiseite schiebend hastete sie zum Telefon und wählte Helmuts Nummer. Mit links so eine Sache und sie verwählte sich prompt.

"Heinrichs".

"Wer ist da bitte?"

"Heinrichs".

"Oh Entschuldigung, ich habe mich verwählt."

"Bitte sehr."

Sonja legte den Hörer auf und schwor sich, als nächste Investition ein Telefon zu kaufen, in dem man Nummer einspeichern konnte. Dieses hier war tiefstes Mittelalter. Melanie hatte sie oft genug damit aufgezogen, aber sie hatte immer gesagt: "Warum, ich komme damit zurecht und außer mir benutzt es normalerweise niemand."

Noch während sie erneut versuchte, zu wählen, hörte sie auf der Treppe Schritte. Helmut. Sie kannte seinen Schritt inzwischen und riß die Tür auf.

Im gleichen Moment blieb sie wie angewurzelt stehen. "Was ist denn mit dir passiert? Wie siehst du denn aus!?"

"Oooch", meinte er, ein bißchen schief grinsend, "ich habe nur jemanden von Deiner Tür verscheucht, der offensichtlich Wurzeln schlagen wollte. So ein kleiner Dicker ..."

Sonja schluckte. "So ein kleiner Dicker? Ein bißchen schütteres Haar?"

"Nee, keine Haare."

"Naja, vielleicht sind sie ihm ja inzwischen ausgefallen."

"Sag mal, von wem sprichst Du eigentlich? Kennst du den Typen etwa, der hier rumstand?"

Mißtrauisch sah Helmut in Sonjas Gesicht.

Dabei fiel ihm auf, dass sie abgespannt und verheult aussah.

"Was is'n los?"

Wortlos deutete Sonja auf den noch immer am Boden liegenden Umschlag.

"Was ist das denn?", wunderte Helmut sich.

Langsam und sich zur absoluten Ruhe zwingend, erzählte Sonja ihm den Verlauf des bisherigen Vormittags.

Als erstes polterte Helmut los: "Sag mal, du tickst wohl nicht sauber. Bloß, weil du meinst, ich könnte eventuell schlafen wollen oder Dienst haben, oder irgend jemand *merkt* was ... was eigentlich? Bloß darum hast du nicht sofort angerufen?"

"Ich wollte dir einfach nicht auf den Keks gehen", meinte Sonja kleinlaut.

"Du bist hoffnungslos doof", seufzte Helmut. "Aber jetzt berichte mir bitte mal der Reihe nach, was es damit auf sich hat. Es hängt also mit dieser Geschichte und Schuckert zusammen?"

"Klar. Er ist der ominöse Zweite, von dem die Rede war. Jetzt ist er doch da. Und weißt du was, ich hab' einfach Angst. Schuckert sagte, dass er mich besser damals schon kaltgemacht hätte ..."

"Nu mal janz langsam mit die jungen Pferde", meinte Helmut in gemütlichem berlinerisch, dessen Ruhe inzwischen wieder hergestellt war. "So einfach ist das nicht."

"Sagst du; was glaubst du wohl, warum ich diesen vermaledeiten Brief da habe liegenlassen, wo er hingeflogen ist, als der Kerl ihn

durch den Briefschlitz warf. Weil ich automatisch an eine Briefbombe gedacht habe ..."

Jetzt musste Helmut doch ein bißchen grinsen. "Ich wußte gar
nicht, dass du soviel fern siehst."

"Bäääh ! Du hast gut lachen. Du hast den Schreck ja nicht gekriegt. Denn, guck dir den Umschlag mal an. Da steht nämlich
bloß Sonja drauf. Sonst nichts. Ist das vielleicht normal?"

"Sicher nicht", musste Helmut einräumen. "Aber was machen wir
jetzt damit? Vielleicht zur Polizei bringen?"

"Habe ich auch schon dran gedacht, bloß kriegen die vermutlich
'nen Lachkrampf, wenn ich auftauche. Immerhin war die Feuerwehr hier und das bloß wegen ... naja, du weißt schon."

"Scheißhaufen hin oder her. Das ist nicht geheuer und ich bringe
das Ding zur Polizei. Du bleibst derweil hier und machst vor allen
Dingen niemandem die Tür auf."

Bei allem Elend fing Sonja an zu lachen.

"Ach ja, sprach die besorgte Frau Mama: ich geh nun aus und du
bleibst da!!!"

"Jawohl mein Schatz. Und ich gehe jetzt."

Sonja begleitete ihn zur Tür.

Am besten schließt Du hinter mir zweimal zu. Aber zieh bitte den
Schlüssel ab, sonst komme ich nachher nicht mehr rein."

"Wieso? Ich bin doch da."

"Natürlich; aber vielleicht haust du dich doch mal ein bißchen aufs
Ohr. Allzuviel Möglichkeiten, etwas zu tun, dürftest du kaum haben
und Ruhe ist jetzt für dich sowieso erste Bürgerpflicht."

Sonja lächelte. "Du hast wohl recht, wie?"

"Ich hab' immer recht!"

"Glaubst du?! Mach hin! Damit du bald wieder da bist. Ich warte
auf dich."

Letzteres kam ganz leise, aber Helmut drehte sich noch einmal um.
"Ich weiß."

Damit zog er die Tür ins Schloß und ging die Treppe hinunter. Sonja holte den Schlüssel vom Dielentisch und schloß tatsächlich zweimal ab. Seltsam beruhigt ging sie ins Wohnzimmer und hockte sich wieder in ihren Sessel. Ob das immer so war, wenn man sich auf jemanden felsenfest verlassen konnte? Sie hatte das nie kennengelernt. Aber es musste auch für die Dauer ein sehr beruhigendes Gefühl sein. Geborgen, sich einmal anlehnen können, nicht immer die Starke markieren. Sie fand, leise schmunzelnd, das sei einfach nur angenehm.

Inzwischen war Helmut in der Polizeidienststelle angekommen und erntete, wie erwartet, ein maliziöses Grinsen. Die Story hatte tatsächlich die Runde gemacht und selbst die Beamten, die heute Dienst taten, wußten bereits Bescheid. Nachdem er jedoch die Geschichte erklärt hatte, verzog der Dienststellenleiter doch das Gesicht und meinte: "Da gehen wir besser nicht so ohne weiteres ran. Vielleicht ist die Angst von Frau Hanser doch begründet. Besser, wir holen einen Sprengstoffspezialisten dazu."

"Fragt sich bloß, wo wir den heute herkriegen?"

"Na, muß das denn heute sein?", fragte der Beamte zurück.

"Nein, eigentlich hat das Zeit."

"Von wegen", mischte sich ein Anderer ein, "Ihr glaubt doch wohl nicht im Ernst, dass ich mit diesem ungeklärten Etwas hier hocken bleibe. Ich habe nämlich Innendienst und wenn da wirklich was drin ist, gehe *ich* damit in die Luft!"

"Da hat er recht. Also rufen wir Gussmann an. Der müßte daheim sein. Soweit ich weiß, hat der seine Schwiegermutter zu Besuch."

"Grund genug, abzuhauen", grinste Helmut. "Wie sichts aus, brauchen Sie mich noch?"

"Hmhm, tja, wissen Sie, es wäre vielleicht gar nicht verkehrt, die ganze Chose im Protokoll festzuhalten. Immerhin gehört das Vorkommnis zu einem schwebenden Verfahren und außerdem haben Sie uns erzählt, dass der Betreffende, dem wir den zusätzlichen

Sonntagsdienst zu verdanken haben, nicht ganz ohne Vergangenheit ist."

"Um nicht zu sagen, er hat eine äußerst üble Vergangenheit. Dazu kann Schuckert Ihnen mit Sicherheit mehr sagen. Allerdings sitzt der im Knast."

"Mit 'ner ramponierten Kinnlade", grinste der Beamte.

Dem Dienststellenleiter war die Geschichte nur in groben Zügen bekannt. Helmut wurde aufgefordert, nochmals zu erzählen.

"Sachen gibt es!", wunderte sich der Kollege. "Aber in unserem Staat ist ja seit einiger Zeit alles möglich."

"Wie wahr!"

Der Beamte, der den Innendienst noch vor sich hatte, sprach inzwischen mit Gussmann, dem Sprengmeister. Er erzählte ihm mit knappen Worten, was vorgefallen war und Gussmann, der mit seiner Schwiegermutter ausgezeichnet auskam und deshalb seine sonntägliche Ruhe eigentlich nicht gern unterbrach, erklärte sich sofort einverstanden, zu kommen.

"Da haste Recht, Kumpel", meinte er. "Damit kann man wirklich nicht vorsichtig genug sein. Ich komm gleich. Sagen wir mal ... in ungefähr zwanzig Minuten bin ich da. Und bis dahin lass dieses Ding um Himmels Willen liegen, wo es ist. Du hast mich verflixt unruhig gemacht."

"Er ist in zwanzig Minuten hier."

"Na bestens!"

Der Dienststellenleiter hatte inzwischen Helmut das Protokoll auf Kassette sprechen lassen. Das konnte die Polizeisekretärin abtippen, wenn sie am Montag kam. Soviel Zeit hatte der schriftliche Kram allemal.

***

Ricardo 1975 – 1980

Am anderen Morgen stellte Monika fest, dass das Bett neben ihr leer war. Sie überlegte und kam zu dem Schluß, dass Ricardo einen heftigen Schock gekriegt haben musste. Freiwillig stand er sonst nie vor neun Uhr auf. Und jetzt war es gerade mal halb sieben; normalerweise auch nicht gerade ihre Zeit.

Noch während Monika überlegte, warum sie selbst so früh aufgewacht war, kam Ricardo ins Schlafzimmer und balancierte ein volles Tablett.

"Himmel", lachte Monika, "was ist denn mit dir passiert?"

Mit einem schiefen Grinsen stellte Ricardo das Tablett vorsichtig ab und atmete einmal tief durch. "Irgendwie ist es doch was anderes", meinte er.

"Was ist was anderes?"

"Ob man eine Pizza durch die Gegend trägt oder gebutterten Toast mit Honig und eine volle Tasse mit heißem Tee."

Monika lachte. "Da ist was dran; aber du hast meine Frage nicht beantwortet, was mit dir los ist. Schließlich bin ich nicht gewöhnt, Frühstück ans Bett zu bekommen."

"Naja … du mußt dich ja jetzt wohl doch ein bisschen mehr schonen", meinte Ricardo. "Das Baby soll doch gesund sein und dir soll es auch gutgehen."

Monika konnte sich ein Grinsen nicht verkneifen. Aha, ein bißchen *mehr schonen*, dachte sie. Hört sich fast so an, als hätte ich mich überhaupt immer geschont. Um nicht gleich wieder eine Mißstimmung aufkommen zu lassen, schluckte sie die Bemerkung aber runter und meinte statt dessen: "... und dann muß ich wohl zu Vater fahren."

Ricardo nickte. "Mußt du wohl. Du hast es Wolfgang versprochen. Obwohl ich absolut dagegen bin, dass du dich damit befasst."

???

"Ich finde einfach, Wolfgang muss da allein durch. Nicht, dass du, oder wer auch immer, ihm nicht helfen solltest. Ich glaube ganz einfach, dass Ihr einen furchtbaren Fehler macht. Dein Vater wird grenzenlos enttäuscht sein, wenn Wolfgang dich als eine Art Vorhut schickt."

"Hm – meinst du? Aber du warst gestern Abend doch auch unserer Meinung, dass die Geschichte eine Menge Staub aufwirbeln wird. Oder?"

"Dass sie Staub aufwirbelt schon, aber ich habe Euch gleich gesagt, dass ich der Ansicht bin, Ihr irrt Euch in Hans Gutmooser."

Monika nahm den letzten Schluck Tee und reckte sich. "Egal, ich hab's versprochen und jetzt muss ich auch durch."

"Ihr beide mit Eurem Korrektheitsfimmel", knurrte Ricardo. Er schnappte sich das Tablett und machte sich auf den Weg in die Küche. "Bist du um elf zurück?", fragte er noch.

"Das hoffe ich. Aah, da fällt mir ein: Ricardo, ich glaube, wir brauchen doch jetzt langsam auch hier oben wirklich ein Telefon."

Im gleichen Atemzug war sie auch schon fertig angezogen und hatte die Tasche unterm Arm.

"Ciao Schätzchen. Drück' mir die Daumen; ich beeile mich auch."

Vor der Haustür überlegte sie, ob sie zu Fuß gehen oder lieber den Bus nehmen sollte. Einerseits hatte sie es eilig, andererseits verschaffte der Fußweg ihr die Möglichkeit, nochmal darüber nachzudenken, wie sie ihrem Vater diese Geschichte beibringen könnte. In Gedanken versunken, entschloß sie sich für den Fußweg.

*

Mißmutig sah Helene Bartels, von allen nur HB genannt, von ihrer Schreibmaschine hoch und rief herein. Gleichzeitig schrillte das Telefon; eine Situation, die sie ohnehin haßte. Sie nahm den Hörer ab und wies mit der anderen Hand der eintretenden Monika einen Sessel an, Platz zu nehmen.

Helene Bartels war noch ein Faktotum alter Schule. Sie liebte ihren Beruf und schwärmte für ihren Chef, was sie manchmal dazu verleitete, Hertha Gutmooser ein wenig von oben herab zu behandeln. Das ärgerte diese nicht gerade wenig und sie hatte schon öfter als einmal versucht, ihren Mann davon zu überzeugen, dass diese Bartels nun wirklich nicht die Richtige sei. Aber auf dem Ohr war Hans Gutmooser taub. "Ich weiß, dass du sie nicht abkannst", hatte er einmal zu Hertha gesagt, "aber ich weiß, was sie kann. Und in diesem Fall ist das ausnahmsweise mal wichtiger."

"HB" hatte das Telefonat beendet und dreht sich zu Monika um. Neidvoll konstatierte sie, dass die Kleidung der jungen Frau nicht aus einem Billigkaufhaus stammte, ebenso wenig wie die Schuhe. Und das, obwohl diese Göre einen Ausländer geheiratet hatte. Einen Italiener! Damals hatte Hertha Gutmooser sich bei ihr ausgekotzt. Und dieses eine Mal waren die beiden sich einig gewesen. Beide gaben sich große Mühe, entsprechende Intrigen zu spinnen. Erfolglos. Sie hatten weder mit Monikas Standhaftigkeit gerechnet, noch damit, dass auch Hans Gutmooser seinen Freund und dessen Eigenheiten kannte und einzuschätzen wußte. Sie ließen sich nicht irreführen. "Ich kenne meinen Freund Ricardo", hatte er gesagt, "und wagt es nicht noch einmal, ihn schlechtzumachen."

Hertha hatte die Zähne zusammengebissen und HB nur die Schultern hochgezogen. Da konnte man nichts machen. Plan gescheitert. Und nun saß eben diese Monika, todchic angezogen, vor ihr. Bevor diese etwas sagen konnte, kam es aber auch schon von HB: "Es tut mir leid, aber Ihr Vater hat gerade ein Personalgespräch. Da können Sie nicht stören."

"Ich warte", warf Monika gleichmütig hin. Und das, obwohl ihr das Herz bis zum Hals schlug. Aber die Sympathien für HB hatten sich immer schon arg in Grenzen gehalten und seit sie ganz zufällig eine abfällige Bemerkung über ihre sogenannte "Mischehe" gehört hatte, war es ganz vorbei. Monika sah angestrengt aus dem Fenster und HB drehte sich wieder zu ihrer Schreibmaschine um. Aus dem Chefzimmer war noch immer leichtes Stimmengemurmel zu hören. Monika überlegte, wer da wohl drin sein könnte, da der Vater in den letzten Wochen und Monaten von keiner Neueinstellung, Pensionierung oder Entlassung gesprochen hatte.

Die Geräuschkulisse veränderte sich und ließ auf ein bevorstehendes Ende des Gespräches schließen. Bevor HB sich so vor die Tür stellen konnte, dass sie Monika die Sicht verdeckte, hatte diese sich bereits postiert. Sie interessierte weniger, wer da gleich rauskommen würde; sie wollte nur verhindern, dass HB mal wieder ihre Allmacht ausspielen konnte. "... und danke. Danke dafür, dass Sie gekommen sind und mir rückhaltlos die Wahrheit erzählt haben", hörte Monika die Stimme ihres Vaters hinter der Tür. Die Klinke wurde herunter gedrückt und heraus trat eine elegante, hochgewachsene Dame mit auffallend getönter Haut.

"Hamami", entfuhr es Monika und beide, Hans Gutmooser und seine Besucherin, die wirklich Hamami war, sahen baß erstaunt auf Monika.

Geistesgegenwärtig zog Hans Gutmooser sowohl Hamami als auch seine Tochter in das Innere des Büros zurück.

"Sie ist eine Kanone auf ihrem Gebiet", wies Hans Gutmooser mit dem Daumen auf die imaginäre HB im Vorzimmer, "aber es gibt ein paar Sachen, die braucht sie nun wirklich nicht unbedingt mitzukriegen."

Monika nickte. "Glaube ich auch. Nachdem sie sich über Ricardo und mich schon ausgiebig aufgeregt hat ..."

Hamami sah abwechselnd von Hans Gutmooser auf Monika und überlegte, warum die junge Frau ihren Vater so überraschend im Büro aufgesucht hatte. Sie gab sich einen Ruck, nachdem sie stillschweigend zwei und zwei zusammengezählt hatte und mit einem schnellen Seitenblick auf ihren Chef drehte Hamami sich zu Monika um. "Sie wissen ... ?"

"Ja", sagte Monika nur und Hans Gutmooser schluckte schwer. "Warum hat Wolfgang dich vorgeschickt?", fragte er leise.

Blitzartig begriff Monika, dass Richardo recht gehabt hatte. So ruhig wie möglich sagte sie zu ihrem Vater: "Er hat mich nicht geschickt. Ich war diejenige, die gesagt hat, laß mich das regeln. Aber ich glaube, und ein kleines Lächeln stahl sich in ihr Gesicht, ich bin eine halbe Stunde zu spät."

"Nein", meinte Gutmooser, "zu spät sowieso nicht. Nur, so angenehm auch das Gespräch mit Hamami verlaufen ist, ändert alles nichts daran, dass wir ganz hübsch in der Tinte sitzen. Und zwar alle!"

Hamami sah angestrengt auf ihre Schuhspitzen. "Vielleicht wäre es ja doch besser, wenn ich Deutschland verlassen würde."

"Nein!" Monika war aufgesprungen und in ihr regte sich der alte Kampfgeist. "Das kommt überhaupt nicht in die Tüte", protestierte sie. "Wir werden Vorreiter spielen. Ich habe einen Ausländer geheiratet; warum soll mein Bruder keine Ausländerin heiraten?!"

"Ricardo ist aber weiß."

Dieser leise hingeworfene Einwand von Hamami stand wie eine Nebelwolke im Raum und auch Monika kaute an den nächsten Worten. "Vater, sag du doch auch was."

Bevor Hans Gutmooser reagieren konnte, öffnete sich mit einem Schwung die Bürotür. Wolfgang hatte sich, gegen den Willen von HB, die vor Neugier bald platzte, Zutritt zum Allerheiligsten verschafft. Sein geknurrtes: "halt die Klappe alte Zimtziege", hatte sie Gott sei Dank nicht mehr gehört.

"Wolfgang!" Dreistimmig.

Wolfgangs ausgeprägter Sinn für Situationskomik gewann die

Oberhand. Er lachte Tränen und riss seinen Vater, Hamami und Monika mit. Nach dieser Lachsalve begannen alle gleichzeitig zu reden und Hans Gutmooser musste ein Machtwort sprechen.

"Stopp, meine Lieben. So geht's nicht. Hübsch der Reihe nach und als erster bin ich dran. Okay?"

Die plötzlich eingetretene Stille wurde fast körperlich greifbar. Vor dem Fenster hielt ein Auto und aus dem Radio, was in dieser Zeit beileibe nicht jeder hatte, erscholl als Krönung der makabren Situation, Udo Jürgens' "...die Nachbarn sagen, wir müssen raus. Denn das ist hier ein ehrenwertes Haus !"

Hans Gutmooser ging zu seinem Schreibtisch und ließ sich bleiern in seinen Sessel fallen. Ganz am Rande registrierte er, dass die Zugehfrau wieder einmal vergessen hatte, seine Stifteschale wegzuräumen und ordentlich Staub zu wischen. Ich muß ihr das doch noch einmal sagen, nahm er sich vor. Abwartend sah er auf Wolfgang. "Nun", sagte er leise.

Wolfgang senkte erst den Kopf, drehte sich aber dann zu Hamami um und stellte sich neben sie. "Ja Vater, es ist genau so. Und du kannst uns glauben, wohl ist uns auch nicht in unserer Haut. Aber, schluckte er, ich denke doch, dass du dafür Verständnis hast, dass ich Hamami keinesfalls in dieser Lage im Stich lassen werde. Notfalls werden wir beide Deutschland verlassen. Das dürfte angesichts dessen, was uns von Mutters Seite noch bevorsteht, womöglich das beste sein."

"Darum geht es nicht", wandte Hans Gutmooser ein. "Was du vorhast, ist weglaufen. Aber auch darum geht es nicht. Es geht darum, dass du kein Vertrauen hattest. Verstehst du. Nur darum."

Wolfgang sah zu Boden. "Ich hatte Angst."

"Angst? War ich ein so schlechter Vater, dass du Angst vor mir haben mußt?"

"Nein, du warst zu gut. Vielleicht versuchst du trotzdem einmal, dich in meine Lage zu versetzen. Ich, dein einziger Sohn, Hoff-

nungsträger, dürfte dich nach geltenden Maßstäben maßlos enttäuscht haben."

Hans Gutmooser stand auf. "Hier geht es nicht um Enttäuschun-
gen, Hoffnung oder ähnlichen Firlefanz. Geltende Maßstäbe! Was
soll das? Für mich haben noch niemals die Maßstäbe anderer ge-
golten, die die sogenannte Moral publik machen, sonst hätte ich
wohl vor etlichen Jahren Ricardo nicht nach Hause eingeladen,
oder? Hans Gutmooser schmunzelte in der Erinnerung. Die Nachbarn haben sich ja auch lange genug das Maul zerrissen. Und als
Monika dann den *Ittaker* auch noch geheiratet hat, war das Getrat-
sche wirklich komplett. Aber, räusperte er sich, wie schon gesagt...
darum geht es jetzt nicht. Hier geht es beispielsweise um die handfeste Frage, wie es weitergehen soll. Hamami hat es vorhin glasklar
zusammen gefasst: Ricardo ist Ausländer ... aber weiß!"

"Hamami ist doch nicht schwarz", warf Monika dazwischen.

"Natürlich nicht, aber weiß eben auch nicht."

"Und wir sind unserer Zeit dann wohl um eine paar Jahrzehnte
voraus. In fünfzehn oder zwanzig Jahren wird es keinen Menschen mehr interessieren, ob du verheiratet bist und wenn, ob dein
Partner grün/gelb-kariert ist. Aber heute! Und wir leben heute!"

Wolfgang seufzte. "So sieht es aus. Fest steht aber auch, dass wir
so schnell wie möglich heiraten müssen. Bevor man bei Hamami
was sieht."

"Stimmt", sagte Monika ganz nüchtern dazwischen. "Ist Euch eigentlich aufgefallen, dass wir in der vergangenen halben Stunde einen Aspekt völlig vergessen haben?! Unsere Mutter!"

Bevor jemand darauf antworten konnte, bimmelte das Telefon auf
dem Schreibtisch.

"Ja!", bellte Gutmooser.

"Entschuldigung", säuselte HB, "aber Ihr Schwiegersohn ist in der
Leitung und läßt sich nicht abweisen."

"Oh, das ist gut. Stellen Sie durch."

HB knirschte mit den Zähnen. Sie hätte zu gern gewußt, was da drin verhackstückt wurde. Das musste doch äußerst interessant sein.

Sie starrte auf die geschlossene Tür und überlegte, ob sie nicht einfach ihre Lieblingsfeindin anrufen sollte. Man könnte doch mal ganz blöd fragen, ob alles in Ordnung sei, wo sich die ganze Familie hier versammelt und nur die Dame des Hauses möglicherweise nichts davon wußte. HB hatte den Hörer schon in der Hand, als letztendlich ihre Loyalität über die Neugier siegte. Aber seltsam war das schon, vor allem, weil auch diese Schwarze mit dabei war. Das war überhaupt komisch. Hamami Schulte-Krott. Wie konnte man schon so heißen. Seufzend begab sie sich wieder hinter ihren Schreibtisch und hackte in die Tasten.

Hans Gutmooser sprach inzwischen mit Ricardo, der sich erkundigte, ob Monika noch bei ihm sei.

"Du wusstest, dass sie hierher kommen wollte?"

"Ja sicher, aber sie rechnete damit, eigentlich um elf rum wieder zu Hause zu sein, deshalb wollte ich fragen, ob alles okay ist", antwortete Ricardo.

"Okay ist gut", knurrte Gutmooser ins Telefon.

"Ja, ja – ich weiß. Wolfgang war gestern Abend bei uns..."

"Ach ja! Hier scheint jeder irgendwas zu wissen, außer mir!"

Gutmooser war inzwischen stocksauer.

Ricardo lächelte ein bißchen am anderen Ende. "Ich denke, es ist gar nicht so schlecht, dass du alles erst heute hörst. Wenn du gestern Abend dabei gewesen wärst, würdest du vermutlich einen Arzt benötigt haben. Aber", fuhr Ricardo fort, „so hast du zwar noch immer das Problem Wolfgang und Hamami am Hals, von dem auch Mutter noch nichts weiß, aber von dem großen Knatsch gestern Abend hast du wenigstens nichts mitgekriegt."

"Ich verstehe im Moment überhaupt nichts mehr. Vielleicht kann mich mal einer aufklären, was hier gespielt wird. Und, bellte Hans Gutmooser ins Telefon, vielleicht sagt mir auch mal jemand, wie wir die Geschichte mit Hamami Mutter beibringen, ohne, dass sie wieder einen ihrer passenden Herzanfälle bekommt."

Langsam ließ er sich auf seinen Schreibtischsessel zurückfallen. Seine Augen blieben auf dem feingezeichneten Gesicht Hamami's hängen. Unbewußt lächelte er. Sie ist wirklich eine bezaubernde junge Frau. Mit einem tiefen Seufzer drehte er sich wieder zum Telefon. "Bist du noch da,Ricardo?"

"Ja, soll ich irgend etwas tun?"

"Am besten kommst du auch noch her und wir halten Familienrat." Ricardo lachte. "Besser nicht. Ich könnte mir vorstellen, dass HB sowieso schon vor Neugier platzt. Dann stell dir vor, ich komme auch noch und die kriegt es fertig, daheim anzurufen. Hertha fällt dann aus allen Wolken, ist tödlich beleidigt und unser Plan, sie so schonend wie möglich auf die veränderten Situationen hinzulenken, geht in die Binsen."

"Womit du leider Recht hast."

Hans Gutmooser malte gedankenverloren Kringel auf die Schreibtischplatte. "Also ciao, Ricardo, ich denke, Monika kommt gleich heim."

"Aus deinem gesamten Wortlaut schließe ich, dass sie dir noch nichts erzählt hat", sagte Ricardo.

"Was soll sie mir denn noch erzählen", fragte Gutmooser zurück.

"Nun", grinste Ricardo in den Hörer, "vielleicht dass du gleich im Doppelpack Opa wirst. ...und tschüß, sagte Ricardo leise lächelnd, tschüß – du doppelter Opa."

Aufgelegt.

Hans Gutmooser sah fassungslos in die Runde. "Gibt's das?", fragte er. "Gibt es das wirklich?"

*

Hertha stand am Fenster und starrte blicklos hinaus. Sie hatte die Hände zu Fäusten geballt und die Fingerknöchel traten weiß hervor. In ihrem Kopf überschlugen sich die Gedanken. Schwanger war sie also. Ihr kleines Mädchen bekam selbst ein Kind. Eifersucht hämmerte in ihrem Kopf. Eifersucht und Haß. Sie wollte schon nicht, dass Monika heiratete. Nicht, weil es Ricardo war. Sie hätte ihr auch keinen anderen Mann verziehen. Sie war *ihr* Kind. Nur ihres ganz allein. Sie hatte damals unbedingt ein Mädchen haben wollen. Zum Liebhaben und Behalten.

Hertha war selbst daheim das ungeliebte Mädchen gewesen. Sie hatte noch zwei Brüder, die immer vorgezogen wurden und sie schwor sich damals, das tust du deinem Kind nicht an. Hatte sie denn nicht alles für Monika getan? Alles? Das Kind brauchte nur einen Wunsch zu äußern und er wurde erfüllt. Dass sie das trotzdem nicht zeigen konnte und Monika vielleicht gar nicht wußte, wie sehr sie sie liebte, überlegte sie nicht. Im Gegenteil. Monika war auch Vaters Liebling, aber das fand auf einer anderen Basis statt und Hans Gutmooser war durchaus in der Lage, seiner Tochter auch mal etwas abzuschlagen. Damit gingen dann die Machtkämpfe zwischen den beiden wieder los. Und dann kam später auch noch Wolfgang. Sie hatte einem zweiten Kind zugestimmt, obwohl es ihr nicht ganz recht war. Aber sie dachte, sie könne ihrem Mann das nicht verwehren, weil sie ja nun ihr Mädchen hatte. Wenn es etwas gab, was sie hasste, dann den Weg, der dorthin führte. Sie hasste Sex und auch die Tatsache, eine Frau zu sein. Hans hatte oft genug versucht, mit ihr darüber zu sprechen. Sie hatte grundsätzlich abgeblockt. Das war eines der Themen, die bei ihr unter der Kategorie: *darüber spricht man nicht* zu finden war. Damals, im Urlaub in Italien, war sie gelöster. Doch in den vergangenen Jahren war sie wieder so sehr in ihrem Umfeld eingebunden, dass sie die Leichtigkeit dieser wenigen Wochen wieder abgelegt hatte. Hans Gutmooser hatte ihr einmal im Zorn vorgeworfen, sie sei eine eisgekühlte Sirene. Das vergaß sie ihm nie. Dabei war sie doch nur *anständig*. Was sie darunter verstand. Aber Hans begriff nichts. Männer, dachte sie verächtlich, Männer verstehen sowieso nie etwas. Sie wollen ihr Vergnügen. Und ob man sich dabei gedemütigt fühlt, ist ihnen völlig egal.

In ihrer rasenden Eifersucht kam es Hertha gar nicht in den Sinn, wie ungerecht sie wurde. Hans war immer ein sehr verständnisvoller Mann, aber alles konnte und wollte er nicht akzeptieren. Eine vernünftige Partnerschaft, pflegte er zu sagen, beinhaltet auch ein körperliches Zusammenleben. Und das sah Hertha völlig anders. Eigentlich, das hatte ihr sogar Wolfgang mal an den Kopf geschmissen, würde sie gut in ein Kloster passen.

Hertha wandte sich vom Fenster ab und versuchte, sich zu beruhigen. Es war nun nicht zu ändern. Ausgerechnet Monika. Bislang hatte sie den Gedanken, dass ihre Tochter ein absolut normales Eheleben führen könnte, erfolgreich verdrängt. Sie wollte sich einfach nicht vorstellen, dass sie mit ihrem Mann schlief.

Monika war doch ihr kleines Mädchen geblieben. Und dann – endlich – kamen die erlösenden Tränen.

Nachdem sie ein paar Strophen geheult hatte, verzog sie sich ins Badezimmer. Ihr Spiegelbild warf ihr eine verzerrte Fratze entgegen, vor der sie selber erschrak. Um Himmels Willen, dachte sie, so darf Hans mich nicht vorfinden. Dann geht das ganze Geseire von vorne los. Sie wusch sich das Gesicht mit kaltem Wasser und suchte einen Make-up-Ton heraus, der die Tränenspuren verdeckte. Noch einmal tief durchatmen. Dann ging sie zurück ins Wohnzimmer und setzte sich vor den Fernseher. Sie schaltete ein x-beliebiges Programm ein, nur um abgelenkt zu sein. Aber die Gedanken ließen sich nicht befehlen und fuhren weiter Karussell. Dazu musste sie sich noch an den Gedanken gewöhnen, Großmutter zu werden. Das war eigentlich gar nicht so schlimm. Wenn sie dabei an ihre eigenen Großeltern dachte; nun – viel hatte sie davon nicht gehabt. Die Oma mütterlicherseits wohnte weit weg, die andere Oma war ein bißchen komisch. Aber sie war als Kind immer damit klargekommen. Und jetzt sollte sie also auch Oma werden. Mit einem tiefen Seufzer schaltete sie den Fernseher wieder aus und begann, sich darauf zu konzentrieren, dass auch Wolfgang angerufen hatte. Er wollte gleich mal kurz vorbei kommen. Während sie darüber nachdachte, was er wohl zu erzählen hätte, hörte sie die Haustürklingel.

Ein Blick aus dem Seitenfenster zeigte ihr, dass die Lehmann' sche von gegenüber vor der Tür stand. Was die wohl wieder wollte. Hertha konnte sowieso nicht begreifen, dass die sich damals mit fliegenden Fahnen auf Monikas Seite geschlagen hatte. Aber was konnte man von *so einer* schon erwarten. Für Hertha waren die Nachbarn ohnehin bloß alle Pöbel und das war auch ein Kapitel, bei dem Hans ganz und gar anderer Meinung war.

Widerwillig öffnete sie die Tür.

"Ach guten Tag Frau Lehmann. Nanu, gibt es etwas besonderes?"

"Nein, eigentlich nicht. Aber wir haben uns schon so lange nicht mehr gesehen, dass ich einfach mal schauen wollte, ob Sie wohlauf sind", antwortete die Nachbarin freundlich.

"Kommen Sie ruhig herein", meinte Hertha und knirschte innerlich mit den Zähnen. Die hatte ihr gerade noch gefehlt.

"Aber bei uns ist alles in Ordnung", säuselte sie.

"Sooo? Ausschauen tun Sie aber eigentlich schon a bisserl anders."

So ganz konnte die Lehmann'sche ihren bayrischen Dialekt nicht verleugnen und normalerweise amüsierte Hertha sich nur darüber. Aber ihr war heute nicht nach Amüsement.

"Was soll denn nicht in Ordnung sein?"

Hertha wußte aus Erfahrung, wenn ihre Nachbarin auf dieser Basis ein Gespräch begann, wußte diese meistens etwas, was sie unbedingt loswerden musste. Und nur zu oft betraf es irgendwie ihre

Familie. Das war damals bei Monika schon so gewesen. Sie war die erste, die spitzgekriegt hatte, dass Monika und Ricardo fest miteinander gingen. Mit einiger Skepsis betrachtete sie Frau Lehmann.

"Nun", meinte sie, "was glauben sie, was nicht stimmen könnte?"

"Nein, so meine ich das nicht. Aber sie schauen halt net so b'sonders gut aus. Dös fiel mir glei auf, als Sie d' Tür auf'macht hoabn."

"Naja", meinte Hertha und spielte ihrer Nachbarin damit genau in die Hände, "es stimmt schon. So ganz gut geht es mir im Moment nicht. Aber ich weiß ja nicht, was Sie sagen würden, wenn man Ihnen eröffnte, dass sie Oma werden."

"Ach", strahlte Frau Lehmann, "das ist aber schön. Da tät ich mich narrisch freu'n."

Indigniert schaute Hertha hoch. "So, finden Sie? Na, ich weiß nicht recht."

"Jo mei, aber warum denn net? Das ist doch was schön's. Also ich tät mich wirklich freuen. Was solls denn werden? Oder ist's der Monika egal?"

"Ich denke", seufzte Hertha, "das ist ihr völlig egal. Wenn es nach ihr ginge, hätte sie sogar gern Zwillinge. Hat sie gesagt..."

"Sind in Ihrer Familie Zwillingsgeburten üblich? Wenn nicht, stehen die Chancen dafür ja nicht besonders gut."

"In unserer Familie nicht, wohl aber in der meines Schwiegersohnes."

"Ach, das wußte ich ja gar nicht."

Du weißt so einiges nicht, meine liebe Schmalztüte, dachte Hertha boshaft. Nach ein paar belanglosen Worten, verabschiedete sich die Nachbarin und auf dem Weg nach draußen, lief ihr Wolfgang über den Weg.

"Na, Bub" – für sie war er immer noch der Bub – "wie schauts denn aus bei dir? Besuchst du deine Mutter mal wieder?"

"Klar", meinte Wolfgang, "ich komme ja öfter mal vorbei. Auch seit ich meine eigene kleine Bude habe."

"Das ist recht", meinte sie gönnerhaft. "Dann muntere sie mal ein bißchen auf. Sie scheint es nötig zu haben."

"Wieso denn das?" Wolfgang war ein einziges Fragezeichen. "Ist denn was los?"

"Nun, sie wird Oma, hat sie gesagt."

"Ach – sie weiß es schon! Woher denn das?"

"Na, das weiß ich nun wieder nicht."

Nachdenklich ging Wolfgang die letzten Meter zum Haus. Die Mutter hatte ihn kommen sehen und die Tür offen gelassen. Wie er es immer tat, nahm er seine Mutter kurz in den Arm; er überragte sie um mehr als Haupteslänge. Sie spürte, dass er mit seinen Gedanken ganz woanders war, fragte aber nicht.

"Komm erst einmal rein und setz dich. Was gibt es denn, dass du dich anmeldest, bevor du kommst? Das ist schon etwas ungewöhnlich."

"Ich bin ziemlich erstaunt", meinte Wolfgang, "dass du es schon weißt."

"Was?"

"Na, dass du Großmutter wirst."

"Wieso? Monika hat es mir gesagt."

"Auch, dass jetzt so schnell wie möglich geheiratet wird?", fragte Wolfgang zurück.

"Heiraten? Wieso? Monika ist doch verheiratet und zwar rechtskräftig und nicht erst seit gestern!" Hertha sah ihren Sohn fragend an.

"Wer spricht denn von Monika? Ich spreche von mir!"

Langsam setzte Hertha sich hin. "Bitte??? Wieso von dir?"

"Mutter, ich habe schon seit einiger Zeit eine Freundin und wir werden in den nächsten Wochen heiraten, weil es ganz einfach pressiert. Sie ist schwanger. Und bevor du zynisch fragst: von mir!"

Völlig ohne Konzept fragte Hertha "und wer, bitteschön, ist die Glückliche? Wieso hast du sie niemals mitgebracht? Wieso kennen wir sie nicht? Oder kennt Vater sie etwa?" Letzteres kam lauernd.

"Ja, Vater kennt sie. Es ist eine Mitarbeiterin von ihm."

Hertha atmete erleichtert auf. "Dann bring sie doch einfach her. Wenn sie bei ihm arbeitet, muß es ja doch etwas Gescheites sein." Die Erleichterung war nicht zu überhören.

Wolfgang stand auf und lehnte sich an den Türrahmen. "Nun, so einfach wird die ganze Geschichte wohl doch nicht. Es ist Hamami Schulte-Krott."

???

"Sie ist so eine Art Managerin in Vaters Betrieb."

"Ja, und ...?"

"Sie ist nicht ganz so wie wir", meinte Wolfgang vorsichtig.

"Was meinst du damit?"

Er holte tief Luft. "Eigentlich wollte ich dir das etwas schonender beibringen, aber durch das Mißverständnis mit Monikas Schwangerschaft hat sich das Gespräch anders entwickelt als ich es geplant hatte. Nun, setzte Wolfgang erneut an, sie ist dunkelhäutig. Nicht ganz schwarz", fügte er noch schnell hinzu, aber seine Mutter war bereits aufgesprungen und knallte ihm eine mit voller Wucht.

Wolfgang, maßlos überrascht von diesem Ausbruch, starrte seine Mutter an. Er hielt sich die Wange fest, auf der die Finger deutlich abgemalt waren und die innerhalb von Sekunden höllisch brannte.

"Die letzte Ohrfeige habe ich von dir bekommen, als ich Vaters heißgeliebtes Auto mit Scheuermittel gewaschen habe. Aber findest du wirklich, dass das der richtige Weg ist?"

"Das kannst du mir nicht antun. Das nicht!" Hertha schrie fast. "Junge, eine Schwarze! Bist du denn von allen guten Geistern verlassen?"

"Mutter, ob ich was-auch-immer bin, ist *eine* Sache; fest steht, dass es nicht mehr zu ändern ist, und dass ich Hamami heiraten werde. Ob es dir gefällt oder nicht."

"Aber was sollen denn die Leute sagen ...?"

"Den Ausspruch hören wir seit Menschengedenken von dir. Das war immer deine größte Sorge. Was werden bloß die Leute sagen! Dafür mussten wir sonntags früh aufstehen, damit niemand in der Nachbarschaft sagen konnte, dass wir bis zehn Uhr schlafen. Weil sich das einfach nicht gehört. Oder? So war es doch. Du hast immer nur auf die Anderen geguckt und dabei oft genug vergessen, dass wir alle – alle! – betonte Wolfgang, in deinem Umkreis unter dieser Manie gelitten haben. Soll ich dir mal sagen, was mich die Leute können? Am Arsch lecken können sie mich. So, jetzt weißt du es."

Wütend und erschöpft setzte Wolfgang sich wieder hin. Er wiederholte, was er schon einmal gesagt hatte. "Wahrscheinlich kräht in zehn oder fünfzehn Jahren kein Hahn mehr danach, ob der Partner, den man sich ausgesucht hat, grün, lila oder kariert ist. Aber ich weiß selber, dass wir einen Haufen Probleme haben werden. Trotzdem, wir werden es schaffen. Weil wir es schaffen wollen. Denn, liebe Mutter, du kannst das vielleicht nicht nachvollziehen, weil du es selber nicht kennst, aber wir lieben uns. Und das ist nicht nur vorübergehend."

"Wie lange geht das schon?"

"...geht das schon", äffte Wolfgang den Tonfall seiner Mutter nach. "Wir sind schon seit Jahren befreundet, falls du das meinst. Und mehr wurde daraus, als wir zufällig gemeinsam eine Sprachschule besuchten. Übrigens: zum italienisch lernen."

"Also bereits vor Monikas Hochzeit?"

"Natürlich. Ich sagte doch gerade, das ist nicht nur vorübergehend. Es war von Anfang an ernst. Und wir waren uns auch im Klaren darüber, dass es einiges Gerede geben würde."

Hertha sah angestrengt auf ihre Fußspitzen. "Es tut mir leid, dass ich dich geschlagen habe. Aber bitte, fast flehend sah sie Wolfgang an, versuch doch auch, mich zu verstehen. Das war wirklich ein Schock."

"Das kann ich sogar verstehen. Aber Mutter, und jetzt geh' bitte nicht gleich wieder hoch, du mußt auch zugeben, dass du immer wieder versuchst, dein Umfeld nach deinem Gusto zu gestalten. Wenn du jemanden nicht magst, dürfen Andere ihn auch nicht mögen. Und mit Hamami wäre es nicht anders gewesen. Wenn du vorher von ihr gehört hättest, hättest du deine Finger solange darin gehabt, bis alles kaputt gewesen wäre. Allein die Tatsache, dass Hamami dunkelhäutig ist, hätte für dich ausgereicht, sie in Grund und Boden zu reden. Und das nicht gerade im guten Sinne. Okay, sie ist nun mal dunkelhäutig, aber sie ist ein äußerst liebenswerter Mensch. Sehr warmherzig. Und das war es auch, was mir von Anfang an so gut an ihr gefiel. Dass sie eine andere Hautfarbe hat, habe ich eigentlich gar nicht mehr bemerkt."

"Kann man das vergessen?"

"Ja, man kann. Wenn der Mensch wichtig ist, sind andere Attribute nebensächlich."

Mit einem Stoßseufzer setzte Hertha sich wieder hin. "Und was machen wir jetzt?"

"Ich denke, du solltest sie dir trotzdem einmal ansehen," meinte Wolfgang.

"Spricht sie denn wenigstens deutsch?"

Wolfgang lachte hellauf. "Mutter, sie spricht nicht nur deutsch. Sie ist perfekt im Deutschen. Soeben wurde ihre erste Folge einer wissenschaftlichen Reihe in einer Zeitung veröffentlicht. Und das ist ja nun nicht gerade ein Kindermärchen. Obwohl ich überzeugt bin, dass sie auch das schreiben könnte. Außerdem kannst du Vater fragen. Ich komme gerade von ihm und war baß erstaunt, dass Hamami vor mir die Initiative ergriffen hat. Ich traf sie in Vaters Büro. Da hatte sie bereits alles erzählt."

"Warum sagst du nicht gleich gebeichtet", meinte Hertha.

"Na, Mutter! Bitte nicht wieder diesen Ton."

"Entschuldige vielmals. Aber das war heute schließlich ein Schlag ins Kontor."

"Wieso denn das?"

"Sag bloß, du weißt nicht, dass Monika auch schwanger ist?"

"Doch", grinste Wolfgang, "wir haben uns auch schon überlegt, wie wir unsere Kinder nennen wollen."

"Aber bloß nicht Hamami, wenn es ein Mädchen wird!"

Wolfgang lächelte und stand auf. Er nahm seine Mutter ganz fest in den Arm. "So, Mutter, nun ist das Schlimmste überstanden. Du weißt es und du weißt auch, dass es nicht rückgängig zu machen ist. Jetzt versuche einfach, dich darauf einzustellen, dich ein bisschen darauf zu freuen, dass du Oma wirst und zu allem Überfluß auch noch ein Enkelkind bekommst, um das dich alle beneiden werden, wenn es erst einmal da ist."

"???"

"Na, wer in unserer Nachbarschaft hat denn schon ein Schokoladenbaby vorzuweisen?"

Wider Willen musste Hertha lachen. "Ach Wolfgang, da habt Ihr aber was mit mir gemacht. Irgendwie ...."

Hilflos brach sie ab und ein paar Tränen kullerten ihr übers Gesicht. Vorsichtig wischte Wolfgang sie weg. "Laß man, Mutter, du schaffst das ganz bestimmt. Denke doch einmal zurück. Wie war es damals mit Ricardo. Du hast dich auch mit Händen und Füßen gewehrt. Aber auch Monika hat sich nicht beirren lassen. Ich weiß, hob Wolfgang die Hand, um dem Einwurf seiner Mutter Einhalt zu gebieten, Ricardo ist weiß. Aber auch er ist Ausländer. Du hast dich so gesträubt und heute, wenn du ehrlich bist, mußt du zugeben, dass du dir keinen besseren Schwiegersohn wünschen könntest." In Gedanken fügte er hinzu, mal abgesehen davon, dass du, wenn du es wolltest, einen sehr preiswerten Urlaub haben könntest.

Als hätte Hertha seine Gedanken gelesen, meinte sie unvermittelt: "Vielleicht sollte ich doch wieder einmal nach Italien fahren. Zu Felicitas. Die würde sich bestimmt freuen. Und Vater kommt auch mal zwei Wochen ohne mich zurecht."

"Wieso soll ich ohne dich zurecht kommen müssen?", kam es von der Tür her. Hans Gutmooser hatte schon eine Weile dort gestanden und zugehört. Er war fast ein wenig stolz auf seinen Sohn. Egal, er bewies auf jeden Fall Charakter.

"Also", fragte er nochmal, obwohl er alles gehört hatte, "warum soll ich ohne dich auskommen müssen?"

"Ich dachte", druckste Hertha ein bißchen herum, "...ich dachte, vielleicht zwei Wochen nach Italien zu fahren."

"Ohne mich?" Hans Gutmooser spielte seine Empörung vorzüglich und Hertha fiel darauf herein. Sie begann sofort mit ihrer Verteidigung. "Naja ...."

Aber ihr Mann ließ sie gar nicht groß zu Wort kommen. "Jetzt hör mir mal zu, mein Herz. Ich denke nicht im Traum daran, zwei Wochen hier allein zu wirtschaften ..."

Hertha fiel ihm ins Wort. "Aber Monika wird dir doch auch nicht helfen können. Die beiden haben mit ihrer Pizzeria soviel am Hals und außerdem ist sie ja auch schwanger ...." Hertha schlug sich vor den Mund. "Oder wußtest du *das* zufällig noch nicht?"

"Hm", grinste Gutmooser, "wußte ich. Aber ich, das heißt wir alle, kannten auch deine Reaktion. Immerhin sind wir schon ein paar Tage verheiratet, nicht wahr. Also, um es kurz zu machen: ich habe vor einer guten Stunde mit Felicitas telefoniert. Sobald du es fertig bringst, Koffer zu packen, fahren wir!"

"Ich bin sprachlos!"

"Der liebe Gott erhalte dir, zumindest für eine Weile, diesen Zustand." Das kam von Wolfgang.

"Also bitte!"

Hans Gutmooser musste lachen. "Jetzt sag bloß nicht wieder irgend etwas wie: was sollen denn die Nachbarn sagen, oder in dieser Richtung."

"Haben wir für heute schon hinter uns", griente Wolfgang.

"Das Kapitel ist erst einmal abgehakt."

"Ihr seid gemein!" Hertha stampfte mit dem Fuß auf. "Ihr macht Euch auch noch lustig über mich."

Hans Gutmooser drehte sich voll zu seiner Frau um. "Nein, meine Liebe, wir machen uns weiß Gott nicht lustig über dich. Aber vielleicht tut dir dieser Urlaub gut und du merkst selber einmal, wie du uns in den letzten Jahren mit deiner Einstellung genervt hast. Manchmal war es wirklich schlimm. Aber, zog er sie mit beiden Händen aus dem Sessel hoch, ich weiß ja, warum."

Hertha sah ihn nur an. "Wirklich?", fragte sie leise.

"Ganz wirklich", bestätigte er.

Wolfgang ging leise hinaus und schloß die Tür. Jetzt ließ er seine Eltern besser allein. Vielleicht war das die Wende. Seufzend dachte er daran, dass seine Mutter im Grunde ein bedauernswertes Geschöpf sei. Sie hatte sich nie damit abgefunden, eine Frau zu sein. Immer glaubte sie, sich oder wem auch immer, etwas beweisen zu müssen. Wolfgang wußte um die Probleme seiner Mutter, aber er würde sich hüten, das jemals erkennen zu lassen. Sie würde ihm das nie verzeihen. Denn das war auch ein Punkt, der bei Hertha festsaß: sich bloß nicht hinter die Fassade gucken zu lassen.

Im Wohnzimmer hielt Hans seine Frau noch immer fest. "Wir fahren nach Italien. Gott sei Dank hat Felicitas seit einiger Zeit Telefon."

"Woher weißt du das?", fragte Hertha.

"Ich habe den Kontakt mit ihr nie ganz abgebrochen. Sie hat mir, ehrlich gesagt, auch manchmal ein bißchen Trost gegeben, wenn du gar zu unausstehlich warst."

"Ich glaube", meinte Hertha fast ein bißchen kleinlaut, "ich habe

wohl mal wieder eine Menge falsch gemacht, wie?"
"Nun, falsch will ich nicht sagen. Ich weiß ja, du kannst nicht aus deiner Haut. Nur schlimm war immer deine Uneinsichtigkeit."
Hertha nickte nur. "Und was machen wir jetzt?", fragte sie wieder. "Das Problem Hamami haben wir damit nicht aus der Welt."
"Das stimmt", räumte Gutmooser ein. "Wir werden es schon schaffen. Du wirst sie gleich kennenlernen. Sie wartet in der Küche und hat vor dieser Begegnung bestimmt genauso viel Angst wie du. Aber, fügte er fest hinzu, ich bin überzeugt, dass du sie mögen wirst. Vom ersten Augenblick an. Du mußt natürlich auch ein ganz kleines bisschen wollen."

***

Montag

Sonja reckte sich ausgiebig und kletterte aus dem Bett, nicht ohne mit ihrer bandagierten Hand an der Bettkante anzustoßen, dabei verzog schmerzlich das Gesicht. Im gleichen Moment hörte sie das Telefon schrillen.
Auch das noch. Ein Spurt in Richtung Diele.
"Hanser."
"Ciao – guten Morgen, hier ist Melanie. Es tut mir leid, dass ich mich jetzt erst wieder melde, aber bei uns steht der Haushalt Kopf."
"Was ist los?"
"Klausdieter habe ich in der vergangenen Nacht bereits im Hotel aufgescheucht, der ist auf dem Weg nach Hause und kommt heute um 22,05 Uhr in Köln an. Seine Mutter ist am Wochenende böse gestürzt und so wie es aussieht, gibt das nichts mehr."
"Oh Schreck, Du Ärmste. Und wie geht es jetzt weiter?"
"Ich fahre gleich noch einmal zum Krankenhaus. Meine Schwä-

gerin habe ich schon erreicht und mein Schwager will auch kommen. Der hat natürlich einen Haufen Probleme, weil der die Praxis voll hat. Seine Assistentin muß sämtliche Termine absagen, weil er nicht weiß, wieviel Zeit er im Krankenhaus verbringen wird. Aber es ist wirklich eilig, denn die Ärzte haben sie bereits an ein Beatmungsgerät angeschlossen. Sie hatte eine Lungenentzündung, von der wir nichts wußten. Bei dem Sturz hat sie sich dann einen Schädel- und Schlüsselbeinbruch zugezogen; wobei letzteres das geringere Problem ist. Aber der Schädelbruch. Äußerlich ist nichts zu sehen; innere Verletzungen. Durch die Lungenentzündung hat sie Medikamente bekommen, die nicht ohne waren und – naja, es sieht halt sehr schlecht aus. "

"Wie ist das denn überhaupt passiert? Wenn ich mich recht erinnere, war sie doch ohnehin teilweise geistig verwirrt und durfte ohne Begleitung gar nicht aus dem Haus?"

"Das ist richtig. Sie wollte wohl auch nur zu ihrer Nachbarin im Nebenhaus und fragen, ob sie Zeit hätte, mit ihr ein bißchen spazieren zu gehen. Statt aber ins Nachbarhaus zu gehen, hat sie die Straße überquert und ist gegenüber in ein Haus gegangen, in dem man sie gar nicht kannte. Und sie kannte das Haus nicht. Beim Verlassen hat sie wahrscheinlich eine Treppenstufe verfehlt und ist beide Treppenabsätze hinunter gestürzt. Ich habe das auch erst hinterher erfahren. Als ich nämlich in ihrer Wohnung ankam und nach ihr sehen wollte, war sie nicht da; die Handtasche stand im Wohnzimmer. Ich weiß, dass sie niemals ohne ihre Handtasche das Haus verläßt und mein erster Gedanke war, sie ist bei der Nachbarin. Also rüber. Denkste. Die hatte von nichts eine Ahnung. Jetzt wurde mir reichlich mulmig zumute und ganz plötzlich hatte ich das Gefühl: da ist was passiert. Zurück in die Wohnung und die Polizei angerufen. Die hatten bereits eine Nachricht vorliegen, dass im nächstgelegenen Krankenhaus eine nicht identifizierte alte Frau eingeliefert worden sei. Du glaubst gar nicht, wie schnell ich im Krankenhaus war. Und da hat man mir dann berichtet. Da meine Schwiegermutter keinerlei Papiere bei sich hatte, musste ich sie identifizieren. Danach konnte ich mit dem Arzt sprechen und habe ihn davon unterrichtet, was mit meiner Schwiegermutter los ist. Daraufhin wurde sie sofort in die Uniklinik gebracht und da ist sie jetzt noch. Auf der Intensivstation."

"Au backe! Das hörte sich wirklich nicht gut an. Hälst du mich auf dem Laufenden?"

"Ja natürlich. Fragt sich nur, wie *du* jetzt zurecht kommst. Es tut mir sehr leid, aber im Augenblick sehe ich mich wirklich nicht in der Lage, ..."

"Mach dir mal keinen Kopf", unterbrach Sonja ihre Freundin, "ich werde bestens versorgt. Helmut kommt jeden Tag vorbei, manchmal sogar zweimal und ..."

"Ach", lachte Melanie trotz ihrer Schwierigkeiten leise ins Telefon, "Helmut heißt er also schon."

Sonja schluckte. "Naja, weißt du, das hat sich einfach so ergeben. Aber nicht so, wie du vielleicht denkst."

"Laß es gut sein, altes Haus. Ich bin weder blöd noch blind, und er ist bestimmt nicht der Schlechteste."

"Also bitte! Soweit sind wir noch lange nicht. Aber ich muß sagen, er hat mir das ganze Wochenende treu und brav zur Seite gestanden und war eine wirkliche Hilfe. Wir haben uns auch ein bisschen unterhalten und dabei merkt man doch, dass er ziemlich was hinter sich hat. Allerdings hat er auch versucht, mich auszufragen."

"Und? Ist ihm das gelungen?"

"Nur sehr bedingt. Ich bin einfach noch nicht bereit, etwas von mir preiszugeben. Ich weiß doch gar nicht, wie sich das alles entwickelt. Vielleicht ....?"

"Was vielleicht? Du bist schon manchmal ein schwieriges Persönchen. Sei mir bitte nicht böse, wir müssen dieses Thema auf ein anderes Mal verschieben. Ich denke, das verstehst du."

"Aber sicher doch. Mußt du Klausdieter abholen?"

"Nein, der nimmt sich ein Taxi und fährt gleich zum Krankenhaus durch. Auf der Intensiv ist ja Tag und Nacht jemand zu erreichen. Ich denke, zu seiner eigenen Beruhigung ist das bestimmt auch am besten so. Also machs gut."

Sonja hatte gerade aufgelegt und wollte zurück ins Schlafzimmer, als das Telefon erneut klingelte. Sie hatte die ganze Zeit mit nacken Füßen am Telefon gestanden und inzwischen saukalte Füße.

"Ich hab' kalte Füße!"

"Na, das ist ja eine sonderbare Begrüßung. Aber sonst geht es dir gut, oder?" Helmut lachte am anderen Ende.

"Entschuldige, kannst du einen Moment warten?"

"Klar, zieh dir was an die Füße. Eine demolierte Hand genügt; du mußt dir nicht noch was Zusätzliches an Land ziehen."

"Das habe ich – haaatschiii ! – auch nicht vor."

"Hört sich aber anders an."

"Bääääh!"

Sonja legte den Hörer hin und patschte zurück ins Schlafzimmer. Socken aus dem Schrank. Die Füße waren inzwischen so kalt, dass sie ohne entsprechende Fußbekleidung auch in den Pantoffeln nicht mehr warm geworden wären. Zurück am Telefon meinte sie dann: "Sorry, diesmal hat es ein bißchen länger gedauert, weil ich erst noch die Socken anziehen musste. Aber du kennst ja den Schlager: Engel haben immer kalte Füße ..."

"Kenn' ich zwar nicht, aber wieso telefonierst du auch stundenlang nur halbwegs angezogen?", fragte Helmut zurück.

"Nicht ganz freiwillig", erzählte sie ihm, was vorgefallen war.

"Puh, nicht schön. Da wird Melanie wahrscheinlich zum ersten Mal in ihrem Leben mit dessen ganzer Härte konfrontiert. Bei ihr hatte ich am Freitagabend den Eindruck, als sei sie immer nur das behütete Kind gut situierter Eltern gewesen. Mit Leid und Tod hatte sie noch nichts zutun."

"Das ist richtig, obwohl ihr Vater vor einigen Jahren an Krebs erkrankte und die Familie dadurch ziemlich wachgerüttelt wurde."

"Und er lebt?"

"Ja, wenn auch unter veränderten Umständen. Er tut sich selbst immer noch recht schwer damit. Inzwischen scheint es, zumindest nach außen so, als habe er sich angenommen. Um nicht zu sagen, er versucht, seinen Zustand zu ignorieren. Bei Darmkrebs gibt es doch gewiss einige Dinge, die man einfach nicht tun sollte. Damit hat er nichts am Hut."

"Vielleicht ist diese Einstellung nicht die Schlechteste. Kommen wir aber zu dir. Du mußt im Büro anrufen. Das heißt, du wolltest hinfahren. Es ist ja noch früh ..."

"Um diese Zeit bin ich aber sonst bereits im Büro", unterbrach Sonja ihn. "Also anrufen muß ich jetzt unbedingt. Mein Chef wird ohnehin vor Begeisterung Purzelbäume schlagen."

"Kann ich mir denken. Schreibe dir mal meine Telefonnummer von der Dienststelle auf. Wenn du mit ihm gesprochen hast, rufst du mich bitte an und sagst Bescheid, ob und wenn ja, wann du hinfahren möchtest. Ich komme dann rasch vorbei und fahre dich."

"Du bist wirklich ein Schatz."

"Danke! Aus deinem Mund ist das ein besonderes Kompliment."

"Das war gehässig."

"Nein, überhaupt nicht. Immerhin habe ich unsere erste Begegnung noch in sehr guter Erinnerung."

"Kunststück. Die liegt ja nun auch wirklich noch nicht sehr lange zurück."

Helmut lachte. "Stimmt auch wieder. Wenn ich das nicht mehr wüßte, müßte ich mal mein Gedächtnis prüfen lassen. Ich sage immer, solange man noch weiß, was Alzheimer ist, kann es so arg noch nicht sein. Also bis gleich."

Sonja legte auf und wählte die Nummer ihres Chefs.

"Hanser. Guten Morgen Herr Berrit. Es tut mir leid, aber ich habe keine besonders schöne Nachricht für Sie."

"Guten Morgen Frau Hanser. Was ist los? Ich habe mich schon gewundert. Das Büro leer, kein Kaffee..."

"Vor allen Dingen!" Sonja lachte. "Ich könnte mir vorstellen, das war das erste, was aufgefallen ist."

Berrit grinste in den Hörer. "Nicht, dass Sie meinen, ich würde nur den Kaffee vermissen. Sie natürlich auch. Aber nun schiessen Sie los. Mein Gefühl sagt mir, dass Sie nicht bloß einen Schnupfen haben. Abgesehen davon, dass man Sie mit einer gepfefferten Erkältung eigenhändig nach Hause bugsieren muß. Von allein gehen Sie ja nicht. Nun erzählen Sie mal."

Sonja berichtete in groben Zügen, was sich ereignet hatte und Berrit seufzte. "Das ist, mit Verlaub gesagt, eine schöne Bescherung. Und die Hand ist absolut gebrauchsunfähig?"

"Absolut."

"Tja, meine Liebe. Im Moment fehlen mir die Worte. Dass ich Ihnen gute und schnelle Besserung wünsche, wissen Sie. Kann ich irgend etwas für Sie tun?"

"Danke, nein, Herr Berrit. Da muß ich jetzt ganz einfach durch. Sie werden sich denken können, dass auch ich nicht besonders glücklich bin. Ich habe aber jemanden, der mich eventuell fahren könnte, wenn Sie meinen, dass ich kurz im Büro auftauchen soll. Pending ist allerdings nichts mehr. Ich hatte Ihnen am Freitag noch alles in Ihren Schreibtisch gelegt. Rechts oben in der Schublade finden Sie die Unterlagen für die Besprechung um zehn. Die beiden Protokollentwürfe liegen darunter. So gesehen brennt nichts an. Das Problem ist nur, dass ich auf etliche Wochen ausfallen werde."

"Das iss'es! Ich werde mich also tatsächlich nach einer Vertretung umsehen müssen, die einige Wochen bleiben kann. Hätten Sie jemanden, den Sie mir empfehlen könnten?"

"Vielleicht Karin Hatmer? Sie macht mir einen recht vernünftigen

Eindruck und, soweit ich weiß, ist sie auf ihrer Stelle sowieso nicht so doll ausgelastet. Sie hat immer mal gesagt, dass sie gern etwas Anderes machen möchte. Das wäre eine Gelegenheit."

"Die Idee ist nicht schlecht. Wenn Frau Faßbender demnächst in Pension geht, könnte Frau Hatmer eventuell diese Stelle besetzen. Was halten Sie davon? Immerhin müßten Sie dann enger mit ihr zusammenarbeiten."

"Kein Problem. Sie wissen doch: dem Nachwuchs eine Chance." Berrit lachte. "Ich weiß und das kann hier keiner begreifen, dass Ihnen das sogenannte Konkurrenzdenken völlig abgeht. Jetzt kann ich ja auch mal fragen, wieso eigentlich?"

"Ganz einfach, das habe ich nicht nötig. Dass ich nicht allwissend bin, weiß ich selber. Das ist niemand. Und irgendwann gehe ich auch mal in Pension und dann sollte eine Nachwuchskraft bereits eingearbeitet sein. Ich halte nichts davon, bis auf den letzten Drücker zu warten."

"Na, na! Bis zu Ihrer Pensionierung ist doch wohl noch eine Reihe von Jahren hin. Oder wie sehe ich das?"

"Na, also, so umwerfend ist das auch nicht mehr. Der allseits begehrte Vorruhestand ist ja wohl demnächst wirklich am Ende. Obwohl ich im Stillen immer mal wieder hoffe. Aber, wenn der es nicht ist, dann eben die angestrebte Altersteilzeit. Wenn das hinhauen würde, könnte ich fast zeitgleich mit Ihnen gehen."

"Oha – Sie haben aber schon weit gerechnet", lächelte Berrit. "Ich kann Sie verstehen; es hat sich alles enorm verändert und das ist einfach nicht mehr *unseres*, nicht wahr?"

"Stimmt, Herr Berrit. Im Moment kann ich nun nichts weiter machen. Ich schicke Ihnen meine Arbeitsunfähigkeitsbescheinigung zu und melde mich von Zeit zu Zeit. Wenn etwas sein sollte, erreichen Sie mich daheim. Bis auf gelegentliche Arztbesuche und vielleicht mal 'ne Runde um den Block bin ich zu Hause. Das ist eine Strafe für mich."

"Kann ich mir denken. Also nochmals recht gute Besserung. Und ich würde mich freuen, wenn Sie sich ab und zu mal meldeten. Bis dann."
"Bis dann."

Sonja legte den Hörer auf und fühlte sich irgendwie erleichtert. Sie gestand sich ein, dass die Umstände zwar nicht gerade die besten waren, sie die vor ihr liegende Zeit aber ein bißchen als Urlaub betrachtete. In den letzten Jahren hatte sich das Arbeitsklima allgemein negativ verändert und sie litt darunter. Das, was man zu neudeutsch Mobbing nannte, machte ihr ziemlich zu schaffen. Sonja war durch und durch fair und hasste nichts mehr als Ungerechtigkeit. Mit der Personalchefin des Betriebes hatte sie in dieser Richtung schon einige Kämpfe ausgefochten, bei denen sie allerdings immer den Kürzeren gezogen hatte. Wenn sie eine Person wirklich abgrundtief verabscheute, dann war das diese Frau. Umso weniger konnte sie begreifen, dass keiner der Leitenden merkte, wes Geistes Kind sie war. Männer, seufzte Sonja in Gedanken. Aber vermutlich wussten die das ganz genau. Es war nur halt viel bequemer, diese Person einfach machen zu lassen. Denn, auch wenn sie die bestgehaßte Frau im ganzen Haus war, die Männer hatten wenigstens mal wieder nicht den schwarzen Peter. Bei diesen Gedanken schüttelte Sonja bloß den Kopf. Wie konnte man, in ihren Augen zumindest, so dämlich sein. Dann fiel ihr ein, dass sie Helmut noch anrufen sollte.
Sie nahm erneut den Hörer auf und wählte. Als Helmut an der Strippe war, sagte sie ihm, dass sie nicht ins Büro fahren würde, doch die Krankmeldung müsse hin.
"Kein Problem. Ich komme gleich mal eben bei dir vorbei, hole mir den Wisch und bringe ihn zu deinem Chef. Sonst ist bei dir alles in Ordnung?", vergewisserte er sich noch einmal.
"Alles okay. Bis gleich. Ich muß erst einmal versuchen, mich an-

zuziehen."

Helmut grinste ins Telefon. "Von unten in den BH steigen..."

"Du bist ein Ekel!"

Sonja lachte noch, als sie zurück ins Schlafzimmer ging. Anziehen war im Augenblick eine schweißtreibende Angelegenheit und sie war froh, als sie es geschafft hatte. In der Küche war alles aufgeräumt. Dankbar dachte Sonja, dass es richtig nett von Helmut war, sie nicht mit dem Abwasch sitzen zu lassen. Er hatte in diesen Dingen sehr viel Routine. "Ich werde ihn einfach fragen, woher er die hat", nahm Sonja sich vor. Dann begann sie, sich ein kleines Frühstück zu bereiten.

Sie hatte gerade das Teewasser in den Wasserkocher gefüllt, als ihr einfiel, dass kein geschnittenes Brot im Hause war. Eingefroren war auch nichts mehr. Also stellte sie seufzend das Wasser wieder ab und nahm das Portemonnaie. Um die Ecke war ein kleiner Supermarkt, da holte sie sich Müsli. Üblicherweise hielt sie nichts von diesem *Vogelfutter*, doch angesichts der Tatsache, mit Brot, egal ob geschnitten oder nicht, sowieso Schwierigkeiten zu haben, war das die einfachere Lösung. Es ist wirklich zum Ko…, dachte sie, ausgerechnet mir muß sowas passieren.

*

Im Laden wurde Sonja ausgiebig bedauert, wobei auch eine Menge Neugier spürbar wurde. Immerhin war der Polizeieinsatz am Freitag auch in der unmittelbaren Nachbarschaft nicht unbemerkt geblieben. Nur zu gern hätte die Dame an der Kasse gewußt, was denn nun wirklich passiert war. Aber diesbezüglich ließ Sonja nur durchblicken, dass sie einen Einbrecher in der Wohnung und sich bei der Überwältigung desselben die Verletzung zugezogen hatte. Mehr war aus ihr nicht heraus zu bekommen. Ein bißchen enttäuscht meinte die Kassiererin dann: "Macht zusammen sieben

Mark und elf Pfennige."

"Man beachte die elf Pfennig", lachte Sonja und verließ den Laden.

Zuhause packte sie dann ziemlich lustlos ihr Müsli aus und während sie an ihrem reichlich späten Frühstück herumkaute, dachte sie darüber nach, wieso Helmut es schaffte, immer dann zu kommen, wenn sie ihn brauchte. Zu den unmöglichsten Zeiten. Ich muss ihn doch mal danach fragen. Der kriegt es fertig und nimmt Urlaub. Insgeheim fühlte sie sich geschmeichelt, andererseits kam ihre igelige Natur wieder raus: nur keine Verpflichtungen. Quatsch, dachte sie im nächsten Atemzug, wenn er nicht könnte oder wollte, dann täte er es auch nicht. Also frage ich ihn und dann werde ich hören, was er sagt.

Sie deponierte ihre Tasse im Spülstein und stellte fest, dass es ausgesprochen langweilig zu werden begann. Sie angelte sich mit einer Hand ein Buch aus dem Regal und setzte sich in den Fernsehsessel. Nach knapp zwanzig Seiten gähnte sie ausgiebig und bemerkte halblaut: das ist auch nicht mehr das Gelbe vom Ei. Inzwischen kann ich den Inhalt meiner Bücher rückwärts singen. Ich brauche unbedingt was Neues. Wenn Helmut kommt, werde ich ihn bitten, mir gelegentlich etwas zu besorgen.

Das Fernsehen war genauso unergiebig. Irgendwie, dachte sie, bin ich entweder maßlos verwöhnt, oder mein Geschmack hat sich in den letzten Jahren doch enorm verändert. Sie zappte von einem Sender zum anderen und landete schließlich in einer Bundestagsdebatte. Für den ganzen Scheiß, wie sie es bei sich nannte, hatte sie sich nie sonderlich interessiert. Immerhin hatte sie vor etlichen Jahren ausreichend Politik genossen. Ihr Bedarf war gedeckt. Trotzdem blieb sie dabei und hörte zu. Nach einer guten Stunde drückte sie auf den Ausknopf. Das war mal wieder das Letzte vom Letzten. Himmel, wie konnte man sich nur verbal so benehmen. Und das wollten studierte Leute sein. Sie konnte es nicht begreifen. Abgesehen davon, dass die Damen und Herren allesamt ausgezeichnete Rhetoriker waren, die es blendend verstanden, mit einem Haufen wohlgesetzter Worte *nichts* zu sagen, ließ die Wahl derselben erheblich zu wünschen übrig. Nee, sagte Sonja zu sich, damit will ich auch weiter nix zu tun haben. Ein Blick auf die Uhr zeigte, dass es inzwischen Mittag geworden war. Irgendwann in der nächsten Zeit würde Helmut kommen. Sie entschloß sich, einen Einkaufszettel zusammen zu stellen. Schließlich musste es ja weitergehen. Helmut hatte sich bereit erklärt, für sie zu kochen, doch dafür musste auch etwas Entsprechendes im Haus sein. Da sie mit der linken Hand nicht schreiben konnte, stellte sie die Schreibmaschine an. Das Papier einzuspannen war zwar nicht einfach, aber nach zwei Fehlversuchen hatte sie es dennoch geschafft. So, was brauche ich alles?, überlegte sie. Sie tippte langsam und nur in Kleinbuchstaben ihre Liste zusammen und stellte fest, dass sie sich mit der Auswahl des Essens große Mühe gegeben hatte. Beim Durchlesen des Zettels musste sie dann aber lachen: Na wunderbar. Ich stelle hier das tollste Menue zusammen und weiß noch nicht einmal, ob Helmuts Kochkünste über Spiegeleier braten und Spaghetti kochen hinaus gehen. Noch immer leise lachend zog sie das Papier aus der Maschine und ging in die Küche.

Kurz nach zwei hörte sie, wie Helmut seinen Wagen abstellte. Sie schaute kurz aus dem Fenster und winkte, als er zu ihr hochsah. Sie ging in die Diele, drückte den Türöffner und blieb im Rahmen stehen. Helmut kam, wie immer zwei Stufen auf einmal nehmend, die Treppe hoch und nahm sie in den Arm. "Hallo, du Unglückswurm, wie hast du denn die Zeit rumgekriegt?", fragte er.

Sonja grinste ihn an. "Was möchtest du denn nun gerne hören? Dass ich schmachtend im Wohnzimmer gesessen und auf dich gewartet habe ...."

"Nee", grinste Helmut zurück, "das kann gar nicht sein. Du warst mindestens eine volle Stunde damit beschäftigt, dich auf deine

223

Weise anzuziehen."

"Du bist wirklich ein Ekel", stöhnte Sonja.

"Aber ein äußerst liebes, das mußt du zugeben, oder?"

Sonja guckte ihn schief von unten an. "Hm, da ist was dran. Bei dieser Gelegenheit fällt mir ein, was ich dich ausserdem noch fragen wollte. Sag mal, wieso kannst du eigentlich immer gerade dann kommen, wenn ich dich brauche. Du hast doch Dienst, oder?"

"Ja sicher. Ich habe in den vergangenen Jahren, wohlgemerkt Jahren (!), derart viele Überstunden in den Sand gesetzt und bin für Gott und die Welt eingesprungen, so dass ich jetzt darum gebeten habe, einen Teil dieser Stunden nach meinem Belieben abfeiern zu dürfen. Die Rechnung, die ich diesbezüglich schon vor über einem Jahr meinem Boss aufgemacht habe, hat den eh schon vom Stuhl gehauen..."

"Wie meinst Du das?"

"Ganz einfach. Ich habe mir damals schon immer alle Stunden aufgeschrieben. Allein, erinnere dich mal an den vergangenen Freitag. Da war mein Dienst, als wir dich, mit Polizeieskorte zum Krankenhaus gefahren haben, schon zu Ende. Aber wenn ich etwas anfange, höre ich nicht mittendrin auf. An diesem Abend hatte ich schon wieder ein und eine halbe Überstunde. Und so geht das, unter den verschiedensten Umständen, schließlich schon seit Jahren. Bezahlt werden Überstunden nicht; schon lange nicht mehr. Und die meisten, darunter bislang auch ich, haben die dann einfach in den Wind geschrieben. Aber jetzt brauche ich eben die Stunden und will sie haben. Natürlich, fügte Helmut hinzu, wird es auch Tage geben, an denen das nicht möglich ist. Im Moment ist es glücklicherweise zum einen ein bisschen ruhiger und zum anderen: es sind alle Kollegen da. Das ist ganz wichtig. Kollegen hängenlassen, das tu ich natürlich nicht."

"Das hätte ich von dir auch nicht erwartet", sagte sie und löste sich aus seinem Arm. "Was hältst du davon, wenn wir unsere Konfernz im Zimmer fortsetzen?"

Er schloß die Tür. "Kann es sein, dass es hier im Hause jemanden gibt, der alles mitkriegt?"

"Oh ja – unser Tageblatt. Aber mach' dir nix draus. Ich mache mir auch nichts draus. Schon lange nicht mehr."

Helmut hängte seine Jacke in die Garderobe und ging zielstrebig in die Küche.

"He", lachte er, "was ist denn das?"

"Der Einkaufszettel. Wenn wir was essen wollen, müssen wir zunächst vor dem Kochen einkaufen. Oder kannst du zaubern?"

"Klar und wie! Wir werden nämlich ganz super essen. Aber erst heute Abend, wenn es dir recht ist. Um die Ecke ist doch ein Italiener. Meinst du, das wäre was?"

"Schon. Bloß, das können wir trotzdem nicht jeden Tag machen. Ich werde diese verdammte Verschraubung noch etliche Wochen spazieren tragen und tägliches Essengehen verträgt das Haushaltsbudget nun wirklich nicht."

"Das ist auch nicht meine Absicht. Aber für heute sollten wir uns das noch einmal gönnen. Ich denke, wir haben was zu feiern."

"Und was?" Sonja sah ihn erwartungsvoll an.

"Sag ich nicht. Es gibt zwei Möglichkeiten: entweder du hast es bis heute Abend selber heraus gefunden oder ..."

"Oder was?"

"Oder ich sage es dir heute abend. Einverstanden?"

"Nein, aber ich habe das dumpfe Gefühl, dass mir das nicht besonders hilft."

"Womit du ausnahmsweise Recht hast!"

"Vor allen Dingen ausnahmsweise!" Und zum wiederholten Male meinte Sonja: "Du bist wirklich ein ausgemachtes Ekel."

*

Helmut schnappte sich kurze Zeit später den Einkaufszettel und meinte: "Bleib ruhig hier. Ich mach' das schon. Es dauert nicht lange."

Sonja ging derweil ins Wohnzimmer, legte die Füße hoch und dachte darüber nach, was Helmut gemeint haben könnte. Sie kam zu keinem brauchbaren Ergebnis, bemerkte aber, dass ihr Verhältnis zueinander sehr vertraut geworden war. Es machte ihr plötzlich nichts mehr aus. Sie hatte keine Angst mehr vor Verpflichtungen, die ihr vor ein paar Stunden noch Kopfzerbrechen bereiteten. Sie hatte auch keine Angst mehr davor, zuviel von sich preiszugeben. Irgendwie wirkte er beruhigend auf sie.

Ob er mir wohl einen Heiratsantrag machen will, überlegte sie. Gedankenverloren träumte sie sich in ein Zusammenleben hinein und stellte ganz ehrlich fest, dass dieser Gedanke ihr nicht unangenehm war. Immerhin war er seit vielen Jahren der erste Mann, den sie wieder in ihr Leben gelassen hatte. Naja, murmelte sie vor sich hin, nicht so ganz...

Zwischendurch guckte sie immer mal aus dem Fenster und nach einer guten Stunde sah sie ihn um die Ecke biegen. Sie ging zur Tür und drückte sie auf.

In der Küche packte Helmut alles aus und ließ sich erklären, wo was deponiert wurde. In der Zwischenzeit schwatzten sie über dieses und jenes und Helmut schielte sie immer mal so von der Seite an. Er stellte fest, dass Sonja sich ganz offensichtlich mit seiner Ankündigung beschäftigte, aber weder sie noch er sprachen das Thema an. Er feixte in sich hinein. Gut, gut, mein Mädchen, dachte er, Dich kriegen wir auch noch katholisch.

Hätte Sonja diesen Gedanken lesen können, wäre sie vermutlich auf die Barrikaden gegangen. So aber seufzte sie nur: "Und wann haben wir Abend?"

"Wenn *du* Hunger hast."

"Den habe ich jetzt schon. Immerhin habe ich heute nur 'ne Ladung

Vogelfutter gegessen."

"Was hast Du?" Helmut guckte verdutzt. "Vogelfutter?"

"Na, Müsli eben."

"Du bist schon ein armer Tropf. Aber dafür habe ich auch Kuchen mitgebracht."

"An meine Waage denkst du wohl gar nicht, wie?"

"Warum auch. Du hast sowieso keinen Platz für Bauchschmerzen, also kannst du eine Ladung Kuchen und ein späteres Abendessen durchaus vertragen."

"Sagst Du!"

"Jawohl, sage ich", meinte Helmut und fügte noch hinzu: "Jetzt fange bloß nicht an, dich auf Spargeltarzan runter zu hungern. Erstens finde ich das blöd, zweitens ist das nicht nötig, drittens ungesund und viertens..." Da biß er sich auf die Lippen und schwieg.

"Viertens was?", fragte Sonja scheinheilig. "Könnte es sein, dass du ganz einfach sagen wolltest, dass dir das nicht gefällt?"

"Du hast es erfaßt."

"Und wenn ich nun sagte, dass dich das überhaupt nichts angeht", moserte Sonja zurück.

Helmut sah sie an. "Kann es sein", äffte er zurück, "dass ich das zwar weiß, mir das aber völlig schnurz ist."

"Das sieht dir ähnlich", knurrte Sonja, in der der gereizte Tiger langsam wieder hochkam.

Helmut kannte die Mimik inzwischen und schnappte sie sich.

"Komm, nicht wieder wegen nix aufregen, ja. Du weißt doch, dass ich dich ganz einfach ein bißchen hochnehmen wollte."

"Und das gelingt dir leider immer wieder", antwortete Sonja.

"Können wir nicht doch ein bisschen früher essen gehen?"

"Neugier, Dein Name ist Weib!"

"Bääähhh!"

***

Ricardo 1980 - 1985

Nachdenklich stand Ricardo am Fenster und betrachtete das Getümmel in der Fußgängerzone aus der Sicht des ersten Stockwerks. Er liebte diesen Ausblick, wie er eigentlich sein ganzes Umfeld lieben gelernt hatte. Ein paar Jahre wollte er damals in Deutschland bleiben; nun waren es bereits über zwanzig. Trotzdem, wenn er die Jahre Revue passieren ließ: es war nicht immer leicht gewesen, aber leichter als das, was vermutlich vor ihnen lag. Monika hatte in all den Jahren zu ihm gehalten, obwohl er auch so manchen Scheiß gebaut hatte. Damals, als beinahe alles in die Binsen gegangen wäre, weil er in einem Urlaub glaubte, beweisen zu müssen, dass er das Sagen hatte. Er hatte Monika nach Strich und Faden betrogen, allerdings nicht damit gerechnet, dass sie ihm auf die Schliche kommen würde. Seine groß angelegte Verteidigung, dass er schließlich ein Mann sei, der dergleichen von Zeit zu Zeit brauchte, wischte sie mit einer einzigen Bemerkung beiseite.
"Wenn du das meinst, bist du keinen Deut besser als dein Vater und packst sofort deine Koffer. Ich will dich hier nicht mehr sehen. Raus!!!"
Ricardo schauderte es noch in der Erinnerung. An seinen Vater hatte er dabei nun weiß Gott nicht gedacht. Aber welcher Teufel ihn geritten hatte, vermochte er auch nicht zu sagen. Das peinlichste dabei war wohl, dass auch Wolfgang und Hamami sich von ihm abgewandt hatten. Innerhalb weniger Stunden stand er ohne Frau, ohne seine Kinder und ohne seine Freunde da. Damit hatte er nicht gerechnet. Dazu kamen die Probleme, die es gegeben hätte, wenn es um das Geschäft ging. Monika hatte in den ganzen Jahren ihre gesamte Arbeitskraft investiert und dafür gab es mehr als genug Zeugen. Er wußte, dass er im Unrecht war. Aber es zu wissen und das zuzugeben waren zwei paar Schuhe. Damals hatte er einen harten Kampf gefochten. Letztendlich war es Wolfgang, der wie-

der einmal eingriff.

"Kannst du Riesenrindvieh mir mal sagen, was du dir dabei gedacht hast? Abgesehen davon, dass wohl jeder von uns mal in Versuchung kommen kann – das ist eine Sache, aber du, ausgerechnet du! Monika auf diese Weise zu betrügen; Du kannst nicht mehr ganz sauber ticken. Und dir ist wohl hoffentlich klar, dass die Kinder bei ihr bleiben. Notfalls betreut Hamami sie mit. Also überleg dir sehr genau, was du jetzt machen willst. Ob dieses Flittchen deine Ehe, ach was!, was heißt hier Ehe – dein ganzes Leben!, wert ist."

Wolfgang hatte sich in Wut geredet und Ricardo hatte Mühe, ihm klarzumachen, dass er da in etwas reingerutscht war, was er wirklich auch nicht vorgeplant hatte. Er stieß in diesem einen Urlaub, den er allein verbrachte, nach vielen Jahren auf Daniela. Was in ihm vorging, was aufbrach an Erinnerungen, all' das konnte er selber nicht in Worte fassen. Jedenfalls war es passiert. Die einzige, die er sofort einweihte, war Felicitas. Sie hatte ihm hinter verschlossener Tür eine gescheuert; so, dass er diese Ohrfeige heute noch spürte. "Bist du von allen guten Geistern verlassen?", hatte sie ihn angeschrien. "Ausgerechnet du! Du, der das Bild deines Vaters ständig vor Augen haben sollte. Du kannst nicht mehr normal sein. Mach, dass du rauskommst!"

Mit diesen Worten hatte sie ihn kurz entschlossen vor die Tür gesetzt. Felicitas. Wehmütig dachte er an sie zurück. Sie setzte ihm gewaltig zu, aber erst nachdem er auch daheim diese Geschichte ausbügelte, hatte er den Mut, sich wieder mit Felicitas in Verbindung zu setzen. Ihre erste Frage war auch: "Hast du deine Schandtaten ausgeräumt?" Nachdem er dieses bejahen konnte, war Felicitas bereit gewesen, zuzuhören, wieso es eigentlich dazu gekommen war.

Sie hatte über eine Stunde zugehört, in ihrer stillen, allgegenwärtigen Art. Anschließend meinte sie nur:

"Ich weiß nicht Ricardo, irgendwie scheint ihr Männer immer wieder in den Fehler zu verfallen, anzunehmen, dass die Frauen Euer Eigentum sind. Das ist ein Irrtum mein Junge. Ein Irrtum, der dir durch deine vielen Jahre in Deutschland eigentlich gar nicht mehr hätte unterlaufen dürfen. Mal abgesehen von dem klassischen Beispiel, wie man es *nicht* machen soll, was du mit deinem Vater vor Augen hattest. Erst nachdem er tot war, konnte deine Mutter aufatmen. Jetzt hast du den gleichen Mist mit deiner Familie fabriziert. Wenn Daniela noch die Daniela gewesen wäre, die du vor vielen Jahren hier zurückgelassen hast, könnte ich es ja verstehen. Aber dieses Geschöpf! Diese Frau ist kein Vergleich mehr dazu. Sie kann nicht dafür, das wissen wir alle. Aber das ändert nichts daran, dass sie süchtig ist. Ihr kann keiner mehr helfen; und, das ist viel schlimmer, ihr will auch niemand mehr helfen. Sie hat deine Unwissenheit ausgenutzt; es wäre ihr mehr als willkommen gewesen, wenn du tatsächlich hier geblieben wärst. Gott sei Dank ging das nicht. Dafür bin ich heute noch dankbar. Du wärst mit diesem Geschöpf todunglücklich geworden. Und deine Monika hätte dich mit vollstem Recht in den Hintern getreten. Du darfst nie vergessen: Eure gesamte Familie hatte in Margherita einen saumäßig schlechten Ruf. Du warst der einzige, der von den Dorfbewohnern respektiert wurde, weil du eben anders warst. Und ausgerechnet du .... Sei froh, dass das nicht rausgekommen ist. Und wenn du es genau wissen willst: ich war diejenige, die dafür gesorgt hat. Mir haben deine Frau und deine Kinder leid getan. Und immerhin wußte ich über Danielas Lebenswandel Bescheid; du nicht. So, und jetzt Themenwechsel, wenn ich bitten darf!"

Dieser Themenwechsel hatte zwar nicht stattgefunden, aber auch heute dachte Ricardo manchmal an diese Geschichte zurück. Er war sich völlig klar darüber, dass die Trennung von Monika den Ruin seines Lebens bedeutet hätte und war ihr im Nachhinein mehr als dankbar, dass sie letztendlich seine Entschuldigung und

Erklärungen angenommen hatte. Sie hatte sich großartig verhalten und er wußte es. Umso schlimmer traf ihn die Nachricht, dass man ihnen – nunmehr zum dritten Mal innerhalb von fünf Jahren – die Pacht erhöhte. Das war auf die Dauer nicht mehr tragbar und der Gedanke, nach Italien zurück gehen zu müssen, wurde immer akuter. Ricardo gestand sich ein, dass er dieser Idee auf der einen Seite durchaus positiv gegenüberstand; andererseits hatte er hier sein gesamtes soziales Umfeld. Die Gutmoosers waren seine Familie; Hamami und Wolfgang eingeschlossen. Seufzend wandte er sich vom Fenster ab. Die ersten beiden Erhöhungen hatte er zähneknirschend akzeptiert; aber wie es jetzt weitergehen sollte, wusste auch er nicht zu sagen.

Von oben erscholl in diesem Moment ohrenbetäubender Lärm. Die Zwillinge trugen mal wieder lautstark ihre Hackordnung aus. Innerlich musste Ricardo nun doch ein bißchen grinsen. Das waren schon zwei Rangen. Sofia, die fünfzehn Minuten älter war als ihr Bruder Dario, hatte wohl im Augenblick mal wieder die besseren Karten. Sie war die Geschicktere von beiden. Dario, wenn er nicht mehr weiter wußte, schlug zu; Sofia jedoch verfügte über eine gehörige Portion diplomatisches Geschick, was sie schon von klein auf einzusetzen verstand. Ricardo musste widerwillig zugeben, dass das eindeutig ein Gutmooser'sches Erbteil war. Mit den beiden Kindern in einem Aufwasch, wie Monika das nannte, war ihr sehnlichster Wunsch in Erfüllung gegangen. Zwillinge. Keiner hatte daran geglaubt, da in der Linie der Gutmoosers keine Zwillingsgeburten anzutreffen waren. Dafür in der italienischen Linie reichlich, was dort wiederum eigentlich selten war. Jedenfalls hatte sie ihre *zwei auf einmal gekriegt* und damals kloppte sich die gesamte Familie um die Namensgebung. Hertha Gutmooser meinte ein wenig spitz: "Aber nicht wieder sowas Exotisches wie Amintha."

"Was hast du gegen den Namen?", hatte Wolfgang gefragt. "Aber gut, vielleicht würde das auch nicht unbedingt passen, aber irgendwas italienisches sollte es schon sein, meine ich jedenfalls."

Ricardo hatte ihn dankbar angesehen. Aber sein Vorschlag, wenn es ein Mädchen würde, sie Georgina zu nennen, nach seinem alten Freund in Köln, stieß auf keine Gegenliebe. Hans Gutmooser hatte sich daraufhin lächelnd eingeschaltet: "Was macht Ihr Euch das denn so unnötig schwer. Ihr setzt Euch jetzt alle hin und jeder von Euch sucht fünf Mädchen- und fünf Jungennamen. Die werden genannt und wenn sie allgemeinen Beifall gefunden haben, werden sie einzeln auf Zettel geschrieben. Zum Schluß haben wir dann zehn Zettel, wobei auf jedem dieser Zettel ein Name steht, der von Monika und Ricardo akzeptiert würde. Dann falten wir die Zettel zusammen und zuerst wird ein Mädchenname und beim zweiten Durchgang ein Jungenname gezogen. Das gleiche Spiel machen wir dann noch einmal. Immerhin könnten es ja auch zwei Mädchen oder zwei Jungen werden. Nicht wahr?"

Der Vorschlag wurde allgemein gutgeheißen und so kamen die Zwillinge zu ihren Namen Sofia und Dario.

Die Kinder waren inzwischen sieben Jahre alt und besuchten nach der Schule, für den Rest des Nachmittags, einen Kinderhort. Monika holte sie dann gegen siebzehn Uhr ab. Dann waren die Schulaufgaben gemacht und sie sah alles nur noch einmal durch. Ordnung musste schließlich sein. Anfangs hatte es noch ein bißchen Probleme mit den Namen gegeben, aber inzwischen war der Ausländeranteil rapide gewachsen. Auch ein paar Ungarn gab es inzwischen in der Schule. Sofia hatte sowieso mit nichts Schwierigkeiten. Sie war auch die einzige, die von Anfang an den Namen ihrer Cousine Amintha sofort behielt.

Diesen Namen fand sie ganz toll, ihren eigenen dagegen langweilig. Es kostete Monika einige Mühe, Sofia klarzumachen, dass Amintha auch aus ganz anderen Gründen einen so ausgefallenen Namen hatte. Sofia sah das überhaupt nicht ein. Im Kindergarten waren noch mehr Kinder, die nicht ganz weiß waren und sie konnte nicht verstehen, dass das überhaupt jemanden interessierte.

Nein, das konnte sie natürlich nicht verstehen. Knapp acht Jahre zuvor war das noch ganz anders.

Wolfgang und Hamami hatten es geschafft. Entgegen aller gesellschaftlicher Konventionen. Nachdem das gesamte Stadtviertel sich über diese Mischehe aufgeregt hatte, folgten der jungen Frau offiziell bewundernde Blicke. Die Frauen betrachteten sie mit ausgemachter Skepsis; sie warteten nur darauf, dass sie sich irgendwas zuschulden kommen ließ. So nach dem Motto: "Siehste, ich hab's ja immer schon gesagt. Wie kann man auch eine Schwarze heiraten; das kann ja nicht gutgehen."

Aber nichts dergleichen passierte. Die Frauen tuschelten hinter ihrem Rücken und schürten den Neid und die Männer eben dieser Frauen, machten Hamami eindeutige Angebote. Das ging einmal soweit, dass Wolfgang gefragt wurde, ob er seine Freundin nicht auch mal vermieten würde. In diesem Moment ging mit Wolfgang, dem immer harmoniebedürftigen Menschen, eine Wandlung vor. Er antwortete nicht, sondern drehte sich um und rief nach Hamami. Diese kam, etwas verwundert, vor die Tür und Wolfgang legte ihr den Arm um die Schulter. Hamami legte schützend die Hände auf ihren Bauch; sie spürte, wie Wolfgang zitterte.

"So, Herr Meiners", sagte er mit vor Wut heiserer Stimme, "soweit ich weiß, sind sie verheiratet und ihre Frau ist schwanger. Diese Frau hier ist auch schwanger und, das ist vor allem wichtig: sie ist *meine* Frau!"

Hamami sah ihn ratlos an. "Was soll das?", fragte sie.

"Das kann ich dir sagen. Dieser feine Gentlemen hat mich gefragt, ob er dich nicht mal ausleihen könnte."

Hamami wurde unter ihrer olivfarbenen Haut blaß. Bevor Wolfgang auch nur die Chance hatte, sie festzuhalten, hatte Hamami einen Schritt nach vorne gemacht und dem feinen Herrn mit voller

Kraft eine Ohrfeige verpaßt.

"Das, mein Herr, war für Ihre Frau." Im gleichen Moment spuckte sie vor ihn auf den Boden. "Und das, genau das, halte ich von Männern wie ihnen!"

Mit diesen Worten drehte sie sich um und ging hocherhobenen Hauptes ins Haus zurück.

Nachbarn, die das Schauspiel äußerst interessiert verfolgten, waren sich danach plötzlich einig: ein Flittchen war die nicht. Zähneknirschend mussten auch die Frauen zugeben, dass Hamamis Verhalten ohne Fehl und Tadel war. Nach diesem Vorfall fanden sich schlagartig alle im Umkreis mit ihrem Vorhandensein ab. Und als dann Amintha geboren wurde, trat genau das ein, was Wolfgang damals vorausgesehen hatte. Das Schokoladenbaby rief allgemeines Entzücken hervor.

Ricardo war mit seinen Gedanken noch bei dieser Episode der Vergangenheit als Monika die Tür zu seinem Büro öffnete:

"Kommst du?"

Ricardo schreckte hoch. "Wohin?", fragte er zurück.

"Kann es sein, dass du an Gedächtnisschwund leidest? Wir sind bei Wolfgang und Hamami zu Aminthas Geburtstag eingeladen."

"Au Mann", seufzte Ricardo, "das habe ich tatsächlich total vergessen." Als Erklärung nahm er das Schreiben des Vermieters vom Tisch. "Lies mal", sagte er nur.

Monika las und ließ den Bogen wie ein giftiges Insekt auf den Tisch zurückfallen.

"Sch…, verdammte! Das können wir doch gar nicht mehr bezahlen. Und was machen wir jetzt?"

Ricardo hatte sich inzwischen eine Krawatte umgebunden. Monika behauptete zwar immer, damit sähe er wie verkleidet aus, aber wenn er seiner Schwägerin begegnete, betrachtete er diese Art von Verkleidung als notwendig. Hamami hatte sich nicht nur voll integriert, sie wurde auch, zumindest in Ricardos Augen, von den Nachbarn anerkannt. Bis auf wenige Ausnahmen waren es noch genau dieselben, die auch seinerzeit die Ohrfeige miterlebt hatten. Außerdem betrieb Hamami inzwischen ein gutgehendes Übersetzungsbüro. Sie selbst konnte sich als Autorin für Managementfachliteratur einen Namen machen und Wolfgang hatte seinen Vater im Betrieb fast vollständig abgelöst. Normalerweise kam er selten vor acht Uhr am Abend nach Hause; aber heute war Kindergeburtstag. Amintha wurde acht Jahre alt; sie war auf den Tag genau zwei Monate älter als Ricardos Kinder Sofia und Dario.

Monika rief Ricardo in die Gegenwart zurück. "Du hast mir nicht geantwortet. Was sollen wir tun oder besser, was soll nun werden?", meinte sie.
"Das weiß ich auch nicht", nuschelte Ricardo mit einem Manschettenknopf im Mund. "Fest steht, dass mich dieses Verhalten ganz sicher darin bestärkt, nach Italien zurück zu wollen."
"Aber nicht nach Margherita", platzte Monika dazwischen.
"Bestimmt nicht." Ricardo lachte etwas freudlos. "Immerhin ist mir deine Sympathie für Ort und Familie hinreichend bekannt."
"Entschuldige schon", knurrte Monika, bei der dieses Thema immer Unbehagen auslöste, "aber du hast selbst gesagt, dass Margherita nicht zur Debatte steht."
Ricardo zuckte die Achseln. "Nein, natürlich nicht. Das ist ein Nest, klein und abgelegen. Außerdem hätten unsere Kinder nicht die geringsten Chancen dort. Wir übrigens auch nicht; oder kannst du dir vorstellen, mit einem Fischer verheiratet zu sein?"
"Wie kommst du denn auf die Idee?", fragte Monika perplex.
"Ganz einfach, weil dass das Einzige wäre, was ich dort überhaupt machen könnte. Darüber sollten wir uns noch nicht den Kopf zerbrechen. Ich dachte sowieso eher an den Norden Italiens. Vielleicht Bergamo; das wäre sicher nicht so schlecht. Aber erst ein-

mal sollten die Zwillinge die Grundschule fertig haben. Außerdem müssen sie soviel italienisch beherrschen, dass sie auch in, beispielsweise, Bergamo in die Schule gehen könnten. Also, reckte Ricardo sich auf, verschieben wir die Problematik auf später und gehen erstmal zum Kindergeburtstag. Was kriegt sie eigentlich geschenkt?"

*

Hamami war gerade dabei, den Tisch für die Rasselbande fertig zu machen, als sie das Auto von Wolfgang hörte. Oha, dachte sie, tatsächlich mal pünktlich! Doch dann rief sie sich selbst zur Ordnung. Manchmal war sie ungerecht. Nachdem Hans Gutmooser, ihr Schwiegervater, doch um einiges kürzer treten musste und Wolfgang voll seinen Job übernommen hatte, war es normal, dass es abends oft spät wurde. Sie war ehrlich zu sich selbst. Einerseits wünschte sie sich mehr Aufmerksamkeit, wußte aber auf der anderen Seite, dass das momentan nicht möglich war. Wolfgang war hoffnungslos überlastet und sie hatte Angst, dass auch er schlappmachen könnte. Den neumodischen Ausdruck für diese Art von Zusammenbrüchen nannte man *Managerkrankheit*. Und wenn das passierte, was würde dann mit ihr und Amintha geschehen. Das waren ihre ureigensten Ängste. Sie wußte sehr wohl, dass trotz ihrer Selbständigkeit, ihre und ihrer Tochter Akzeptanz auf dem Ansehen ihres Mannes basierte. Ihr Schwiegervater, der sich damals mit aller Kraft für sie beide eingesetzt hatte, damit sie wenigstens eine Wohnung bekamen, war eine Seele von Mensch, aber gerade ihn wollte sie mit Problemen dieser Art nicht mehr belasten. Tja, und ihre Schwiegermutter. Nun, mit ihr verband sie lediglich eine Art Burgfrieden. Am Tag der Vorstellung war sie ihr, in Gegenwart von Hans Gutmooser, freundlich entgegengetreten. Trotzdem war deutlich zu merken, dass sie sie ablehnte. Und als ihr Mann den Raum kurz verlassen hatte, kam es auch schon. "Nun ja, ich muß Sie ja bedauerlicherweise akzeptieren. Dass mir das Ganze nicht gerade schmeckt, können Sie sich gewiss vorstellen. Doof sind Sie ja nicht. Sonst hätten Sie nicht gerade die Finger nach meinem Sohn ausgestreckt."

Hamami hörte diese Worte, als sei das alles gestern gewesen.

Nachdem Hertha ihre Giftpfeile gegen Hamami losgelassen hatte, kam Hans Gutmooser gerade wieder zurück. In der Hand eine Flasche Sekt und vier Gläser. "Auf dass wir gemeinsam alles durchstehen", stieß er mit Hertha, Wolfgang und Hamami an. Und Hamami hatte nicht den Mut, Hertha bloßzustellen. Sie hielt, Wolfgang zuliebe den Mund, der glaubte, sowohl er als auch sein Vater, hätten die bestehenden Ressentiments ausgeräumt. Und Hertha schwieg auch.

Die Szene stand so gegenwärtig vor ihr, dass sie in der Erinnerung die Hand zur Faust ballte und vergaß, dass die ein Glas festhielt. Erst der Schmerz und die blutenden Schnitte holten sie in die Gegenwart zurück. Eilig lief sie in die Küche, um ein sauberes Tuch darum zu wickeln. Da schloß Wolfgang die Dielentür auf.

"Hallo mein Schatz, ist unser Geburtstagskind schon da?"

Hamami sah auf die Uhr. "Noch nicht, ich denke, vielleicht in einer Viertel Stunde."

*

Nachdem Amintha von der Schule eingetrudelt war, knuddelte Monika – wie sie es nannte – ihre Nichte kurz und Amintha packte mit einem gejubelten Danke ihre Schlittschuhe aus. "Das ist prima", meinte sie, "meine werden mir nämlich langsam zu klein." Sprachs und war auch schon wieder verschwunden. Hertha Gutmooser konnte sich eine entsprechende Bemerkung über die Kindererziehung im allgemeinen und Aminthas Erziehung im Besonderen nicht verkneifen. Da Monika von der Vorgeschichte keine Einzelheiten wußte, sonst hätte sie vielleicht um des lieben Friedens Willen den Mund gehalten, sprang sie Hamami bei. "Also Mutter", meinte sie, "du tust ja gerade so, als sei Amintha nicht gut erzogen. Dabei ist sie ganz lieb und gehorcht auch. Was man von Sofia und Dario nicht immer behaupten kann. Die haben allerdings auch einen Italiener zum Vater."

Ricardo grinste. Er wußte selbst, dass er seinen beiden Sprößlingen manchmal ein bisschen viel durchgehen ließ, aber sie konnten ihn, ganz besonders Sofia, um den Finger wickeln. Er machte unbewusst an seinen Kindern wieder gut, was er zuhause vermissen musste.

Hertha schluckte und bemerkte spitz: "Sooo ...!"

Hamami war blaß geworden und nicht zum ersten Mal hatte sie das unbändige Verlangen, Hertha Paroli zu bieten. Sie atmete tief ein und sagte dann, wieder ruhig und beherrscht, wie es ihre Art war: "Weißt du Monika, hier geht es nicht um Erziehung im Allgemeinen, sondern ganz einfach darum, dass Amintha *mein* Kind ist. deine Mutter hat deinem Bruder alles verziehen, nur nicht, dass er mich geheiratet hat. In ihren Augen bin ich nach wie vor die Exotin, über die alle Welt spricht und die die Familie zu Außenseitern gemacht hat."

"So ein Quatsch", entfuhr es Monika, "was soll denn das bedeuten. Eine bessere Frau als dich hätte Wolfgang niemals bekommen können und Ihr versteht Euch doch blendend, oder?"

"Sicher, aber du gehst von einer anderen Warte aus. Das Thema heißt nach wie vor nicht dein Bruder und ich, sondern ganz einfach nur Hamami. Hamami paßt nicht in die Familie, Hamami sollte dies nicht tun oder jenes lassen. Das bekommst du doch alles nicht mit. Und ich habe bisher immer den Mund gehalten. Heute bin ich es leid. Irgendwann kann man die Probleme nicht mehr unter den Teppich kehren. Ich bin nunmal schwarz, aber –

verdammt nochmal – ein Mensch wie jeder andre."

Ebenso sprach- wie fassungslos waren Wolfgang und sein Vater dem Ausbruch gefolgt. Wolfgang erhob sich. "Mutter!, stimmt das?"

Hertha zuckte bloß die Achseln. "Wenn deine Frau meinen guten Willen, sie in der deutschen Gemeinschaft heimisch machen zu wollen, so auffasst, kann ich es auch nicht ändern."

"Hamami hat dir nichts getan. Wir haben ein süßes Töchterchen, was im übrigen dein Enkelkind ist und Hamami ist die Frau, die ich haben wollte. Deine Meinung ist ganz bestimmt nicht gefragt." Wolfgang hatte sich in Zorn geredet. "Und außerdem: kannst du mir mal sagen, wer hier in der näheren Umgebung, beispielsweise, auch nur im Entfernsten meiner Frau das Wasser reichen könnte?"

Hamami legte ihre Hand auf Wolfgangs Schulter. "Laß es gut sein. Es bringt nichts. Ich habe jahrelang versucht, deiner Mutter alles recht zu machen. Sie hat es niemals anerkannt; nicht anerkennen wollen..."

"Aber du hast doch eigentlich bei allem, was die Familie anging, immer Hilfestellung gegeben. Bei Ricardo und Monika bist du eingesprungen, wenn mal einer krank war; im Werk genau das gleiche. Immer, wenn Not am Mann war, hast du alles gemacht. Ich begreife nichts mehr."

Hans Gutmooser sah seine Frau nur an. "Das ist also die Wahrheit. Ich kann es nicht glauben. Hertha – warum?"

Hertha sah ihn trotzig an. "Sie hat es doch schon gesagt: weil sie schwarz ist. Sie paßt nicht hierher. Nicht in unsere Familie."

"Nun spiel dich bloß nicht so auf! Du vergißt wohl, woher deine Familie kommt. Und wer warst du denn, bevor du mich geheiratet hast. Ich muss, wenn auch nach fast dreißig Jahren Ehe, wohl davon ausgehen, dass meine Position und meine Familie für dich der Dreh- und Angelpunkt waren. Ich scheine nur die Rolle eines Zufallsprinzen gespielt zu haben. Damals hatte ich schon eine Position, die dir ein verhältnismäßig sorgenfreies Leben gestattete; im Laufe der Jahre wurde es immer besser und das hat dich wohl bis heute gehalten, wie?"

"Nein, nein! Bestimmt nicht." Hertha geriet in die Enge. Mit allem hatte sie gerechnet, nur nicht damit, dass auch ihr Mann sich gegen sie stellte.

"Entschuldige Hamami", meinte Hans Gutmooser, "aber ich glaube es ist besser, wenn wir jetzt gehen."

"Das glaube ich auch", kam es von Wolfgang. "Glücklicherweise hat Amintha von alledem nichts mitbekommen. Das wäre eine Katastrophe. Es ist ihr Kindergeburtstag; sie ist mit ihren Freundinnen beschäftigt. Ach ja, a propos Freundinnen: liebe Mutter, wieso hat unsere Tochter denn einen solchen Riesenkreis an Freundinnen, wenn sie nicht hierher paßt? Kannst du mir das vielleicht erklären?"

Hans Gutmooser stand müde auf. "Komm Junge, laß es gut sein. Wir sprechen morgen im Büro noch einmal darüber."

Hamami stand am Fenster und sah nach draußen. Leichter Nieselregen hatte eingesetzt und sie fragte sich, ob es nicht wirklich besser wäre, Deutschland zu verlassen. In den letzten Jahren hatte sie zwar immer mehr Akzeptanz erfahren; sie fühlte sich im Grunde wohl, aber das Verhältnis zu ihrer Schwiegermutter war und blieb stark belastet. Wolfgang gegenüber hatte sie die Attacken bewußt verschwiegen, sie wollte nicht, dass er sich zusätzlich mit solchen Dingen herumschlagen musste. Aber heute war es ihr einfach zuviel geworden. Sie drehte sich um und ließ ihren Blick durch das Wohnzimmer gleiten. Mit wieviel Herzenswärme und Sorgfalt hatten sie damals alles eingerichtet. Wehmütig dachte sie, dass sie im Falle eines Falles mehr zurücklassen würde als nur eine Wohnung. Mühsam unterdrückte sie die aufsteigenden Tränen. Monika sah es und ging auf sie zu. "Ich weiß, jetzt würdest du am liebsten auswandern", meinte sie ein bisschen burschikos, "aber schlag dir den Gedanken aus dem Kopf. Immerhin sind wir auch noch da. Und, sagte sie ganz leise, unseren Vater kannst du doch nicht allein lassen. Er liebt dich und hat dich immer akzeptiert. Das weißt du."

Jetzt konnte Hamami nicht mehr anders, sie ließ ihren Tränen freien Lauf. "Das weiß ich doch", schluchzte sie, "aber du glaubst doch nicht, dass es dadurch einfacher wird, oder?"

Wolfgang ging zu seiner Frau und nahm sie an die Hand. Behutsam zog er sie aus dem Zimmer. "Komm erst einmal raus hier; ins Schlafzimmer. Du mußt vor allen Dingen jetzt allein sein."

Wolfgang brachte seine Frau aus dem Raum und kam dann zurück.

"Ich möchte im Moment eigentlich nicht mehr viel sagen. Vielleicht nur noch, dass Hamami verdammt viel Größe bewiesen hat, indem sie mir dieses Debakel bis heute verschwieg. Sie hätte es mir längst sagen müssen, tat es aber nicht, weil sie keinen Unfrieden wollte. Und, damit drehte er sich zu seiner Mutter um, verlaßt Euch darauf, ich werde die Konsequenzen ziehen. So, das war's!"

Monika und Ricardo hatten sich zwischendurch immer einmal angesehen und waren stillschweigend überein gekommen, nichts zu sagen. Sie verständigten sich ohne Worte. Nur Wolfgang hatte die stumme Verständigung gesehen. Wehmütig dachte er, dass Hamami und er ganz genauso reagieren würden. Aber wie es jetzt weitergehen sollte, konnte er noch nicht sagen. Hans Gutmoooser holte die Jacken und verließ mit seiner Frau das Haus. Leise sagte er zu Wolfgang: " So oder so mein Junge, bringe ich das in Ordnung. Okay? Vertrau auf mich."

Wolfgang kam zurück ins Wohnzimmer. Monika und Ricardo saßen noch in ihren Sesseln und sahen ihn an. "Das ist Mist, aber ganz großer", meinte Ricardo. " Egal was du tust, deine Mutter änderst du nicht. Wenn sie Vorurteile hat, hat sie die. Und immer Recht hat sie außerdem. Dass sie mich als Italiener überhaupt akzeptierte, lag wohl eher daran, dass ihr damals der Urlaub so bombig gefiel. Beim zweiten Mal, bevor du und Hamami geheiratet habt, war sie schon nicht mehr so begeistert. Vielleicht spielte dabei auch eine Rolle, dass die alten Freunde in Cattolica nicht mehr da waren. Sie hatte sich ja besonders auf diverse Wiedersehen gefreut."

Monika seufzte. "Wir können reden wie wir wollen, aber ich kapiere es nicht. Ricardo, ich kapiere es einfach nicht. Warum, in drei Teufels Namen, hat Hamami mir gegenüber mal nie etwas verlauten lassen. Ich hätte doch was unternehmen können. Vielleicht!", fügte sie leise hinzu.

Die Stimmung war im Eimer. Bedrückt saßen die drei zusammen und schwiegen. Ein unschönes Schweigen, bei dem jeder seinen Gedanken nachhing.

Wolfgang überlegte, was er tun könnte. Halblaut sagte er in die Stille: "Ich muß unbedingt mit Vater sprechen."

"Wie soll er dir helfen? Mutters Einstellung kann er auch nicht ändern", sagte Monika.

"Natürlich nicht, nur ich brauche dringend Urlaub. In ein paar Wochen fangen die Ferien an. Dann muss Vater mich ausnahmsweise mal drei, vielleicht auch vier Wochen, vertreten. Ich hoffe, dass er das gesundheitlich schafft. Ich muss einfach hier raus."

"Und ich auch", kam es von der Tür her. Hamami stand im Rahmen. Blass, verweint, aber voller Entschlossenheit. "Wir müssen, glaube ich, alle mal raus. Und Urlaub ist fürs erste keine schlechte Idee. Vielleicht ...?"

Das letzte Wort hing in der Luft. Alle wussten, ändern würde sich nichts. Nur Monika, mit ihrem unverbrüchlichen Optimismus meinte: "Okay – machen wir Urlaub. ...und fahren mal wieder nach Italien. Wäre das nicht was?"

***

Dienstagabend

Sonja hatte sich mit Helmuts Hilfe ein Kleid angezogen und moserte: "Ich komme mir wie verkleidet vor. Kannst du mir mal sagen, warum ich mich so fein machen soll? Du hast gesagt, wir gehen zum Italiener, wobei ich sogar aussuchen sollte, zu welchem. Ich habe Luigi, also das Carrettino, vorgeschlagen und da kann man prima essen, bloß fein zu machen braucht man sich da wirklich nicht."

Helmut lachte. "Ich möchte aber, dass du dich fein machst. Außerdem kleidet dich diese Aufmachung ganz ausgezeichnet. Das dunkle Blau paßt wunderbar zu deinen Augen und schöne Beine hast du auch. Die solltest du nicht immer in langen Hosen verstecken. Ferner hat dieses Kleid kurze und vor allen Dingen weite Ärmel, so dass du mit deiner Hand auch reinkommst. Also..."

"Meine Beine gehen dich überhaupt nichts an", konterte Sonja mit einem Lachen in den Augenwinkeln. "Aber okay – machen wir uns also fein."

"Na wunderbar."

Beide alberten noch ein bißchen herum und verließen gegen halb sechs die Wohnung. Peinlich achteten sie darauf, dass wirklich alle Fenster geschlossen waren und drehten auch den Schlüssel in der Haustür zweimal um. Von ungebetenen Gästen und deren üblen Folgen hatten sie genug. Obwohl Helmut im Stillen dachte, so manches Pech für den Einen sei das Glück für den Anderen.

Auf dem Weg zu Luigi wurde Helmut immer stiller. Sonja sah ihn von der Seite an, unterbrach die Stille aber nicht. Sie hatte das Gefühl, dass er an etwas kaute und überlegte, dass es wohl mit dem Grund des Feierns zusammenhing. Immer wieder kam Sonja auf den spontanen Gedanken zurück, dass Helmut ihr einen Heiratsantrag machen würde; sie war fest davon überzeugt. Allein, dass sie sich richtig feierlich hatte anziehen müssen. Aber ... sie seufzte leise.

"Was ist?"

"Nichts."

"Aha."

Sonja musste unvermittelt lachen. "Was heißt Aha?"

"Dass Frauen immer *Nichts* sagen, wenn sie sehr wohl etwas haben. Aber du wirst es mir schon noch erzählen."

"Meinst du?", grinste Sonja hinterhältig.

"Ich denke schon."

"Und ich denke eher, dass du mir etwas sagst."

Damit waren sie bei Luigi angekommen und Helmut öffnete die Tür. Er sah sich um und dachte, dass Sonja recht gehabt hatte. Diese Umgebung war angenehm, aber nicht unbedingt feierlich. Einerseits war ihm ein bißchen mulmig, weil er nicht wusste, wie Sonja auf seinen Vorstoß reagieren würde. Andererseits freute er sich auf ihr, mit Sicherheit, dummes Gesicht.

Bevor er noch zu Ende denken konnte, kam Luigi aus der Küche. Mit seinem üblichen Temperament begrüßte er Sonja und fiel mit einem Haufen Fragen über sie her. Sonja konnte gar nicht so fix antworten und lachte: "Himmel, Luigi, jetzt noch mal langsam zum Mitschreiben!"

Nachdem Sonja und Helmut abwechselnd berichtet hatten, was in den Tagen zuvor passiert war, studierten sie die Speisekarte. Helmut ging inzwischen nach vorne und flüsterte mit Luigi. Neugierig sah Sonja hinterher, konnte aber nichts verstehen. Sie sprachen wirklich sehr leise. Aber an Luigi's Gesicht sah sie, dass es etwas Aufregendes sein musste. Er konnte seine Gesichtszüge nicht so wie Helmut beherrschen. Helmut kam zurück an den Tisch, setzte sich wieder hin und fragte scheinheilig: "Hast du dir schon was ausgesucht?"

"Wie sollte ich! Ich musste nach hinten hören und ..."

"...hast doch nichts gehört." Helmut grinste. Gedulde dich noch einen Moment. Gleich wird Deine Neugier gestillt."

Sprachs und versank wieder in Schweigen.

Luigi wurstelte hinter dem Tresen herum und verschwand in der Küche. Ein italienischer Wortschwall drang nach draußen und Sonja verzog das Gesicht. "Hier scheinen alle was zu wissen, außer mir. Aber ich weiß auch was."

"So, was denn?"

"Sage ich nicht! Von wegen, Neugier, dein Name ist Weib. Jetzt kannst du brüten."

Helmut lachte. "Da kommt Luigi mit dem Sekt."

???

"Meine liebe Sonja", begann Helmut feierlich, "hiermit möchte ich dich allen Ernstes fragen, ob du mich heiraten möchtest."

Sonja schluckte und platzte raus: "Du mußt verrückt sein. Weißt du, wie lange wir uns kennen?"

"Habe ich gesagt, dass es schon morgen sein soll?", konterte Helmut. "Ich lasse dir schon noch ein paar Tage Zeit. Aber Verlobung wird heute gefeiert. Ob du willst oder nicht."

"Das gibt es nicht. Erst werde ich gefragt und dann ist meine Antwort völlig unwichtig. Außerdem, woher willst du wissen, ob wir zusammen passen?", fragte Sonja zurück.

"Das weiß ich." Helmut war ein einziger Brustton der Überzeugung.

"Das kannst du gar nicht wissen, denn du hast noch nicht ..."

"Was habe ich noch nicht? Mit dir geschlafen. Wolltest du das sagen? Wenn ja, warum sagst du es dann nicht?"

"Ein paar Fragen zuviel auf einmal", entgegnete Sonja mit rotem Kopf. "Ich kann das eben nicht. Ich bin nicht wie du."

"Das ist auch gut so. Abgesehen davon, dass es vermutlich stinklangweilig werden würde. So wie du aber gestrickt bist, kann ich davon ausgehen, dass ich vermutlich mehr Kämpfe mit dir auszufechten habe, als es dir dann lieb sein wird. Ich habe nämlich vor, dich wieder zu einem fröhlichen Menschen zu machen. Zu einem Menschen, der nicht immer und überall Hemmungen hat. Der sich nicht traut, seine Meinung zu sagen und was weiß ich noch alles."

"Ach, und das sind deine Kriterien? Hast du dich denn vielleicht mal selber gefragt, wie es mit ein bißchen Liebe aussieht?"

"Ein bißchen ist gut. Ich habe mich Hals über Kopf in dich verliebt. Ist das etwa nichts? Immerhin bin ich kein Pennäler mehr ..."

"Halt, mein Lieber", unterbrach Sonja den Redeschwall. "Das weiß ich. Aber ich bin mir nicht sicher, ob ich das alles will. Vor allen Dingen so schnell."

"Muß nicht schnell sein. Ich habe Zeit."

"Ich aber nicht. Ich bin nämlich, falls es dir noch nicht aufgefallen sein sollte, obendrein ein paar Jahre älter als du."

"Stört dich das etwa? Mich nicht im Geringsten."

Sonja seufzte wieder einmal. "Gegen dich komme ich nicht an. Also gut, ich habe dich gern, sehr gern sogar. Aber ob das reicht, weiß ich wirklich noch nicht. Ich habe einfach zu lange allein gelebt. Nach meiner damaligen Pleite hatte ich lange nicht mehr den Mut zu einer neuen Beziehung und dann.." Sie brach ein bisschen hilflos ab.

"Und dann hast du dir eingeredet, zu alt zu sein. Ist es so?"

Helmut sah sie zärtlich an. "Du bist und bleibst ein kleiner Angsthase. Aber laß es gut sein, ich dränge dich wirklich nicht. Machen wir aus der geplanten Verlobung eine stabile Freundschaft. Solange, bis du den Startschuß gibst. Einverstanden? Von der Idee, dich zu heiraten, lasse ich mich nämlich nicht abbringen. Ich möchte dich zur Frau – und nur dich. Ich habe lange genug darauf gewartet. ... und", fügte er hinzu, ich bin ja auch nicht immer ganz einfach."

Helmut legte sein Hand auf ihre gesunde. "Aber um den Ring kommst du trotzdem nicht drumrum."

Damit zog er ein Etui aus der Tasche und steckte der völlig verblüfften Sonja einen schmalen Goldreif mit einem winzigen Smaragd an den Finger. Der Ring paßte haargenau.

"Paßt", sagte Helmut zufrieden. "Das hat ja prima geklappt."

Sonja war noch immer verdattert und meinte: "Wieso paßt der Ring. Normalerweise muß immer alles enger gemacht werden."

"Weil ich … naja, ich hab vorgestern (!) einen Ring aus deiner Schale genommen und ihn als Muster zum Juwelier mitgenommen. Als du dich vorhin angezogen hast, habe ich ihn einfach wieder zurück gelegt."

"Ich bin sprachlos!" Sonja lachte leise. "Du bist also tatsächlich wild entschlossen?"

"Sagte ich doch!"

"Ja dann!!! Aber, ..."

Bevor Sonja den Satz zu Ende sprechen konnte, kam Luigi. "Dann will ich als erster gratulieren."

In diesem Moment brachen sich Sonjas angespannte Nerven auf ihre Art Bahn. Sie begann so zu lachen, dass ihr die Tränen übers Gesicht liefen. "Ihr seid verrückt, alle beide. Niemand von Euch konnte meine Reaktion wissen, aber Ihr wart Euch mal wieder sicher. Männer!"

Luigi lächelte auf seine stille Art. "Oh nein, Frau Sonja, dieser Mann wußte das ganz genau. Ich denke, er liebt sie sehr. Und sie brauchen ihn. Glauben Sie einem alten Mann."

Luigi betrachtete Sonja nachdenklich und diese fühlte sich unter seinem wissenden Blick unbehaglich. Sollte ich doch so leicht zu durchschauen sein, fragte sie sich. Als hätte sie ihre Gedanken laut ausgesprochen sagte Helmut ebenso leise: "Du gibst dir zwar redlich Mühe, die Starke zu sein, doch wenn man dir in die Augen sieht, kann man darin lesen, wie in einem offenen Buch."

"Nein", widersprach Luigi, "nicht jeder kann es lesen. Nur Menschen, die Sonja gern haben. Und das sind nicht viele. Ich erinnere mich noch gut an vergangene Woche Freitag. Meine kleine Enkeltochter, Nicoletta, sagte etwas ganz seltsames zu mir, als Sonja mit ihrer Freundin gegangen war. Sie sagte: nicht wahr Großvater, Sonja hat schon viele Male gelebt. Sie sieht aus, als hätte sie ganz doll viel erlebt und das paßt in ein Leben gar nicht alles rein.

Luigi hielt inne und verblüfft sahen Sonja und Helmut zu ihm auf. "Das hat ihre kleine Enkelin gesagt?" Helmut war genau so perplex wie Sonja.

"Ich glaube, ich muß noch eine Menge an mir tun", meinte Sonja.

"Bloß nicht – jedenfalls nicht zu viel." Helmut lachte. "Schluß mit diesen trübsinnigen Gedanken. Zum Wohl und, auf dass du möglichst bald den Startschuß gibst."

"Soll ich dir mal was sagen; ich habe keinen Hunger mehr. Ich habe auch ohne was zu essen, reichlich zu verdauen."

"Dafür", meinte Luigi verschmitzt, "gibt es einen guten Grappa. Na wie wäre es?" ...und zauberte zwei Gläser auf den Tisch.

"Prost – salute!"

Trotzdem bestellten die beiden noch ein ausführliches Menue und der Appetit kam beim Essen. Sie unterhielten sich angeregt und stellten fest, dass sie, trotz einiger Widrigkeiten in vielen Dingen gleicher Meinung waren. Etwas später gesellte Luigi sich noch einmal dazu. Er schilderte die Probleme, die er in der letzten Zeit mit dem Geschäft hatte und meinte zum Schluß: "Ich glaube, ich höre auf. Es wird mir langsam etwas zuviel. In den vergangenen Wochen habe ich mich auch schon ein wenig umgehört. Es gibt einen Interessenten für dieses Lokal. Auch ein Italiener, der schon etliche Jahre in Deutschland ist. Er ist auch mit einer Deutschen verheiratet. Boticelli heißt er."

Sonja fing an zu lachen. "Ehrlich? So wie die Engelchen?"

Luigi schmunzelte. "Liebe Sonja, wenn Sie wüßten, wie oft er schon mit diesen Engelchen verglichen wurde. Er kann es bald nicht mehr hören."

"Das kann ich mir denken."

Helmut sah von einem zu anderen. "Kann es sein, dass ich damit nichts anfangen kann?", fragte er.

Sonja erklärte ihm, was es mit diesem Namen auf sich hatte. "Es ist schon möglich, dass dir seine Werke unbekannt sind. Ich gehe davon aus, dass du, zum Beispiel, noch nicht in Rom warst."

"Stimmt, aber ..."

"Nix aber", fiel Sonja ihm ins Wort. "Du hast gesagt, du wartest auf meinen Startschuß. Nun fang nicht mit einem Thema wie Hochzeitsreise an, bitte."

Aber sie lachte dabei.

Helmut stöhnte in komischer Verzweiflung: "Wer kann hier eigentlich bei wem wie in einem offenen Buch lesen."

***

Ricardo 1985 - 1990

Nachdenklich stand Ricardo am Fenster und sah auf die Straße. Das war nicht mehr sein Anblick. Er konnte sich noch immer nicht damit abfinden, dass er sein geliebtes Lokal in der Innenstadt hatte aufgeben müssen. Dabei waren sie nun schon ein paar Jahre in Lützingen. Aber nachdem der Vermieter ihm innerhalb weniger Jahre die Pacht dreimal erhöht hatte, ging es ans Eingemachte. Monika und er beschlossen damals, sich anderweitig zu orientieren und gerieten an Luigi, den Inhaber des *Carrettino*, der sein Lokal aus Altersgründen nicht weiterführen wollte. Sie hatten sich damals zusammengesetzt, die Lage und Bilanzen begutachtet und kamen überein, dieses kleine Restaurant zu übernehmen. Auch den Namen wollten sie beibehalten. *Carrettino* – das Kärrchen; er paßte sehr gut zu den winzigen Räumlichkeiten. Man dachte sofort an einen Eselskarren und verband damit die Berglandschaften Ita-

liens oder Siziliens. Luigi hatte sein Ristorante noch einmal reno-
viert, so dass Ricardo am äusseren Erscheinungsbild nicht viel zu
ändern hatte.

Ricardo ließ die letzten Jahre wie in einem Zeitraffer Revue passieren. Der Umzug war, trotz sorgfältiger Vorbereitungen, damals
eine mittlere Katastrophe gewesen. Es dauerte etliche Tage, bis
die Nerven wieder auf Normalbetrieb umgeschaltet hatten. Monika hatte Sofia und Dario bei den Großeltern geparkt. Sie waren
zwar groß genug, um helfen zu können, was sie auch liebend gern
getan hätten, aber letztlich wären sie in diesem Chaos doch nur
untergegangen. Wolfgang und Hamami konnten nicht helfen; sie
hatten sich, nach dem Riesenkrach mit Hertha, nach England orien-
tiert. Wolfgang hatte über einen Freund dort eine Stelle bekommen, seinen Nachfolger im Werk eingearbeitet und war dann umgezogen. Hamami war damals schwanger, aber das wussten nur
Monika und Ricardo und die waren zum absoluten Schweigen
verdonnert. Hertha wusste bis heute nicht, dass es noch ein weiteres
Enkelkind gab. Yannick war, wie Wolfgang es Monika am Telefon mitteilte, offensichtlich ganz in die Gutmooser'sche Linie geschlagen und sehr viel hellhäutiger ausgefallen. die Ausdrucksweise hatte seinerzeit bei Monika einen nervösen Lachkrampf
ausgelöst und Ricardo konnte sie nur schwer davon abbringen, den
Eltern doch etwas zu sagen. "Stell dir vor", meinte er, "stell dir bloß
vor, sie erfährt es und kümmert sich plötzlich wieder um Wolfgang und seine Familie. Abgesehen von dem Vertrauensbruch, den
du eindeutig begehen würdest, hätte das noch einen viel größeren
Knall zur Folge. Deine Mutter würde sich mit Sicherheit nur um
Yannick kümmern und Amintha so deutlich zurücksetzen, dass
sie seelischen Schaden nehmen würde. Von Hamami, die eh nicht
mehr sehr widerstandsfähig ist, mal ganz zu schweigen. Laß die
Finger davon. Wolfgang ist in England gut aufgehoben und wir
haben ja unsere Kontakte bewahrt. Nur, dass wir uns eben nicht

mehr so häufig sehen."

"Das fehlt mir aber und unseren Beiden auch." Monika seufzte und dann befaßte sie sich notgedrungen mit den erneuten Forderungen des Vermieters. Der war ein Hamburger Geschäftsmann, der keinerlei Bezug zu den Leuten oder dem Umfeld hatte. Er wollte nur verdienen und das war der Punkt, den Ricardo nicht akzeptierte. Hin- und hergerechnet kamen sie überein: diesmal können wir es noch bezahlen, aber letztlich wollen wir nicht mehr. Die Forderungen sind unverschämt. Also suchen wir uns etwas anderes. Da Ricardo in den vielen Jahren in Deutschland eine Unmenge Bekannte hatte, wußte er auch von Luigi, der sein Carrettino aufgeben wollte.

Ja, nun saß Ricardo hier und hoffte erneut auf gutes Gelingen. Er lächelte ein wenig in sich hinein, als er darüber nachdachte, mit welchen Plänen er vor über fünfundzwanzig Jahren in dieses Land kam. Zweiundzwanzig war er damals gewesen. Wie lange lag das zurück. Sein erster Freund, Hans Gutmooser, der sein Schwiegervater wurde. Monika, die, als er sie kennenlernte, noch eine halbwüchsige Göre war. Aber er hatte nie bereut, auf sie gewartet zu haben. Inzwischen waren die eignen Kinder, Sofia und Dario, Teenager.

Sein Vater war inzwischen verstorben; Ricardo dachte nur noch selten an ihn. Er hatte ihm seinen Lebenswandel niemals verziehen und in den letzten Jahren dafür gesorgt, dass zumindest seine Mutter gut versorgt wurde. Angelica hatte mit seiner Hilfe eine gute Schule besuchen und eine vernünftige Ausbildung machen können. Später hatte sie dann einen Zahntechniker geheiratet und war mit ihm nach Rom gegangen. Nachdem sie sich dort etabliert und eine Wohnung gefunden hatten, holten sie die Mutter zu sich. Die Nachbarschaft zerriss sich, wie immer, das Maul; die einzige, die klipp und klar sagte, dass das wohl das Gescheiteste sei, war Felicitas. Auch sie war inzwischen alt und grau geworden. Sie hatte ihr Versprechen eingelöst, Monika und Ricardo in Deutschland zu besuchen. Insgesamt war sie fünfmal bei ihnen und hatte sich immer sehr wohl gefühlt. Einmal sagte sie zu Monika: "Weißt du noch ... als ich dir die Geschichte von der sonderbaren Haustür erzählt habe? Gott, Kind, ist das lange her. Nun hast du selber schon *halbgroße* Kinder. Und wer weiß wie lange, dann wirst du auch Oma."

Monika hatte gelacht und meinte: "Na, Felicitas, das ist ja nun wirklich noch eine Weile hin." Aber die Weile war schon fast vorbei. Sofia hatte ihren ersten Freund und glaubte, niemand würde etwas merken. Sie verrannte sich ab und zu in kleinere Schwindeleien, die Ricardo ihr stillschweigend nachsah. Monika hätte es wirklich nicht bemerkt, wenn nicht Dario eines Tages damit herausgeplatzt wäre. Nachdenklich war Monika zu Ricardo gekommen. "Weißt du davon?", hatte sie ihn gefragt. Ricardo schmunzelte leise. "Hm, ich ahnte es schon länger, aber Gewißheit hat mir eigentlich Dario verschafft. Er versucht immer, Sofia zu beschützen. Die beiden sind ein Pott und ein Deckel. Das ist bei Zwillingen ja öfter der Fall."

"Damit bist du einer konkreten Antwort, wie immer, aus dem Weg gegangen",hatte Monika geknurrt, aber gleichzeitig musste sie auch lachen. "Naja", räumte sie ein, "wir haben es ja nicht anders gemacht.

"Oh doch! Wir haben uns gar nicht erst getraut und wenn Felicitas nicht an unserer Stelle Nägel mit Köpfen gemacht hätte, wer weiß..."

Der Rest des Satzes ging unter, weil Monika zwischendurch, ganz gegen ihre Gewohnheit, den Fernseher einschaltete. Normalerweise bekamen sie immer erst die Spätnachrichten mit, doch an diesem Tag lümmelte Monika sich in den Sessel und zog die Beine unters Kinn. Ricardo musste lachen. "Es wird mir ein ewiges Rätsel bleiben, wie ein Mensch sich so zusammenknoten kann."

Ding – dong – ding. 20:00 Uhr. Hier ist das erste deutsche Fernsehen mit der Tagesschau. Die Nachrichten.

Und dann kam die Nachricht, die sie beide vom Hocker riss. Die innerdeutsche Grenze ist offen!

Monika ließ einen Brüll los und Ricardo schreckte förmlich hoch. Der hatte sich so auf Monika konzentriert, dass die Nachricht erst langsam in sein Gehirn sickerte.

"Was ist los?"

"Pssst!"

...öffnete die Volkspolizei der DDR die innerdeutsche Grenze.

Monika hörte diese Nachricht noch nicht einmal bis zum Ende. Sie sprang auf und stürzte ans Telefon. Als sie nach x-mal läuten endlich Herthas Stimme hörte, brüllte sie mehr als sie sprach: "Ist das wahr - ist das wirklich wahr?"

Hertha konnte kaum sprechen. "Ich kann es selbst noch nicht glauben, am besten hören wir erst einmal zu Ende und telefonieren noch mal. Vielleicht ist das bloß eine Ente oder ein Mißverständnis. Ich habe starke Zweifel. Vor allen Dingen ohne Blutvergießen. Ich weiß nicht recht."

Und legte auf.

Monika ging ins Wohnzimmer zurück. "Ricardo, ich kann es nicht glauben."

Ricardo, der mit dem zweigeteilten Deutschland nur bedingt was am Hut hatte, außer, dass er wußte, dass die gesamte Familie Gutmooser einen Haufen Verwandte in der DDR hatte, zuckte ein bisschen gleichgültig die Schultern. "Was glaubst du denn – wenn es wirklich stimmt – was dann passiert?", hatte er gefragt. "Ich könnte mir vorstellen, dass nach dem ersten Enthusiasmus das große Erwachen kommt und beide Teile merken, dass sie sich in den vergangenen vierzig Jahren absolut auseinandergelebt haben. Ich meine damit: wir, zum Beispiel deine Eltern, haben jahrzehntelang Pakete geschickt und demnächst können die Menschen alles selber kaufen. Wohlgemerkt … demnächst! Erst einmal wird es einen Rieseneinbruch in den Familien geben und aufgestaute Haßgefühle kommen hoch."

"Ach Quatsch!! Monika sah Ricardo an, als hätte der sie nicht alle auf der Reihe. "Die waren uns doch eigentlich immer dankbar..."

"Glaubst du. Ich glaube vielmehr, dass sie uns absolut nicht dankbar waren, sondern sich, im Gegenteil, oft als Almosenempfänger gefühlt haben, weil sie bei solchen Gelegenheiten immer daran erinnert wurden, dass sie nichts zurückgeben konnten. Versuche einmal, dich in diese Lage zu versetzen. Du gehörst nämlich auch zu der Sorte, die sich nichts schenken lassen können oder wollen."

"Ganz im Gegensatz zu dir", giftete Monika zurück.

Ricardo lachte. "Siehst du, so wie wir jetzt den Grundstein legen, uns wegen solcher Geschichten zu streiten, wird es auch diesen Menschen gehen. Es wird in den Familien knallen, weil der eine glaubt, Dankbarkeit, die er nicht empfindet, zeigen zu müssen und der Andere vielleicht sagt: Gott sei Dank, das hat jetzt ein Ende."

"Mag ja sein, dass das vorkommt. Doch ich glaube, dass diese ganze Geschichte, die wir meines Erachtens nur Gorbatschow zu verdanken haben, friedlich ausgehen wird. Die Menschen werden endlich eine freie Marktwirtschaft haben..."

"...mit der sie nicht umgehen können, weil sie es nie gelernt haben", warf Ricardo ein.

"... und können vor allen Dingen ungehindert reisen."

"Was sie nicht können, weil sie nämlich kein Geld haben."

"Du bist ein Pessimist."

"Nein, bin ich nicht", verteidigte sich Ricardo. "Ich sehe die Folgen nur nüchterner als du. Und das mein Schatz", nahm er Monika in den Arm, „ist doch gar kein Wunder. Ich habe nunmal keine ausgeprägte Beziehung dazu, weil ich Eure Verwandten nicht kenne. Aber ich kann mir an fünf Fingern ausrechnen, dass es so problemlos, wie du dir das vorstellst, einfach nicht gehen kann."

"Warum denn nicht?" Monika war den Tränen nahe. "Warum kannst du das denn nicht glauben? Natürlich wird es eine Zeit dauern, bis alles ein wenig in die Reihe kommen wird. Aber, überlege doch mal: *unsere gesamte Wirtschaft ist im Eimer. Das kann man nun wirklich nicht mehr anders bezeichnen. Und warum? Weil wir den vergangenen zwanzig oder mehr Jahren geaast haben. Damit meine ich nicht uns beide. Wir haben genug kraxeln müssen, um anfangs über die Runden zu kommen. Nein, ich meine das allgemeine Verhalten. Bei jeder Lohnerhöhung haben sie alle gejubelt. Zwölf Prozent, das war doch was. Dass aber genau das die Schraube immer höher drehte, hat dabei keiner bedacht. Oder, vielleicht haben unsere Oberindianer daran gedacht, bloß, den Gedanken an eventuelle Folgen konnte man ja auf später vertagen.*"

Ricardo unterbrach sie. "Donnerwetter, ich wußte gar nicht, dass du dich damit überhaupt auseinander gesetzt hast."

"Natürlich", entgegnete Monika leicht beleidigt, "ich bin schließlich kein Dummkopf und weiß genau, dass es uns besser als nur gut geht. Und auch, dass es noch lange nicht allen so geht. Aber wir kommen vom Thema ab. Also: ...*wie gesagt, unsere Wirtschaft ist marode. Offiziell will das keiner wahrhaben, aber in meinen Augen ist das so. Und nicht erst seit gestern. Dazu kommt, dass wir bis jetzt in einen Machtblock eingebunden sind, aus dem wir nicht heraus können. Du solltest nicht vergessen, dass wir, Deutschland, den letzten Krieg nicht nur verloren haben; wir haben bedingungslos kapituliert. Das ist ein himmelweiter Unterschied.*"

"Von mir aus; und was hat das mit uns zu tun?"

"*Ganz einfach. Der Ami hat über uns zu bestimmen. Wir können zwar lauthals unser Dementi in die Welt schreien, das macht sich auch gut, bloß nützen tut das gar nichts. Wir haben nämlich zu parieren. Demzufolge werden auch Gelder in Sachen gesteckt, die lediglich unser Ansehen in der Welt hochjubeln sollen – unserer*

Wirtschaft ist damit nicht gedient. Dazu kommen ferner, dass Amerika und Rußland, die beiden Machtblöcke Ost und West, ebenfalls mit enormen wirtschaftlichen Schwierigkeiten zu kämpfen haben. Der Ami kann sich alles leisten, bloß keinen Frieden – der Russe kann sich auch alles leisten, bloß keinen Krieg."

Aber Rußland ist doch derjenige, der die westliche Welt dazu treibt, immer weiter aufzurüsten."

"Glaubst Du? Ich glaube das nämlich nicht. Okay", räumte Monika ein, „das kann ich nicht beweisen, aber ich habe eher den Eindruck, dass durch das ganze Aufrüstungsgerede der Russe am laufenden Band gezwungen ist, nachzurüsten. Und das aus gutem Grund. Solange er mit der Rüstungsindustrie beschäftigt ist, kann er nichts anderes in Angriff nehmen. Wenn dieser Riese aber mal wach wird..."

"Was dann?"

"Dann können wir nur hoffen, dass die Deutschen nicht den Startschuß verpennen. Überlege doch mal. Rußland hat alles, was die gesamte westliche Welt braucht. Aber er kommt nicht ran. Er verfügt weder über ausreichend Menschen, noch hat er Geld oder das notwendige technische Know-how. Das hat der Westen. Damit meine ich nicht nur uns, also Deutschland, sondern die gesamte westliche Welt. Im großen und ganzen jedenfalls. Wenn wir dann fix und vor allen Dingen verhandlungsbereit sind, wäre das die Rettung unserer Wirtschaft. Wir ersticken in Arbeitslosen, unsere Kosten schnellen drastisch in schwindelerregende Höhen...

Hier musste Monika eine Pause machen und erst einmal Luft holen. Ricardo lachte. "Mein lieber Schwan, du kannst dich aber ganz schön in Eifer reden."

"Und ich bin auch noch nicht fertig. *Wenn man also jetzt die DDR mit ins Kalkül zieht, würde das folgendes bedeuten. Die meisten Firmen in der DDR sind marode. Vermutlich so marode, dass bloß noch abreißen hilft. Das wird ein Riesenproblem. Ich gehe jetzt mal* davon aus, dass Gorbatschow seine Versprechen hält und dafür gucke ich ihn an. Bei dem habe ich das Gefühl, dass der nicht erst an sich, sondern wirklich mal an sein Volk denkt. Also ich glaube, unsere Chance liegt darin, dass wir einen großen Teil dieser Unternehmen erst auf die Beine stellen müssen. Gleichzeitig sieht es in der UdSSR genauso aus. Denen fehlt es schließlich noch an sehr viel mehr. Wenn ... wenn !!!, dann beispielsweise westdeutsche Firmen hingingen Know-how, Techniker und Maschinen..."

Stop, nun mal langsam. Ich kann deine Gedanken inzwischen nachvollziehen, aber glaubst du wirklich, dass die sich so ohne weiteres die Butter vom Brot nehmen lassen?" Ricardo sah Monika etwas zweifelnd an.

"Wir wollen denen doch gar nicht die Butter vom Brot nehmen. Im Gegenteil. Wir bieten Hilfe zur Selbsthilfe, indem wir, ob nun in der DDR oder in der UdSSR marode Firmen wieder in Schwung bringen, neue Technologien einsetzen..."

"Dafür braucht er aber erst einmal Geld, was er nicht hat."

"Weiß ich ja", wehrte Monika ab, "aber du hast mich auch wieder unterbrochen. Ich glaube nämlich, dass der uns die DDR zurück verkaufen will und mit diesem Geld, das wird sicher nicht reichen, ihn aber auf alle Fälle weltweit kreditwürdig machen, wird er sich schnellstens das erforderliche technische Know-how kaufen. Und wer bitteschön hat das? Der Westen. Also! Damit haben wir den Punkt, den ich gerade angeschnitten habe. Die UdSSR hat alles, was die Welt braucht und sitzt drauf, weil sie nicht anders kann. Jedenfalls jetzt noch nicht. Aber das könnte sich unter den gegebenen Umständen ganz schnell ändern. Und das ist der Punkt, an dem Deutschland nicht pennen darf. Meines Erachtens. Und außerdem, holte Monika tief Luft, möchte ich in der nächsten Zeit dann auch mal rüber fahren."

Ricardo sah sie an und biß sich im letzten Moment auf die Zunge, um ihr die Reise nicht glattweg zu verbieten. Nicht nur, dass er sie im Geschäft schmerzlich vermissen würde und sich gleichzeitig sorgte, ob mit den Kindern alles klappte, er fürchtete vor allen Dingen die Enttäuschung, die seines Erachtens programmiert war.

"Und wohin willst du? Wenn ich mich richtig erinnere, warst du noch ein Kind, als du zum letzten Mal deine verschiedenen Verwandten gesehen hast. Meinst du nicht, dass das Ganze in einer Riesenenttäuschung für dich endet?"

Ricardo sah sie fragend an.

"Ich weiß nicht. Vielleicht, aber ich möchte es wirklich gern. Es braucht ja nicht lange zu sein. Ein paar Tage. Ich möchte nach Waltershausen, meine Cousine und nach Potsdam, meinen Cousin wiedersehen. Soweit ich weiß, ist er krank, aber ich möchte ihn wenigstens mal besuchen."

"Wenn du meinst." Ricardo seufzte und wandte sich dann aber dem Nächstliegenden zu. "Du solltest dir aber rechtzeitig überlegen, wie es hier im Haus gehen soll. Sofia und Dario kannst du nicht mitnehmen, weil keine Ferien sind und, wenn ich ehrlich sein soll, von der Idee, deine Mutter hier zu haben, bin ich nicht begeistert."

Monika verzog das Gesicht. "Hm, das kann ich dir sogar nachfühlen. Obwohl sie, und das mußt du zugeben, seit dem Krach damals mit dir sehr vorsichtig umgeht."

"Was Wunder, sie hat ja auch reichlich Stoff gekriegt."

"Egal, wichtig ist, wer soll es denn sonst machen?"

"Vielleicht Hamami? Sie möchte gern kommen, aber sie scheut sich, deiner Mutter über den Weg zu laufen. Vielleicht kann Vater sie dazu überreden. Er ist, von uns mal abgesehen der einzige, der noch Zugang zu ihr hat."

"Kein Wunder. Papa hat immer zu ihr gehalten. So wie wir und das vergißt Hamami nicht. Über diese Geschichte darf ich gar nicht nachdenken. Wenn mir einer erzählt hätte, wie meine Mutter sein kann – ich hätte es niemals geglaubt."

"Tun Töchter sowieso nicht."

"Von wegen! Du weißt, dass ich mit meiner Mutter auch nicht auf besonders gutem Fuß stehe, schon deshalb nicht, weil sie versucht hat, auch unsere Verbindung zu hintertreiben..."

"Laß es gut sein, Schatz, das ist Schnee von gestern. Häng dich lieber ans Telefon und interviewe mal deinen Vater. Möglicherweise fällt dem sogar noch was besseres ein."

"Was besseres, als Hamami wieder mal bei sich zu haben, fällt dem bestimmt nicht ein!" Monika lachte. "Manchmal ist er wirklich zum knutschen."

Das Telefonat ging über die Bühne und Hans Gutmooser war nur zu gern bereit, mit seiner Schwiegertochter zu telefonieren. Monika hatte ihm, auf Ricardos Geheiß hin, auch weiterhin verschwiegen, dass es Yannick gab. Das konnte Hamami, wenn sie es für richtig hielt, selber erzählen. Was sie dann auch tat.

Es dauerte nicht ganz eine Stunde, als es lang und anhaltend klingelte. Sie saßen noch vor dem Fernseher und Ricardo hievte sich aus dem Sessel. "Teufel, wer kommt denn jetzt noch?", fluchte er. Monika hatte die Bimmelei nur im Hintergrund gehört. Sie schaltete von einem Sender in den nächsten um ja keine Neuigkeit zu verpassen. Zwischendurch verbrauchte sie dutzendweise Papiertaschentücher und hatte inzwischen eine knallrote Nase.

"Ich weiß nicht", schniefte sie, "das hätte ich mir niemals träumen lassen, dass wir das noch erleben."

"Hoffentlich freut dich das nach deinem geplanten Besuch auch noch so", sagte Ricardo. "Ich will dir nichts", meinte er, "ich will dich bloß vor zuviel Enthusiasmus bewahren."

"Kannst du nicht. Diesmal nicht."

Inzwischen hatte Ricardo die Tür geöffnet und Hans Gutmooser hatte die letzten Worte noch mitbekommen.

"Da könntest du verteufelt Recht haben", meinte er zu Ricardo.

"Hertha plant auch schon, *ich-weiß-nicht-wen* alles zu besuchen und auch ich habe keine Chance, ihr klarzumachen, dass sie doch bitte erst einmal ein bißchen Zeit ins Land gehen lassen soll. Es ist wie verhext. Jetzt muß ich mich erst einmal setzen und Euch gehörig die Leviten lesen."

Hans Gutmooser ließ sich in den Ohrensessel fallen und sah seine Tochter und seinen Schwiegersohn durchdringend an."So, und Ihr findet es also richtig, dass wir nichts von unserem Enkelsohn erfahren haben?", fragte er. "Ich muß sagen, ich bin geschockt und auch sehr enttäuscht."

"Stopp, Vater", sprang Ricardo in die Bresche, "so darfst du das nicht hinstellen. Wir hatten ausdrückliche Weisung, sowohl von Wolfgang als auch von Hamami, niemandem etwas zu sagen. Sie hätte es *dir* liebend gern erzählt, weil sie – und das weißt du – sehr an dir hängt, aber..., und das solltest du verstehen; Hamami vertritt den Standpunkt, wenn ich es Vater sage, muß er mit diesem Geheimnis leben. Und das kann ich ihm nicht zumuten. Eben weil ich ihn liebhabe. Das waren Hamamis Worte und wir haben sie respektiert. Sie kann Herthas Auftritt nicht vergessen und das können wir verstehen. Wir hatten ja selber enorme Probleme damit. Diese üble Geschichte hat übrigens bei uns einen ernsthaften Ehekrach ausgelöst."

"Bei Euch?"

"Ja, bei uns. Monika konnte Mutters Verhalten auch nicht verstehen, war aber wesentlich eher geneigt, ihr Zugeständnisse zu machen. Ich hingegen habe anfangs auch reichlich auszustehen gehabt, so dass ich absolut nicht bereit war, ihr irgend etwas nachzusehen. Es war einfach zu schlimm. Und, wandte er sich voll an seinen Schwiegervater, wenn du dir einmal überlegst, dass das heute zum größten Teil kein Thema mehr ist, kann man umso weniger begreifen, dass sie ihre Animositäten immer noch nicht über Bord geworfen hat."

Hans Gutmooser seufzte. "Ich weiß auch manchmal nicht, was in diesem Kopf vorgeht. Sie kann eine Seele von Mensch sein, aber wenn irgend etwas nicht in ihren Kram paßt, ist sie unausstehlich. Sie bohrt und mosert so lange herum, bis sich wieder alles nach ihrem Gusto gerichtet hat. Wenn sie jemanden nicht mag, dürfen andere ihn auch nicht mögen. Es ist zum Mäuse melken. Sie kommt mir manchmal vor, als stamme sie aus einer uralten Hamburger Patrizierfamilie. Und dabei waren ihre Eltern nun wirklich nichts besonderes."

"Nein, Oma war immer Hausfrau und Opa, nun, er war Bahnbeamter. Aber was besonderes ist das ja nicht."

"Bahnbeamter war früher aber was. Allein Beamter zu sein, hieß, im Laufe seines Lebens kein besonders hohes Einkommen zu haben, dafür eine gute Pension. Und darauf hatte Oma wohl damals Wert gelegt. Und deine Mutter hat in dieser Richtung auch einen Dünkel abbekommen", fügte Hans Gutmooser hinzu.

Ricardo schaltete sich ein. "Okay, aber das ist doch im Moment nicht wichtig. Viel wichtiger ist, wie verhalten wir uns jetzt. Ich hoffe, wandte er sich an seinen Schwiegervater, du verstehst, warum wir nichts sagen konnten. Es wäre einem Vertrauensbruch gleichgekommen. Natürlich ist die Lage jetzt nicht besser geworden. Um nicht zu sagen, sie ist absolut unterirdisch."

Monika überlegte und sah, wie sie immer sagte, ihre beiden Männer an. "Ich glaube, ich habe die Lösung. Ich fahre mit Mutter gemeinsam. Für ein paar Tage klappt das schon. Wir werden uns irgendwo in einem Hotel einmieten. Die werden jetzt sicher wie Pilze aus dem Boden schießen und außerdem könnten wir vielleicht auch bei meiner Cousine wohnen. Sie hat ja ein ganzes Haus und die Jungens sind, wenn ich richtig informiert bin, in irgendeiner Ausbildung und nicht mehr daheim. Sprich mal mit Mutter darüber. Wenn sie einverstanden ist, machen wir es so. Dann kann Hamami kommen und die beiden begegnen sich nicht. Nun, fragte

261

sie ihren Vater, wie willst du es jetzt handhaben. Sagst du es ihr? Mit Yannick, meine ich."

"Ich glaube schon. Hamami hat mir nicht auferlegt, nichts zu sagen und, naja … einfach wird das nicht. Aber ..."

"Ja, aber", seufzte Monika erneut, "aber, genau das ist es."

*

Zwei Wochen später fuhren Monika und Hertha dann *rüber*. Sie konnten sich beide noch nicht daran gewöhnen, dass es hüben und drüben nicht mehr gab.

Die Fahrt verlief ruhig. Die Autobahn war noch immer leer, als hätte sich die Tatsache, dass man jetzt keine Grenze mehr passieren musste, noch nicht herumgesprochen. "Ich möchte wissen", meinte Monika zu ihrer Mutter, "wie das in einem halben Jahr hier aussieht. Dann haben wir bestimmt nicht mehr frei fahren." Sie ahnte nicht, wie vorausschauend diese Bemerkung war.

Kurz vor Herleshausen, dem ehemaligen Grenzübergang, nahm Monika den Fuß vom Gas. Sie steuerte einen Rastplatz an und meinte: "Ich muß dringend mal für kleine Königstiger. Du auch?" Hertha schüttelte den Kopf. Jetzt, wo sie dem Ziel immer näher kamen, wurde sie schweigsam. In ihrem Gesicht arbeitete es und nach einer Weile meinte sie: "Ich komme doch mit. Irgendwie ist mir auf einmal ganz kodderig zumute. Ich glaube fast, ich habe etwas Angst."

"Wovor?"

"Vielleicht vor der Begegnung? Ich weiß selber nicht so recht. Wir haben uns so viele Jahre nicht gesehen. Und wer weiß, in welche Richtung wir uns entwickelt haben. Vierzig Jahre DDR-Erziehung sind eine lange Zeit. Wir hatten immer die Freiheit zu sagen, was wir dachten, aber in der DDR..."

Ein wenig hilflos brach sie ab.

Monika schaltete den Motor ab und stieg aus. "Komm, wir gehen erst mal. Vielleicht sollten wir auch einen Kaffee trinken. Was hältst du davon?"

Hertha nickte nur und kletterte ihrerseits aus dem Auto. Draußen musste sie sich erst gründlich recken. Dann machten sie sich auf den Weg ins Rasthaus.

Das Rasthaus war immer schon auf westdeutscher Seite gewesen, aber die Inneneinrichtung spiegelte trotzdem eine gewisse Gleichgültigkeit des Betreibers wider. Tische mit Chrombeinen und Resopalplatten, ohne Tischdecken. Ungemütlich. Als hätte sich der Wirt darauf eingestellt, dass hier sowieso nur Leute Station machten, die in die DDR wollten und demzufolge nichts besonderes erwarteten. Die Toiletten waren zwar verhältnismäßig sauber, aber uralt.

Monika verzog angewidert das Gesicht. "Also, 'nen Kaffee trinke ich hier, mehr aber auch nicht", meinte sie.

Beide saßen sich am Tisch gegenüber und probierten den Kaffee. Lauwarm und aus dem Automaten. Brrr.

Nach einigen Minuten des Schweigens begann Monika, sich innerlich darauf vorzubereiten, dass irgend etwas von ihrer Mutter kam. Sie spürte förmlich, dass ihr etwas auf der Seele brannte und sie wußte auch, was das war. Sie hatte nur gehofft, dass sie nichts sagen würde. Das Thema würde Hamami und Yannick sein.

Fast mit einer gewissen Verzweiflung hielt Monika sich an der Kaffeetasse fest und suchte nach einem unverfänglichen Thema, um diese Stille zu überbrücken. Sie wollte gerade sprechen, als Hertha Luft holte und fragte: "Sag mal, wie lange habt Ihr das eigentlich gewußt, dass Wolfgang ein zweites Kind hat?"

"Wolfgang und Hamami", antwortete Monika mechanisch. "Wir haben es seit der Schwangerschaft, damals in Italien, als wir in Urlaub waren, gewußt. Wir wurden zum Schweigen verdonnert und nicht nur von Hamami, sondern auch von Wolfgang. Nicht, dass du wieder einmal alles auf deine verhasste Schwiegertochter schiebst. Und, bevor du jetzt Zirkus machst, will ich dir auch gleich sagen, Hamami ist mit Yannick bei Ricardo."

Hertha sah ihre Tochter an. Monika sah ihr in die Augen und bemerkte völlig unzusammenhängend, dass die Augen ihrer Mutter blaß und trüb geworden waren. Mein Gott, dachte sie, Mutter wird alt und verbittert. Warum? Sie hat doch wirklich ein gutes Leben gehabt.

Hertha malte unterdessen gedankenverloren mit dem Fingernagel Kringel auf den Tisch. "Du gibst mir an allem die Schuld, nicht wahr?", fragte sie.

"Was heißt Schuld, Mutter. Ich verstehe dich nicht. Ich begreife nicht, wie man in der heutigen Zeit so verbohrt sein kann. Wenn ich das mal so sagen darf. Im Grunde findest du Hamami sogar sehr nett und außerdem bildschön. Sie dürfte nur nicht deine Schwiegertochter sein. Oder?" Monika sah ihre Mutter herausfordernd an. "Das ist doch der springende Punkt."

Hertha schluckte. "Weißt du,Kind, vielleicht sollte ich versuchen, dir zu erklären, was in mir vorgegangen ist. Ich weiß nicht, ob du dir ein Bild machen kannst, was ich von meiner Mutter zu hören bekam, nachdem heraus war, dass Wolfgang eine Farbige heiratet. Heiraten musste! Damit brach für Oma eine Welt zusammen. Ich hatte damals eine Menge auszustehen..."

"Weiß ich", unterbrach Monika unwirsch. "Aber, was zum Teufel hat das mit uns zu tun. Hamami hat sich alle Mühe gegeben, aber du, du hast sie behandelt als sei sie eine Aussätzige."

Hertha schüttelte den Kopf. "Nein, ich hatte Angst."

"Angst? Wovor um Himmels Willen hattest du denn Angst. Ausgerechnet du!" Monika war total verblüfft. Ängste hätte sie bei ihrer Mutter niemals vermutet. Sie hatte ihre Mutter immer für unbeugsam, hart, gehalten. Und diese Frau offerierte ihr nun, dass sie unter Ängsten litt. Sie konnte es nicht begreifen.

Hertha wartete auf eine Antwort, aber Monika musste das erstmal verdauen. Nach einiger Zeit kam es leise. "Ich glaube, wir haben wohl alle Fehler gemacht. Vielleicht solltest du mit Hamami sprechen und versuchen, ihr alles zu erklären."

"Glaubst du, sie spricht überhaupt noch mit mir?", fragte Hertha zurück.

"Das glaube ich aber doch. Sie leidet nämlich sehr unter diesem Zustand. Natürlich auch wegen Wolfgang. Ich weiß, dass sie sich alle Mühe gegeben hat, dir zu gefallen. Wenn ich noch daran denke, wie sie damals, gegen Wolfgangs Willen, das Wohnzimmer umgeräumt hat, bloß damit es *dir* gefiel. Mit Wolfgang hat sie dann Krach gekriegt und als du dann zu Besuch kamst, präsentierte sie dir ganz stolz ihr Werk..."

"Oh Gott", entfuhr es Hertha, "und ich habe sie dann auch noch kritisiert."

Sie stützte den Kopf in die Hände und Monika sah, dass sie verzweifelt versuchte, Haltung zu bewahren. Mitleid erfaßte sie und sie nahm die Hände ihrer Mutter. "Komm, ich denke, du solltest jetzt ruhig versuchen, ein bisschen weinen. Das hilft. Und anschließend gehen wir zum Telefon. Du rufst zuhause an und bittest Hamami, auf deine Rückkehr zu warten. Okay? Mach das nur so, Mutter, das wird bestimmt das beste sein."

"Wenn du meinst."

Sie riefen den Kellner, bezahlten ihren Kaffee und machten sich wieder auf den Weg. Am ehemaligen Grenzübergang Herleshausen meinte Monika dann: "Ich weiß nicht … ein reichlich komisches Gefühl ist es immer noch. Es ist nichts mehr da, aber trotzdem… . Man hat immer noch diese Grenze im Hinterkopf und ich höre auch noch immer das *Gänsefleisch*."

Hertha musste lachen. ",Ich erinnere mich auch:Gänn'se v'lleicht 'n Gofferraum mal uffmachen!"

Die Spannung löste sich und als dann rechts neben der Autobahn, oben auf dem Berg, die Wartburg auftauchte, sagten sie unisono: "Jetzt haben wir es gleich geschafft."

*

Das Wiedersehen mit Cousine Angela war eitel Sonnenschein. Sowohl Hertha als auch Monika heulten ein paar Strophen und man quatschte bis tief in die Nacht.

Das Hotelzimmer war nicht gerade das Nonplusultra, das hatten sie auch nicht erwartet. Trotzdem meinte Hertha: "Ich weiß nicht, es hat sich doch alles mehr als nur ein bisschen verändert."

Monika konnte das nicht so nachempfinden, obwohl sie bei einigen Themen zwischendurch einen Rückzieher gemacht hatte. Sie erinnerte sich an Ricardos Worte. Er hatte sie gewarnt: "Sei ein wenig vorsichtig mit dem, was du sagst. Denke daran, diese Menschen sind vieles nicht mehr gewöhnt. Und es wird lange dauern, bis sie begriffen haben, wie lang vierzig Jahre sind. Vor allen Dingen die jungen Leute, die damals in dieses System hineingeboren wurden, werden erhebliche Schwierigkeiten bekommen."

Monika sah das zwar ganz anders, denn immerhin war ihr Mann Ausländer, war aber bereit, sich entsprechend zurück zu halten. Und es schien, als wäre das auch gut gewesen.

Gähnend saß sie auf der Bettkante. "Ob sich alles sehr verändert hat, weiß ich nicht. Ich war ja damals noch ein halbes Kind. Aber ich habe natürlich gespürt, dass Angela und Stefan sich auch zurückgehalten haben. Ob die Probleme haben?"

"Wie meinst du das? Ich hatte nicht den Eindruck, dass sie Probleme haben."

"Nicht mit sich, oder so", resümierte Monika, "nein, ich dachte mit der offenen Grenze. Dass sie auch nicht so recht wissen, wie sie sich verhalten sollen."

"Das kann schon sein. Vielleicht erfahren wir morgen mehr darüber. Ich bin dafür, dass wir uns jetzt hinhauen. Obwohl, fügte Hertha hinzu, an Schlaf ist meinerseits wahrscheinlich nicht zu denken. Mir spuken noch ganz andere Dinge im Kopf herum."

Monika verkniff sich dazu eine Bemerkung. Sie wollte den brüchigen Frieden nicht zerstören. Doch ihre Mutter spürte es auch ohne Kommentar.

"Du denkst wohl, es geschieht mir recht, wie? Aber glaube mir, Monika, wenn ich etwas falsch mache, dann passiert das auch in vielen Fällen aus meiner verkorksten Erziehung heraus."

"Das glaube ich dir sogar, Mutter, aber, und das kannst du nicht von der Hand weisen, du bist dreimal sieben alt und gehst mit offenen Augen durch die Welt. Du hast doch in den vergangenen Jahren selbst festgestellt, dass sich unsere Welt enorm verändert hat; wieso konntest du da nicht mit dir selber ins Gericht gehen. Das kann doch so schwer nicht sein."

"Vielleicht haben meine Ängste die Oberhand behalten", meinte Hertha müde. "Ich glaube, du kannst dir gar nicht vorstellen, wie sehr mir Veränderungen, die nicht in meine anerzogene Welt passen, zu schaffen machen."

"Nein", sagte Monika, "das kann ich mir tatsächlich nicht vorstellen. Ich denke da zurück an unseren ersten Urlaub in Italien und weiß, wie sehr du dich über meine vermeintliche Burschikosität aufgeregt hast. Wolfgang hat es mir erzählt..."

"Das wäre auch ein Wunder gewesen, wenn dein Bruder dir nicht immer alles gesteckt hätte."

"Na und. Er ist mein Bruder. Und wir haben immer sehr aneinander gehangen."

"Bis auf die Momente, in denen Ihr Euch so gekloppt habt, dass wir dazwischen gehen mussten."

"Ist bei Geschwistern normal. Aber lenke nicht ab. In dem besagten Urlaub hast du nämlich, ganz besonders zu Vaters Freude, angefangen Frau zu sein."

Hertha unterbrach sie. "Was verstehst du denn davon? Du weißt doch gar nicht ..." Sie brach abrupt ab. "Quatsch, natürlich weißt du. Selber verheiratet und zwei Kinder. Das vergesse ich immer."

"Ja, weil du es vergessen willst und das ist was, was ich überhaupt nicht verstehe. Wolfgang und ich haben immer schon versucht, in dich hineinzusehen. Aber du bist ja zu wie eine Auster. Manchmal denke ich, dass das auch der Grund ist, dass du deine diversen Leiden nicht mehr los wirst. Warum willst du mir nicht erzählen, was dir zugestoßen ist. Es liegt doch auf der Hand, dass du ..." Monika schluckte. "Ich habe wohl gar nicht das Recht, dich danach zu fragen, wie?"

Hertha war blaß geworden und stand auf. Sie ging ans Fenster und starrte in die Dunkelheit. Monika spürte, wie ihre Mutter sich zusammenzog. Sie blieb still sitzen, unterdrückte das erneute Gähnen und wartete. Das Schweigen lag schwer und greifbar in der Luft. Nach einigen Minuten wandte Hertha sich um. "Was glaubst du denn, was passiert ist?", fragte sie.

"Nun, ich denke mal, Kindesmisshandlungen oder Vergewaltigungen, auch in der Familie, gibt es nicht erst seit gestern. War es so? Wenn ja, fuhr Monika fort, warum hat dich deine Mutter nicht beschützt?"

Hertha zuckte resigniert die Schultern. "Nein, vergewaltigt hat er mich nicht. Aber ich war das ungeliebte Mädchen. Alles und jedes wurde mir verboten. Mein Vater, der Opa, war so streng zu mir, dass ich Angst vor ihm hatte. Abends bin ich oft, wenn er heimkam, unters Sofa gekrochen, damit er mich nicht sah. Und meine Mutter war selber schwach. Sie konnte mir nicht helfen. Sie bekam fast jedes Jahr ein Kind und als ich älter wurde, begriff ich, was er ihr damit angetan hat." Hertha unterbrach sich, als habe sie bereits zuviel von sich preisgegeben.

Monika spürte, dass das nicht die Wahrheit war. Sie sah ihre Mutter nachdenklich an. "Und damit soll ich mich nun zufriedengeben?", fragte sie. "Darin allein kann doch nicht der Grund für verschiedene Wesenszüge von dir liegen. Ich glaube das nicht."

"Hör auf", sagte ihr Mutter. "Hör bitte auf – und laß alles wie es ist. Sprich nicht mehr davon. Ich kann mich nicht mehr ändern."

"Gut", antwortete Monika, "ich höre auf und schließe daraus, dass du dir nicht helfen lassen willst. Eigentlich schade. Ich hätte dich gern verstanden. Ich bin nämlich gar nicht so, wie du glaubst."

Erschrocken blickte Hertha auf ihre Tochter, die ihr im Moment vorkam, als sei sie einenmeterachtzig. In ihrem Gesicht spiegelte sich Ratlosigkeit und sie meinte nur: "Was denkst du denn, was ich von dir glaube?"

"Dass ich ein Flittchen bin oder war. Meine Heirat mit Ricardo war dir immer ein Dorn im Auge."

"Ich hätte dich eben gern gut versorgt gewußt."

"So, und was glaubst du, bin ich jetzt?"

Wütend stampfte Monika mit dem Fuß auf. "Es muß immer alles nach Deiner Nase gehen, wie. Aber jetzt hörst du mir mal zu. Auch wenn es dir nicht gefällt. Dass ich Ricardo geheiratet habe, hast du im Grunde vorangetrieben. Eben, weil du versucht hast, uns auseinander zu bringen. Du warst doch aus soviel Mißtrauen zusammengesetzt, dass du mir noch nicht einmal geglaubt hast, dass ich nicht mit Ricardo geschlafen habe. Als du mir damals diesen Vorwurf machtest, bin ich zu Wolfgang gegangen und habe ihn gefragt, was du überhaupt meinst. So blöd war ich nämlich noch."

Hertha sah ihre Tochter peinlich berührt an. "Das habe ich nie gesagt."

"Nee, natürlich nicht, hätte mich auch gewundert. So, blickte Monika auf die Uhr, es ist jetzt schon fast Zeit zum Aufstehen. Ich gehe unter die Dusche und werde anschließend einen Spaziergang nach Schnepfenthal machen."

Damit drehte sie sich um und ging ins Bad.

Die Dusche war wirklich nur eine Naßzelle, kein Vergleich mit dem Badezimmer daheim. Sie hatten zwar das Restaurant gewechselt, aber die Wohnung vorläufig beibehalten.

Während Monika sich das heiße Wasser über den Körper laufen ließ, saß Hertha draußen auf dem Bett. Sie zerfetzte ein Papiertaschentuch nach dem anderen und wußte nicht, was sie machen sollte. Sie fühlte sich in ihren geheimsten Gedanken ertappt. Monika war ihre Tochter und sie hatte mit alledem nichts zu tun. Sie wollte nicht, dass jemand in sie hineinsah und war panisch erschrocken, dass ihre Kinder, auch der Sohn, sich so mit ihr beschäftigt hatten. Sie sammelte die Schnippel ein, warf sie in den Papierkorb und ging zum Bad.

"Moni."

"Ja, was ist?"

"Meinst du nicht, wir sollten versuchen, miteinander auszukommen. Dieser Zustand ist furchtbar. Ich will nicht, dass wir darüber sprechen. Ich kann es nicht ertragen. Und, mir liegt auch Hamami im Magen. Glaubst du wirklich, dass sie mit mir sprechen wird?"

Monika drehte die Dusche ab und angelte sich ihr Handtuch vom Haken. Sie wickelte sich ein und öffnete die Tür.

"Mutter, ich weiß nicht, ob es mit Hamami wieder in Ordnung kommt. Du hast mit ihr telefoniert und sie hat einem Gespräch zugestimmt. Hamami gehört nicht zu den Menschen, die erst ja und dann nein sagen. Ob die Probleme, die ihr miteinander habt, dann ausgeräumt werden können, kann ich dir auch nicht sagen. Du hast sie zutiefst verletzt. Das weiß ich."

"Sonst hätte ich ja auch von Yannick erfahren, nicht? Aber ehrlich gesagt, den Namen finde ich blöd."

"Natürlich, dass du Yannick blöd findest, habe ich nicht anders erwartet. Karl-Heinz oder Johannes wäre Dir wahrscheinlich lieber gewesen. Aber kommen wir auf den Ursprung zurück. Weder Wolfgang noch Hamami wollten, dass du Yannick vorziehst. Und du wirst doch sicherlich zugeben, dass das unter den gegenwärtigen Umständen der Fall gewesen wäre. Womit dann auch die arme kleine Amintha in die ganze Chose mit hineingezogen worden wäre."

Monika holte Luft. "So, und jetzt ziehe ich mich an."

"Hast du was dagegen, wenn ich mitkomme?"

Monika hatte eigentlich eine Menge dagegen, aber sie wollte ihre Mutter nicht noch mehr verletzen. Also stimmte sie zu. Eine viertel Stunde später gingen die beiden durch den Wald, einen Weg, den sie vor vielen Jahren zuletzt gegangen waren. Trotz der Widrigkeiten, die sie in den letzten Stunden ausgekämpft hatten, war es ein wohltuendes Schweigen, das keiner der beiden unterbrechen wollte. Über ihnen klopfte ein Specht und eine Meise fiepte verschlafen. Die Sonne kam gerade über den Horizont und schickte ihre Strahlen quer durch den Wald. Jetzt müßte ich einen Fotoapparat haben, dachte Monika. Solche Aufnahmen sind selten. Tau hing schwer an den Gräsern und es würde nicht lange dauern, bis die Sonne die Tropfen abgeleckt haben würde.

Nach einer guten Stunde, in der sie kaum miteinander gesprochen hatten, meinte Monika: "Ich glaube, wir sollten langsam in Richtung Frühstück gehen. Was meinst du?"

Hertha nickte und blieb stehen. "Bist du denn noch meine Tochter?"

"Natürlich. Immer. Nur, liebe Mutter, versuche doch auch einmal, mich zu verstehen. Du kapselst dich ab und ich mache mir Sorgen. Vieles an deinem Verhalten war, oder ist, nicht normal. Glaubst du denn, wir alle hätten das nicht bemerkt? Ich komme noch einmal zurück auf den Urlaub in Italien, der dieses Gespräch ausgelöst hat. Damals wurdest du so, wie wir dich lieben konnten. Ein bißchen *leichter*, nicht so ernst und so entsetzlich prüde."

"Ich bin nicht prüde", widersprach Hertha, "ich bin nur anständig."

Monika musste lachen. "Oh Gott, Mutter, was heißt anständig. Ich bin auch anständig, deshalb kann ich trotzdem lange Hosen tragen und eine Frau sein. Prüde und anständig haben nichts miteinander zu tun."

"Ich mag nun einmal keine Hosen an Frauen. Ich finde, es gehört sich nicht."

"Warum? Frauen haben auch Beine", meinte Monika leicht amüsiert und hatte mit dieser Bemerkung genau auf den Punkt getroffen.

Aber sie lenkte ein. "Laß es gut sein Mutter. Dieses nächtliche Gespräch war zwar nicht angenehm, aber verkehrt war es auch nicht. Vielleicht denkst du ganz einfach mal darüber nach. Ich könnte mir vorstellen, dass du auch deinem Mann damit einen großen Gefallen tätest. Er hat es nicht immer einfach mit dir. Manchmal denke ich, er hat resigniert."

"Weißt du Kind, was das Schlimmste ist? Das Schlimmste ist, dass du Recht hast und ich weiß es. Aber ich weiß auch, warum ich manchmal so bin. Ich habe keinen Funken Selbstvertrauen."

Monika lacht hellauf. "Liebe Mutti, und das sagte sie seit langer Zeit zum ersten Mal wieder, du hast jede Menge Selbstvertrauen, bloß kein Selbstbewußtsein. Das ist ein gravierender Unterschied. Ich weiß nur nicht,warum. Du bist nicht dumm. Du siehst immer noch gut aus. Du hast in deinem Leben einiges geleistet. Denn wenn ich Deine Erzählungen aus der Kriegs- und Nachkriegszeit so höre, war das alles nicht gerade einfach. Warum konntest du nie Selbstbewußtsein entwickeln?"

"Vielleicht, weil es mir von Kindesbeinen an, notfalls mit Prügel, ausgetrieben wurde. Da, denke ich, liegt mein Grundproblem."

"Hast du jemals daran gedacht, dir fachliche Hilfe zu holen?"

"Soll ich etwa zu 'nem Irrenarzt gehen?", fragte Hertha empört.

"Was heißt hier Irrenarzt. Ein Psychotherapeut beispielsweise ist doch kein Irrenarzt."

"Nein, Kind, da kriegst du mich nicht hin. Irgendwie werde ich schon damit fertig."

Monika gab es auf. "Komm – wir gehen frühstücken."

***

Mittwoch

Sonja schlug die Augen auf und sah an die Decke. Nun war es also passiert. Sie trug einen Ring am Finger und fühlte sich ein bisschen überrumpelt. Andererseits hatten sich alle Ängste und das Gefühl einer gewissen Scham verflüchtigt wie Schnee in der Sonne. Sie lächelte in sich hinein. Warum habe ich mich bloß so furchtbar gesperrt, einen Mann in mein Leben zu lassen, dachte sie als sie neben sich eine Hand spürte, die nach ihr griff. Helmut. Ach ja, er war ja noch da. Helmut richtet sich auf. "Tut es dir leid?" fragte er leise.

"Nein", lächelte sie, "aber ein komisches Gefühl ist es schon. Immerhin habe ich seit Jahren niemanden näher als dreißig Zentimeter an mich heran gelassen."

"Warum eigentlich?"

"Ja, warum? Vielleicht weil ich ganz einfach zu kritisch bin. Mit mir selber. Ich habe schließlich einen Spiegel."

"Was meinst du damit?" Helmut war ein bißchen ratlos.

"Nun, ganz einfach. Wenn ich beispielsweise nach dem Duschen in den Spiegel gucke, sehe ich einen Körper, dessen Alter sich nicht verleugnen läßt. Und da in der heutigen Zeit alles irgendwie auf jugendlich ausgerichtet ist ..." Hilflos brach Sonja ab.

"Weißt du, was ich nicht verstehe: dass du so wenig Selbstvertrauen oder auch Selbstbewußtsein hast. Warum? Du bist intelligent, wortgewandt, siehst gut aus und dein sogenanntes Alter sieht man dir nun wirklich nicht an."

Das stimmt sicherlich alles; gerade das Kapitel Intelligenz ist

273

sehr ausschlaggebend. Wenn ich dämlich wäre, hätte ich genau diese Probleme nicht."

"Die Probleme hast du nur mit dir selber, kein Anderer kann das nachvollziehen. Ich könnte mir gut vorstellen, dass auch Melanie schon versucht hat, dich davon abzubringen..."

"Öfter als einmal", unterbrach Sonja ihn, "bloß geschafft hat sie es nicht. Sie ist einfach anders gestrickt und ich komme nun einmal aus einem Elternhaus, in dem das Wort *anständig* eine herausragende Rolle spielte."

"Die Frage ist, was man darunter versteht."

"Mal ganz abgesehen davon, dass das Wort Sex, im heutigen Stil, sowieso nicht gebräuchlich war. Man sprach höchstens von Sexualität und Sexappeal und das hinter vorgehaltener Hand, bis weit in die Sechziger Jahre hinein. Das große Umdenken kam mit Oswald Kolle, der die sogenannte sexuelle Befreiung einläutete. Ob das wirklich so toll war, wage ich inzwischen zu bezweifeln. Ich habe zu Melli schon gesagt, dass ich die Bewegung als solche durchaus okay fand, bloß was daraus wurde... Dann kommt noch dazu, dass du um ein paar Jahre jünger bist als ich. Das paßte bislang überhaupt nicht in mein Konzept."

Helmut reckte sich und gähnte. "Das ist schon ganz richtig. Die Schwierigkeit bei allem, was neu ist, wenn man es so ausdrücken will, ist aber doch, dass es immer Menschen geben wird, die in die falsche Richtung laufen. Du kannst auf der anderen Seite aber auch nicht für dich in Anspruch nehmen, dass deine Ansicht die allein richtige ist. Es ist deine Ansicht, aber ob richtig … das ist einfach eine Frage, die du ganz für dich entscheiden mußt. Was nun die paar Jahre angeht, die ich jünger bin als du, wäre das tatsächlich ein Hinderungsgrund? In meinen Augen ist das irreal. Altern fängt im Kopf an, mein Herzchen, alles andere wird von anderen drumherum künstlich gemacht. War das wirklich der Grund, dass du wie eine verschlossene

Auster durchs Leben gegangen bist?"

"Hm, ja – ich habe einfach Hemmungen."

"Habe oder hatte?"

"Ich hab' sie noch, vielleicht wird es ja im Laufe der Zeit besser. Ich werde mir Mühe geben", grinste sie ein bißchen verschmitzt.

"Siehst du, das sieht schon ganz anders aus. Und jetzt stehe ich auf und mache Frühstück. Übrigens – ist dir eigentlich aufgefallen, das wir das erste Mal diskutiert haben, ohne uns gleich wegen irgendwelcher sogenannter Grundsatzfragen in die Haare zu geraten?", bemerkte Helmut ganz nebenbei und fuhr dann fort: "...und nach dem Frühstück muß ich wohl notgedrungen zum Dienst erscheinen. Für den Rest der Woche werde ich versuchen, Urlaub zu bekommen. Überstunden habe ich reichlich und außerdem mußt du doch auch wieder zum Doc, oder?"

Sonja verzog das Gesicht. "Ich soll kommen, ja, bloß wozu? Ich werde im Wartezimmer Wurzeln schlagen, er wird den Verband erneut bestaunen und dann darf ich wieder gehen. Schätze ich mal."

"Manchmal hast du eine Ausdrucksweise, die überhaupt nicht zu deiner sonstigen Einstellung paßt?", lachte Helmut. "Das war ein Punkt, der mir von Anfang an sehr gut an dir gefallen hat. Wogegen Deine unkontrollierten Temperamentsausbrüche deine gesamte Umgebung manchmal zusammenzucken lassen."

Sonja zuckte mit den Schultern. "Belegen wir momentan auch erst einmal mit den Begriff: *vertagen wir auf später*! Okay?"

Beim Frühstückmachen bestand Sonja darauf, unbedingt einige Dinge allein zu erledigen. Sie machte Helmut klar, dass er in der Folge nicht immer greifbar sei. Daraufhin bemerkte er nur, ob sie auch an ihre ramponierte Hand denken würde.

"Wie könnte ich die auch nur einen Moment vergessen", fluchte sie zurück. "Sie war schließlich in der vergangenen Nacht hinderlich genug."

Helmut lachte hellauf. "Prima – so gefällst du mir. Was habe ich gesagt: ich kriege dich schon noch katholisch."

"Was sollst du gesagt haben? Daran kann ich mich gar nicht erinnern."

"Stimmt, habe ich auch nicht gesagt, sondern nur gedacht. Aber du bist auf dem besten Wege dorthin."

"Und ich kann nur immer wieder feststellen, dass du ein ausgemachtes Ekel bist."

Nachdem sie gefrühstückt und Helmut die Wohnung verlassen hatte, ging Sonja in die Küche zurück. Sie setzte sich auf einen Stuhl und blickte nachdenklich aus dem Fenster. Verstand und Gefühl lieferten sich einen Wettstreit, bei dem sie noch nicht wußte, wer letztlich die Überhand behalten würde. Sie mochte Helmut, sehr sogar, doch ihre Unsicherheit hatte sich eher verstärkt. Sie stand auf und ging ins Schlafzimmer; mit langsamen Bewegungen begann sie, nach inzwischen bewährter Methode, sich anzuziehen. Dabei lächelte sie in sich hinein. Manchmal, so dachte sie, bin ich wirklich blöd. Aber keiner kann aus seiner Haut. Vielleicht ist Helmut ja der Mann, der mich genug liebt, um meine Marotten zu respektieren. Akzeptieren kann ich anscheinend nicht verlangen. So wie Melli und er mich schildern, scheine ich in der heutigen Zeit eine Art Fossil zu sein. Aus dem Mittelalter übrig geblieben. Aber, murrte sie vor sich hin, andere haben auch ihre Ticks und ich bin bestimmt nicht die Einzige, die sich gegen eine öffentliche Zurschaustellung wehrt. Das gilt auch für meine Gefühle.

Dann wandten sich ihre Gedanken dem gestrigen Abend zu. Luigi hatte also sein *Carrettino* abgegeben. Das war schade, aber verständlich. Er hatte in seinem Leben genug gearbeitet. Während sie sich Einzelheiten aus diesem Gespräch ins Gedächtnis rief, überlegte sie gleichzeitig, woher sie den Namen Boticelli kannte. Abgesehen von den Engelchen. Ihre Gedanken wanderten zurück und machten über zwanzig Jahre zuvor halt. Italien! Das war es. Wann genau, wußte sie nicht mehr, das war einfach zu lange her. Während eines Urlaubes in Italien. Ganz weit unten. Ihr damaliger Mann und sie waren mit dem Auto unterwegs gewesen. Sie hatte gerade mal drei Wochen den Führerschein und der Fahrlehrer hatte ihr dringend von dieser Mammuttour abgeraten, zumal sie die alleinige Fahrerin war. Ihr damaliger Mann besaß keine Fahrerlaubnis. Trotzdem brachte Sonja den Mut auf und fuhr wesentlich weiter, als ursprünglich geplant. Sie landeten in einem winzigen Nest namens Margeherita am Golf von Manfredónia. Zu dieser Zeit gab es da keine Hotels oder Pensionen, und sie suchten sich eine private Unterkunft. Langsam fielen ihr wieder die Details ein. Sonja erinnerte sich, dass sie bei einer Felicitas gewohnt hatte. Den Nachnamen hatte sie inzwischen vergessen. Ein Stückchen weiter wohnte eine Familie mit mehreren Kindern. Und die hießen Boticelli. Sie hatte sich damals schon über den Namen amüsiert; noch interessanter waren jedoch die Kinder. Die beiden kleineren waren ganz lieb und sehr anhänglich. Eines der Mädchen hieß Angelica. Dann verlor sich die Erinnerung und Sonja sagte sich, dass das ein ganz großer Zufall sein müßte, wenn einer aus dieser Familie Luigi's Ristorante übernommen hätte. Naja, überlegte sie, ist ja auch egal. Wir werden feststellen, ob die Qualität leidet. Wenn ja, wäre es allerdings schon deshalb schade, weil es so bequem um die Ecke ist. Notfalls hieße das, sich umorientieren zu müssen.

Sonja riskierte einen Blick aus dem Fenster und stellte fest, dass es ausnahmsweise mal nicht regnete. Sie beschloß, zuerst einmal im Büro anzurufen und danach einen Spaziergang zu machen. Eigentlich, überlegte sie, könnte sie Helmut vom Dienst abholen. Er würde sich bestimmt freuen.

Sie ging zum Telefon und rief ihren Chef an. Nachdem sie ausgiebig mit ihrer Vertretung gesprochen hatte und ein paar Kleinigkeiten telefonisch klären konnte, wurde sie durchgestellt. Das Telefonat war nicht sehr lang, aber Sonja merkte, dass Herr Berrit sich mit der Dame, die ihre Vertretung übernommen hatte, ein bißchen schwer tat. "Wissen Sie, Frau Hanser, sie ist wirklich lieb und nett und auch sehr willig, aber Ihre Hand fehlt hinten und vorne."

"Im wahrsten Sinne des Wortes", lachte Sonja. "Ich kann Ihnen leider keine Hoffnung machen, dass ich in den nächsten Tagen auftauchen werde. Ich muß ohnehin wieder zum Doc und werde ihn fragen, was er so meint..., aber kaputte Knochen brauchen halt ihre Zeit."

"Das fürchte ich auch. Wenn etwas Gravierendes eintreten sollte, kann sie Sie nach wie vor daheim erreichen?"

"Aber sicher. Normalerweise bin ich hier, bloß ab und an zum Arzt und vielleicht ein bißchen was einkaufen."

"Ich wünsch Ihnen was", meinte Berrit noch und legte mit einem Seufzer auf.

Sonja begutachtete zum x-ten Mal ihre Schuhe und entschied sich vorsichtshalber wieder für Slipper. Die paßten zwar absolut nicht zu ihrem anderen Outfit, aber das ließ sich momentan nicht ändern.

Sorgfältig schloß sie alle Fenster und Türen und machte sich auf den Weg.

Ein Spaziergang durch den Park konnte nicht schaden, sie kam sowieso viel zu wenig an die Luft. Kollegen hatten ihr bereits zum Besuch eines Fitness-Centers geraten. Doch da zog sie sich wie Gummi. Das war nicht ihres. Sie fuhr gern Fahrrad, wanderte auch gern, aber Geräteturnen? Nein, das musste sie nun doch nicht haben. Etwas musste sie sich einfallen lassen, das sah sie ein. Helmut würde bestimmt darauf bestehen, dass sie in den kommenden Wochen nicht völlig an Kondition verlor. Eine Kondition, die ich nie hatte, dachte sie ein bißchen sarkastisch. Und, wie kam sie eigentlich zu der Überlegung, Helmut einzubeziehen? War das immer so? Sonja hing ihren Gedanken nach, den Blick mehr oder minder auf den Boden gerichtet. Soweit war sie also schon, dass Helmuts Meinung eine Rolle zu spielen begann. Dabei hatte sie Kolleginnen, die sich häufig nach der Meinung ihres Angetrauten richteten, insgeheime ausgelacht. Ich bin doch mein eigener Herr (Frau) dachte sie und nun begann sie, ebenso zu reagieren. Im Weitergehen wurde dieser Gedankengang plötzlich unterbrochen, weil eine Stimme vor ihr sagte: "Ich würde zur Abwechslung auch mal nach oben gucken, gnädige Frau."

Erschrocken fuhr Sonja zusammen und stammelte „Entschuldigung", worauf ihr Gegenüber meinte: "Na, einen bleibenden Eindruck scheine ich aber nicht hinterlassen zu haben."

Endlich nahm Sonja den Sprecher wirklich wahr. "Oh Gott", rief sie, "ich habe sie im ersten Moment überhaupt nicht erkannt."

"Sagen wir besser, nicht registriert", amüsierte sich ihr Gegenüber.

Vor ihr stand Wachtmeister Schnell.

"Nun erzählen Sie mir, wie es in den vergangenen Tagen bei Ihnen so gelaufen ist. Von Ihrem Besuch in der Dienststelle habe ich schon gehört. Sie haben ordentlich für Wirbel gesorgt."

Sonja lachte. "Ja, aber wenn Ihnen alles richtig wiedergegeben wurde, müssen Sie zugeben, dass das nicht unberechtigt war."

"Stimmt. Ich habe auch meinen entsprechenden Kommentar abgegeben. In diesem Zusammenhang habe ich für Sie auch noch etwas interessantes. Erstmal sitzt Schuckert in Untersuchungshaft. Ihm wird noch eine ganze Latte anderer Vergehen zur Last gelegt. Was das im einzelnen ist, weiß noch nicht einmal ich so genau. Es kommt jedenfalls ein ansehnliches Strafregister zusammen. Den Anderen, von dem Sie sprachen, haben wir allerdings noch nicht. Den mit der vermeintlichen Briefbombe", fügte Schnell hinzu.

"Danke, auf den kann ich auch verzichten. Aber geheuer ist mir nicht, dass der frei rumläuft. Ich habe immer das Gefühl, der beobachtet mich."

"Sollen wir Sie beschatten lassen?", fragte Schnell besorgt.

"Bloß nicht. Ich hoffe, dass das niemals mehr erforderlich wird."

"Ach ja, ich vergaß ... Sie haben ja unfreiwillige Erfahrung damit gemacht."

"Kann man wohl sagen."

"Aber", fuhr Schnell fort, "dafür ist das Baby wieder da. Dank ihrer Zufallsbeobachtung haben wir das Kind gefunden. Etwas unterkühlt, aber sonst unversehrt. Es lag tatsächlich hier im Park unter einem Strauch. Dahinten." Schnell wies mit der Hand in eine etwas unbestimmte Richtung und Sonja wunderte sich, wieso man ein Kind irgendwo draußen hinlegte, wenn man es schon entführte.

"Ich vermute stark, dass der oder die Täter gestört wurden. Vielleicht sogar durch Sie und Ihre Freundin. Jedenfalls ist es wieder wohlbehalten bei den glücklichen Eltern."

Sonja musste ein bißchen lachen.

???

"Sorry; ich musste gerade an den Hund denken", erklärte sie.

"An welchen Hund?"

"Na, den in Ihrer Dienststelle. Angeblich soll er nur auf Zuruf packen. Ich war mir bloß nicht sicher, ob der das auch wußte."

Schnell lachte. "Doch, der ist lammfromm. Aber eben ganz sorgfältig abgerichtet, so dass er tatsächlich nur auf Kommando reagiert. Dann ist er allerdings nicht mehr zu halten. Was ist, Frau Hanser, kann ich Sie ein Stück begleiten?"

"Sie sind mir doch entgegengekommen. Müssen Sie nicht in die andere Richtung?", fragte Sonja zurück.

"Ich habe ein paar Stunden dienstfrei und gehe nur ein wenig spazieren und da ist die Richtung egal. Den Park habe ich mir ausgesucht, weil ich mir bei der Gelegenheit den ganzen Aufbau besser einprägen kann. In der letzten Zeit hört man häufiger von Überfällen und da wird auch dieser Park vermutlich irgendwann einmal Ausgangspunkt sein. Da will ich wenigstens wissen, wo hier Büsche und Bäume stehen."

Den restlichen Weg bis zum Klinikum gingen sie beide gemeinsam, dann verabschiedete sich Schnell. Sonja bemerkte, dass gegenüber des Haupteinganges eine Bank stand, wo sie sich hinsetzen konnte. Am Kiosk gegenüber kaufte sie eine Zeitung und ließ sich nieder.

Während des Lesens sah sie zwischendurch auf die Uhr. Aber Helmut hatte noch fast zwei Stunden Dienst, wobei sie nicht wusste, ob er im Einsatz war oder sich nur in Bereitschaft innerhalb des Klinikums befand.

Die Zeitung ließ sich mal wieder lang und breit über alle möglichen Themen aus, wobei ein Großteil darin gipfelte, den Lesern klarzumachen, warum beispielsweise die Rentenbeiträge für die Versicherten steigen mussten. Oder die Krankenkassenbeiträge, oder – oder – oder !

Sonja las die Artikel mit steigender Wut. Es war wirklich zum Mäusemelken. Sie wußte zwar nicht genau, was sie monatlich an Krankenkassenbeitrag bezahlte, aber es waren einige Hundert Mark. Und dann musste man einen Teil der Medikamente sowieso noch selber bezahlen. Zum Rest durfte man horrende Zuzahlungen leisten. Ihr Temperament ging wieder mit ihr durch und sie kochte vor Wut. Das gibt es doch gar nicht, dachte sie, es kann doch nicht angehen, dass wir jeden Mist bezahlen müssen und Hinz und Kunz kriegen die Behandlungen umsonst. Erst in der vergangenen Nacht hatte in einem einschlägigen Szenenlokal wieder eine Messerstecherei stattgefunden. Laut Angaben der Polizei handelte es sich um Drogendealer aus Südamerika und illegal im Land befindliche Ausländer aus dem Osten. Drei der Beteiligten mussten ins Krankenhaus und dort stationär behandelt werden. Die hatten sich gegenseitig so zugerichtet, dass einer davon sogar operiert werden musste. Und das alles bezahlen wir, giftete sie in sich hinein. Eines steht für mich fest, diese eingefahrene Regierung (1999) muß weg. Und ich glaube, mit der Meinung stehe ich nicht allein da. Sonjas Gedanken verselbstständigten sich und sie überlegte weiter. Wenn einer von uns im Ausland krank wird, beispielsweise im Urlaub, muß er erst einmal zahlen. Ohne geht nichts. Aber hier. Das darf alles gar nicht wahr sein. Und das schlimmste ist, keiner spricht davon. Diese Tatsachen werden unter den Teppich gekehrt und wenn einer wagen sollte, Gedanken dieser Art laut zu äußern, gilt er als ausländerfeindlich oder rechts.

Sonja packte wütend die Zeitung zusammen und starrte auf den Eingang des Klinikums.

"Kannst du mir mal verraten, auf was du wartest?", fragte eine leicht amüsierte Stimme hinter ihr. "Und dann noch mit einem solchen Gesichtsausdruck?"

Sonja platzte mit ihrer Wut heraus, wurde aber von Helmut unterbrochen. "Das ist alles wunderschön, was du mir da erzählst und es stimmt auch, bloß erklärt es in keinster Weise, warum du hier bist."

"Ach Helmut". Sonja stand auf. "Ich wollte dich bloß abholen und dachte, du würdest dich vielleicht freuen."

"Tu ich auch", lachte er. "So und nun vergiß diesen ganzen Mist. Wir können es nämlich nicht ändern. Es sei denn, neckte er sie, du gehst in die hohe Politik."

"Dazu hätte ich momentan wirklich Lust. Ich frage mich nämlich, in welchem Land ich mich befinde. So kann das doch nicht weitergehen."

"Wird es vermutlich auch nicht. Jetzt steige ein; wir fahren nach Hause, ich brauche einen Kaffee – sonst schlafe ich gleich."

"Warte damit bitte bis du das Auto, nebst meiner Wenigkeit, ordnungsgemäß geparkt hast. Ich klebe nicht gern an irgendeiner Mauer."

Helmut nahm sie in die Arme und schüttelte sie ein bißchen. "Du bist mir schon eine Pflanze, wie der Berliner sagen würde. Darüber werden wir zuhause weiter reden, okay. Ich muß wirklich die Füße hochlegen. Für heute langt es mir. Ach ja, ich habe übrigens bis einschließlich Sonntag Nacht Urlaub. Das sind vier Tage und ich habe vor, diese absolut zu genießen. Vielleicht fahren wir erst einmal zu mir, damit ich ein paar Sachen holen kann. Ich habe nämlich keine Lust, ständig hin und her zu düsen."

Sonja blieb abrupt stehen. "Heißt das, dass du bei mir einziehen willst?", fragte sie unwirsch.

"Gefällt dir das nicht?"

"Ich weiß noch nicht; ich bin es schließlich nicht gewöhnt." Helmut war ein bißchen beleidigt, versuchte aber, sich nichts anmerken zu lassen. "Ich wollte dir doch nur helfen."

"Wobei? Mich daran zu gewöhnen, oder ...?" Ein kleines Lachen stahl sich in Sonjas Augen. "Jetzt bist du derjenige, der ausgesprochen empfindlich reagiert, nicht wahr. Du siehst, ganz so einfach ist das alles nicht, was du da angezettelt hast. Und denke daran, ich werde den Startschuß geben."

Schweigend legte Helmut den Gang ein und fuhr an. Sonja sah ihn abwartend von der Seite an. Nach ein paar Minuten sagte sie leise: "Entschuldige bitte, das habe ich nicht so gemeint. Du hast mich einfach überrumpelt und ich habe noch eine Menge zu verdauen. Kannst du das nicht verstehen? Das geht alles so schnell. Wenn ich denke, dass ich jahrelang jeder Beziehung aus dem Weg gegangen bin und plötzlich, nach ein paar Tagen einen Ring am Finger habe ... du mußt doch zugeben, dass ich mich dafür ganz tapfer geschlagen habe."

Helmut steuerte an den Straßenrand und hielt an. "Gebe ich auch zu. Und ich entschuldige mich auch. Ich habe dich wirklich überrumpelt. Du kannst mir trotzdem glauben, dass ich in dieser Form gar nicht nachgedacht habe. Ich ... ja, hm, ich wollte einfach nur mit dir zusammen sein. Und das ständig. Da meine Behausung für dich ausgesprochen ungünstig liegt, kam es mir logischer vor, zu dir zu kommen. Nur – wenn du das nicht willst?"

"Ich weiß noch nicht, was ich will. Ich weiß es wirklich nicht." Sonja holte tief Luft. "Andererseits hast du natürlich recht. Ich kann nicht mit dir schlafen und mich am nächsten Tag in mein Schneckenhaus zurückziehen. Helmut, ich bin halt blöd. Ich habe das Gefühl, mich in einem Ausnahmezustand zu befinden und weiß nicht, wie ich damit fertig werden soll. Fahr weiter, schloß sie leise. Und fahr zu dir, deine Sachen holen. Nur, tu' mir einen Gefallen, erwarte nicht zuviel von mir. Bitte."

Helmut setzte seinen Wagen langsam wieder in Bewegung. Beide schwiegen und hingen ihren Gedanken nach. Bis Helmut plötzlich auf die Bremse trat.

"Halt, Sonja! Guck mal – ganz schnell – da drüben! Das ist der, den ich bei dir vor der Haustür erwischt habe. Ist er das?"

"Ja", sagte Sonja leise, "oooh ... ich glaube, mir wird schlecht."

Zum zweiten Mal fuhr Helmut an den Straßenrand und hielt an. Er stieg aus und öffnete die Beifahrertür. Sonja atmete tief durch. "Es geht schon wieder. Sorry, aber dieser Schreck ist mir ziemlich auf den Magen geschlagen."

"Wenn du so weitermachst, werden wir in den kommenden Wochen einen billigen Haushalt haben", meinte er.

"Wieso?"

"Na, wenn dir was auf den Magen schlägt, hast du keinen Hunger mehr. Wir brauchen nicht einzukaufen, nicht zu kochen...."

Sonja lächelte gequält. "Mach du dich noch über mich lustig", murrte sie. "Ich habe mit dieser ganzen sogenannten Vergangenheitsbewältigung Probleme genug."

Während der Weiterfahrt überlegte Helmut halblaut: "Wenn mir doch bloß einfiele, woher ich den Kerl kenne. Schuckert kannte ich von der Armee. Das ist mir ja alles auch wieder eingefallen; den Kerl kenne ich auch. Ich weiß nur nicht, woher. Irgendwann, knurrte Helmut verbissen, irgendwann fällt mir das bestimmt auch wieder ein."

"Hoffentlich bald. Ich fühle mich äußerst unwohl bei dem Gedanken, dass der mir jederzeit einen weiteren Besuch abstatten könnte. Der sieht ganz so aus, als sei er nicht gerade harmlos."

Nachdem Helmut ein paar Sachen von zu Hause geholt hatte, fuhren sie zu Sonja. Er räumte seinen Teil in die leerstehende Seite des Garderobenschrankes; Sonja stand im Türrahmen und gähnte ausgiebig. "Ich bin fix und foxi", meinte sie. "Ich geh rüber und hau mich ein bißchen auf die Couch."

"Ich meine, Fix und Foxi sind Witzfiguren?", lachte Helmut.

"Ekel – selber Witzfigur."

In der nächsten Minute war sie fest eingeschlafen.

*

Leise machte Helmut sich daran, die Wohnung zu inspizieren. Er grinste vor sich hin. Eigentlich hat sie recht, dachte er, ich habe sie wirklich völlig überrumpelt. Aber sie darf nicht zum

Nachdenken kommen. Wenn sie erst mit Wenn und Aber anfängt, habe ich verloren. Und Sonja auch. Sie gestattet sich einfach keine Gefühle und das ist schädlich für sie. Sie kämpft einen Kampf, von dem sie wahrscheinlich selbst nicht mehr weiß, warum und mit welchem Ziel sie es tut. Irgendwann oder von irgendwem muß sie einmal sehr verletzt worden sein.

Im Schlafzimmer zog er die Gardine zur Seite und stellte fest, dass die Fenster den Eindruck vermittelten, draußen sei es neblig. Es hatte in den vergangenen Tagen häufig geregnet und so sahen die Scheiben auch aus. Er ging leise zurück in die Küche und holte sich Wasser. Nachdem die Fenster fertig waren, dachte er daran, sich den Staubsauger zu schnappen. Das würde allerdings Lärm machen und Sonja wecken. Sie brauchte immer noch dringend ihren Schlaf. Wie erschöpft sie war, wußte sie selber nicht, Er hatte es auch heute wieder bemerkt. Vermutlich wäre sie in der nächsten Zeit sogar ein paar Tage in Urlaub gefahren, sie hatte so etwas verlauten lassen. Das war nun durch die Verletzung erst einmal nicht möglich.

Abwartend setzte er sich gegenüber in einen Sessel und bemerkte nicht, dass auch er langsam in einen unruhigen Schlaf glitt.

In diesem, fast halbwachen, Zustand tauchten Bilder auf. Bilder, in denen er das Gesicht des *Zweiten* sah. Bruchstücke aus seiner Armeezeit, die er längst vergessen oder verdrängt wähnte. Gitter eines Gefängnistores. Ein Waldstück. Einen Zaun. Elektrozaun. Hunde.

Unvermittelt schreckte er hoch. Helmuts Gedanken überschlugen sich. Ich hab's! Ich weiß, wer das ist. Einer der Leibwächter von ... Ihm fiel der Name nicht ein. Himmel noch mal, von wem bloß. Wenn mir das auch noch einfällt, dann haben wir die ganze Geschichte zusammen.

***

Ricardo 1990 - 1995

Ricardo hatte recht behalten. Die Reise in die DDR hatte Monika nur schlecht verkraftet. Sie hatte Wochen damit zu tun, verschiedene Diskussionen zu verdauen.

"Was ich nicht begreife", sagte sie zu Ricardo, "ist die Einstellung, die, komischerweise mehr bei den jungen als bei den alten Leuten, dort vorherrscht. Anstatt nun alle froh sind, dass sie endlich ihre Freiheit haben, hört man aus allen möglichen Ecken, das es nur schlechter wird."

"Das stimmt doch auch, oder?"

"Ich sehe das anders." Monika guckte nachdenklich vor sich hin. "Ich glaube, da ist manchmal fast so etwas wie Haß. Haß auf die vergangenen Jahre, in denen es uns hier gut gegangen ist. Bloß, Teufel eins, ich kann doch nicht dafür, auf welcher Seite ich gerade geboren wurde. Es hätte doch auch anders sein können. Außerdem, haben wir für den sogenannten Wohlstand denn nicht auch schuften müssen? Uns fragt heute noch keiner, ob wir bis in die Nacht hinein hier sitzen und noch Sachen zu erledigen haben. Nur, dass wir uns, zumindest angeblich, Gott weiß was leisten können ..."

Ricardo zuckte die Schultern. "Damit habe ich gerechnet. Ich denke zwar, dass sich das legt, aber im Moment kommt einfach zuviel zusammen. Irgendwie ist das wohl der Schock. Überlege mal: es gab schließlich auch Leute, die nie mit dem Westen zu tun hatten. Dieses inzwischen berühmte Tal der Ahnungslosen. Also Menschen, die nie das bekommen haben, was ihr beispielsweise in Paketen rüber geschickt habt. Plötzlich, sozusagen über Nacht, sind die Geschäfte voll. Was erwartest du? Sollen sie in Jubelrufe ausbrechen? Wohl kaum. Da kann schon so eine Art Haß entstehen. Doch das geht irgendwann einmal vorbei. Es pendelt sich alles ein."

"Ja", seufzte Monika, "Wenn bloß unser Regierungsoberturner nicht lauthals verkündet hätte, dass es keinem schlechter gehen würde. Das halte sogar ich für Utopie."

"Und das will was heißen", grinste Ricardo.

"Naja, und dann kam noch das Theater mit Mama dazu. Wenn ich ehrlich sein soll: es langt mir."

"Laß es gut sein. Die Geschichte ist ausgestanden. Schade ist bloß, dass Wolfgang und Hamami nicht zurückkommen werden. Sie fühlen sich in England wohl...."

"Was ich auch verstehen kann", warf Monika ein. "Immerhin guckt man da keiner Farbigen hinterher."

"Hier doch inzwischen auch nicht mehr. Trotzdem, es ist schade. Da kann man halt nichts machen."

Ricardo erhob sich und ging nach draußen. Im Restaurant war es noch ziemlich ruhig. Siebzehn Uhr dreißig und er hatte gerade geöffnet. Die Küche traf schon die üblichen Vorbereitungen als Luigi kam. Er konnte sich immer noch nicht so recht trennen und guckte von Zeit zu Zeit mal rein.

"Na, mein Lieber, wie geht es dir denn?", begrüßte Ricardo ihn.

"So lala", meinte Luigi. "Ich vermisse jetzt genau die Arbeit, die mir vorher zuviel war. Ich schätze, da muß ich durch..."

Ricardo lachte, "das schätze ich auch. Vielleicht solltet Ihr mal Urlaub machen. Ein paar Wochen nach Hause fahren, oder so."

"Nach Hause?" Luigi sah ihn fragend an. "Die Frage ist, wo ist zu Hause? Ob Du es glaubst oder nicht: als wir im vergangenen Jahr die drei Wochen in Bergamo waren, kam ich mir nicht nur fremd vor – ich war auch fremd. Ein paar Tage dauerte es, bis wir allen möglichen Leuten Pfötchen gegeben hatten und ein ach-wie-schön,-dass-ihr-auch-mal-wieder-da-seid … hörten und dann? Ja, nickte er nachdenklich, dann wurde uns klar, dass wir Fremde sind. Im eigenen Land. Wir waren einfach zu lange weg. Wir lieben unsere Heimat, und Italien ist unsere Heimat, immer noch, aber zu Hause sind wir mehr in Deutschland. Das mussten wir ganz klar erkennen."

"Was willst du jetzt tun?", fragte Ricardo. "Ihr hattet doch mal mit dem Gedanken gespielt, für ganz nach Bergamo zurück zu gehen. Das kommt wohl jetzt nicht mehr in Frage, oder?"

"Nein", antwortete Luigi ganz entschieden. "Ich glaube, das wäre ein Fehler. Arietta käme vermutlich auch nicht mehr zurecht, obwohl … Bergamo ist schließlich eine Industriestadt und kein Dorf. Schlimmer wäre es vermutlich, wenn man in ein Dorf zurück ginge."

"In so ein Nest, wo ich daheim bin", bemerkte Ricardo. "Margherita am Golf von Manfredónia."

??? "Davon habe ich noch nie gehört."

"Brauchst du auch nicht. Ist bloß ein Fingernagel auf der Landkarte. Monika kennt es, aber sie würde sich mit Händen und Füßen dagegen wehren, dorthin zu gehen."

"Mit Sicherheit", kam es von der Tür her. "Ich gehe überall nach Italien mit hin, bloß nicht in dieses Nest. Da kann man noch nicht einmal arbeiten. Da ist einfach nichts."

"Das stimmt nicht ganz", wandte Ricardo ein. "Du könntest fischen lernen und mit aufs Meer fahren."

"Und das berühmte Ei vom Konsum", lachte Monika und schüttelte sich gleichzeitig. "Nee, bloß nicht."

"Da hörst du es", drehte Ricardo sich um. "Luigi, du bist mein Zeuge; meine Frau verweigert mir den Gehorsam."

Monika reckte sich auf die Zehenspitzen. "Ich habe einmal gesagt, dass ich dir treu bin, von Gehorsam war da nix dabei."

Die Unterhaltung wurde unterbrochen; die ersten Gäste betraten das Lokal. Dann ging es Schlag auf Schlag.

Kurz vor Mitternacht, Monika war schon seit einiger Zeit in der Wohnung, kam Dario heim. Er sah irgendwie ein bißchen seltsam aus und Monika guckte ihn fragend an. Er reagierte kaum und schoß nur an ihr vorbei, Richtung Toilette.

Kurz darauf hörte Monika ihn würgen. Sie ging in die Küche, holte frische Handtücher und wartete, bis sich die Geräuschkulisse wieder normal anhörte. Dann klopfte sie an die Tür: "Dario, mach auf. Was ist los?"

Nach einigem guten Zureden öffnete er wirklich die Tür und sah sie aus verquollenen Augen an.

"Laß mich, mir ist es nicht gut."

"Das sehe ich und zu überhören war es auch nicht. Also...?"

Die Antwort konnte Dario sich sparen. Monika wurde von einer Wolke Alkoholdunst eingenebelt. "Um Himmels Willen, bist du blau?"

"Es scheint so", moserte Dario, "nun lass mich gefälligst in Ruhe. Ich bin schließlich kein Kind mehr und wenn ich mal mit meinen Kumpels einen drauf machen will, dann tu ich das." Seine Aggressivität sprach Bände. Das personifizierte schlechte Gewissen. Weder seinen Vater, noch seine Mutter hatte er jemals betrunken gesehen und man bleute ihm von klein auf ein, dass sich das nicht gehört. Mit gesenktem Kopf trottete er an seiner Mutter vorbei und nahm aufrecht, aber im Zickzack, Kurs auf sein Zimmer.

Monika ging ins Wohnzimmer und musste sich erst einmal setzen. In ihrem Kopf wirbelten die Gedanken durcheinander. Hatte sie sich zuwenig um ihre Kinder gekümmert? Hatte sie etwas verpaßt? War eine Entwicklung an ihr vorbei gelaufen, die in eine gefährliche Richtung steuerte? Man hörte inzwischen soviel von Drogen – und Alkohol war schließlich auch eine Droge, dass sie fast in Panik geriet. Hoffentlich kam Ricardo bald nach Hause. Er musste sich unbedingt Dario vornehmen und aus ihm herausholen, ob das ein einmaliger Ausrutscher war. Monika traute sich nicht, hinterher zu gehen. Den Kopf in die Hände gestützt, wartete sie auf ihren Mann.

Ricardo schloß leise die Tür auf, weil er davon ausging, dass Monika bereits schlief. Zu seiner Überraschung fand er sie im Wohnzimmer. Er machte Licht und guckte verblüfft. "Warum bist Du noch auf und warum sitzt du im dunkeln?"

Als hätte allein Ricardos Erscheinen eine Schleuse geöffnet, begann sie zu weinen und unter Schluchzen zu berichten, was passiert war.

Ricardo setzte sich hin. "Und du weißt nicht, ob es das erste Mal war?", fragte er.

"Nein, ich weiß es nicht. Ich habe ihn noch niemals so gesehen. Ich sehe doch auch nicht immer, wenn und wann er nach Hause kommt."

"Logisch. Aber er muß morgen früh raus. Wann steht er normalerweise auf?"

"Um sechs."

"Gut", meinte Ricardo, "ich stelle mir den Wecker auf halb sechs und werde ihn wecken. Die halbe Stunde wird genügen, um die Geschichte zu klären. Dann sehen wir weiter."

"Willst du nicht jetzt ...?"

"Nein, das bringt nichts. Er wird höchstens frech, weil er sich im Unrecht weiß und er wird mir, genauso wie dir, vorhalten, dass er erwachsen ist. Also, verschieben wir es auf später."

Gähnend stand Ricardo auf und ging ins Bad. Nach dem Duschen kam er wieder und meinte, dass es wohl Zeit sei, schlafen zu gehen. Monika empfand im Augenblick keinerlei Schlafbedürfnis. Sie war viel zu aufgekratzt und fragte sich, ob denn wenigstens mit Sofia alles stimmte. Plötzlich fühlte sie sich furchtbar unsicher. Immer wieder stellte sie sich die Frage, ob sie als Mutter versagt hatte. Mit diesem Problem, das war ihr völlig klar, konnte sie nicht zu ihrer Mutter gehen. Hertha hatte schon seit Jahren gemeckert, dass sie mit zwei Kindern im Haus zu sein hätte. Als Mutter von zwei Kindern habe man nur noch

Mutterpflichten. Diese würden einen unbedingt und vollständig ausfüllen. Das mochte alles stimmen, bloß konnte oder wollte Hertha nicht einsehen, dass sich die Geschäftswelt in den letzten Jahren negativ verändert hatte und dass es unmöglich war, noch eine weitere Kraft einzustellen. Sie waren ja heilfroh, dass Luigi und Arietta ab und zu kamen und sowohl ungefragt als auch unentgeltlich halfen.

Monika ging nun ebenfalls duschen und dachte dabei, dass sie noch froh sein konnten, dass die Nachbarn nicht laufend meckerten, wenn sie oftmals erst spät in der Nacht die Dusche laufen ließen. Gottlob hatten sie sich von Anfang an mit den anderen Hausbewohnern gut verstanden und ihnen auch klarmachen können, dass bei ihnen einfach andere Zeiten herrschten, beziehungsweise durch das Geschäft herrschen mussten. Ab und zu luden sie die gesamte Hausgemeinschaft zum Essen ein und damit war der Friede immer wieder gesichert.

Anschließend ging sie dann doch noch in Sofias Zimmer. Sie lag, wie immer, halb auf dem Bauch und hatte die Füße fast auf der Erde liegen. Vorsichtig zog sie die Bettdecke ein wenig herunter als Sofia nach ihrer Hand faßte. "Was'n los?", fragte sie verschlafen. "Hat es Ärger mit Dario gegeben?"

"Wie kommst du darauf?"

"Ich habe bis hierher gehört, dass er anscheinend nicht gerade nüchtern heimgekommen ist", meinte sie, inzwischen verhältnismäßig wach.

"Weißt du etwas darüber?", fragte Monika ihre Tochter erwartungsvoll.

"Nur, dass du dir keine Sorgen machen mußt. Er kommt öfter mal spät heim, war aber, soweit ich weiß, noch niemals betrunken. Das war wohl wirklich ein Ausrutscher. Er hat auf seiner Lehrstelle ein paar Kumpels, die abends ab und zu mal weggehen; bisher hat Dario sich nicht verleiten lassen, mit zu trinken.

Ich weiß das, weil er mir mal erzählt hat, dass ihm das gar nicht gefällt. Andererseits ist es anscheinend so, setzte Sofia sich im Bett auf und stopfte sich ein Kissen in den Rücken, dass er auch schon mal mitgehen muß. Sie veräppeln ihn sonst als Schlappschwanz oder Muttersöhnchen und das hört ja keiner gern. Dass Anlaß zur Sorge besteht, glaube ich dagegen nicht. Ich hätte es mit Sicherheit als erste gemerkt, wenn mit ihm was nicht gestimmt hätte."

"Ihr klebt immer noch so zusammen?", fragte Monika und in ihr wurde fast ein bißchen so etwas wie Eifersucht wach. Sie rief sich sofort zur Ordnung. Keinesfalls wollte sie die gleichen Fehler wie ihre Mutter machen. Als hätte Sofia ihre Gedanken gelesen, bemerkte diese: "Und du glaubst jetzt, du hättest als Mutter versagt,wie?" Und lächelte dabei.

Betreten guckte Monika ihre Tochter an. "Sieht man das so deutlich? Ich gebe mir immer solche Mühe, keine Glucke zu sein; scheint so, dass ich das trotzdem nicht ganz schaffe."

"Laß man", meinte Sofia ungerührt, "Du bist schon okay. Wenn nicht, hätten wir es dir bestimmt gesagt."

"Die Jugend von heute..."

"Nix da, Jugend von heute. Ihr wart auch nicht besser. Im Gegenteil. Ihr habt im Stillen gemotzt und die Probleme unter den Tisch gekehrt, damit ja nach außen der Schein gewahrt blieb. Das tun wir heute nicht mehr. Und ist das etwa falsch? Ich glaube eher, dass wir nur deshalb ein so gutes Verhältnis zu Euch, zu dir und Vater haben, weil es ab und zu kracht. Außerdem, fügte sie verschmitzt hinzu, hast du uns doch vorgemacht, wie man Eltern in die Tasche steckt."

Nun musste Monika doch lachen. Dem Charme ihrer Tochter war sie nicht gewachsen. In den vergangenen Jahren hatte sich immer mehr heraus kristallisiert, dass sie eine halbe Italienerin war. Das Äußere schlug zwar zum großen Teil in die Gutmooser'sche Linie, aber die Denkweise war durch und durch italienisch. Sie nahm alles nicht so ernst und nicht so furchtbar genau. Oft hatte sie ihren Vater gehänselt, dass er inzwischen deutscher sei als alle Deutschen zusammen. Das hörte der nun gar nicht gern. Dario hingegen war eher verschlossen. Wenn er sich jemandem anvertraute, dann seiner Schwester. Monika und Ricardo waren nie dahinter gekommen, warum das so war. Irgendwann einmal hatte er gesagt, dass er nicht so recht wisse, wohin er gehören würde. Er liebte Italien und spielte immer, auch jetzt noch, mit dem Gedanken, dorthin zu gehen. Bislang hatten sie ihm das ausreden können, weil er eine Lehrstelle gekriegt hatte. Wenn er fertig sein würde, wer weiß, was er dann wollte. Er war erwachsen, und sie konnten ihn nicht halten.

Sofia lehnte sich zurück. "Du nimmst das ein bißchen zu schwer, Mutti. Laß ihn, er kriegt sich auch wieder ein. Ausserdem ist er sich im klaren darüber, dass er seine Ausbildung fertig machen muß. Und er weiß auch, dass es sehr schwer werden würde, im Ausland, egal wo, Arbeit zu finden. Immerhin braucht man dafür einen Haufen Papiere und du kennst die Vorliebe deines Sohnes, Formulare ausfüllen und Genehmigungen einholen zu müssen. Also, überlaß die Sache dem Papa, er wird ihn sich schon vorknöpfen."

Mit diesen Worten zog sie das Kissen wieder in die richtige Lage und legte sich hin. "Ach", meinte sie so ganz nebenbei, "was hältst du eigentlich davon, wenn ich nach meiner Ausbildung noch ein bißchen studiere?"

"Was willst du denn studieren?", fragte Monika perplex, "davon war doch bislang nicht die Rede?"

"Ich möchte gern Italienisch und Germanistik studieren und vielleicht später einmal Journalistin werden. Allerdings wäre das zunächst einmal nur das Grundstudium. Ich müßte dann noch weitermachen. Aber Italienisch und Germanistik könnte ich auf der linken Popobacke absitzen, weil ich beide Sprachen sehr gut beherrsche. Dieses Studium würde ich schon einmal in der halben Zeit schaffen. Was meinst du?"

"Ja, Kind … wenn du das möchtest", sagte Monika zweifelnd.

"Weiß Papa schon davon?"

"Nicht so ganz richtig", bekannte Sofia, "aber angeschnitten habe ich es bereits."

Jetzt überfiel auch Monika endgültig die Müdigkeit. Das Gespräch mit ihrer Tochter hatte ihr gutgetan und sie stand auf. "Ich gehe jetzt auch schlafen. Wir sprechen morgen weiter darüber. Wenn Papa nichts dagegen hat, warum eigentlich nicht. Mich wundert allerdings, dass du plötzlich deine Vorliebe für die Schule wieder entdeckt hast. Ich glaubte immer, du wärst sooo gern gar nicht gegangen."

Sofia grinste: "Hm, stimmt. Da gab es auch noch keinen...."

"Keinen *wen*?"

"Keinen Stefan."

???

"Soll doch vorkommen, Mama, dass man sich vielleicht veliebt. Und schließlich bin ich genau so alt wie Dario."

"Stimmt nicht, du bist zehn Minuten älter."

"Na siehst du, noch ein Grund mehr. Gute Nacht."

Sie ließ ihre verdatterte Mutter stehen und zog sich die Decke über die Ohren. Ein Zeichen dafür, dass sie das nächtliche Gespräch für absolut beendet ansah.

Monika murmelte nur noch *gute Nacht* und ging aus dem Zimmer. Langsam, in Gedanken versunken, ging sie ins Schlafzimmer. Es wiederholt sich alles, dachte sie, der Kreis schließt sich. Wer mag Stefan sein? Ob er uns wohl gefällt?

Sie sah auf ihren schlafenden Mann und lächelte für sich: es ist völlig egal, ob er uns gefällt. Sofia hat eine Entscheidung getroffen;ob sie endgültig ist, wird sich sowieso noch herausstellen.

Monika legte sich hin und Ricardo griff im Halbschlaf nach ihrer Hand. "Leg dich endlich", murmelte er, "die Nacht ist sowieso gleich vorbei."

"Wußtest du, dass Sofia einen Freund hat?", fragte Monika.

"Hm, hab' ihn sogar schon mal gesehen. Wenn es noch derselbe ist."

"Und warum weiß ich das nicht?"

"Weil du ihre Mutter bist und jetzt schlaf endlich!"

Ricardo drehte sich um und überließ Monika ihren Gedanken.

Um halb sechs klingelte der Wecker und Ricardo knurrte verschlafen: "Hätte ich mich doch bloß nicht darauf eingelassen..."

Trotzdem stand er auf und ging in Darios Zimmer. Dario lag auf dem Rücken und schnarchte entsetzlich. Mitleidlos zog er seinem Sohn die Decke weg und setzte sich schwungvoll auf die Bettkante. Diese Attacke erntete lediglich ein unwirsches "laß mich in Ruhe, ich will schlafen", aber Ricardo rüttelte ihn so lange, bis er die Augen aufschlug. Knallrot.

"Aha", konstatierte Ricardo, "mein Herr Sohn hat gestern wohl etwas zu tief ins Glas geschaut, wie?"

Dario blinzelten ihn an. "Und deshalb weckst du mich mitten in der Nacht?", fragte er. "Hältst du das für human?"

"Hältst du es für human, deine Mutter in Angst und Schrecken zu versetzen? Sie macht sich große Sorgen, dass du eventuell drogenabhängig sein könntest."

"Quatsch, so'n Zeug nehm ich nicht", knurrte Dario. Musste dann jedoch widerwillig einräumen, dass diese Sorgen in der heutigen Zeit nicht unbegründet waren. Ricardo nahm ihn ordentlich ins Gebet und Dario bekam einen Satz heißer Ohren.

"So kenne ich dich ja gar nicht, Papa", meinte er kleinlaut. Und … entschuldige schon, ich wollte mich nicht betrinken. Das ist einfach passiert. Du weißt ja, die Kumpels..."

"Ja, ich weiß", unterbrach Ricardo ihn. "Laß dir von mir gesagt sein, mein Junge, die haben nicht mehr Achtung vor dir, weil du mitgesoffen hast; im Gegenteil: die haben wesentlich mehr Achtung vor dir, wenn du *nicht* mitsäufst. Glaube mir. Ich sehe es tagtäglich im Lokal. In einem Restaurant ist es sicher nicht wie in einer Kneipe, aber auch hier kommen Eskapaden dieser Art vor und oft genug höre ich hinterher die Kommentare, so nach dem Motto: siehste, der ist auch nicht besser. Tut bloß immer so. Naja, und ähnliches. Ich will dir noch nicht einmal das Versprechen abnehmen, dass das nicht wieder vorkommt, aber denke bitte auch ein bißchen an deine Mutter."

Dario sah seinen Vater schief an und räumte ein: "Du hast ja Recht und ich bin dir dankbar, dass du mich jetzt nicht wie ein Kleinkind behandelt hast. Manchmal neigt Mutter dazu."

"Weiß ich – sie ist eben die Mutter. Und Mütter sind anders."

"Ist das ein Freibrief?", wollte Dario wissen.

"Natürlich nicht. Aber du mußt auch zugeben, dass wir dir – und auch Sofia – immer die größtmögliche Freiheit gelassen haben, Also..."

Den Rest des Satzes ließ Ricardo in der Luft hängen. Er kannte seinen Sohn. Ricardo drehte sich um. "Du mußt sowieso gleich aufstehen. Auf die zehn Minuten kommt es jetzt auch nicht mehr an. Mach', dass du in die Dusche kommst und geh anschließend in die Küche. Ich stelle dir ein Aspirin hin."

Mit einem befreiten Aufseufzen bemerkte Dario: "Du bist schon Klasse, Papa."

Grinsend ging Ricardo aus dem Zimmer. Papa, dachte er, das hat er schon lange nicht mehr gesagt. Ob das wirklich daran liegt, dass wir sie immer als gleichwertige Menschen behandelt haben? Sie hatten nie die Autorität anderer Eltern herausgekehrt, ohne ihre Kinder jedoch antiautoritär erzogen zu haben. Das war ein hartes Stück Arbeit und oft genug hatte Hertha ihren

Senf dazu gegeben. Dies oder jenes solltest du Dario verbieten, oder Sofia verbieten… . Weder Monika noch Ricardo hielten sich an dieses Muster und waren gut damit gefahren. Beide Kinder hatten vollstes Vertrauen zu den Eltern, wenn sie auch bisweilen mit bestimmten Sachen erst rauskamen, wenn die Suppe schon gekocht war. Dafür hatten sie sich eben. Zwillinge! Immer noch besser, als wenn sie es uns ganz verschweigen würden, dachte Ricardo.

Hinter sich hörte er, wie Dario ins Bad schlurfte. Er griemelte. Das, mein Junge, geschieht dir recht. Strafe muß sein. Bei einem nächsten Mal trinkst du vorsichtiger. Sorgen, das hatte er festgestellt, brauchten sie sich wohl nicht zu machen. Dario ging es so mies, dass er nicht öfter in diesem Ausmaß mit Alkohol in Berührung gekommen sein konnte. Langjährige Erfahrung aus dem Restaurant. Damit ging er zurück ins Schlafzimmer und weckte Monika.

"Aufstehen!"

"Schon? Ich habe mich doch gerade erst hingelegt."

Müde und knurrig stand Monika auf. Sie war normalerweise kein Morgenmuffel, aber die vergangene Nacht hatte ihr zugesetzt und sie gestand sich sein, dass man merkte, keine zwanzig mehr zu sein. So langsam fange ich an, meine Mutter zu begreifen, dachte sie noch, als sie es in der Küche klirren hörte.

*

Hertha stellte die Handtasche auf den Tisch und schälte sich aus ihrer Kostümjacke. Hamami und Wolfgang waren zu Besuch und hatten sich, gegen ihren Willen, in einem Hotel eingemietet. Hertha verstand das überhaupt nicht. Sie war der Meinung, im Hause sei soviel Platz und außerdem hätten sie ein wunderschönes Gästezimmer, das zur Verfügung stand. Wolfgang hatte sich eine Bemerkung über das mögliche Gerede in der Nachbarschaft verkniffen, allerdings eisern darauf bestanden, im Hotel zu wohnen.

"Dann zerreißen sich die Leute noch mehr das Maul", jammerte Hertha.

"Ist mir wurscht." Wolfgang blieb hart. "Und, das weißt du, liebe Mutter, wir werden ziemlich viel unterwegs sein. Immerhin bin ich auf Geschäftsreise hier und nicht zu meinem Vergnügen. Hamami kann bei dieser Gelegenheit auch bei Ihrem Vcrlag vorbei schauen; sie hat wieder einen neuen Auftrag bekommen und da ist es nicht verkehrt, wenn man vorher auch ein paar mündliche Informationen mitnehmen kann."

Widerstrebend musste Hertha sich fügen. Wolfgang grinste in sich hinein. "Früher hätte sie mehr Theater gemacht", meinte er zu Hamami, "sie ist recht zahm geworden."

"Zahm vielleicht", antwortete Hamami, "aber auch ein gezähmter Tiger bleibt ein Tiger."

"Inzwischen ein recht zahnloser." Wolfgang lachte. "Komm, wir gehen erst einmal etwas essen."

"Zu Ricardo?", fragte Hamami.

"Na klar, der fällt sowieso aus allen Wolken. Ich habe nämlich nichts erzählt. Schade ist nur, dass Amintha und Yannick nicht mitkommen konnten. Die beiden haben sich so sehr auf ihr Studium konzentriert, dass sie anscheinend wirklich nur in den Semesterferien etwas unternehmen. Ich wundere mich immer wieder darüber."

"Die wollen ganz einfach fertig werden. Von Amintha weiß ich, dass sie das Studium am liebsten schmeißen würde. Dass sie weitermacht, liegt nur an Yannick."

"Wieso?"

"Sie will vor ihrem Bruder nicht als Versagerin dastehen."

"So'n Blödsinn. Komm, wir gehen jetzt und lassen die Bombe

platzen."

Beide ahnten nicht wie, wie sehr die Bombe platzte.

Als sie ins Carrettino kamen, war der Laden bereits ziemlich voll. Einen Tisch für zwei gab es im Moment nicht. An der Theke stand Luigi, der es zu Hause wieder mal nicht aushielt. Wolfgang legte den Finger auf die Lippen und Luigi nickte. Gleichzeitig gab er ihnen zu verstehen, dass sie am besten noch einmal wiederkämen. Er deutete mit einer vagen Handbewegung auf den Fenstertisch und malte ein Schild in die Luft. Wolfgang und Hamami nickten und verschwanden. Als sie draußen standen, meinte Hamami: "Wollte er damit sagen, dass er uns den Fenstertisch reserviert?"

"Ich habe es so aufgefaßt. Komm wir gehen mal eine Runde um den Pudding und in ungefähr einer halben Stunde versuchen wir es noch einmal."

Die beiden machten einen kleinen Spaziergang und begegneten, wie könnte es anders sein, dem Tageblatt der Siedlung.

"Ach ist das schön, dass Ihr auch mal wieder hier seid. Die Mutter hat Euch bestimmt schon sehr vermißt."

Wolfgang macht eine unwirsche Bewegung mit der Hand. "Ganz sicher, und der Vater auch!" Damit ließ er die olle Lehmann stehen.

"Ausgerechnet", knurrte Wolfgang, "die hat sich doch am meisten das Maul zerrissen."

Hamami legte die Hand auf Wolfgangs Arm. "Das ist vorbei, nicht?", fragte sie. "Laß die doch, Sie hat nichts anderes zu tun."

***

Donnerstag

Helmut wachte mitten in der Nacht auf und musste sich erst einmal zurecht finden. Richtig, er war bei Sonja und im Sessel eingeschlafen. Sonja lag noch immer auf dem Sofa; sie schlief tief und fest. Äußerst unbequem, dachte Helmut, wollte sie aber nicht wecken. Leise stand er auf und ging zum Fenster. Das Licht der Straßenlaterne schien ins Wohnzimmer und er zog vorsichtig die Vorhänge zu. Die Jalousien ließ er oben, das hätte Sonja sonst ganz sicher gehört. Im übrig gebliebenen Lichtschein stahl er sich auf Socken in die Küche. Er schloß die Tür und machte das Licht an. Alles aufgeräumt. Eine Zeitung lag noch auf dem Stuhl, er setzte sich hin und begann zu lesen. Nach einer Stunde hatte er das Gefühl, alles rückwärts singen zu können und legte die Zeitung wieder weg. Wenn er doch wenigstens etwas tun könnte. Der Blick aus dem Fenster war auch keine ausfüllende Beschäftigung. Seufzend ging er zurück ins Wohnzimmer und nahm seinen alten Platz im Sessel wieder ein. Die Füße legte er, mangels anderer Gelegenheiten auf den Tisch und nach einer Weile schlief auch er wieder ein. Und wieder geisterte dieser unzusammenhängende Traum durch sein Gehirn. Im Halbschlaf sah er die gleichen Szenen wieder, wie bereits einige Stunden zuvor. Plötzlich schreckte er hoch. Alles war wieder da. Jetzt wußte er auch, zu wem dieser *Zweite* gehörte. Er war der Leibwächter, Bodyguard sagt man heute, von Dasselbert. Hinter seinem Rücken hatten sie ihn immer Drosselbart oder, wegen seiner roten Haare und seiner sadistischen Veranlagung auch Barbar-Rossa genannt. Das durfte der bloß nicht hören. Helmut erinnerte sich. Die Erinnerung war mehr als unangenehm. Dasselbert hatte ein abartiges Vergnügen daran, andere zu demütigen. Einer der Rekruten, der seinen Spind einmal nicht tipptopp in Ordnung hatte, wurde dazu verdonnert,

sämtliche Toiletten, auch Latrinen oder Scheißhäuser genannt, zu scheuern. Auf den Knien. Und als Dasselbert ihn dabei erwischte, eine kleine Pause zu machen, war der arme Kerl fällig. Zu viert hatten sie ihn festgehalten in den "Raum für Leibesübungen" geschafft. Dort hießen sie ihn, sich auszuziehen und er musste sich, wie man es mit kleinen Kindern machte, die hoppe-hoppe Reiter spielen wollten, hinknien und die anderen ritten auf ihm quer durch den Raum. Der kleine Helfert konnte die Tränen nicht zurückhalten und das war diesen Mistkerlen rundweg Wasser auf die Mühle. Sie schnappten ihn und rasierten ihm auf brutalste Weise die Schambehaarung ab. Helmut schüttelte sich in der Erinnerung. Er wußte nur deshalb davon, weil sie ihn bei der Tortur verletzten und er den Jungen anschließend verarztet hatte. Das Gesicht dieses halben Kindes verfolgte ihn noch lange und er behielt ihn noch Wochen nach dem Vorfall im Auge. Helmut wurde das Gefühl nicht los, dass der Kleine stark selbstmordgefährdet war. In seinen Freistunden ging er deshalb öfter mal zu Helfert ins Zimmer und versuchte, mit ihm zu reden. Es dauerte lange, bis er sprach. Was dann aus ihm herausbrach, war allerdings noch schlimmer als das, was Helmut mitbekommen hatte. Quälereien wie diese waren anscheinend häufiger als er es ahnen konnte und Helfert bat ihn händeringend, bloß nicht darüber zu reden. Er würde noch viel mehr auszustehen haben, wenn Dasselbert erfuhr, dass er sich jemandem anvertraut hatte. Helmut fühlte sich miserabel. Er wollte dem Jungen helfen, wußte aber nicht wie. Und *er* konnte sich gleich gar niemandem anvertrauen. Nachdem er Helfert damals verbunden hatte, ließ Dasselbert ihn zu sich kommen. Was er zu Helmut sagte, war eine unverhohlene Drohung. "Denken Sie daran, Schüttler, wenn ich rauskriegen sollte, dass Sie auch nur ein Wort über das verlieren, was Sie gesehen haben, geht es Ihnen nicht besser."
Helmut war sich völlig darüber im Klaren und rettete sich in

Sarkasmus. Damit hatte er den Argwohn von Dasselbert zwar einschläfern können, er war sich allerdings klar darüber, dass das Feigheit vor dem Feind war. Er schämte sich noch nachträglich und versuchte, diese Erinnerung zu verscheuchen. Das war ein Teil seiner Armeezeit, den er gern vergessen wollte. Und nun war dieser Kerl hier aufgetaucht. Er und Schuckert waren damals ein Team. Wie hieß der bloß.

Helmut stand auf und zog sich die Schuhe an. Er musste raus an die Luft. Im Zimmer hielt es ihn nicht mehr. Suchend wanderte sein Blick über den Wohnzimmertisch. Er brauchte einen Zettel, um Sonja eine Nachricht zu hinterlassen. Sie würde sich wundern, wenn er plötzlich nicht mehr da war. Auf dem Tisch lag noch die Post, die sie gestern aus dem Briefkasten genommen hatte. Er sah nach und fand einen Umschlag, den er auf der Rückseite beschrieb. *Ich komme gleich wieder, bin nur ein wenig an die Luft gegangen. Auf dem Rückweg bringe ich Brötchen fürs Frühstück mit.* Danach schloß er die Wohnzimmertür und zog sich in der Diele die Jacke über. Autoschlüssel und Papiere ließ er liegen; zum Spazierengehen brauchte er die Sachen nicht. Eine Kennkarte hatte er immer bei sich. Wenn er sich also irgendwo die Nase brechen würde, wüßte man, wer er war.

Draußen wurde es langsam hell. Bis auf ein paar frühe Berufspendler waren auch keine Autos unterwegs. Er schlug den Weg zum Doktorspark ein. Langsam beruhigten sich seine Nerven; im Hinterkopf aber immer noch die Frage des Namens. Teufel noch mal, er musste sich doch erinnern können. Schuckerts Name war ihm gleich eingefallen, warum also nicht der seines Adlatus'. Helmut war überzeugt davon, dass der noch eine Menge auf dem Kerbholz hatte. Allein, dass er der Stasi angehörte wertete Helmut, aus der Erfahrung heraus, als Zeichen dafür, dass der nicht astrein durch die letzten Jahre gegangen war. Zum Henker, fluchte er leise. Zum Henker! Da war er, der Name. Hanker. Gottfried Hanker. Der Henker. Helmut atmete tief durch und drehte um. Zur Polizeiwache Heimannstraße. Er wußte, was er zu tun hatte. Wachtmeister Schnell, aber nur zu ihm, wollte er. Er hatte keine Lust, einem völlig unbekannten Beamten die ganze Chose von vorne zu erzählen. Schnell war den Vorgang bekannt und er wußte, dass es einen Zweiten gab; die Geschichte mit der vermeintlichen Briefbombe, die sich Gott sei Dank nur als ein mieser Schmähbrief herausstellte, war auch von ihm bearbeitet worden. Auf dem Weg zur Wache überlegte Helmut, was er erzählen konnte, sollte oder wollte. Wichtig war, dass er den Namen wußte. Damit konnten die bestimmt etwas anfangen. Sollte Schnell nicht da sein, würde er halt noch einmal gehen. Sonja wäre auch erleichtert, wenn sie das erfuhr. Ihre Ängste waren nur zu berechtigt, obwohl sie nicht im Entferntesten ahnen konnte, was Helmut mit diesem Namen verband. Das sollte sie auch nicht unbedingt erfahren.

Schnell war im Büro. Zwar gerade im Begriff, seine Plütten zu packen und heimzugehen; als er Helmut kommen sah, hielt er inne.
"Hm", brummte er, nicht gerade erfreut, "wenn ich Sie sehe, habe ich immer das Gefühl, da kommt Arbeit auf mich zu."
Helmut lachte. "Sie wollen gerade nach Hause. Wissen Sie was, ich begleite sie ein Stück. Dabei werde ich Ihnen etwas erzählen, was Sie bestimmt interessiert."
"Keinen anderen Kollegen – nur mich?", fragte Schnell zurück.
"Bestimmt auch andere Kollegen, ich ziehe es aber vor, erst mit Ihnen zu sprechen. Was Sie daraus machen, ist dann Ihre Sache. Gehen wir?"
Die beiden Männer verließen das Büro. Helmut registrierte die neugierigen Blicke der Schnell'schen Kollegen, wartete mit den

ersten Worten jedoch, bis sie draußen waren. Dann erzählte er dem Wachtmeister, was ihm eingefallen war. Schnell blieb stehen. "Mensch, Mann, Sie wissen ja gar nicht, *wie* wichtig das ist. Damit haben Sie uns einen Haufen Arbeit erspart. Wir suchen ja immer noch nach dem Heini, der uns diese vermeintliche Briefbombe an einem Wochenende beschert hat. Was glauben Sie wohl, wie unser Sprengmeister geflucht hat."

"Kann ich mir vorstellen. Nach dem, was alles hinter ihr lag, ist Frau Hanser vor Angst bald gestorben und deshalb mussten wir etwas unternehmen. Dass es nun gerade auf einem Sonntag passierte..." Helmut hob mit einen Ausdruck des Bedauerns die Schultern.

"Klar, das sollte auch kein Vorwurf sein. Jetzt können wir nur gezielter ansetzen. Ich bin fast davon überzeugt, dass er derjenige war, der ihr einen gehörigen Schrecken einjagen wollte."

"Ich bin nicht nur fest überzeugt, ich *weiß*, dass er es war. Ich habe ihn vor Frau Hansers Tür doch noch gesehen."

Helmut berichtete noch einmal genau, was vor wenigen Tagen vorgefallen war und Schnell drehte sich um.

"Das habe ich nun davon, dass ich Ihnen zugehört habe", meckerte er. In seinen Augen stand der Schalk. "Kommen Sie, Schüttler, wir gehen zurück. Das kann nicht bis morgen warten."

"Sie wollten doch nach Hause!"

"Wollen schon, aber eben erst später. Das ist zu wichtig. Wissen wir, ob der nicht schon wieder etwas plant; wenn ja, was daraus entsteht? Dem Kerl ist anscheinend noch eine Menge mehr zuzutrauen. Warum er sich als Opfer gerade Frau Hanser ausgeguckt hat, kapiere ich nicht."

"Vielleicht hatten beide, Schuckert und er, ein Problem damit, dass sie nicht so funktionierte, wie es hätte sein sollen."

"Das ist möglich."

"Haben Sie eigentlich eine Ahnung, wo der wohnt? Fraglich ist zudem, ob der, wenn überhaupt, unter seinem richtigen Namen gemeldet ist."

Helmut zuckte die Achseln. "Das kann ich Ihnen nun beim besten Willen nicht sagen."

Die beiden Männer gingen zurück zur Wache. Helmut erzählte alles noch einmal, und wie er es nannte: langsam und zum mitschreiben.

Dann sah er auf die Uhr. "Herr Schnell, jetzt haben die Bäcker auf. Ich muß Brötchen holen. Frau Hanser hat Hunger."

Schnell grinste. "Aha."

Helmut grinste zurück. "Sowas soll vorkommen, nicht wahr."

Als Helmut mit den Brötchen ankam und die Tür aufschloß, zog ihm der Duft von aromatisiertem Tee in die Nase. Sonja stand in der Küchentür und funkelte ihn an. "Kannst du mir bitte mal sagen, warum du mich nicht geweckt hast?"

"Ja, weil du deinen Schlaf brauchst."

"Du nicht … wie?"

"Doch, aber ich habe was ganz Dringendes erledigen müssen und das duldete keinen Aufschub. Du hast so tief geschlafen, dass ich dich nicht wecken wollte. Ich werde dir nämlich jetzt erzählen, was so wichtig war und danach wirst du mir mit Sicherheit verzeihen, dass du allein aufwachen musstest."

Helmut hatte Sonjas Neugier geweckt. Sie moserte noch ein bisschen rum und meinte dann: "Entschuldige schon, aber morgens bin ich sowieso nicht besonders gut drauf. Und nach einer Nacht auf der Couch erst recht nicht. Warum, zum Teufel, bist du denn nicht wenigstens ins Bett gegangen. Du musstest doch nun wirklich nicht mitleiden, bloß weil ich nicht wachzukriegen war."

Helmut legte den Arm um ihre Schultern. "Ich hätte dich bestimmt wachgekriegt, wenn ich es versucht hätte. Das habe ich nicht getan, weil es für dich besser war, durchzuschlafen. Auch wenn es auf der Couch war. Dass das nicht sehr bequem war, bemerktest du schließlich erst nach dem Aufwachen, oder? Außerdem", lachte er, „mir ist es schließlich nicht viel besser gegangen. Ich bin nämlich in diesem Prachtstück von Sessel eingeschlafen und kann dir versichern, sonderlich bequem war das auch nicht...."

"Laß meinen Sessel in Ruhe. Der ist gemütlich."

"Ja, solange du drin sitzt und fernsiehst. Wenn du da schläfst und weißt nicht wohin mit den Beinen, ist er weniger bequem."

"Auf den Tisch – mit den Beinen", meinte Sonja lakonisch. "Jetzt erzähle endlich! Außerdem, fügte sie noch hinzu, wenn du mich geweckt hättest, würdest du jetzt Kaffee kriegen, statt Tee. Den hättest du nämlich gleich mitbringen können."

"Ich trinke auch..."

"Ich weiß", unterbrach Sonja ihn, "notfalls Spülwasser. Jetzt setz dich endlich hin und fang' an!"

"Darf ich mich noch ausziehen?"

"So gerade."

Helmut berichtete, was ihm alles wieder eingefallen war und Sonja atmete tief durch. "Wenn das so ist, Helmut, bin ich wirklich eine Sorge los. Ich habe nämlich Angst."

"Es ist so, verlaß dich drauf. Wenn Schnell uns benachrichtigt, dass sie alles mögliche von und über ihn gefunden haben, und davon bin ich überzeugt, werden wir das feiern. Bei Luigi."

Sonja lachte plötzlich los. "Na prima, und mit was wartest du bei dieser erneuten Gelegenheit auf? Viel kann mir nicht mehr passieren. Verlobt hast du mich schließlich schon."

Während des Frühstücks versuchte Sonja aus Helmut herauszubekommen, was ihn mit dem Namen Hanker verband. Aber Helmut verschloß sich wie eine Auster, so, wie Sonja es sonst nur von sich selber kannte.

"Sonja, bitte, ich möchte darüber nicht sprechen. Es war grausam genug, dass diese ganze Erinnerung über mich hergefallen ist. Laß also bitte dieses Thema ruhen. Es hängt mit meiner Zeit bei der Armee zusammen und ich will davon nichts mehr hören."

Widerstrebend musste Sonja sich mit dieser Auskunft zufrieden geben. Im Stillen gestand sie sich ein, dass sie es nicht anders machen würde. Wenn sie nicht reden wollte, dann tat sie das nicht.

In der Zeit, nachdem sie aufgewacht war und Helmuts Zettel gelesen hatte, war sie auch wieder mit sich beschäftigt. Sie entkleidete sich und stellte sich vor den Spiegel. Kritisch betrachtete sie ihren Körper und fragte sich wohl zum hundertsten Male, was Helmut daran finden könnte. Okay, sie war nicht faltig im eigentlichen Sinne, sah trotzdem erbarmungslos den Alterungsprozeß ihrer Haut. Fältchen um die Augen, die sich in den letzten Wochen vertieft hatten. Der Busen war nicht mehr so fest und zeigte eine leichte Tendenz nach unten. Noch nicht viel, aber immerhin so, dass sie sich vornahm, jetzt doch in ein Fitness-Studio zu gehen. Einen jüngeren Mann und einen alternden Körper zu haben – irgendwie paßte das nicht zusammen. Meinte sie. Die Innenseite der Oberschenkel zeigten ihr auch, dass sie ein Leben lang keinen Sport getrieben hatte. Orangenhaut. Sonja streckte ihrem Spiegelbild die Zunge heraus und zog sich den Morgenmantel wieder über. Sie blieb nachdenklich und drehte den Ring an ihrem Finger. Auf was hatte sie sich da eingelassen? Helmut hatte diese Attacke zwar nicht als Verlobung hingestellt, aber Sonja wußte, dass er sie auf jeden Fall heiraten wollte. Das hatte er gesagt. Und? Sollte sie? Wollte sie? Ihre Gedanken gingen etliche Jahre zurück. Ihre erste Ehe. Ein Desaster. Sie hatten beide Schuld. Johannes war in jungen Jahren schon ein alter Mann und sie ein Küken. So manches, was sie falsch gemacht hatte, würde ihr heute nicht mehr passieren. Bloß, was ereignete sich als nächstes? Fragen, auf die Sonja keine Antwort wußte. Eigentlich auch nicht wissen wollte. Sie hatte Helmut gesagt, dass sie den Startschuß geben würde und er akzeptierte es.

Danach war sie in die Küche gegangen und hatte schon mal den Tee vorbereitet. Kurz danach kam Helmut.

Nach dem Frühstück rief Sonja wieder im Büro an, konnte ihren Chef momentan aber nicht erreichen. Sie ließ nur Grüße ausrichten und meinte zu Helmut: "Ich glaube, ich verkrümele mich unter die Dusche. Danach muß ich, wohl oder übel, zu Bomann. Bin gespannt, was der macht. Ob der überhaupt was macht?"

Helmut zuckte die Achseln. "Glaube ich auch nicht; vielleicht jagt er dich zum Röntgen. Könnte sein, dass er wissen will, ob alles so verläuft, wie er sich das vorstellt. Denn dann wäre es möglich, dass man diese elend langen Schrauben gegen Stifte austauscht. Dafür müßtest du allerdings ins Krankenhaus. Das wäre sicher nicht schlimm, wenn es zum Erfolg hätte, dass du dich anschließend besser bewegen kannst, weil die Stifte wesentlich kürzer sind und nicht oben rausgucken."

"Womit ein gewisses Ritual entfiele", grinste Sonja. Sie dachte daran, wie sie von unten in ihren bereits zugehakten BH kletterte. Helmut lachte.

"Eigentlich schade, ich hätte dir gern mal zugeguckt."

"Untersteh' dich, das ist viel zu intim."

"Ach nee - *das* ist zu intim?"

"Bäääh! Ich geh' duschen."

Helmut räumte das Frühstücksgeschirr zusammen und lachte vor sich hin. Es war ein komisches Gefühl, in einem fremden

Haushalt herum zu wirtschaften und sich dabei noch nicht einmal fremd zu fühlen. Beim genaueren Hinsehen stellte er fest, dass er absolut nicht geneigt war, an diesem Zustand etwas zu ändern. Fragte sich nur, wie Sonja letztendlich dazu stand. Er war für ihre Stimmungen äußerst empfänglich und hatte auch heute früh wieder festgestellt, dass sie an etwas herumkaute. Zunächst schob er das auf seine Abwesenheit, dann bemerkte er, dass sie mit sich beschäftigt war. Sie fühlte sich überrumpelt; im Grunde war er genauso überrumpelt. Er hatte sich kopfüber in eine Geschichte gestürzt, die auch ihn unter Umständen sehr verletzen konnte. Unwirsch schob er den Gedanken beiseite, und schaute hoch. Sonja stand, mit nackten Füßen und dem Badetuch vor dem Bauch, im Türrahmen. Unter ihr bildete sich eine Pfütze.

"Bist du noch gescheit", entfuhr es Helmut. "Du holst dir ja den Tod."

"Quatsch, ich hole mir keinen Tod. Ich wollte dir nur sagen, ich glaube ... ich habe soeben ... startgeschossen!"

Helmut ließ das Geschirrtuch fallen und schluckte. "Du hast was...?", vergewisserte er sich.

Sonja nickte nur. "Und wie geht es jetzt weiter?"

Während er Sonja in das Badetuch wickelte, nahm er sie in die Arme. "Es geht weiter, wie es angefangen hat. Wir versuchen, miteinander gut auszukommen. Nicht die gleichen Fehler zu machen, die wir schon einmal hinter uns haben; uns möglichst nicht zu zanken..."

Helmut konnte nicht sehen, wie Sonja das Gesicht verzog.

"Nicht zu zanken", nuschelte sie an seiner Schulter. "Wie soll das den gehen? Du bist doch immer anderer Meinung als ich."

"Dafür habe ich schließlich auch Recht", erwiderte Helmut.

"Siehst du, da fängt es schon an." Sie löste sich aus der Umarmung und wollte gerade in altbewährter Manier wieder loslegen, als sie in Helmuts grinsendes Gesicht sah.

"Oh du Ekel, du ekliges Ekel!", trommelte sie mit einer Faust auf seinen Brustkorb. "Auf was habe ich mich da bloß eingelassen. Und auch noch so schnell."

"Komm her, du Wuschelkopf. Du weißt ganz genau, auf was du dich eingelassen hast. Du Startschuß, du. Ich kenne dich, zugegebenermaßen, noch nicht sehr lange, dafür bestimmt besser, als alle möglichen Menschen in deinem Umkreis. Du weißt immer ganz schnell, was du willst; besser vielleicht: was du nicht willst. Und bei mir wolltest du vor allen Dingen nicht, dass ich aus deinem Leben wieder verschwinde."

Sonja guckte mal schief von unten. "Von dir eingenommen bist du wohl überhaupt nicht, wie?"

"Warum sollte ich. Ich sehe nur die nackten Tatsachen."

"Im wahrsten Sinne des Wortes", lachte Sonja auf. Sie hielt mit einer Hand das Badetuch fest, kuschelte sich an Helmut.

"Siehst du", meinte er, "ich hatte recht, du holst dir doch noch den Tod. Jetzt kriegst du nämlich kalte Füße."

"Die hab' ich schon..."

"Na, so habe ich das nicht gemeint. Ich meine: richtig kalte Füße."

"Hab ich auch", knurrte Sonja, und das bist du schuld."

"Gerne, mein Schatz, aber jetzt zieh dich an. Wir sehen zu, dass wir zu Bomann kommen und heute Mittag gehen wir..."

"Nix da", widersprach Sonja. "Nicht schon wieder essen gehen. Das wolltest du doch sagen, oder? Das verträgt unser Haushaltsbudget nicht. Wir müssen anfangen, etwas solider zu leben. Also werden wir kochen."

"Sagtest du gerade etwas von solider leben?"

"Ja, denn nicht?"

"Um Himmels Willen, warum denn? Unsolide zu leben ist viel schöner. Solide leben ist langweilig."

"Aha, das muß einem dummen Menschen schließlich gesagt werden. Aber im Ernst, Helmut, das sollten wir wirklich nicht machen. Außerdem hatten wir, du, meine ich, schon alles zusammen gekauft."

"Also gut", gab Helmut nach, "machen wir, dass wir zu Bomann kommen und anschließend geht's ab in die Küche. Du darfst auch zusehen. Aber, und das lasse ich mir nicht ausreden, morgen Abend, Freitag, gehen wir deinen Startschuß feiern. Wenn du willst, noch einmal bei Luigi. Ich glaube, da fühlen wir uns beide recht wohl."

"Ja, auch wenn ich jetzt jedes Mal, wenn ich dort hinein gehe, an Schuckert denken muß."

"Bald nicht mehr. Diese Chose ist vermutlich ausgestanden. Ich denke und hoffe, dass wir in den nächsten Tagen von Schnell etwas hören werden. Wenn Hanker auch geschnappt ist, wirst du das bald vergessen haben."

"Vergessen vermutlich nie", sagte Sonja. "Wenn meine Hand wieder heil ist, dann gerät alles ein bißchen ins den Hintertreffen. Möglicherweise kann ich es wieder so verdrängen, wie ich es viele Jahre getan habe."

Helmut nickte nur. Sonja wickelte sich halb aus dem Badetuch und drehte sich in Richtung Schlafzimmer. "Jetzt muß ich mich anziehen. Auch wenn du das unsolide Leben vorziehst, so kann ich mich wohl kaum präsentieren."

"Auf der Straße nicht", griente Helmut; "hier habe ich im Prinzip nichts dagegen."

"Hau ab. Du, du … unsolider Beinahe-Ehemann."

Mit einem Jauchzer, der einem bayrischen Ureinwohner alle Ehre gemacht hätte, verschwand Helmut in der Küche.

***

Freitag - man sieht sich ...

Gemütlich spazierten Wolfgang und Hamami durch die Park-
anlage und betrachteten die Veränderungen der letzten Jahre.
Ein großes Kinocenter war gebaut worden, was Hamami zu der
Bemerkung veranlaßte: "Ob sich das wirklich lohnt? Wer geht
denn heute noch ins Kino?"
"Anscheinend mehr Leute als wir uns vorstellen können. Viel-
leicht sind nicht alle so faul wie wir." Wolfgang lachte. "Sonst
hat sich nicht viel getan."
Nach einer guten halben Stunde machten sie sich wieder auf
den Weg zurück. Luigi hatte sie kommen sehen und machte ih-
nen einen Zeichen. "Kommt, hierher."
Wolfgang und Hamami nahmen Platz und angelten sich die
Speisekarte. Hinter der Balustrade, die die Küche abteilte, hör-
ten sie Ricardos Stimme.
"Warum soll ich denn auf einmal rausgehen", fragte er Luigi.
"Ich muß mich einen Moment setzen, mir tun die Füße weh."
"Das ist bei dir ja was völlig neues." Ricardo lachte. "Nun gut,
wenn du es so willst."
Er verließ die Küche und ging ins Restaurant. Auf dem Weg zur
Tür, wollte eigentlich bloß gucken, ob es wieder einmal regnete, fiel sein blick auf den kleinen, etwas separat stehenden Fenstertisch und er blieb wie vom Donner gerührt stehen.
"Das ist nicht wahr!", rief er aus und war mit zwei Schritten
neben Wolfgang und Hamami. "Woher kommt Ihr? Und, vor
allen Dingen, wieso weiß keiner etwas von Eurem Besuch?"
"Keiner ist ein bisschen zu wenig", lächelte Hamami, "immerhin weiß meine verehrte Schwiegermutter davon. Bei ihr waren
wir bereits und haben sie dazu verdonnert, ja den Mund zu halten. Wir wollten Euch überraschen und, wie es scheint, ist uns
das gelungen."

"Und wie! Ich bin neugierig, was Monika sagen wird. Die weiß doch auch nicht, oder?" Forschend sah Ricardo seinen Schwager an

"Nein, sie weiß noch nichts. Wann kommt sie denn? Oder ist sie heute gar nicht hier?"

"Doch, sie ist nur mal eben in das Appartment von Sofia gefahren. Die hat sich nämlich seit ein paar Wochen abgenabelt und bewohnt eine eigene Hütte. Ließ sich wohl nicht vermeiden", meinte Ricardo ein bisschen wehmütig.

"Den Satz: an den Kindern merkt man, dass man älter wird, sollte ich mir besser sparen, wie?" Wolfgang lachte und deutete mit dem Finger auf seine Frau. "Frag sie mal, wie sie gelitten hat, als unsere zwei zum Studieren nach Mailand zogen."

"Wohin bitte?", Ricardo war ein einziges Fragezeichen. "Wieso ausgerechnet Mailand?"

Hamami schluckte. "Sie wollten unbedingt zusammen bleiben. Da Yannick ins Elektronenfach und Amintha zur Psychologie tendierte, haben sie eine Uni gesucht, an der die verschiedenen Fakultäten nicht soweit auseinander lagen. Somit sind beide in Mailand gelandet. Mir war das gar nicht recht."

"Jetzt kannst du inzwischen damit leben, nicht wahr?" Wolfgang nahm Hamamis Hand und streichelte sie leicht. Hamami errötete ein wenig und Ricardo lachte. "Wenn man Euch sieht, bekommt man den Glauben daran zurück, dass es heute doch noch Ehen gibt, die funktionieren. Selten genug ist es ja wohl."

Die beiden entschieden sich für Pizza, die sie schon lange nicht mehr gegessen hatten. "In London kriegt man selbstredend auch Pizza", meinte Wolfgang später kauend, "aber die ist bei weitem nicht so gut wie die deine."

"Ich bin schließlich auch Italiener."

"Das heißt doch nicht, dass alle Italiener Pizza backen können, oder?"

In heiterem Geplauder saßen sie zusammen und Luigi kam mit drei Gläsern. "Zur Feier des Tages", meinte er und stellte den Grappa hin. Ricardo wollte gerade protestieren, dass er niemals Grappa tränke als Wolfgang sagte: "Nun komm, mach mal eine Ausnahme."

"Salute – Ihr zwei!"

Im gleichen Moment ging die Tür auf und Monika trat ein. Mit einem Blick hatte sie das Trio gesichtet und stürzte auf ihren Bruder und ihre Schwägerin zu.

"Das darf nicht wahr sein! Das darf wirklich nicht wahr sein!" Lachend und weinend hing sie beiden am Hals und grollte zeitgleich Ricardo an: "Und du hast davon gewußt, wie? Und mir nichts gesagt!"

"Irrtum", bemerkte Luigi dazwischen, "der einzige, der zwar nicht unbedingt etwas gewußt, aber doch geahnt hat, bin ich."

"Wieso du?" Wolfgang und Hamami waren gleichermaßen erstaunt. Luigi grinste nur. "Wartet nur ab und laßt Euer Essen nicht vollends kalt werden."

Hamami schob den Teller weg. "Ich bin satt."

"Es hat dir wohl den Appetit verschlagen?" Ricardo lachte. "Iß ruhig weiter, wir können auch beim Essen quatschen. Wichtig ist nur: wo werdet Ihr schlafen?"

"Im Hotel", antwortete Wolfgang schnell. "Und damit Ihr nicht meint, wir würden nicht bei Euch wohnen wollen ... Ich bin auf Geschäftsreise und Hamami im Grunde ebenfalls. Sie will morgen zu ihrem Verlag, ein paar Dinge klären. Diese Gelegenheit haben wir genutzt, in ein Hotel gehen zu können. Hertha wäre sonst tödlich beleidigt gewesen. Sie kapiert immer noch nicht, dass ich Hamami einfach nicht zumuten will, länger als ein paar Stunden mit ihr zusammen sein zu müssen."

"Ist das denn immer noch nicht ausgestanden?", fragte Ricardo.

"Doch. Nur vergessen kann ich es nicht." Wolfgang verzog das

Gesicht zu einer Grimasse. "Wenn ich bloß daran denke, wie auch die Nachbarn sich teilweise aufgeführt haben, wird mir nach wie vor noch übel."

Ein bißchen kamen die alten Geschichten wieder hoch und Monika meinte nach einer Weile: "Ihr habt recht. Außerdem ist es, wenn man ehrlich ist, für alle Teile angenehmer, morgens vor dem Bad nicht Schlange stehen zu müssen. Obwohl es bei uns mit dem Schlangestehen nicht mehr so toll ist. Sofia hat seit ein paar Wochen ein eigenes Appartment und Dario, naja, der kommt ziemlich unregelmäßig nach Hause. Er hat eine Arbeitsstelle, worüber wir sehr froh sind. Bloß … ob er wirklich glücklich damit ist, wissen wir nicht. Irgendwo in diesem Clan hat er auch seine Freundin kennengelernt; mit ihr ist er nun schon einige Monate zusammen."

Ricardo unterbrach Monikas Redeschwall und bemerkte dazwischen: "Ulkig daran war, dass Dario dieses Mädchen, Corinna heißt sie übrigens, zunächst einmal seiner Schwester vorstellte. Erst als die sozusagen ihr okay dazu gab, bekamen wir sie präsentiert. Das war schon ein komisches Gefühl."

"Sie sind Zwillinge, vergiß das nicht." Hamami lächelte. "Die unseren sind zwar keine Zwillinge, das Verhaltensmuster ist trotzdem fast das gleiche. Als ob sie es sich von Euren abgeguckt hätten."

Der erste Schub Gäste hatte gegessen und langsam leerte sich das Restaurant. Ricardo wußte aus Erfahrung, dass jetzt ungefähr eine Stunde etwas Ruhe herrschte, bis die nächste Ladung kam. Das war meistens so gegen neun Uhr. Monika gähnte hinter vorgehaltener Hand und meinte: "Ihr könnt sagen, was Ihr wollt; Eure Überraschung ist voll gelungen, aber sie zeigt Auswirkungen. Ich bin hundemüde."

Wolfgang wollte gerade antworten, als sich die Eingangstür öffnete. Im Rahmen stand ein Quartett. Amintha, Yannick, Sofia und Dario.

Hamami fiel nun endgültig das Besteck aus der Hand. Sprachlos sah sie ihre Kinder sowie Nichte und Neffe an. Mit kugelrunden Augen krächzte sie: "Ich bin völlig platt."

"Das war der Sinn der Sache, liebe Mama!" Yannick ging auf seine Mutter zu und nahm sie fest in die Arme. "Haben wir alle gut dichtgehalten, oder? Der einzige, der ein ganz kleines bisschen eingeweiht war, deutete er mit der Hand hinter sich, das war Luigi.

Hamami war indessen in Tränen aufgelöst und Wolfgang tröstete erst seine Frau, bevor er sich um seine Kinder kümmern konnte.

"Das kann man wohl sagen", antwortete er mit Verspätung auf Yannicks Bemerkung. "Aber wieso...?"

"Ganz einfach, lieber Papa." Diesmal sprach Amintha. "Immerhin hattet Ihr uns gefragt, ob wir nicht mitkommen wollten. Yannick und ich konnten das mit der Begründung ablehnen, dass wir nicht mitten im Studium abhauen würden. Wir waren uns sofort einig, dass wir fliegen und haben uns hinter Sofia und Dario geklemmt. Die haben super geholfen, auch bei der Geheimhaltung."

"Die beinahe im letzten Moment noch in die Hose gegangen wäre", lachte Sofia. "Ich konnte doch nicht ahnen, dass Mama heute Nachmittag unbedingt bei mir nochmal nach dem Rechten sehen sollte. Da musste ich die beiden doch glatt unters Bett verfrachten."

Monika lachte schallend auf. "Sag bloß, die beiden lagen, während ich auf Deinem Bett rumgeturnt bin und oben die Balustrade sauber gemacht habe, unter'm Bett."

"Na klar", grinste Sofia, "ins Bad konnte ich sie ja schlecht sperren, immerhin hättest du ja mal müssen müssen!"

Amintha, die in ihrem Naturell ganz ihre Mutter war, lächelte auf ihre feine Art: "Du kannst mir glauben, dass wir uns nicht sonderlich wohl fühlten. Dazu kam, dass wir die Befürchtung hegten, dass deine Putzwut sich auch auf Regionen unter dem Bett ausweiten könnte und dann wäre es aus gewesen mit unserer Überraschung."

Monika stöhnte. "Jetzt will ich bloß meiner Tochter unter die Arme greifen, damit sie mit ihrem neuen, eigenen Hausstand nicht vor einem Haufen Problemen steht...."

"Wieso Probleme? Du tust ja gerade so, als könne ich nicht putzen."

"Können schon, Schätzchen, bloß mit dem Wollen ist das so eine Sache."

Sofia verzog das Gesicht. "Aua, und dann hast du auch noch Recht. Das tut weh."

Dario griemelte so vor sich hin und Ricardo betrachtete seinen Sohn von der Seite. "Es sieht so aus, als würdest du auch noch mit einer Überraschung aufwarten, und dabei ist mein Bedarf eigentlich gedeckt."

"Okay, dann erzähle ich es morgen."

Inzwischen hatte ein Paar das Restaurant betreten und Luigi schoss diensteifrig hinter der Theke hervor.

"Liebste Sonja", rief er aus, Sie habe ich ja schon ewig nicht mehr gesehen!"

"Na, lachte Sonja, das letzte Mal vor zwei Tagen."

Luigis Blick fiel auf die immer noch bandagierte Hand und fragend zeigte er auf die Schiene.

Sonja schälte sich mit Helmuts Hilfe aus ihrer Jacke, die sie an einer Seite ohnehin nur übergehängt hatte und lachte. "Langsam Luigi. Ich berichte gleich weiter. Hast du uns nicht erzählt, dass Ihr nach Italien wollt."

"Neeiiin", zog sich Luigi ...

Ricardo kam an den Tisch und stellte sich vor. "Das ist schon richtig so. Nur ab und zu hält es ihn nicht mehr zu Hause und er meint, unbedingt noch etwas tun zu müssen. Das tobt er dann hier aus."

"Wie angenehm", lachte Helmut.

Die beiden nahmen Platz. Helmut bestellte, mit einem fragenden Seitenblick auf Sonja, einen halben Liter Montepulciano.

"Meinen Sie, das reicht?", fragte Luigi.

"Stell mich nicht als Trinkerin hin", grinste Sonja. "Wir können schließlich nachbestellen, das sieht vornehmer aus, oder?"

Luigi ging zur Theke und kam mit dem Wein und zwei Gläsern zurück. "Vielleicht darf ich mich einen Moment zu Ihnen setzen?", fragte er mit einem Blick auf Helmut.

"Naturalmente", meinte dieser und deutete auf den Stuhl vor Kopf.

Sonja begann, ihre Geschichte zu erzählen und blickte dabei immer wieder auf Ricardo. Mittendrin unterbrach sie sich und rief aus: "Der Engel!"

Ricardo drehte sich auf dem Absatz herum. "Teufel aber auch! Ich war mir nicht sicher … es ist ja schon so lange her. Aber sind Sie es wirklich? Sonja Hanser?"

"Ich bin es wirklich." Sonja strahlte ihn an. "Oh Gott", meinte sie, "wieviele Jahre? Und dann erinnern Sie sich auch noch an meinen Namen?"

"Weit über zwanzig. Ich war damals noch ein junger Mann."

Verständnislos beobachteten die Anderen das Schauspiel, bis sie begriffen, dass die beiden sich kennen mussten. Monika kam neugierig näher und sah Sonja nachdenklich an. Hatte sie Grund, auf etwas eifersüchtig zu sein? Sie verbot sich diesen

Gedanken sofort und Ricardo sprach auch schon weiter.

"Jetzt kann ich mich wieder erinnern. Sie wohnten damals im Hinterhaus von Felicitas. Und Gutmoosers im Vorderhaus. Dadurch haben Sie sich zwar gesehen, aber weiter keinen großen Kontakt miteinander gehabt. Meine Schwester..."

"Angelica", fiel Sonja ihm ins Wort.

"Richtig, Angelica – sie wohnt übrigens jetzt mit meiner Mutter in Rom und ist mit einem Zahntechniker verheiratet. Angelica hing ganz besonders an Ihnen. Für sie waren Sie der Duft der großen weiten Welt."

"Peter Stuyvesant!"

???

Monika guckte verdutzt.

Ricardo lachte. "Das ist eine Zigarettenmarke, die damals allgemein bekannt war und die diesen Werbeslogan hatte."

"Ach so."

Ricardo sprach weiter. Sonja und er erzählten im Wechsel und ließen die Jahrzehnte Revue passieren. Inzwischen hatten Helmut und Sonja gegessen, Arietta kam aus der Küche und setzte sich auch dazu.

Es war ziemlich spät geworden und Ricardo erhob sich mit einem Blick auf die Uhr. "Entschuldigt einen Moment, ich muß zusperren. Wenn ich die Öffnungszeiten nicht einhalte und es kommt eine Kontrolle, bin ich meine Konzession los. Ich sperre nur eben ab. Ihr solltet inzwischen in die Küche gehen, die ist groß genug für uns alle. Da können wir in Ruhe weiterquatschen."

Monika lachte und deutete auf ihren Mann. "Ist er nicht deutscher als wir alle zusammen?", fragte sie.

Helmut grinste. "Ich weiß nicht, wer hier wie deutsch ist. Fest steht für mich, dass ich diese Athmospäre hier immer von Herzen genieße."

Wolfgang guckte ein bißchen nachdenklich. "Ich weiß auch nicht, wer von uns deutscher ist. Der Meinung dieses Herrn kann ich mich uneingeschränkt anschließen und Hamami nickte. Dann stand Wolfgang auf und meinte: "Es ist zwar teuflisch spät, trotzdem sollten wir die Eltern anrufen und sie dazu holen. Ich könnte mir vorstellen, dass sie das gern mit erleben würden. Was meint Ihr?"

Ricardo nickte. "Ich bin auch dafür."

Während Wolfgang zum Telefon ging lief die Gesprächsrunde weiter. Als sei es abgesprochen, bewegten sich die Themen im Moment auf einer neutralen Basis. Alle erwarteten, dass Gutmoosers auftauchten.

Hertha und Hans trafen eine knappe viertel Stunde später mit dem Taxi ein. Inzwischen hatte man ein paar Stühle aus dem Lokal in die Küche gestellt. Monika betrachtete den Kreis und grinste: "Ähnelt einer Spielrunde im Kindergarten."

Alles lachte. Arietta stand auf und meinte: "Ich mach uns erst mal einen Mitternachtsimbiß. Was haltet Ihr davon."

Hertha wollte gerade protestieren, als alle anderen wie im Chor einfielen: "Mensch, prima Idee."

Hertha guckte Sonja aufmerksam an und sagte dann: "Ja, so ganz dunkel kann ich mich erinnern. Klar, Sie sind inzwischen auch eine ganze Latte älter geworden (wie charmant!), aber ... hatten Sie damals nicht gerade so einen Riesenkrach mit Ihrem Mann?"

Helmut warf einen konsternierten Blick auf Hertha und Sonja schluckte. Daran erinnert sich die blöde Ziege, dachte sie und lächelte honigsüß: "Ja, das stimmt. Das Kapitel hat sich inzwischen von allein erledigt."

Helmut ignorierte diese offensichtliche Neugier und drehte sich zu Luigi um. "Ich denke, bis Arietta mit unserem Imbiß kommt, trinken wir jetzt alle zusammen eine Flasche Sekt oder auch zwei. Ich für meinen Teil möchte nämlich gern wissen, wie es damals weiterging."

Beifälliges Gemurmel. Als hätte man einen Knopf gedrückt, redeten plötzlich alle gleichzeitig. Die vier jungen Leute hörten zum ersten Mal in ihrem Leben die vollständige Geschichte ihrer Eltern. Probleme, die einfach zeitbedingt waren; Schwierigkeiten, von denen man heute keine Ahnung mehr hat, dass es sie jemals gegeben haben könnte.

Wolfgang und Hamami, Ricardo und Monika. Auch Gutmoosers tauten langsam auf und Hertha verlor ihre Spitzfindigkeit. An Italien erinnerten sich alle gern, wenn auch Hamami daran dachte, dass sie in diesen Urlaub regelrecht geflohen waren.

Mit einem zärtlichen Seitenblick sah sie auf ihren Sohn. Yannick lächelte leicht; er hatte verstanden. "Wenn Italien nicht gewesen wäre", sagte er ganz leise zu ihr, " wäre ich wohl auch nicht, wie?"

Hamami schüttelte den Kopf und Helmut sagte ganz bedächtig: "Ja, und dann plötzlich die Öffnung der innerdeutschen Grenze. Etwas, womit wohl niemand, ganz besonders in unserem Alter, mehr gerechnet hatte. Das ist nun in diesem November auch schon etliche Jahre her. Man kann es nicht glauben."

In diesem Moment kam Arietta mit einer Riesenschüssel Pasta und Sofia lachte los: "Na, denn seht mal zu, dass Ihr alle was abkriegt. Wenn Dario erst anfängt..."

Der platzte im gleichen Moment heraus: "Jetzt kann ich ja mit meiner Überraschung auch noch kommen. Ich, das heißt wir, Corinna kommt nämlich mit, werden ab dem kommenden September nach Italien gehen. Genauer gesagt, nach Bergamo. Corinna und ich werden dort ein Ristorante aufmachen." Luigi vergaß das Luftholen. Wolfgang und Hamami lachten und stellten unisono fest: "Der Kreis schließt sich."

Nur Ricardo sah einigermaßen verständnislos auf seinen Sohn.
"Kannst Du mir mal verraten, was es da für dich so Besonderes
gibt?", fragte er.
Sonja kicherte: "Und ob er das kann, bei seiner unübersehbaren
Schwäche für Pizza, Pasta, Piadini."
???
"Hmm, genau – und das kommt mir sehr entgegen", trompetete
Dario, der beim Mitternachtsimbiss kräftig zulangte, mit vol-
lem Mund: „Ich kriege schon zum Frühstück Spaghetti."

***

Pressestimmen zu „ ...und zum Frühstück Spaghetti"

Ein Wirtschaftswunder-Roman aus der heißen Epoche zwischen 1968 und den 1980er Jahren – mit viel Humor unter die Lupe genommen

Leverkusener Anzeiger/Kölner Stadtanzeiger
14. 12. 1999

Ein ernstes Thema mit Humor serviert

Rheinische Post
Leverkusen
14.12.1999

Es ist wirklich gute Unterhaltung, spannend, gut lesbar – trotzdem nicht leicht. Besonders gut fand ich, wie geschickt verpackt und doch deutlich wichtige Aussagen zur Geltung kommen...

Dr. Walter Kiefl
Soziologe und Verhaltensforscher, München
20.03.2000

Mit dieser Geschichte sorgte Renate Krohn für eine Menge Diskussionsstoff

Rheinische Post Leverkusen 10.10.2000

„... und zum Frühstück Spaghetti" gab das öffentliche Debüt in der Fernsehaufzeichnung

TV–NRW Nach(t)lese 15.04.2002

Renate Krohn schreibt wunderschöne Gedichte und absolut lesenswerte Bücher

LEV kompakt Juli 2002

Bisher bei BoD erschienene Titel

2015   *Und er blicket stumm auf das freie Land ringsum*
        Geschichten aus der Zeit zweier deutscher Staaten

2016   *Bobo und Bobinchen*
        Tiergeschichten für kleine und große Kinder

2017   *Tod in der Berghütte*
        Liebenswürdiges und Mörderisches passt durch-
        aus zusammen

2018   *Die Ente vor der Schranke*
        Geschichten zum Schmunzeln und Nachdenken

2018   *Mariness lebt ihren Traum*
        Schauspielerin zu werden ist ihr größter Wunsch
        – doch der Weg ist steinig

2019   *Der Stein des Anstosses*
        Auch wenn man mal nicht so gut drauf ist, Lese-
        futter geht immer

2019   *Warum musste Helenchen sterben*
        Wer bringt eine ältliche Bibliothekarin um, deren
        einziger Lebenszweck ihre geliebten Folianten
        sind

2020   *Der unverhoffte Zeuge*
        Das war Pech – einer hat es doch gesehen
        und andere Geschichten mitten aus dem Leben